트라우마와 문학,
그 침묵의 소리들

트라우마와 문학,
그 침묵의 소리들

왕은철

현대문학

나의 오랜 친구 양창렬楊昌烈에게

차례

마음의 상처는 누구에게나 있다. 그런데 그것이 우리에게 어떤 흔적을 남기고 어떤 영향을 미치는지에 대해 우리가 아는 것은 놀랍게도 그리 많지 않다. 인식의 범위를 벗어난 마음의 상처이자 의미의 상처와 관련된 것이기 때문이다. 그런데 예술은 그 상처가 어떤 것이고 어떻게 작동하는지 보여준다. 의식과 무의식 사이를 오가면서 상처의 주변을 기웃거리는 것이 예술의 속성이자 본령이기 때문이다. 특히 문학이 그러하다. 문학은 인간이 삶을 살아가면서 받는 심리적 충격이 마음의 호수에 일으킨 혼란의 소용돌이에 주목하는 장르이다. 그래서 문학은 때때로 상처의 기록이다. 이것이 정신분석학이나 심리학이 문학에 기대는 이유 중 하나일 것이다.

내가 상처에 관한 글을 쓰기 시작한 것은 두 가지 이유에서였다. 하나는 개인적인 이유에서였다. 아버지의 죽음은 내게 이만저만한 충격이 아니었다. 그것은 내가 좋아하는 철학자 사이먼 크리츨리Simon Critchley가 그의 저서 『너무 작아서⋯ 무無나 다름없는 것 : 죽음, 철학, 문학Very Little⋯ Almost Nothing : Death, Philosophy, Literature』의 서문에서 고통스럽게 토로한 것처럼, 충분히 예상된 것이었음에도 불구하고 엄청난 충격으로 다가왔다. 크리츨리의 아버지는 나의 아버지와 같은 병으로 세상을 떠났다. 그것은 두 사람이 거의 똑같이, 눈 뜨고 못 볼 만큼 앙상해진 몸으로 극심한 고통에 시달리다가 세상을 떠났다는 말이기도 하다. 그 죽음은 무신론자 내지 불가지론자로 평생을 살아온 나를 가톨릭에 귀의하게 만들 정도로 큰 충격이었다. 나는 아버지의 장례가 끝난 후 내 생애 처음으로 어머니를 따라 미사에 참석했을 때, "세상을 떠난 다른 이들도 모두 생각하시어⋯⋯"라는 기도를 들으며 느꼈던 감사의 마음을 아직도 잊지 못한다. 무신론자였던 내 아버지의 영혼까지 대상에 포함시킬 정도로 눈부시게 너그러운 그 기도가 나를 가톨릭교회 안으로 끌어들였다. 나는 순전히 어머니를 위로하러 갔다가 그렇게 붙잡혔다. 그리고 시간이 조금씩 흘렀다. 그러면서 나의 상처가 선연할 때, 상처의 얼굴을 조금 더 응시하고 싶은 마음이 생겼다. 이것이 내가 문학에 나타난 상처의 모습들을 살펴보게 된 하나의 이유였다.

다른 하나는 역사적, 사회적 이유에서였다. 누구에게나 그랬겠지만, 세월호 사고는 나에게도 큰 충격이었다. 나는 그 사고를 보며, 선장을 비롯한 선원들이 승객들을 버리고 도망친 역사적 사건을 소설화한 조지프 콘래드의 『로드 짐』을 떠올렸다. 나는 그 소설을 다시 들여다보고 상처와 윤리의 문제를 진지하게 생각해보고 싶었다. 그래서 나의 글은 개인적인 이유에서 출발하여 내가 살고 있는 나라의 남쪽 바다에서 일어난 야만적인 사고와 그것의 파장과 후유증에 주목하면서 트라우마 전반에 관한 논의로 확장되었다.

트라우마에 관한 글을 쓰는 것은 다른 사람의 상처 속으로 들어가서 그 속에 머무는 것을 의미했다. 그래서 쉽지 않은 일이었다. 트라우마에 관한 글을 쓰기 몇 년 전, 애도에 관한 무거운 글(『애도예찬』, 2012)을 한동안 쓴 적이 있었기에 더더욱 그랬는지 모른다. 그러나 글이라는 것이 늘 그렇듯이, 글을 쓰는 과정에서 나는 많이 깨닫고 배웠다. 내가 배운 것 중 하나는 우리 사회가 치유에 대한 강박증을 갖고 있고, 그것이 트라우마를 치유하기는커녕 오히려 덧낼 가능성이 농후하다는 것이다. 이것은 자크 라캉이 트라우마에 대해 우리에게 얘기하는 것이기도 하다. 그렇다. 시간이 지나면 트라우마는 치유될 수 있고, 또 치유되어야 한다는 강박관념이 트라우마의 당사자들에게는 폭력일 수 있다. 사랑도 때로 사랑으로 가장한 폭력일 수 있듯이, 치유도 때로 치유라는 이름으로 들이미는 폭력일 수 있다. 어쩌면 치유는 그 상처가 나을 수 없는 것일 수 있다는 사실을 인정하고 그 상처 앞에 겸손해질 때 가능해지기 시작하는 것일지 모른다. 상처에 관한 전문가들도 많고 그것과 관련한 이론이나 담론들도 많지만, 중요한 것은 모든 상처를 치유의 대상으로 삼는 권위적인 생각을 버리고 개개인의 상처 앞에 겸손해지는 것이 아닐까 싶다. 상처를 어느 정도 극복한다는 말은 성립될 수 있지만, 상처 이전으로 돌아가는 것은 불가능한 일이다. 이미 생긴 상처를 무슨 수로 되돌린다는 말인가. 상처 이전의 상태는 더 이상 존재하지 않는다. 획일적인 치유 이론이 때로 위험할 수 있는 이유가 여기에 있다. 스펙트럼이 넓은 다양한 트라우마들을 단순화하고 획일화해서 하나의 좁은 영역으로 밀어 넣는 탓이다.

내가 깨달은 또 다른 것 중 하나는 일반적인 생각과는 다르게, 상처가 피해자의 전유물이 아니라는 것이다. 일반적으로 트라우마를 피해자의 것으로 단정하는 경향이 있다. 이는 세상을 가해자/피해자의 이분법으로 보기 때문이다. 그러나 프로이트의 심리 이론 어디를 보아도 트라우마가 피해자의 전유물이라는 말은 없다. 누가 어디에서 어떻게 입은 것이든, 트라우마는 우리가 보듬고 다독이고 이해해줘야 하는 대상일 따름이다. 트라우마가 피해자의 전유물이라는 생각은 가해자도 피해자와 마찬가지로 인간이라는 사실을 간과한 데서 발생한다. 트라우마는 유대인, 독일인, 팔레스타인인을 가리지 않는다. 또한 한국인, 일본인, 베트남인을 가리지도 않는다. 아픈 상처, 고통스러운 트라우마 앞에서 우리 모두는 연약한 인간일 따름이다. (어쩌면 우리는 트라우마와 상처가 인간만의 것이라는 생각에서도 벗어날 필요가 있다. 고통과 상처는 인간의 전유물이 아니라 모든 피조물의 것이다.)

나의 글이 연재되는 동안 있었던 일 중 하나가 기억에 남는다. 2015년 3월, 『현대문학』에 '트라우마와 문학'이라는 꼭지로 연재를 막 시작했을 때, 한국정신보건사회복지학회의 트라우마 분과학회로부터 강연을 해달라는 요청을 받았다. 『애도예찬』을 읽은 분들의 청이었다. 나 말고 다른 한 분이 더 초청되었는데, 그분은 세월호 사고로 아들을 잃은 어머니였다. 공교롭게도, 그리고 아이러니하게도, 강연 일자가 어버이날인 5월 8일이었다. 나는 아들을 잃은 충격에 몸이 밭아버린 그 어머니의 말을 들으면서, 사랑하는 사람을 잃은 부모나 형제들은 다 저렇겠구나 싶었다. 나는 그날, 이 책의 1장에 실린 내용을 요지로 삼아, 『아낌없이 주는 나무』가 우리에게 트라우마와 관련하여 말해주는 역설에 대해 얘기했다. 나중에 주최 측으로부터 그 어머니가 내 말에 위로를 받았다는 얘기를 전해 들었다. 아들을 잃은 어머니 앞에서 트라우마 얘기를 했다는 것에 대한 자의식 때문에 위로도 못하고 강연장을 빠져나왔던 터라, 나는 그 얘기를 전해 듣고 황송하고 감사했다.

그 어머니를 생각한다. 그 어머니가 대변하는, 사랑하는 사람을 잃은 모든 어머니들과 아버지들과 형제들과 자식들을 생각한다. 그들의 밭아버린 몸과 상처를 생각한다. 나도 그 상황에 처했다면 그렇게 됐을 것이다. 더하면 더했지 덜하지는 않았을 것이다. 바로 여기에 트라우마의 본질이 있다. 한쪽에는 그것을 경험한 사람들이 있고, 다른 쪽에는 그것을 경험하지 않았으면서도 그것에 대해 얘기하고 그것에 대한 처방을 내리려 하는 사람들이 있다. 물론, 우리는 어떤 것을 경험하지 않고도 그것을 경험한 사람의 입장이 되어 그 사람이 느끼는 감정의 회오리를 느끼고 경험할 수 있다. 인간은 남의 고통, 남의 상처를 자기 것으로 받아들일 수 있는 놀라운 능력을 갖고 있는 존재이기 때문이다. 그러나 우리가 잊지 말아야 할 것은 우리의 공감능력이 어느 지점까지만 작동하다가 한계에 부딪칠 수밖에 없다는 사실이다. 아무리 노력해도, 우리는 그 사람이 될 수가 없다. 상처에도 일종의 소유권이 있어서 그렇다. 상처는 그것을 겪은 사람의 것이지, 우리가 그를 동정하거나 그와 공감한다고 해서 그 상처가 우리의 것이 될 수는 없는 노릇이다. 바로 이것이 우리가 상처 받은 사람 앞에서 겸손해야 하는 이유이다. 학문도, 예술도, 문학도 상처 앞에서는 겸손해야 한다. 상처는 주인이다. 우리가 공손하게 떠받들어야 하는 주인이다. 따라서 학문과 예술과 문학은, 아니 그것만이 아니라 정치와 법을 포함한 모든 것은, 자신이 그 상처를 대변하거나 재현할 수 있다며 교만해지는 순간, 자신의 본분을 잊게 된다.

이 책에 실린 글들은 2015년 3월부터 2016년 8월까지 『현대문학』에 연재된 것들이다. 우리 문학에 대한 글도 두어 편 쓸까 생각했지만 마음만으로 그치고 말았다. 우리 문학과 트라우마에 대해서는 이미 많은 논의가 있지 않을까 하는 생각 때문에 더욱 그렇게 되었다. 트라우마를 빼고는 논의될 수 없는 것이 우리의 근대문학이 아닐까 싶었다.

연재를 가능하게 하고 내가 쓴 글을 너그럽게 환대하며 첫 독자가 되어준 『현대문학』의 양숙진 회장님, 윤희

영 팀장님, 이윤정 씨에게 감사드린다. 그리고 지금은 몸이 불편하시지만 20년 전쯤, 나를 글쓰기의 길목으로 안내해주신 천이두千二斗 선생님께도 이 자리를 빌려 감사의 마음을 전한다. 선생님의 「쑥대머리」를 들으면서 저녁시간을 황홀하게 보내고, 서정주 시인에 관한 선생님의 명문을 읽고 감탄하던 때가 어제 같은데 20년이 훌쩍 지나갔다. 그럼에도 여전히, 내 글은 선생님의 글을 흉내 내는 것마저도 제대로 못하는 것만 같다.

산수유 꽃이 은은하게 피는 봄이다. 산수유 꽃의 노란색마저 상처와 슬픔의 색깔로 보이는 봄이다. 이 봄이 환기하는 상처와 고통을 생각하며, "고통 앞에 중립은 없다"는 프란치스코 교황의 평범하면서도 감동적인 말을 떠올린다. 그는 감동을 몰고 다니는 것처럼 보인다. 지난 몇 년을 돌아보면, 그의 말들은 하나로 요약된다. 상처와 고통 속에 있는 사람들을 위로하고 섬기는 '이웃'이 되라는 것이다. 같은 언어를 쓰고 같은 민족이고 같은 공간에 산다고, 모두가 이웃인 것은 아니다. 다쳐서 죽어가는 사람을 외면하고 지나친 동족이 아니라 그를 따뜻하게 보살핀 이방인이 이웃이라고 예수는 정의하지 않았던가. 바라건대, 우리가 상처와 고통 속에 있는 사람들을 위로하는 이웃이 되어, 산수유 꽃의 노란색에서 상처와 슬픔의 색깔을 걷어내고 꽃 본연의 아름다움만을 생각하는 날이 왔으면 좋겠다.

　마지막으로 하나만 더.

　상처에 관한 글들을 쓰면서 자의식을 갖지 않을 수 없었다. 내가 살아오는 과정에서 나 스스로가 상처의 진원지가 되어 사람(들)에게 상처를 줬으면 어쩌나 하는 자의식이었다. 분명히 그랬을 것이다. 그래서 여기에 묶어내는 글들에는 나를 돌아보고 사유하고 반성하는 자기고백이 포함되어 있다. 이것은 내가 말을 건네고 때로 공박하는 대상에 나 자신이 포함된다는 말이기도 하다.

　상처를 생각한다. 타인의 상처, 타자의 트라우마를 생각한다. 에마뉘엘 레비나스Emmanuel Levinas가 말한 "타자의 눈물"을 생각한다.

2017년 4월

왕은철

타인의 상처, 타인의 고통

―『아낌없이 주는 나무』의 침묵과 트라우마

삶은 상처와 함께, 상처로부터 시작된다. 지그문트 프로이트Sigmund Freud에 따르면, 인간이 세상에 태어나는 것 자체가, 즉 없음이 있음으로, 죽음이 삶으로 전환되는 과정 자체가 트라우마다. 인간은 누구나 존재론적인 상처를 숙명적으로 안고 있는 셈이다. 프로이트는 이 상처로 말미암아 인간의 무의식 속에는 태어나기 이전의 상태, 즉 죽음으로 돌아가려는 충동이 있다고 한다. 이 충동은 탄생으로 인해 발생한 상처를 극복하려는, 아니 상처 이전의 상태로 돌아가려는 충동이다. 어디까지나 가설에 불과하지만, 탄생 이전의 상태로 돌아가려고 하는 충동이 우리 안에, 우리도 모르는 무의식 속에 존재한다는 말은 조금은 슬프게 들린다. 이것은 우리에게 자기 삶을 보존하려는 충동만이 아니라 그보다 훨씬 더 근원적인 충동이 있다는 말인데, 인간이 결국에는 누구나 죽음으로 '돌아간다'는 사실을 감안하면 프로이트의 말마따나 자기보존 본능도 그것에 봉사하는 "충실한 부하"에 지나지 않는지도 모른다. 삶도, 쾌락도, 여타의 모든 것도 길게 보면 존재의 소멸에 봉사하기 위한 과정이나 통로에 지나지 않는 걸까. 그래서 인간은 태생적으로 슬픈 존재일까. 슬픔이 인간이 느끼는 감정 중에서 가장 근원적인 이유도 여기에 있는 것일까. 인간이 느끼는 어떤 감정도 깊은 존재론적 슬픔 앞에서는 맥을 못 추게 되는 건 그래서일까.

상처 중에는 이처럼 존재론적인 것이어서 모든 사람에게 보편적으로 적용되는 것이 있는가 하면, 그것을 경험하는 사람에게만 적용되는 사적이고 개인적인 것이 있다. 우리가 주목해야 하는 것은 뒤엣것이다. 앞엣것은 모든 사람에게 해당되는 것이어서 어쩔 수 없는 측면이 없지 않기 때문이다. 극단적인 것으로 이어지지 않는 한, 존재론적 상처는 불가피한 삶의 조건으로 받아들이면 된다. 그런데 뒤엣것은 때로 삶의 균형을 잃게 만들고 인간 심리를 파편화시키며 결국에는 삶을 파괴할 수도 있다. 상처를 심각하게 받아들여야 하는 이유가 여기에 있다.

정신분석에서는 다양한 상처들을 트라우마라고 칭한다. 마음의 준비가 되지 않은 상태에서 발생하는 다양한 심리적 상처들을 트라우마로 보면 된다. 그런데 그리스어에서 유래한 트라우마라는 말은 어원적으로 외상, 즉 몸에 난 상처를 가리킨다. 더 정확히 말하면, 몸에 난 상처들 중에서도 좀 더 심각하고 오래 지속되는 상처를 의미한다. 트라우마가 마음의 상처를 가리키는 용어로 쓰이게 된 것은 정신분석학자들이 자기들의 편의에 맞게 그것을 끌어다 쓴 탓이다. 사실, 몸과 마음이 따로 노는 것이 아니고 한쪽이 아프면 다른 쪽도 덩달아 아픈 법이니 어느 쪽으로 굳이 한정할 필요는 없다. 문제는 그것이 경미한 것일 수도 있지만, 삶 자체를 휘두를 만한 것일 수 있다는 점이다. 그렇게 되면, 인간은 과거를 뒤로하고 현재를 사는 게 아니라, 현재를 살면서도 과거를 산다. 시간관념이 와해되는 것이다. 이렇듯 트라우마는 자기 의지와 상관없이 과거의 어느 시점에 경험했던 것을 반복적으로 경험하는 것을 특징으로 한다. 엄청난 사건을 겪은 사람이 그것을 떠올리는 것이 자신에게 결코 득이 되지 않음에도 불구하고, 자기도 모르게 그것을 반복하여 떠올리는 것은 이러한 이유에서다. 그 사람에게 과거의 트라우마는 프로이트가 말했듯 "침입자나 유령" 같은 존재다.

프로이트의 『쾌락원칙을 넘어서Beyond the Pleasure Principle』에는 반복의 고통, 고통의 반복과 관련된 슬픈 이야기가 나온다. 프로이트는 이탈리아 르네상스 시인 토르콰토 타소Torquato Tasso(1544-1595)의 서사시 『해방된 예루살렘Gerusalemme Liberata』에 나오는 이야기를 들어 트라우마를 설명한다. 『해방된 예루살렘』의 주인공 탄크레드Tancred는 십자군 기사다. 그런데 그는 사랑하는 연인 클로린다Clorinda를 자기 손으로 죽이게 되는 기구한 운명에 처한다. 그녀가 적군 기사로 변장해 있어 적으로 오인해 죽인 것이다. 그는 비통한 마음으로 그녀를 묻는다. 그러고 나서 십자군 기사들을 공포로 몰아넣는 이상한 마법의 숲으로 들어가 큰 나무를 베어버린다. 마법을 물리치기 위해서다. 그런데 여기에서 놀라운 일이 생긴다. 베인 자리에서 피가 흘러나오면서, 그가 또 자기를 다치게 했다는 클로린다의 목소리가 들려온다. 그녀의 영혼이 나무에 갇혀 있었던 것이다. 그렇게 해서 탄크레드는 사랑하는 사람을 두 번 죽이게 된다. 프로이트는 탄크레드가 클로린다를 죽이는 행위를 반복하는 것이 과거의 트라우마에 기인하고 있다는 점을 강조하며, 트라우마의 특징을 설명한다. 결국 트라우마는 고통의 장소, 고통의 시간으로 자기도 모르게 자꾸 회귀하는 것을 의미한다.

그렇다면 고통스러운 경험을 자기도 모르게 반복하는 탄크레드 같은 사람에게도 치유라는 게 가능할까. 그런 트라우마는 극복될 수 있을까. 물론 우리 사회는 그렇게 믿는다. 모든 트라우마는 치유되고 극복될 수 있다고. 그것이 어떤 것이든 트라우마를 과거사로 돌리고 앞으로 나아가야 한다는 논리다. '힐링'이라는 말이 유행어가 된 것은 이러한 논리와 무관하지 않다. 우리도 이 논리에 편승하여, 나을 수도 없고 치유될 수도 없고 극복할 수도 없는 트라우마가 있다는 것을 애써 외면하려한다. 그것이 남의 것이어서 내 피부로 느껴지지 않기 때문이다. 우리는 타인의 마음속에 어떤 상처가 있는지 모르고 살아간다.

1964년에 발표된 이후 지금까지 독자들의 사랑을 꾸준히 받아온 쉘 실버스타인Shel Silverstein의 『아낌없이 주는 나무The Giving Tree』는 우리가 타인의 트라우마를 대하는 방식을 성찰하는 데 좋은 틀을 제공한다. 미국 작가의 것이지만 우리나라에서도 독자들의 많은 사랑을 받고 있는 이 동화를 트라우마와 관련시키는 것이 다소 생소하게 느껴질지 모르지만, 『아낌없이 주는 나무』는 어린이가 읽는 동화의 범주에 넣기 어려운 '불온한' 책이다. 하퍼Harper 출판사에서는 2014년부터 '50주년 기념'이라는 둥그런 금색 딱지를 붙여 이 책을 판매하고 있는데, 이것이 아이들에게 읽혀도 되는 이야기인지는 심각하게 고민해볼 필요가 있다. 실버스타인의 텍스트가 트라우마의 면면과 실상을 스토리만이 아니라 그림을 통해서 생생하게 보여주고 있음에도 지금까지 트라우마와 관련하여 논의된 적이 없다는 것은 다소 놀라운 일이다.

물론 독자들의 평가는 대부분,『아낌없이 주는 나무』가 아름다운 동화라는 것이다. 대를 이어 읽히고 싶은 동화라는 시각마저 있다. 실제로 스토리는 나무의 헌신적인 사랑을 전제로 한다. 그 사랑은 부모에게서 자식으로, 그 자식에게서 그 자식의 자식으로 전해지는 사랑에 비유된다. "옛날에 나무가 있었다⋯⋯ 그리고 나무는 작은 소년을 사랑했다"로 시작하여 "그리고 나무는 행복했다"로 끝나는 이 이야기는 아이가 어렸을 때부터 노인이 될 때까지, 나무가 그에게 얼마나 아낌없이 자기 몸을 내어주는지를 보여준다. 아이는 어렸을 때는 나무에서 떨어지는 잎들을 주워 왕관을 만들어 머리에 쓰고 "숲속의 임금님" 놀이를 하기도 하고, 나무의 몸통을 타고 올라가 가지에 매달려 그네를 타기도, 배가 고프면 사과를 따 먹기도 한다. 그리고 피곤해지면 나무 그늘에 누워 자기도 한다. 나무는 그 모습을 보면서 행복해하고, 아이는 자기를 행복하게 해주는 나무를 사랑한다.

여기까지는 나무도 그렇고 아이도 행복하다. 윌리엄 블레이크William Blake의 표현을 빌리면, 여기까지는 "순수의 노래Songs of Innocence"에 속한다. 그러나 문제는 아이가 영원히 순수의 세계에 머물 수만은 없다는 사실이다. 아이가 나이를 먹지 않고 에덴동산에서 마냥 뛰노는 것은 가능한 일이 아니다. 가파른 삶이 그를 기다리고 있다. 이것이 블레이크의 시에서 "순수의 노래"가 "경험의 노래Songs of Experience"에 자리를 양보할 수밖에 없는 이유다.

시간은 흐르고, 아이는 순수의 세계에 머물러 있지 않으려 한다. 그는 나무에 올라 가지에 매달리거나 나무가 드리워준 그늘에 누워 낮잠을 자는 것에 더 이상 만족하지 못하게 된다. 그는 뭔가 다른 것을 살 돈을 필요로 한다. 그러자 나무는 아이에게 사과를 내다 팔아서 돈을 마련하라고 제안한다. 그러자 아이는 사과를 팔아서 돈을 마련하고는 오랫동안 돌아오지 않는다. 그러던 어느 날 아이가 돌아온다. 그리고 결혼해서 아내와 아이들을 건사하려면 집을 장만해야 한다고 말한다. 나무는 자신의 가지를 잘라서 집을 지으라고 한다. 아이는 가지를 잘라 간 후, 다시 오랫동안 돌아오지 않는다. 그러던 어느 날, 또 아이가 돌아와서 배가 필요하다고 한다. 그것을 타고 어딘가로 가야 되겠다는 것이었다. 그러자 나무는 자신의 몸통을 잘라서 배를 만들라고 한다. 아이는 나무의 몸통으로 만든 배를 타고 떠난 후, 다시 오랫동안 돌아오지 않는다. 아이는 허리가 구부정하고 얼굴에는 주름이 가득한 노인이 되어 돌아온다. 주는 것에 익숙해 있던 나무는 그 모습을 보고 안타까워하며 "뭔가를 너에게 주고 싶지만 이제는 남은 게 아무것도 없다"고 말한다. 그럴 수밖에 없는 것이, 나무에게는 밑동(그루터기) 말고는 남은 게 없다. 그러자 노인이 된 아이는 "지금은 많은 것이 필요하지 않고, 앉아서 쉴 조용한 곳만 있으면 된다"고 말한다. 노인이 된 지금도 그에게는 뭔가가 필요한 것이다. 그러자 나무는 말한다. "그래, 앉아서 쉬는 덴 낡은 밑동이 안성맞춤이지. 얘야, 이리 와서 앉아라. 앉아서 쉬어라." 나무는 아이가 자신의 몸 위에 앉자 다시 행복해한다.

많은 독자들은 사랑하는 사람에게 자신의 모든 것을 아낌없이 내어주는 나무에게서 무조건적인 사랑의 모습을 발견하는 것처럼 보인다. 아닌 게 아니라 나무와 아이의 이야기는 자크 데리다Jacques Derrida가 말한 "무조건적인 환대"나 선물, 즉 뭔가를 되돌려 받기 위해 주는 게 아니라 아무런 조건 없이 상대방에게 주는 것이 어떤 것인지를 예증하는 것처럼 보인다. 데리다에 따르면, 선물이란 그것을 받은 사람이 자신도 뭔가를 돌려줘야 한다는 부담을 느낀다면 진정한 선물이 아니다. 선물은 그것을 받는 사람이 선물이라고 느끼는 순간, 선물이 가져야 하는 순수성을 잃어버린다. "선물이 선물로 느껴지면 선물이라는 것을 무효화하기에 족하다"는 데리다의 말은 이러한 맥락에서 나온 말이다. 따라서 선물이 진정한 "선물이 되기 위해서는 받은 사람이 돌려주거나 상환하거나 빚을 면제받거나 계약에 들어서지 않는 것이 필요하다". 진정한 선물은 주고받는 것이 아니고, 받는 사람이 선물인지도 모르게 무조건적으로 주어져야 한다. 그래서 자신의 모든 것을 내어주면서도 아무런 생색을 내지 않는 나무의 모습은 진정한 선물, 무조건적인 환대가 무엇인지 생각하게 만든다. 그에게는 주는 것만이 있을 뿐, 무조건적으로 내 몸을 내어주는 것만이 있을 뿐, 그 행위로 인해 자기가 받게 될 것은 안중에 없다. 받기 위해 주는 것이 아니라 주기 위해 주는 것이기 때문이다.

자기를 통째로 내어주면서 행복해하는 나무의 모습은 자신의 삶이야 어떻게 되든 아랑곳하지 않고 자신의 모든 것을 내어주는 우리의 어머니 아버지들의 모습과 닮았다. 자식이 어머니 아버지가 되고 다시 할머니 할아버지가 되어도 여전히 자식을 사랑하고 보살피려드는 어머니 아버지들의 모습을, 허리는 구부정하고 얼굴에는 주름살이 가득한 아이에게 마지막 남은 밑동마저 내어주는 나무의 모습에서 발견하는 것도 무리는 아니다. 실버스타인의 스토리에서 아이가 성년이 되어도 나무에게는 "아이boy"인 것처럼, 우리의 어머니 아버지들에게도 자식은 호호백발이 되어도 여전히 보살펴줘야 하고 안아줘야 하는 아이인 것이다. 이처럼 『아낌없이 주는 나무』에서 자식을 향한 부모의 애틋한 마음을 읽어내는 것은 그리 어려운 일이 아니다.

그러나 문제는 이것이 전부가 아니라는 사실이다. 『아낌없이 주는 나무』는 조금만 시각을 달리해서 보면, 아름답기보다 오히려 슬픈 이야기가 된다. 특히 나무가 자기를 내어주는 과정에서 견디고 경험하는 고통과 상처를 생각하면, 슬픈 이야기를 넘어 한 존재가 감당하기에는 너무나 힘겨운 트라우마에 관한 이야기가 된다. 나무는 몸통이 있고 가지가 있고 잎이 있어야 정상인데, 잎과 가지가 잘리고 급기야 몸통마저 잘리면 정상적인 삶을 살 수 없게 된다. 잎이 떨어지고 열매가 떨어지는 것을 트라우마라고까지 할 것은 없겠지만, 가지가 통째로 잘리고 결국에는 몸통까지 잘리는 것은 트라우마에 트라우마가 얹히는 격이다. 일차적으로는 몸에 생긴 트라우마가 문제지만, 궁극적으로는 그 트라우마로 인해 발생한 심리적 트라우마가 더 큰 문제다. 캐시 캐루스Cathy Caruth의 말로 옮기면, 전자는 "죽음과의 만남"이라는 트라우마이고 후자는 이후의 삶에 얹힌 트라우마다. 양자가 다 문제라는 말이다. 『아낌없이 주는 나무』에 열광하는 사람들은 나무의 몸이 잘리는 것을 이렇게 트라우마로 해석하는 것에 거부감을 느낄 수 있겠지만, 그러기 전에 한 번쯤 생각해볼 일은 동화 속에서는 나무도 인간처럼 숨을 쉬고 생각을 하는 존재라는 사실이다.

실제로 실버스타인의 스토리를 유심히 보면, 나무가 중성이 아니라 "그녀she"라는 여성대명사로 지칭되고 있는데, 이것은 나무가 아무렇게나 취급해도 되는 존재가 아니라는 걸 말해준다. 그래서 "옛날에 나무가 있었다…… 그리고 나무는 작은 소년을 사랑했다Once there was a tree…… and she loved a little boy"로 시작되는 첫 문장은 "옛날에 나무가 있었다…… 그리고 그녀는 작은 소년을 사랑했다"로 번역해야 옳다. 여기만이 아니다. 스토리에는 나무가 여성임을 지칭하는 대명사(she, her, herself)가 열한 번이나 나온다. 더 구체적으로 얘기하면 she는 세 번, her는 일곱 번, herself는 한 번 나온다. 그래서 아이가 낮잠을 자는 그늘은 중성적인 그늘이 아니라 여성인 나무가 드리운 그늘her shade이 되고, 아이가 내다 파는 사과는 중성적인 사과가 아니라 여성인 나무가 생산한 사과her apples가 된다. 이것은 아이가 남성대명사(he, his)로 지칭되는 것과 대등한 것이다. 때로는 나무와 아이가 한 문장 안에서 인칭대명사만으로 지칭되기도 한다. 가령 아이가 "가지를 잘라 집을 짓기 위해 가져갔다"는 문장에서 가지는 "그녀의 가지her branches"로, 집은 "그의 집his house"으로 표현된다. 그런데 이처럼 원문에서는 여성으로 되어 있는 나무가 우리말 번역에서는 성의 구분이 없는 '나무'로 바뀌어 있다. 그러니까 우리말로 번역되는 과정에서 나무는 여성이 아니라 우리가 아무렇게나 다루어도 좋은 무성, 즉 '그것'의 영역으로 내려앉는다.

어떤 존재가 '그것'이 되면, 그것은 우리의 편리에 따라 활용하고 이용할 수 있는 대상이자 도구라는 말이된다. 더 정확히 말하면, '그것'은 우리의 필요에 따라 사용하고 더 이상 필요하지 않으면 폐기할 수 있는 물체라는 말이다. 그런데 놀라운 것은 단순한 물건이나 물체만이 아니라 인간마저도 '그것'이 될 수 있다는 사실이다. 우리는 나무만 쓰고 버리는 게 아니라 때로는 사람마저 쓰고 버린다. 인간까지 소비의 대상이고 이용의 대상인 것이 우리의 현실이다. 이러한 현실에서 나무와 사람은 서로 다른 존재가 아니라 '그것'이라는 점에서 동격이다. 마틴 부버Martin Buber가 『나와 너Ich und Du』에서 갈파한 것이 바로 이것이다. 그는 현대사회의 인간관계가 점점 더 "나-너"가 아닌 "나-그것"의 관계로 변질되고 있다고 개탄하며 "나-너"의 관계를 회복해야 한다고 했다.

어린이를 위한 동화로 출판된 것을 우리말 동화로 옮기는 과정에서 어쩔 수 없이 발생한 것이긴 하지만, 『아낌없이 주는 나무』의 우리말 번역본들은 "그녀"로 되어 있는 것을 "나무"로 번역하면서 아이와 나무의 관계를 "나-너"의 관계에서 "나-그것"의 관계로 변형시키고 있다. 여기에는 나무가 우리와 다른 존재이기에, 아니 존재 이하의 존재이기에 고통이나 상처, 트라우마를 경험할 수 없다는 전제가 깔려 있다. 인간만이 고통과 상처와 트라우마를 경험한다고 생각하는 인간 중심적인 사고 탓이다. 보통의 경우, 나무와 인간을 이처럼 나누는 것은 문제가 되지 않는다. 나무는 인간이 필요에 따라서 잘라서 쓰는 '그것'이다. 인간은 늘 그렇게 살아왔고 앞으로도 그렇게 살아갈 것이다. 문제는 이 스토리 속의 나무가 인간처럼 말을 하고 생각을 하는 존재라는 것이다. 그래서 이 스토리 속에서 아이가 자르는 것은 몸통이 잘려 나가도 아무런 고통을 느끼지 못하는 나무가 아니라, 아이처럼 말을 하고 아픔을 느끼는 생명체의 몸이다. 많은 사람들이 생각하는 것처럼, 동화 속의 나무가 우리에게 자신의 모든 것을 내어주는 어머니 아버지들에 대한 은유라면, 그 어머니 아버지들의 몸은 나무의 몸처럼 소모되어도 되는 것일까.

어쩌면 아이가 나무의 트라우마를 보지 못하는 것은 나무가 너무 가까이 있어서일 수도 있다. 물체가 너무 가까이 있으면 그것의 형상이 제대로 보이지 않듯이, 아이는 너무 가까이 있기에 나무의 상처나 아픔을 온전히 볼 수 없는 것인지 모른다. 너무 멀어도 안 보이지만 너무 가까워도 안 보이는 탓이다. 그렇다면 어머니 아버지들의 트라우마를 이해하는 것은 그들 가까이에서 그들의 사랑을 받고 살아가는 자식들이 아니라, 그들과 그다지 관련이 없는 타인이나 이웃일 수 있다. 그렇게 되면 우리는 그들에게 남보다 더 남이고, 타인보다 더 타인이 된다. 가까운 사람이든 먼 사람이든, 모두가 나에게는 남인 셈이다. 가까운 사람의 고통이든 먼 사람의 고통이든, 모두가 남의 고통인 셈이다. 남의 고통이니까 이해를 못하는 것이다. 내 몸이, 내 마음이 아프지 않으니까 이해를 못하는 것이다.

이처럼 상처와 고통은 내 자신이 경험한 것이 아니면 늘 추상적이다. 그것들이 직접 겪지 않고서는 알 수 없는 미지의 영역에 속하는 탓이다. 타인이 고통스러워하는 것을 보면서도, 우리는 그것을 이해하고 공감하기보다는 그것이 나의 것이 아니라는 사실에 안도한다. 물론 의도적으로 그렇게 하는 것이 아니라 자기보존 본능이 발동해서 저절로 그렇게 된다. 여기에 매스컴의 자극적인 보도까지 곁들여지는 상황이라면, 더욱 그들의 고통은 우리와 상관없는 고통이 되고 만다. 우리 모두가 자식을 둔 부모이거나 부모를 둔 자식이면서도, 자식이나 부모를 잃은 다른 사람들의 고통을 나와는 상관없는 고통으로 생각하는 것이 슬프게도 우리의 본성이다. 이스라엘의 포탄에 아비규환이 된 가자지구의 팔레스타인 부모나 아이들이 겪는 고통이 우리를 고통스럽게 하지 않는 것은 그것이 뉴스를 통해 전해져 오는 먼 고통이기 때문이다. 하기야 그렇게 멀리 갈 것까지도 없이, 이 나라에서 볼 수 있는 많은 사람들의 고통이 우리에게 고통스럽게 다가오지 않는 것도 결국 그것이 당장 나의 고통이 아니기 때문이다.

결국 『아낌없이 주는 나무』는 우리가 알지 못하고 때로는 애써 눈을 감아버리는 타인의 고통, 타인의 트라우마에 관한 이야기다. 우리는 조금씩은 너 나 할 것 없이, 나무의 사랑을 흠뻑 받으면서도 그것이 트라우마에 기반하고 있다는 사실을 알지 못하는 아이를 닮았다. 타인의 상처, 타인의 고통, 타인의 트라우마를 깊이 헤아리지 못하는 우리 자신의 모습은 나무라는 타자의 트라우마와 아픔을 이해하지 못하는 아이의 모습을 정말이지 많이 닮았다. 이러한 이유에서 우리는 『아낌없이 주는 나무』를 읽을 때, 나무가 말하는 것보다 말하지 않는 것, 즉 침묵에 귀를 기울일 수 있어야 한다. 나무가 침묵하는 것은 아프지 않아서가 아니라 너무 아파서다. 너무 아파서 자신의 감정을 소리나 말로 표현할 수 없어서다. 자신을 "흔드는 것이 제 조용한 울음인 것을 까맣게" 모르는 갈대처럼(신경림, 「갈대」), 나무는 자기의 상처와 고통을 알지도 못하고 표현할 줄도 모른다. 이것이 트라우마의 본질이다. 감정이나 말로 표현할 수 있고 자신이 왜, 어디가, 어떻게 아픈지 말할 수 있다면, 그것은 더 이상 트라우마가 아니다. 정신분석가나 정신과 의사가 트라우마 환자를 치료하면서 목표로 하는 것은 갑작스러운 충격 때문에 무의식 속으로 숨어버린 경험을 밖으로 *끄집어내* 얘기하게 만드는 것이다. 이것은 극심한 트라우마를 의미의 상처로, 즉 언어로써 파악할 수 없는 상처로 보고 접근한다는 말이다. 존재를 뒤흔들 정도의 트라우마라도 언어라는 상징 속으로 들어오면 치유까지는 아니더라도 이해는 할 수 있게 된다는 논리다. 자신의 트라우마를 말로 표현할 수 있다는 것은 그것을 언어의 영역으로, 그러니까 자아가 통제할 수 없는 무의식에 속하던 트라우마를 통제 가능한 언어의 영역으로 옮긴다는 의미인데, 정신분석가들은 이러한 행위 자체만으로 치료가 이미 시작된 것이라고 믿는다. 전문가의 말이 아니더라도, 다른 사람에게 얘기함으로써 가슴속에 맺혀 있던 응어리가 어느 정도 풀리는 것은 많은 사람들이 경험한 바다. 작가들의 글이 그들에게 치료의 기능을 하는 것도 같은 이치다. 작가만이 아니라 보통 사람들에게도 자신의 심경을 글로 적는 것이 치료의 기능을 한다. 복잡하고 혼란스럽고 정리하기 어려운 것이 언어를 통해, 언어라는 질서와 상징을 통해 정리되기 때문이다. 이렇듯 인간의 언어는 누군가에게 상처를 주기 위한 용도로도 쓰이지만, 마음의 상처와 의미의 상처를 어루만지고 다독거리는 용도로도 쓰인다. 그래서 언어는 완전하지는 않지만 이용하기에 따라 나름대로 쓰임새가 있는 도구인 셈이다. 그러나 말이 쉽지 트라우마를 언어로 풀어내는 것은 보통 어려운 일이 아니다. 정도에 따라 다르겠지만, 어떤 트라우마는 『아낌없이 주는 나무』의 나무가 겪는 것처럼 일상적인 언어로 표현하는 것 자체가 불가능한 것일 수도 있다. 그래서 나무의 침묵은 겉으로 보기에는 침묵이지만, 실제로는 '소리 없는 아우성'이다. 다만 이야기 속의 아이가, 그리고 그 아이와 다를 게 없는 우리가, 소리가 없는 것이 더 절박한 아우성이라는 것을, 소리가 감당할 수 없을 정도가 되면 소리가 없어진다는 것을 알지 못할 따름이다. 이런 의미에서 『아낌없이 주는 나무』는 트라우마에 대해 얘기할 의도가 전혀 없었음에도, 아이러니컬하게도 트라우마의 본질에 대해서 많은 것을 얘기해주는 놀라운 스토리다.

카를 구스타프 융Carl Gustav Jung은 트라우마를 "바위에 내동댕이쳐진 개인의 비밀스러운 이야기"라며 거기에 "치료에 대한 열쇠가 있다"고 했지만, 문제는 "바위에 내동댕이쳐진 개인의 비밀스러운 이야기"를 언어로 끌어내기가 때로는 불가능하다는 데 있다. 그럼에도 우리는 바위에 내동댕이쳐진 경험에 대해 알지도 못하면서 그것을 치유의 대상으로 간주한다. 이런 경우에 들이미는 치유는 폭력에 가깝다. 치유를 섣불리 시도하는 행위 자체가 또 다른 트라우마를 야기하거나, 트라우마까지는 아니어도 기존의 트라우마를 심화시킬 가능성은 얼마든지 있다. 사랑도 때로는 사랑이라는 이름으로 가장한 폭력일 수 있듯이, 치유도 때로는 치유라는 이름으로 가장한 폭력일 수 있다. 밑동만 남은 나무의 몸처럼 치유의 대상이 아니라 치유가 불가능한, 아니 치유 자체를 거부하는 트라우마도 있다는 것을 간과하게 되면 더더욱 그렇다. 나무가, 그리고 나무처럼 극심한 트라우마를 경험한 사람이, 이전의 삶으로 돌아가는 것이 가능할까. 울면서도 자기가 우는 것을 '까맣게' 모르는 사람에게, 아파도 자기가 아프다는 것을 '까맣게' 모르는 사람에게, 예전의 삶으로 돌아가라고 하는 것은 너무 가혹한 일이 아닐까. 모든 트라우마에 치유가 가능하다는 절대성은 여기에서 무너진다. 이것이 남의 고통, 남의 상처, 남의 트라우마 앞에서 우리가 한없이 겸손해야 하는 이유이다. 여기가 윤리의 자리다. 자기를 낮추고 타인을 존중하는 자리에서 윤리는 태어난다. 이것이 『아낌없이 주는 나무』가 나무의 상처와 침묵을 통해 증언하는 것이다. 그래서 우리가 나무의 상처와 침묵에 주목하는 순간, 『아낌없이 주는 나무』는 아름다운 동화가 아니라 우리가 다른 존재, 다른 사람의 트라우마를 대하는 방식에 대한 서글픈 우화가 된다.

저 사람은 내 아빠가 아냐

─『나의 라임오렌지나무』의 폭력과 트라우마

프란치스코 교황이 2015년 2월 4일 수요일, 베드로광장에서 일반 신도들, 특히 부모들을 대상으로 강론을 하면서 자신이 언젠가 만난 한 아버지에 관한 일화를 소개했다. 그에 따르면, 그 아버지는 아이들이 잘못할 경우 이따금 체벌을 하긴 하지만, 아이들에게 모욕감을 주지 않으려고 얼굴만은 절대 때리지 않는다고 했다. 교황은 그 사례를 인용하면서 아이를 인격체로 대한 아버지를 치켜세웠다. 교황의 이 발언은 순식간에 큰 반향을 불러일으켰다. 가톨릭교회의 수장으로서 유례를 찾기 힘들 정도의 존경을 받으며 막강한 영향력을 행사하는 그였기에 더욱 그러했다. 체벌은 야만적인 것이며 법으로 금지해야 한다고 믿는 사람들은 그를 비난했고, 아이들을 제대로 교육시키기 위해서는 체벌이 불가피하다고 믿는 사람들은 박수를 보냈다. 물론 교황의 발언을 잘 살펴면, 그것이 '체벌의 필요성'이 아니라 '아이들을 인격체로 대해야 할 필요성'을 강조하기 위한 것이었다는 사실을 어렵지 않게 알 수 있다. 더군다나 그는 평소에 누구보다 아이들을 사랑하고 배려하는 것으로 잘 알려져 있다. 그럼에도 불구하고, 그는 '사랑의 매'를 때린 아버지를 칭찬함으로써 적어도 논리적으로는, 체벌이 필요하다고 생각하는 사람들의 손을 들어준 셈이 되었다. 그래서 교황의 발언을 두고 세계가 한동안 시끄러웠다. (적어도 서구에서는 그랬다.) 그런데 한국에서는 교황의 발언을 둘러싼 서구의 논란 자체를 괜한 호들갑으로 여기는 분위기마저 감지된다. 이것은 체벌을 당연하게 생각해온 우리의 문화적, 사회적 환경과 무관하지 않아 보인다.

체벌은 동서고금을 통해서 늘 있어왔고 앞으로도 그러할 것이다. 2001년에 발족한 "체벌 종식 세계연대Global Initiative to End Corporal Punishment of Children"의 웹사이트 end-corporalpunishment.org에 따르면, 2013년 기준으로 아이들에 대한 체벌을 전면적으로 금지하고 있는 국가는 전 세계 195개국 중에서 34개국에 불과하다.* 즉, 20퍼

---

* 2016년 통계에 따르면, 51개국이 체벌을 전면적으로 금지하는 정책을 채택했고, 또 다른 55개국이 그러한 쪽으로 나아가고 있다고 한다. 이는 괄목할 만한 변화이다.

센트 미만의 국가들만 체벌을 전면적으로 금지하고 나머지 국가들은 허용하고 있다. 그러니까 우리나라를 포함하여 이 세상에 존재하는 대부분의 나라에서, 아이들이 매를 맞으면서 큰다는 얘기다. 물론 모든 체벌이 그러한 것은 아니겠지만, 적어도 그중 일부가 일정한 선을 넘어서면서 심각한 트라우마로 이어진다는 데 체벌의 문제점이 있다. 이것이 우리가 체벌을 정말로 심각하게 생각해야 하는 이유이다.

브라질 작가인 주제 마우로 데 바스콘셀로스Jose Mauro de Vasconcelos의 『나의 라임오렌지나무Meu Pé de Laranja Lima』(박동원 옮김, 동녘, 1982)에 대한 이야기를 체벌에 대한 언급과 함께 시작하는 이유는 한국에서 오랫동안 인기를 누려온 이 소설이 사실은 체벌과 그로 인한 트라우마에 관한 이야기이기 때문이다. 이 소설의 화자이자 주인공인 제제는 처음부터 끝까지 체벌에 시달린다. 그의 누나는 이가 부러지고 피범벅이 되도록 그를 때리고, 아버지는 쇠고리가 두 개 달린 허리띠로 그를 때려 일주일 동안 누워 있게 만든다. 무엇보다 놀라운 것은 제제가 다섯 살배기 철부지라는 사실이다. 이쯤 되면 아이에게 가해진 것은 교황이 언급한 사랑의 매와는 천리만리 떨어진 체벌이다. 아니, 체벌이 아니라 폭력이자 학대다. 작가는 그것이 폭력이자 학대라는 것을, 저항하지 못하는 아이를 향한 무차별적인 폭력과 학대라는 것을 숨기지 않는다. 작가는 스스로 자전적인 소설이라고 밝힌 『나의 라임오렌지나무』를 통해 자신이 유년 시절에 경험했던 폭력과 그것으로 인한 트라우마를 증언하고 싶었던 것인지도 모른다. 그런 의미에서 이 소설은 '불편한' 소설이다. 스토리의 한복판에 다섯 살짜리 아이에 대한 폭력이 자리를 잡고 있어서도 그렇고, 그 아이가 어른이 되어서도 매를 맞은 기억을 떨쳐내지 못하고 그것에 붙들려 있어서도 그렇다. 화자는 첫 페이지에서부터 자신이 "걸핏하면 매를 맞았다"고 서술하는데 이것은 그 매가, 그 매로 인한 심리적 파장이 스토리의 핵심이라고 선언하고 들어가는 것과 다름없다. 이것이 독자를 불편하게 만든다. 물론 스토리를 전개하다 보면 부득이하게 폭력을 묘사해야 하는 경우도 있다. 문제는 그 폭력이 다섯 살짜리를 향한 과도한 폭력이라는 사실이다. 나름대로 탄탄한 구조에 감동적인 스토리를 갖고 있음에도 불구하고, 이 소설이 불편한 진짜 이유는 여기에 있다.

그러나 한국 독자들은 그러한 불편함에도 아랑곳하지 않고 이 소설에 열광하는 것처럼 보인다. 번역자에 따르면, 한국처럼 열광적으로 이 소설을 환대한 곳은 없다고 한다. 브라질에서는 이 소설이 "초등학교 교과서로 사용된 적이 있으며 프랑스에서는 소르본대학 포르투갈어 강의 교본으로 사용되기도 할 정도로 많은 사랑을 받았다"고 하지만, 번역자의 말을 액면 그대로 받아들이자면 "한국에서 가장 많은 사랑을 받은" 것처럼 보인다. 이것은 이 소설을 환대하기는커녕 홀대하는 영어권의 반응과는 너무나 대조적이다. 놀라운 일이 아닐 수 없다. 1968년 브라질에서 포르투갈어로 출판된 이 소설은 미국에서는 1970년에 알프레드 노프Alfred a Knopf 출판사에서, 영국에서는 1971년에 조지프M. Joseph 출판사에서 '나의 오렌지나무My Sweet-Orange Tree'라는 제목으로 번역되어 나왔는데, 그것으로 끝이었다. 재판을 찍은 적도 없고 다른 번역본이 나올 조짐도 없다. 한국에는 스무 종이 넘는 번역본이 존재하는데, 우리와 비교가 되지 않을 정도로 많은 독자가 있고 번역서들도 다양한 영어권에는 40여 년 전에 출판된 것밖에 없다. 그래서 영어권 독자들은 이 소설을 읽고 싶어도 읽지 못한다. 어느 서점이나 도서관에 가도 이 책을 접할 수 있는 우리의 현실과는 달라도 너무 다르다. 그렇다면 같은 소설이 한쪽에서는 환대를, 다른 쪽에서는 홀대를 받는 이유는 무엇일까. 그 차이가 우리에게 시사해주는 바는 무엇일까. 어디까지나 가정에 불과하지만, 아이들을 향한 폭력과 그것으로 인해 발생한 트라우마를 소설의 중심으로 받아들였는가, 그렇지 않았는가의 문제가 아닐까. 그래서 가정 폭력을 무거운 사안으로 받아들이는 미국이나 영국에서는 그러한 장면이 많은 이 불편한 소설이 외면을 받고, 체벌에 관해서 다소 너그러운 입장을 취하는 한국에서는 이 소설을 서로 다른 번역자들이 번역해 소개하고 심지어 초등학생을 위한 소설이나 만화로까지 만들어 보급하는 것은 아닐까. 그게 아니라면, 영미권의 독자들과 달리 우리는 주인공 제제처럼 부모나 형제에게서 조금은 억울하게 맞은 기억이 있어서 그와 우리를 동일시하고 그의 슬픔과 상처를 우리의 것으로 자연스레 받아들인 것은 아닐까. 결국 우리는 정도의 차이는 있지만, 조금씩은 상처를 보듬고 살아온 제제인 것일까. 우리는 체벌에 관한 한, 제제의 것과 엇비슷한 기억과 트라우마를 갖고 있는 것일까. 우리는 개인적으로도 그렇고, 집단적으로도 매를 맞는 존재였던 것일까.

무엇이 한국의 독자들을 『나의 라임오렌지나무』에 열광하게 만들었는지 명확하게 알 길은 없다. 명확한 것은 『나의 라임오렌지나무』가 트라우마 소설이라는 것이다. 이 소설을 읽고 감동을 받은 수많은 독자들은 이 소설을 트라우마 소설로 분류하면 거부감을 느낄지 모르지만 스토리를 조금만 세밀하게 들여다보면 트라우마가 소설의 한복판에 있다는 것은 분명해진다.

스토리는 과도한 폭력이 발생하는 지점을 기준으로

앞뒤로 나뉜다. 아니, 스토리만 나뉘는 것이 아니라 스토리의 중심인 제제의 삶 자체가 앞뒤로 나뉜다. 앞뒤로 나뉜다는 것은 트라우마가 발생했다는 의미이고, 더 이상 연속적인 삶을 살 수 없게 됐다는 의미이다. 물론 제제는 이전에도 "걸핏하면 맞았다". 체벌은 그에게 일상이다. 그 스스로 매를 벌기도 한다. 유리 조각으로 남의 집 빨랫줄을 끊어 빨래를 망쳐놓기도 하고 스타킹에 연줄을 묶어 이리저리 잡아당겨 뱀이 움직이는 것처럼 만들어 지나가는 여자를 질겁하게 만들기도 한다. 이웃집 울타리에 불을 놓기도 하고 이웃집 거울을 깨뜨리기도 한다. 영화관에 가서는 화장실에 다녀오면 놓치게 될 대목이 아까워 구석에 가서 볼일을 보는 바람에 다른 아이들까지 합세해 오줌이 "강처럼 흐르게" 만들기도 한다. 그러다 보니 집에 돌아오면 늘 맞는다. 자다가도 맞는다. 말썽을 자주 부리는 탓에 때로는 자기가 하지 않은 일에도 누명을 쓰고 얻어맞는다. 뭐든 잘못되면 그의 탓이고, 가족들은 "습관처럼" 그를 때린다. 그러나 그가 말썽만 부리는 건 아니다. 못생겼다는 이유로 아무도 챙기지 않는 여자 선생님에게 꽃을 꺾어다 주기도 하고, 자기도 못살면서 자기보다 못사는 아이(흑인인 도로딸리아)와 먹을 것을 나누기도 하는 착한 심성의 아이다. 또한 돈이 없어 크리스마스 분위기를 내지 못하는 아버지를 위해 거리로 나가 구두를 닦아 담배를 사다 주는 갸륵한 아들이기도 하고, 막냇동생 루이스를 "왕"으로 받들면서 세상의 신비로움을 보여주는 따뜻하고 자상한 형이기도 하다. 무엇보다 그는 자신이 "밍기뉴"라고 부르는 라임오렌지나무와 얘기를 주고받고, 박쥐를 친구로 삼는 순진무구한 어린아이다. 달리 말해, 아버지가 일자리를 잃은 탓에 어머니는 방직공장에서 일을 하고 랄라 누나도 공장에 가서 일을 해야 하는 궁핍한 환경에 처해 있지만, 밝고 낙천적인 아이다. 그래서 그의 삶은 나름대로 행복하고 즐겁다. 그에게는 얘기 상대인 라임오렌지나무도 있고, 그의 말을 잘 듣는 귀엽고 고분고분한 동생도 있다. 떠돌이 행상인 아이오발두 아저씨한테 어른들의 노래를 배우는 쏠쏠한 재미도 있다. 그래서 그의 삶은 견딜 만하다.

그런데 이 소설을 통틀어 가장 폭력적인 두 가지 사건이 연이어 발생하면서, 그의 삶은 더 이상 견딜 만한 것이 아니게 된다. 트라우마 때문이다. 그 트라우마가 발생하는 정황은 이렇다.

그가 막냇동생 루이스를 기쁘게 해주려고 종이를 사다가 풍선을 만드는 데 열중하고 있을 때, 그의 누나가 밥을 먹으라고 한다. 빨리 끝내려고 서두르는데, 그를 "골탕 먹이려는 듯이 풀이 마르면서 자꾸 손가락에 들러붙어" 일이 더디어진다. 그러자 그의 누나가 그의 귀를 잡고 식탁으로 끌고 간다. 누나의 말과 행동에 기분이 상한 그는 "안 먹어! 내 풍선 마저 만들 거야"라고 말하며 돌아선다. 그러자 그의 누나가 "맹수로 돌변"하여 풍선을 찢어버린다. 누나는 "그러고도 성이 차지 않았는지 (제제의) 팔과 다리를 붙잡고 식당 가운데로" 집어던진다. 자신이 처음으로 만들던 소중한 풍선이 찢어지는 걸 보고, 그는 분노에 사로잡혀 욕을 퍼붓는다. 그러자 누나는 가죽장갑으로 그를 때리기 시작한다. 누나는 그가 "옷장을 붙들고 쓰러질 때까지 때리고 또 때린다". 심지어 그의 아홉 살짜리 형도 그가 누나한테 "갈보"라고 욕했다는 이유로 함께 때리기 시작한다. 결국 제제는 이가 부러지고 피투성이가 된다.

더 큰 문제는 그들의 아버지가 이 폭력을 방치한다는 데 있다. 물론 그의 아버지가 폭력의 현장에 있었던 것은 아니다. 그러나 아이의 입술이 터지고 이가 부러지고 얼굴이 통통 부은 걸 봤다면 그렇게 만든 이를 혼내는 것이 당연한데, 오히려 그의 아버지는 "누나에게 한 번만 더 그런 욕을 한다면 가루로 만들어놓겠다"며 그에게 "으름장"을 놓는다. 학교에 가지 못할 정도로 아들의 얼굴이 엉망이 됐음에도, 아버지는 아들이 누나한테 욕한 것만을 탓한다. 그러니까 잘못을 하면 맞아도 싸다는 논리다. 그는 이렇게 폭력을 정당화함으로써, 그렇지 않아도 육체적 상처를 입은 아이한테 심리적 상처까지 입힌다. 그런 아버지 앞에서 아이는 숨을 쉴 수 없을 것 같은 느낌을 받는다. 그의 트라우마는 자신이 맞으면 보호해주고 상처가 나면 치료해줘야 하는 아버지가 그러한 폭력을 오히려 정당화하면서 발생한다. 이런 점에서 그의 아버지는 형제들이 제제에게 가한 폭력의 공범이다. 아니, 주범이다. 그가 주범인 것은 자식들의 폭력이 그에게서 습득하고 물려받은 것이기 때문이다. 이쯤 되면 폭력은 이 가족이 공유하는 문화가 된다.

이제, 독자는 제제의 아버지가 그를 무지막지하게 때리는 장면이 나와도 그다지 놀라지 않게 된다. 자식들의 폭력을 묵인하면서 아버지 스스로가 그 폭력의 원천이고 뿌리라는 것이 이미 드러났기 때문이다. 그런데 아이러니컬하게도 제제가 또 맞게 된 것은 그런 아버지를, 아버지이기를 포기한 아버지를 위로한답시고 부른 노래 때문이다. 제제가 누나와 형에게 맞아 얼굴이 부어 학교에 갈 수 없게 된 어느날, 제제는 동생이 일찍 잠이 들자 아버지가 있는 곳으로 간다. 직장을 잃은 아버지는 실의에 빠져 "흔들의자에 앉아 멍하니" 벽만 쳐다보고 있다. 제제는 면도도 하지 않아 수염은 덥수룩하고 옷도 지저분한 아버지가 못내 안쓰럽다. 문득 이런 생각이 그의 머릿속을 스친다. "불쌍한 아빠! 엄마가 집세를 벌려고 일을 나간다는 사실에 얼마나 마음이 아플까. 게다가 랄라 누나마저도 공장에 다녀야 할 형편이니…… 일자리를 구하러 갈 때마다 '우린 더 젊은 사람이 필요합니다'라는 말을 듣고서는 또 얼마나 실망했을까." 비록 누나와 형한테 얻어맞은 자기를 두둔하기는커녕 오히려 협박한 아버지이지만, 제제는 아버지를 이해하고 동정한다. 조금이나마 아버지를 위로해주고 싶다. 뭔가를 해서라도 위로가 되고 싶다. 가만히 생각해보니, 최근에 밖에서 배운 탱고를 불러주면 아버지에게 조금이나마 위로가 될 것 같다. 그래서 그는 노래를 부르기 시작한다. "나는 벌거벗은 여자가 좋아/벌거벗은 여자를 원해/밝은 달빛 아래서/여자의 몸을 갖고 싶어." 그는 일주일에 한 번씩 마을을 찾아와 좌판을 벌이는 아리오발두 아저씨한테 배운 이 노래가 조야하고 저속하다는 사실을 알지 못한다. "벌거벗은 여자"가 왜 좋은지, "달빛 아래"에서 "여자의 몸"을 갖는다는 게 무슨 의미인지 알 도리가 없는 다섯 살짜리 아이이기 때문이다. 그래서 제제는 이 노래가 "자기가 들었던 탱고 가운데 가장 아름다운 노래"라고 생각하고 아버지에게 불러준다. 그렇지 않아도 아들에게 손찌검을 잘하는 아버지는 그 노래를 듣자마자 아이를 때리기 시작한다. 그는 아이가 자기를 놀리려고 그러는 줄 알고 더 불러보라고 다그치며 계속 때린다. 아이는 몸에 감각이 없어질 정도로 얻어맞는다. 그런데 놀라운 일이 벌어진다. 아버지의 손찌검에 그간 시달릴 대로 시달려온 제제가 "맞아 죽는 일이 있더라도 이번이 마지막이 되도록 해야겠다고 결심"하고, "살인자! 날 죽여라. 날 죽이고 감옥에나 가라"라고 하면서 아버지에게 대든 것이다. 여기에서 제제가 아버지에게 응수하는 말이 그의 누나에게 했던 말과 똑같다는 사실은 의미심장하다. 그는 자신을 무섭게 때리는 잔디라 누나에게도 "날 죽여라, 살인자! 날 죽이고 감옥에나 가라!"라고 했다. 그들은 더 이상 그에게 누나나 아버지가 아니라 그를 죽이려 드는 살인자들이다. (이런 식으로 누나나 아버지에게 응수하는 아이를 마냥 두둔할 수야 없겠지만, 그는 이제 겨우 다섯 살이다. 잘못할 '권리'가 있는, 어떤 잘못을 해도 용서받을 '권리'가 있는 철부지다.)

물론 아버지의 폭력에도 나름의 이유가 있다. 그는 아들이 자기를 놀리는 줄 알고 그렇게 때린 것이다. 그리고 처음부터 허리띠로 때린 것이 아니라 평상시처럼 손찌검을 하다가 아들이 자기에게 "살인자! 날 죽여라. 날 죽이고 감옥에나 가라"라고 하면서 대들자 자제력을 잃는다. 이후 정신을 차리고 "내가 정신이 나갔지. 난 애가 날 놀리는 줄 알았다. 내 말을 일부러 듣지 않는 줄 알았어"라고 말하며 흐느끼는 것은, 그가 악의적으로 아이를 때린 것은 아니라는 것을 말해준다. 그러나 의문은 여전히 남는다. 아이가 놀린다면 그렇게 때려도 되는 것일까. "개새끼, 쓰레기 같은 놈"이라고 욕을 하면서 허리띠를 풀어 아이가 "아빠가 나를 죽일 것만 같았다"라고 생각할 정도로 때려도 되는 것일까.

이쯤에서 궁금해지는 것은 제제의 어머니가 남편의 폭력에 대해 어떻게 반응했느냐 하는 것이다. 남편이 아이를 그렇게 때려 인사불성으로 만들었다면, 아내는 당연히 남편에게 화를 내야 정상이다. 그런데 그녀의 반응을 보면, 남편을 나무라기는커녕 오히려 아이에게 잘못을 떠넘기는 듯한 인상이 짙다. 그녀는 숨을 쉬기 어려울 정도로 얻어맞은 제제가 자신의 목을 껴안고 "엄마, 난 태어나지 말았어야 했어요. (누나가 찢어버린) 내 풍선처럼 됐어야만 했어요"라고 말하자, 그의 머리를 쓰다듬으며 이렇게 말한다. "모두들 제 운명을 안고 태어나는 거야. 너도 마찬가지고. 제제, 너는 다만 가끔씩 장난이 좀 심할 뿐이야." 물론 이렇게 말한다고 해서, 그녀가 무정하거나 비정하다는 말은 결코 아니다. 다음 날 공장에 나가 일을 하려면 잠을 자야 함에도 불구하고, 그녀는 아이를 밤새 간호하다가 출근한다. 어쩌면 이것이 가부장제하에서 그녀가 할 수 있는 유일한 일이었는지 모른다. 더욱이 그녀는 브라질 사회에서도 차별을 받는 삐나제 인디언이다. (스토리는 이 점을 크게 부각시키지는 않지만, 인디언이 멸시의 대상이라는 암시는 소설 곳곳에 있다.) 그녀는 사회에서도 그렇고, 가정에서도 제 목소리를 내지 못하는 하위 계층인 것이다. 바로 이것이 그녀가 남편의 폭력 앞에 맞서지 못하는 주된 이유이다. 그러나 이유가 무엇이든 그녀는 남편을 향해 큰소리를 내지 못함으로써 결과적으로 남편이 다스리는 폭력의 '제국'에 봉사하는 하수인이 된다. J.M. 쿳시의 소설 『야만인을 기다리며Waiting for the Barbarians』에 나오는 문구를 빌려 말하자면, 그녀는 "격노한 아버지에게 야단을 맞는 아이를 위로하는 어머니 역할 이상의 것을 그에게 해줄 수 없다". 필요한 것은 아이에게 아버지가 폭력을 행사하지 못하도록 제지하는 것인데, 그렇게 하지 못한 그녀는 결과적으로 폭력의 '제국'에 공모한 셈이다. 이쯤 되면 가정은 기댈 곳이 아니라 벗어나고 극복해야 할 대상이 된다. 그래서 아버지가 자기를 죽일 것처럼 때린 그 시점부터, 제제가 자신의 아버지를 더 이상 아버지로 여기지 않게 된다는 사실은 의미심장하다.

그는 자기를 그렇게 때린 아버지를 "죽이기" 시작한

다. 물론 실제로 죽이는 것이 아니라 "마음속에서 죽이는" 것이다. "사랑하기를 그만두는" 것이다. 그래서 그는 나중에 어느 공장의 지배인으로 다시 일하게 된 아버지가 그를 무릎에 앉히고, 이제는 더 이상 그의 어머니나 누나가 공장에 나가서 일할 필요가 없게 됐다며 좋아할 때, 속으로 이렇게 생각한다. "저 사람은 뭣 때문에 날 무릎에 앉혔을까? 저 사람은 내 아빠가 아냐." 제제에게 아버지는 자신을 무릎에 앉힌 "사람", 즉 생물학적인 아버지가 아니라, 가족의 울타리를 벗어난 곳에 있는 타인, 즉 뽀르뚜가 아저씨이다.

『나의 라임오렌지나무』의 후속편인 『햇빛사냥Vamos Aquecer o Sol』(박원복 옮김, 동녘, 1988)의 서두에 인용된 몽테스키외의 말처럼, "가족은 혈연만이 아니라 마음과 이해로도 형성된다". 제제에게는 뽀르뚜가 아저씨가 "마음과 이해"를 통해 형성된 새로운 아버지요 가족이다. 뽀르뚜가는 제제의 말을 들어줄 줄 알고 속마음을 헤아릴 줄도 안다. 그는 누나와 형과 아버지한테 맞아 만신창이가 된 제제의 몸을 보고 너무 가슴이 아파 눈물을 흘리는 진정한 '아버지'다. 그는 제제가 기차에 뛰어들어 죽겠다고 하자 제제를 만류하는 데 성공하지만, 아이가 행여 극단적인 선택을 할까봐 마지막 기차가 지나갈 때까지 길목을 지키고 있다가 집에 가는 따뜻한 '아버지'다. 제제의 아버지보다 더 아버지 같은 존재인 것이다. 제제는 가능하다면 뽀르뚜가 아저씨의 아들이 되고 싶었다. 그래서 그는 아저씨에게 자기 집에 가서 아버지에게 자기를 달라고 하라고 제안한다. "만약 아빠가 안 주겠다고 하면 날 사겠다고 하세요. 아빤 돈이 한 푼도 없으시거든요. 아빠는 분명히 날 팔 거예요. 만약에 돈을 많이 달라고 하면 자꼽 아저씨가 물건 팔 때처럼 나눠서 내도 될 거예요." 그는 이렇게 제안하면서 자기가 없으면 식구들이 기뻐할 거라고 말한다. 글로리아 누나처럼 그를 아끼는 사람도 있고 루이스처럼 그를 따르는 동생도 있으니, 그가 집을 떠나면 모두가 좋아할 거라는 말은 다소 과장된 것이지만, 그것은 그만큼 그가 가정 내 폭력에 진저리를 치고 있다는 말이기도 하다. 비록 뽀르뚜가 아저씨가 그의 제안을 "옳지 않은 일"이라고 생각해 그것이 현실이 되지는 않지만, 제제는 그 아저씨를 아버지라고 생각하며 살아간다. 실제로 그는 라임오렌지나무에게 그 아저씨를 "내 아빠"라고 소개한다. 다행스럽게도 제제가 아저씨를 자신의 아버지로 받아들이면서, 가족으로 인한 상처와 트라우마로부터 어느 정도 벗어나는 것처럼 보인다. 적어도 한동안은 그렇다.

만약 이 소설이 제제가 아버지의 폭력을 벗어나 뽀르뚜가 아저씨에게서 사랑과 안정과 평화를 찾는 것으로 끝났다면, 이 소설은 트라우마를 넘어 그것의 치유에 관한 이야기이자 여전히 슬프긴 하지만 조금은 아름다운 이야기일 수 있을 것이다. 트라우마 치유에 가장 중요한 것 중 하나가 마음속에 똬리를 틀고 있는 혼란과 무질서를 언어라는 정돈과 질서의 영역으로 옮겨놓는 것이라는 점에서, 즉 말로 할 수 없는 것을 말로 표현하는 것이라는 점에서, 제제의 치유는 이미 시작되었다고 할 수 있다. 아버지의 매질에서 기인한 자기비하("악마의 새끼"), 자살 충동("오늘밤에 망가라치바[기차]에 뛰어들기로 했어요"), 부친 살해 충동(아버지를 "죽일 거예요")을 뽀르뚜가 아저씨한테 하나씩 얘기함으로써 해소하기 때문이다. 아버지를 아버지라 생각하지 않고 자신과 전혀 관계가 없는 사람을 아버지로 삼는 현실은 슬프지만, 아버지의 무지막지한 폭력에 압도당하지 않고 그것을 남에게, 아니 다른 아버지에게 얘기하는 것은 그나마 다행한 일이다. 그것이 치유의 시작일 수 있기 때문이다. 그래서 뽀르뚜가 아저씨는 제제에게 눈부신 존재이다. 폭력의 어둠에 갇힌 그에게 비친 눈부신 구원의 빛이다. 그런데 불행하게도 트라우마의 치유는 시작 단계에서 다른 트라우마로, 아니 더 큰 트라우마로 이어지고 만다. 제제가 "아빠"라고 부르던 뽀르뚜가 아저씨가 갑자기 기차에 치여 죽은 것이다. 기적처럼 다가온

눈부신 구원의 빛이 갑자기 소멸된 것이다.

　제제가 아저씨의 죽음에 반응하는 모습을 보면 그것이 얼마나 큰 충격인지가 여실히 드러난다. 그는 "사흘 밤낮을 아무것도 먹지 못한다". 열은 그를 "집어삼킬 듯 심하고 먹고 마시면 곧바로 토해버린다". 그는 "몇 시간이고 꼼짝 않고 벽만 쳐다본다". 그는 죽고만 싶다. 진짜 '아버지'가 있는 곳으로 가고만 싶다. 이 세상의 모든 것이 뽀르뚜가 아저씨를 떠올리게 한다. 심지어 "창밖의 귀뚜라미까지 쓰윽, 쓰윽 그의 면도 소리를 흉내" 낸다. 제제는 이제야 진정으로 아픈 것이 무엇인지 깨닫는다. 그 아픔은 아버지나 가족한테서 "맞아서 생긴 아픔"이나 "병원에서 유리 조각에 찔린 곳을 꿰맬 때의 느낌"이 아니라 "가슴 전체가 모두 아린" 아픔이고 "아무에게도 비밀을 말하지 못한 채 모든 것을 가슴속에 간직하고 죽어야 하는" 아픔이고 "팔과 머리의 기운을 앗아가고, 베개 위에서 고개를 돌리고 싶은 마음조차 사라지게 하는" 아픔이다. 그것은 존재의 의미를 강탈당한 아픔이다. 꿈을 꾸면 어김없이 기차가 나타난다. 기차를 향해 "살인자"라고 악을 써보지만, 그것이 뽀르뚜가 아저씨를 살려낼 수는 없다. 설상가상으로, 뽀르뚜가 아저씨가 기차에 치여 죽은 지 얼마 안 되어, 제제의 오랜 친구였을 뿐만 아니라 때로는 말이 되어 그를 태우고 하늘을 훨훨 날았던 라임오렌지나무가 도로 확장 공사로 인해 잘려버린다. 그를 위로해주고 지탱해줬던 두 존재가 기차와 도로라는 현실에 부딪쳐 사라져버린 것이다. 제제의 유년 시절은 여기에서 끝난다. 모든 것에서 마법이 풀린다. 라임오렌지나무는 잘려져 더 이상 마법의 나무가 아니게 되고, 닭장 속의 닭들도 더 이상 상상 속의 표범이나 사자가 아니게 된다.

우리는 마지막 장에 이르러서야, 지금까지 읽어온 스토리가 마흔여덟 살이 된 제제가 과거를 회고하는 것이었음을 알게 된다. 스토리는 이러한 형식을 취하면서 제제가, 40여 년의 세월이 흐르는 동안, 과거의 기억과 상처에 얼마나 휘둘렸는지, 특히 다섯 살 무렵의 기억과 상처에 얼마나 휘둘리며 살아왔는지를 증언해준다. 소설의 헌사献詞를 보면, 그의 상처는 유년 시절에 국한된 것이 아닌 것처럼 보인다. 작가는 가족 중에서 그를 보호해주고 사랑했던 거의 유일한 사람인 글로리아 누나, 자신이 왕으로 받들며 사랑했던 동생 루이스, 그리고 그에게 "사랑을 가르쳐준" 뽀르뚜가 아저씨, 즉 마누엘 발라다리스에게 이 소설을 헌정하면서, "루이스는 스무 살 나이에 삶을 포기하였고 글로리아 누나는 스물넷에 살아 있을 필요가 없다고 판단"하였다고 밝히고 있다. 그러니까 뽀르뚜가 아저씨를 포함하여 그가 사랑했던 세 사람 모두가 비극적으로 죽은 것이다(자살로 생을 마감한 루이스와 글로리아 누나와 달리, 뽀르뚜가 아저씨는 기차에 치여 죽은 것으로 나오지만 기차가 제제의 꿈속에서 "내 잘못이 아니야. 난 잘못이 없어"라고 말하는 것으로 미뤄 아저씨도 스스로 목숨을 버렸을 가능성이 있다). 이것은 이 소설에 그려진 것 이상의 트라우마가 제제에게 있었다는 것을 암시한다.

그나마 다행인 것은 화자가 늦긴 했지만, 유년 시절의 상처를 돌아보고 그것을 얘기할 수 있게 되었다는 사실이다. 도리 라웁Dori Laub에 따르면, 트라우마를 입힌 사건에 대해 "이야기를 하지 않는 것은 그것이 영원히 자기를 휘두르도록 방치하는 것"이고, 결과적으로 그것이 "일상생활을 침략하고 오염시키게 놔두는 것"이다. 결국 상처는 언어를 통해, 즉 상징화를 통해 풀어내야 한다는 말이다. 어떤 사건이나 경험이 트라우마가 된다는 것은 프로이트가 말하는 의식의 "보호막"이 작동하지 못해, 그 사건이나 경험이 무슨 의미인지 이해하지 못하게 되어 결국 그것에 휘둘린다는 의미이다. 그러니 트라우마는 의미의 상처인 셈이다. 그렇다면 트라우마로부터 빠져나오는 길은 자기를 유령처럼 따라다니는 것으로부터 도망치는 것이 아니라 그것과의 대면을 통해서 거기에 의미를 부여하는 것이다. 즉, 트라우마의 치유는 의미의 상처를 어루만져 의미를 회생시키는 일이다. 그래서 비록 터무니없이 늦긴 했지만 제제가 오십이 다 된 시점에서 그의 상처를 돌아보고 얘기를 시작했다는 것은 의미의 상처가 더디긴 하지만 드디어 회복되기 시작했다는 암시일 수 있다.

『나의 라임오렌지나무』는 이래저래 슬픈 소설이다. 매를 맞던 유년의 세월이 슬프고, 그것으로 인한 트라우마를 안고 살아온 수십 년의 세월이 슬프고, 매를 맞던 기억을 하나하나 떠올려가며 마음속에서 다시 매를 맞아야만 치유의 가능성이 열리는 심리적 현실이 슬프다.

이 세상에 존재하는 아이들에게 가해지는 모든 매가 프란치스코 교황이 언급한 사랑의 매라면 얼마나 좋을까. 그러나 '사랑의 매'라는 말은 서로로부터 천리만리 떨어진 사랑과 매를 결합해놓은 모순어법처럼 들린다. 매는 사랑의 영역으로 들어가지 않으려 하고, 사랑은 매의 영역으로 들어가지 않으려 한다. 하나는 형벌의 영역에, 다른 하나는 윤리의 영역에 속하는 탓이다. 그래서 매는 프란츠 카프카의 소설 「유형지」에 나오는 비정한 형틀기계로 이어질 수 있지만, 사랑은 빅토르 위고의 소설 『레미제라블』에 나오는 속죄와 용서와 구원으로 이어진다. 서로 다른 곳에 속하는 이질적인 두 개념을 강제로 한곳에 모아놓은 것은 문화이다. 문제는 둘의 공존이 언제라도 와해될 수 있다는 데 있다. 『나의 라임오렌지나무』는 '사랑의 매'에서 어떻게 사랑이 빠지고 매만 남는지를, 그리고 그 매에서 어떻게 트라우마가 발생하는지를 보여주는 정말이지 불편한 소설이다.

이 불편한 소설이 번역자에 따르면 브라질에서는 "초등학교 교과서로 사용된 적"이 있다고 한다. 확실치는 않지만, "사용된 적"이 있다는 말은 '다행히도' 현재가 아니라 과거에 그랬다는 말로 들린다. 이것이 다행인 것은 제제가 아버지나 형제한테 맞는 모습을 그린 소설이 교과서가 되어 초등학생들, 즉 또 다른 제제들에게 읽히는 것은 크게 잘못된 일이기 때문이다. 그래서 이 소설이 브라질에서 "초등학교 교과서로 사용된 적"이 있다는 것은 내세울 만한 것이 아니라 오히려 부끄러워해야할 일이다. 그러나 불행히도 한국에서는 지금도 이 소설이 초등학생용으로 따로 만들어져 어린이들에게 읽히고 있다. 더 놀라운 것은 이 책이 일반 독자들을 위한 『나의 라임오렌지나무』보다 훨씬 더 잔인하고 폭력적이라는 것이다. 초등학생을 위한 책에는 같은 내용에 더 자극적인 삽화를 곁들인 탓이다. 가령, 제제가 아버지한테 맞는 장면을 보면, 일반 독자들을 위한 판본과 똑같은 내용에 검은 채찍(허리띠)을 든 아버지가 자신의 매질에 초주검이 된 아이를 내려다보는, 더 위압적이고 더 자극적인 삽화가 곁들여 있다. 게다가 책의 말미에는 논술 문제까지 있다("제제는 다섯 살짜리 꼬마 아이입니다. 장난이 심해서 하루에 한 번 이상 맞기도 하고, 너무 심하게 맞아 며칠 앓아눕기도 합니다. 아버지, 잔디라 누나, 제제가 되어 각각의 입장에서 자신은 어떻게 행동했을지 생각해보고, 그 이유를 적어봅시다"). 스토리를 더 자극적이고 더 폭력적인 것으로 만들어 초등학생들에게 읽히는 것으로 부족했는지, 폭력에 관한 논술 문제까지 제시하는 그들의, 아니 '우리'의 무감각과 가학성이 놀라울 따름이다. 그것이 '우리'의 무감각과 가학성일 수밖에 없는 것은 그것을 허용하고 수용하는 것이 바로 '우리'이기 때문이다.

(이 글이 발표되고 몇 달이 지난 2015년 11월, 『나의 라임오렌지나무』와 관련하여 큰 소동이 벌어졌다. 대중가수 아이유가 발표한 「제제」라는 노래의 가사 때문이었다. 가사의 내용은 다음과 같다. "제제, 어서 나무에 올라와 / 잎사귀에 입을 맞춰 / 장난치면 못써 / 나무를 아프게 하면 못써 못써 // 제제, 어서 나무에 올라와 / 여기서 제일 어린잎을 가져가 / (……) / 넌 아주 순진해 그러나 분명 교활하지 / 어린아이처럼 투명한 듯해도 어딘가는 더러워 / 그 안에 무엇이 살고 있는지, / 알 길이 없어" 가사를 보면 가수가 제제와 나무의 관계에서 소년의 이중적인 모습을 발견하고, 그것을 모티프로

삼아 노래를 만들었다는 것이 드러난다. 이것이 소설을 읽은 일부 한국 독자들을 자극한 것처럼 보인다. 그들은 제제를 성인의 폭력의 대상이 아니라 이중성을 가진 아이로 본 아이유를 용납하지 못했다. 게다가 아이유가 대담에서 "'제제'는 소설 속 라임오렌지나무인 밍기뉴의 관점에서 만들었고 제제는 순수하면서 어떤 부분에선 잔인하다. 캐릭터만 봤을 때 모순점을 많이 가진 캐릭터다. 그렇기 때문에 매력 있고 섹시하다고 느꼈다"라고 말한 것이 문제를 더 키웠다. 아이유는 제제를 성적 대상으로 삼았다는 비난에 시달려야 했다. 출판사까지 가세했다. 출판사는 이렇게 말했다. "제제는 다섯 살짜리 아이로 가족에게서도 학대를 받고 상처로 가득한 아이입니다. 특히 '나의 라임오렌지나무'는 작가의 자전적 소설이기도 합니다. 지금도 상처받고 있을 수많은 제제들을 위로하기 위한 책이기도 하고요. 그런 작가의 의도가 있는 작품을 이렇게 평가하다니요……. 그리고 제제가 순수하면서도 심한 행동을 많이 하는 이중적 모습을 보이는 것도 결국은 심각한 학대에 따른 반발심과 애정 결핍에 따른 것입니다. 선천적으로 형성된 것이 아닌 학대라고 하는 후천적 요인에서 나온 것이죠. 이를 두고 제제를 잔인하고 교활하다고 하는 것은 잘못된 해석이라 생각이 듭니다." 그러나 이것은 아동에 대한 성인의 폭력, 그 중에서도 아버지에 의한 폭력이 고스란히 담긴 『나의 라임오렌지나무』를 초등학생에게까지 읽히는 상업 출판사가 할 말은 아니다. 출판사는 논란에 가세함으로써 그 소설을 읽지 않은 사람들에게 그것을 선전하는 효과를 얻었다. 오히려 정당성은 아이유 쪽에 더 있어 보인다. 보기에 따라서는 제제가 "모순성을 가진 캐릭터"로 보일 수 있는 가능성이 없지 않은 탓이다. 그는 본질적으로 따뜻한 마음씨를 가진 아이이지만, 어른들을 골탕 먹이는 일도 잘하고 남의 집 빨랫줄을 끊어버려 애써 해놓은 빨래를 망치기도 한다. 이러한 모순성을 예술가가 자신의 노래에 창조적으로 활용하는 것은 그래서 얼마든지 가능한 일이다. 문제는 아이유한테 있는 게 아니라, 제제에게 가해지는 폭력을 재현한 스토리를 제제와 같은 나이의 어린아이들에게 읽히는 출판사와 그것을 용인하는 사회에 있는 것처럼 보인다. 그러니『나의 라임오렌지나무』를 마냥 두둔만 할 게 아니라, 그것이 재현하는 폭력이 우리 사회에서 소비되고 있는 방식에 주의를 기울일 일이다. 어떤 소설가는 아이유 논란에 끼어들면서 "예술에도 금기는 존재한다. 만약 내 순결한 작품을 누군가 예술이란 명분으로 금기된 성역으로 끌고 들어간다면 난 그를 저주할 것이다. 최후의 보루는 지켜져야 예술은 예술로 남을 수 있다"고 아이유의 노래를 비난했는데, 이것은 도를 벗어난 발언처럼 들린다. 진정한 예술은 "순결"에서 태어나는 게 아니라 순결을 고집하는 독선을 벗어나는 데서 태어난다. 제제에게 가해지는 폭력을 재현한 소설을 우리나라의 제제들한테 읽히는 것은 비난하지 않으면서 제제를 창조적으로 활용한 대중가수에게 뭇매를 퍼붓는 것은 예술에 대한 근시안을 드러낸 것에 다름 아니다. 분노도 때로 필요하지만, 더 적절한 것, 더 적절한 사안에 표출되어야 한다. 그렇지 않아도 대중의 손가락질에 예민한 가수에

대한 비난에 합류하는 것이 편리할지는 모르지만 작가로서 할 일은

아닌 듯하다.)

"이해하는 것 이상으로 울음이 가득한" 세계

─「헨젤과 그레텔」의 은폐된 진실과 트라우마

아이들은 어른들의 사랑을 먹고 자란다. 동요의 노랫말처럼 아이들은 어머니의 목소리에 담긴 사랑을 꿀꺽, 아버지의 품에 담긴 사랑을 꿀꺽 먹으면서 커가고, 나중에는 그들도 아이들을 낳아 사랑을 먹여 키운다. 인간의 삶은 이처럼 사랑에서 사랑으로 이어지는 아름다운 삶이다. 그리고 그것을 잊지 말자고, 다른 것은 잊더라도 그것만은 잊지 말자고 정해놓은 것이 어린이날이다. 그래서 세계의 많은 나라들은 1년 중 하루를 잡아 어린이를 기린다. (유엔이 정한 '세계 어린이날'은 11월 20일이지만 어린이날은 나라마다 다르다. 한국의 어린이날은 식민지시대에는 메이데이(노동절)와 겹치는 5월 1일이었다가 해방 후에 5월 5일이 되었다.) 어느 날이든 상관없이, 그날은 아이들에 대한 사랑을 기억하는 날이다.

우리는 아이들을 사랑하는 마음으로 그들에게 동화

를 읽힌다. 우리는 그들이 동화를 읽으며 상상의 나래를 펴기를 바란다. 그들이 이후로 살아갈 세계는 그리 만만한 곳이 아닐뿐더러, 예이츠의 시 「빼앗긴 아이The Stolen Child」를 빌려 말하자면 그들이 "이해하는 것 이상으로 울음이 가득한" 곳일지 모르지만, 우리는 적어도 그들이 어렸을 때는 동심을 간직하고 순수의 세계에 머물러 있기를 바란다. 동화의 세계는 아이들이 요정들의 나라에 가서 신비로운 모험을 할 수 있는 세계이다. 아이들은 요정의 세계, 동화의 세계에 탐닉할 권리가 있다. 그리고 사회는 그들이 사랑과 평화와 순수의 세계에서 행복한 유년 시절을 보낼 수 있도록 그 권리를 보장해줘야 한다.

그런데 어른들이 아이들에게 읽어주거나 읽히는 동화들 중에는 이따금, 사랑과 평화와 순수의 감정보다는 미움과 불안과 혼란의 감정을 일으키게 하는 것들이 있다. 또 어떤 동화는 너무 잔혹해서 아이들이 '읽어도', 아니 더 정확히 말해서 아이들에게 '읽혀도' 좋은 것인지 의문스럽다. 그러한 동화를 몇 편만 열거하자면, 사람을 잡아먹는 늑대가 등장하는 샤를 페로의 「빨간 모자 소녀」, 인간이 되고 싶어 혀와 다리를 바꾼 탓에 벙어리가 되고 칼 위를 걷는 것 같은 고통을 느끼며 춤을 추지만 결국에는 사랑하는 왕자에게서 버림받는 인어가 등장하는 안데르센의 「인어공주」, 자신의 발의 일부를 잘라내고 유리 구두를 신으려 하지만 실패하고 결국에는 비둘기한테 눈을 파먹히는 형벌을 당하는 의붓자매가 등장하는 그림 형제(야콥 그림, 빌헬름 그림)의 「신데렐라」 등이 그러하다. 그럼에도 우리는 그런 동화들을 때로는 그대로, 때로는 적당히 각색해서 아이들에게 읽힌다. 아이들은 그런 동화를 읽고 싶어 읽는 게 아니라 그들에게 주어지니까 읽는다. 그래서 그들의 독서 행위는 능동태가 아니라 수동태이다. 책을 읽는 것은 그들이지만, 그들의 독서는 스스로가 선택해 '읽는' 행위가 아니라 어른들이 그들에게 '읽히는' 것을 '읽는' 행위이다. 그런데 어른들은 그렇게 잔혹한 이야기들을 왜 읽어주고 또 읽히는 것일까. 그러한 이야기를 읽히는 것은 사랑의 이름으로 건네나, 사랑과는 반대 방향에 있는 일종의 가학적 행위가 아닐까. 아이들이 누구인가. 꽃도 노래를 하고 나무도 얘기를 하는, 그야말로 천진난만한 세계에 사는 존재들이 아니던가. 장난감도 살아 있는 것으로 알고 기적을 일으키듯 무생물에게도 숨결을 불어넣어 대화를 하는 존재들. 그래서 동화를 읽을 때 사람이 늑대에게 잡아먹히면 진짜로 잡아먹히는 것이고, 인어공주가 춤을 출 때 칼날 위에서 춤을 추는 것처럼 발이 아프다고 하면 진짜로 아픈 것이고, 유리 구두를 신기 위해 발을 잘라내면 진짜로 잘라내는 것이고, 비둘기에게 눈이 쪼이면 진짜로 쪼이는 것이다. 어린아이의 눈으로 샤를 페로의 「푸른 수염」을 읽고, 푸른 수염이 달린 남자가 과거에 죽인 부인들의 시신이 벽에 갈고리로 걸려 있는 장면을 상상해보라. 어른이 상상해도 으스스한데, 아이들은 오죽하겠는가. 물론 아이들도 시간이 흐르면 그것이 꾸며낸 이야기라는 것을 알게 되겠지만, 문제는 그들의 예민한 마음속에 그것의 잔상이 두고두고 아른거릴 수 있다는 데 있다. 그것은 달리 말하면, 동화가 가진 폭력성이 아이들에게 일종의 트라우마가 될 수도 있음을 암시한다. 불온하다는 말이다.

「헨젤과 그레텔」도 잘 들여다보면 불온한 동화이긴 마찬가지다. 부모한테 버림을 받는 아이들이 등장하는 것도 그렇고, 마녀가 그들을 잡아먹으려 하는 것도 그렇고, 그레텔이 마녀를 화덕 속으로 밀어 넣어 죽이는 것도, 동화라기에는 참으로 으스스하다. 독서 행위에 수반되는 감정이입의 차원에서 보자면, 아이는 스토리를 읽으며 헨젤과 그레텔을 자신과 동일시하고 무서움에 떨게 될 것이다. 아이들은 책을 읽으며, 부모한테 쫓겨나 마녀한테 잡아먹힐 운명의 헨젤과 그레텔이 되는 경험을 하게 될 것이다. 물론 어른이 옆에서 그것은 단지 이야기일 뿐이라고, 부모한테 버림을 받거나 마녀한테 잡아먹히는 일은 일어나지 않으니 걱정할 필요가 없다고, 아이를 다독거릴 수는 있을 것이다. 그러나 문제는 아무리 다독거려도, 아이들에게 그 두려움의 여파가 남을 수 있다는 데 있다.

어렸을 때, 거의 누구나 한 번쯤 읽었을 그림 형제의 유명한 동화를 불온하다고 하면 고개를 갸우뚱거릴 사람들이 적지 않을 것이다. 그러나 스토리의 속내를 조금만 들여다보면, 그것이 왜 불온한지는 쉽게 드러난다. 우리가 알고 있는 스토리는 대충 다음과 같이 요약할 수 있다.

가난한 나무꾼과 그의 아내, 그리고 두 아이가 살고 있다. 사내아이의 이름은 헨젤이고 여자아이의 이름은 그레텔이다. 헨젤과 그레텔에게 아버지는 친아버지이지만, 어머니는 계모다. 기근이 들면서 집 안에 먹을 것이 떨어진다. 굶어 죽기 일보 직전이다. 그러자 계모는 아이들을 숲에 버리자고 나무꾼 남편한테 제안한다. 아니, 그것은 제안이라기보다는 일종의 명령에 가깝다. "그렇지 않으면 모두 굶어 죽을 거예요." 나무꾼은 내키지 않지만 아내의 말을 따르기로 한다. 배가 고파 잠을 이룰 수 없던 헨젤과 그레텔은 부모의 말을 엿듣고 가슴이 철렁한다. 그레텔은 소리 죽여 운다. 헨젤은 여동생을 달래며, 부모가 그들을 숲에 버려도 집으로 돌아올 방법이 있으니 걱정하지 말라고 한다. 그는 부모가 그들을 숲으로 데리고 갈 때, 주머니에 넣어둔 조약돌을 적당한 거리에 하나씩 떨어뜨려놓는다. 그리고 부모가 그들을 버리고 가버리자, 그 조약돌을 지표로 삼아 집으로 돌아온다. 그들이 돌아오자 아버지는 좋아하고 새어머니는 못마땅해한다. 얼마 후, 집 안에 먹을 것이 다시 떨어진다. 계모는 다시 아이들을 버리자고 제안한다. 아이들은 그 말을 엿듣고 이번에도 똑같은 방식으로 돌아오면 되겠다고 생각한다. 그런데 헨젤이 조약돌을 주우러 밖으로 나가려고 하는데 문이 잠겨 있다. 조약돌을 줍지 못하게 하려고 계모가 일부러 문을 잠근 것이다. 다음 날 아침, 부모가 그들을 숲으로 데려갈 때, 헨젤은 아침에 받은 마지막 남은 빵 조각을 조금씩 떼어 땅에 떨어뜨린다. 아이들은 다시 버려진다. 그런데 이번에는 집으로 돌아갈 수가 없다. 헨젤이 떨어뜨려놓은 빵 조각을 새들이 먹어치운 탓이다. 그들은 사흘을 숲속에서 헤맨다. 그들이 그사이에 먹은 것이라고는 나무 열매밖에 없다. 그들은 녹초가 되고 굶어 죽을 지경에 이른다. 그때, 그들의 눈앞에 지붕은 케이크, 창문은 사탕, 나머지는 빵으로 된 작은 집이 서 있다. 그들은 그 집을 뜯어 먹기 시작한다. 배불리 먹고 있는데, 문이 열리고 노파가 나타난다. 노파는 아이들을 잡아먹으려고 기다리고 있던 마녀다. 마녀는 헨젤을 우리에 가두고 그레텔을 종으로 삼는다. 헨젤을 가둔 이유는 못 먹어서 비쩍 마른 그를 살찌운 후 잡아먹기 위해서다. 그러던 어느 날, 마녀는 그를 삶아서 먹기로 작정한다. 그녀는 일단 빵부터 만들 어야겠다고 말하고 화덕에 불을 지핀다. 사실은 헨젤을 잡아먹기 전에 그레텔부터 구워 먹으려는 심산이다. 마 녀는 그레텔에게 반죽을 넣을 정도로 화덕이 달궈졌는 지 확인하라고 한다. 마녀의 의도를 알아챈 그레텔은 꾀 를 내어 화덕이 뜨거운지를 어떻게 확인하는지 모르겠 다며 방법을 알려달라고 말한다. 마녀는 화덕 속으로 고 개를 넣고 어떻게 하는지를 보여주려 한다. 그 순간, 그 레텔이 마녀를 화덕 안으로 밀어버린다. 그렇게 그레텔 은 마녀를 죽이고 헨젤을 구한다. 그들은 집 안에 가득 한 마녀의 보석들을 갖고 집으로 돌아온다. 그들이 집으 로 돌아오자 계모는 이미 죽고 없다. 시련은 끝나고 그 들은 아버지와 함께 행복하게 살아간다.

이렇게 간단하게 요약한 것으로만 보면, 헨젤과 그 레텔의 이야기는 크게 문제 될 것이 없는 동화처럼 보 인다. 그러나 조금만 생각해보면 그것의 불온함은 금세 드러난다. 우선, 부모가 아이를 버리는 내용이 그러하 다. 부모가 아이를 버리는 일은 있을 수도 없고 있어서도 안 되는 일이다. 그러나 역사는 우리에게 부모가 아이들을 버리는 일이 실제로 있었다는 것을 증언해준다. 21세기에 들어선 지금도 빈도는 줄었지만 여전하다. 한국의 상황도 예외는 아니다. 베이비박스가 괜스레 존재하는 게 아니다.

그런데 「헨젤과 그레텔」은 다른 동화들과 마찬가지로 그림 형제의 창작 동화가 아니라 입에서 입으로 전해져 내려오는 동화를 수집하여 각색한 것이었다. 당연히, 그 스토리의 배후에는 부모가 아이를 버리는 일과 같은 트라우마적 사건이 있었다. 이 동화는 14세기 초, 더 자세히 얘기하면 1315년에서 1322년까지 유럽을 휩쓸었던 기근을 배경으로 한다. 그 기간에 갓난아이를 죽이거나 아이들을 버리고, 심지어 사람이 사람을 잡아먹는 일이 실제로 있었다고 한다. 「헨젤과 그레텔」은 그러한 트라우마적 사건을 배경으로 하고 있다.

놀라운 것은 그림 형제가 스토리를 각색하는 과정에서 그러한 트라우마적 사건의 본질을 은폐하거나 왜곡했다는 사실이다. 이것은 그림 형제가 1812년에 펴낸 『아이들과 가정을 위한 동화』의 초판과 1857년에 펴낸 최종판에 수록된 「헨젤과 그레텔」을 대조해보면 어렵지 않게 알 수 있다. 두 판본의 가장 중요한 차이는 헨젤과 그레텔의 어머니와 관련된 것이다. 그들의 어머니는 초판에서는 새어머니가 아니라 친어머니로 되어 있다. 그렇다면 그림 형제는 어째서 친어머니를 새어머니로 바꿨을까. 그냥 놔두면 어떻기에 그렇게 바꾼 것일까. 이 질문에 답하는 것은 그리 어려운 일이 아니다. 그 이유는 그것이 사회가 그들에게 요구하는 것이었기 때문이다. 사회는 부모가 아이들을 버린 트라우마적 역사가 텍스트에 고스란히 남는 것을 원치 않았다. 사회는 친부모가 아이를 버린 야만의 역사를 지우고, 그것을 비정한 계모의 일탈로 돌리고 싶었다. 그들은 불편한 진실을 마주하고 싶지 않았던 것이다. 그래서 「헨젤과 그레텔」에서 어머니를 새어머니로 바꾼 행위자는 그림 형제라기보다 당시의 사회였고 독자들이었다. 물론 사회의 어떤 기관이나 주체가 그림 형제에게 그렇게 하라고 압력을 행사한 것은 아니었다. 그러나 그림 형제가 살던 19세기 독일의 사회적 통념을 바탕으로 그들이 자기검열을 하고 스토리를 그런 식으로 처리하였으니, 결과적으로 보면 사회가 그들에게 그런 요구를 한 격이었다.

친어머니가 새어머니로 바뀜으로써 부모가 자식을 버린 비극적 역사는 계모와 자식의 문제로 축소되고 만다. 그래서 최종판의 새어머니는 초판의 친어머니보다 훨씬 더 교활하고 냉혹한 모습으로 등장한다. 가령, 최종판에 나오는 새어머니는 헨젤과 그레텔이 숲에서 돌아오자 이렇게 말한다. "이 못된 것들, 어째서 숲에서 그렇게 오래 잠을 잤단 말이냐? 우리는 너희들이 돌아오고 싶어 하지 않는 거라고 생각했다." 이 부분은 초판에는 없는 문장으로 새어머니의 위선과 허위성을 효과적으로 드러낸다. 그래서 그녀는 초판에서 "어머니"로 지칭되던 것에 반해, 최종판에서는 "그 여자"로 지칭된다. 가령 초판에서 "어머니가 문을 잠갔다"와 "어머니는 죽었다"라고 되어 있는 문장은 최종판에서는 "그 여자가 문을 잠갔다"와 "그 여자는 죽었다"라고 바뀌어 있다. 화자의 판단이 여기에 개입되어 있음은 물론이다. 화자는 "그 여자"라는 표현을 사용함으로써, 계모가 못마땅한 존재라는 것을 거의 노골적으로 드러낸다. 당연히 스토리를 읽는 독자도 계모를 못마땅하게 생각하게 된다. 그러면서 아버지의 모습도 자연스럽게 바뀐다. 1812년의 초판에 나오는 아버지가 어머니의 말에 어쩔 수 없이 동조하고 아이들을 버리는 데 공모하는 아버지라면, 1857년의 최종판에 나오는 아버지는 버려지는 아이들을 불쌍히 여기는 따뜻한 마음씨의 아버지이다. 아버지가 따뜻한 인간으로 그려지면서, 계모는 상대적으로 더 사악한 존재가 된다. 그러면서 아버지는 계모의 강압에 의해 어쩔 수 없이 아이들을 버리긴 하지만, 그것이 그의 진짜 속마음은 아니라는 사실이 강조된다. 초판과 다르게 최종판에서, 아이들이 집으로 돌아와 아버지의 목을 껴안는 것도 그림 형제가 아버지를 더 따뜻한 사람으로 바꿔놓았기 때문에 가능한 일이다.

그림 형제는 친모를 계모로 바꿔놓음으로써 과거에 있었던 트라우마를 아주 효과적으로 은폐한다. 그래서 프로이트가 그의 트라우마 이론을 집약한 『모세와 일신론』에서 설명한 것처럼, 트라우마가 다른 것으로 대체되는 놀라운 일이 발생한다. 그렇게 됨으로써 계모는 늘 그랬던 것처럼 트라우마적 과거에 대한 편리한 해결책이자 희생양이 되고 만다.

계모는 역사에서 늘 그런 존재였다. 한국 전래동화에 나오는 콩쥐 팥쥐와 계모의 이야기는 서양에서도 예외가 아니었다. 계모는 교활하고 때로는 사악하기까지 한 존재였고 또 그래야 했다. 이 세상의 모든 계모들은 남의 자리를 찬탈한 나쁜 여자들이었다. 몇천 년 전에도 그랬다. 이것은 에우리피데스의 비극 『알케스티스Alcestis』에 나오는 한 장면을 떠올리면 쉽게 알 수 있다. 알케스티스 왕비는 죽어가면서 남편인 아드메투스 왕에게 아이들이 계모한테 수난을 당하지 않도록, 자신이 죽으면 다른 여자와 결혼하지 말라고 간청한다. "계모는 질투 때문에 우리 아이들을 모질 게 대할 거예요. 제발 결혼하지 마세요. 계모한테는 전처의 자식들이 뱀보다 더 가증스러운 적이니까요." 알케스티스가 계모에 대해서 하는 이야기는 케케묵은 옛날이야기가 아니라 「헨젤과 그레텔」의 시대적 배경인 중세에도, 그림 형제가 전래동화를 수집해 각색했던 19세기에도, 그리고 그 이야기를 물려받아 아이들에게 대대로 읽히는 21세기에도, 계속되는 계모에 대한 편견과 상투성에 관한 이야기이다. 문제는 그림 형제의 동화가 보여주는 것처럼 계모의 악마적 상투화가 트라우마적 사건의 본질을 직시하지 않고 우회하거나 회피하고 은폐하는 편리한 수단이 된다는 것이다.

그런데 계모의 상투화나 악마화가 아이들에게 좋은 것일 수는 없다. 특히 새어머니를 둔 아이들에게는 더더욱 그렇다. 그 아이들이 헨젤과 그레텔의 이야기를 읽는다고 상상해보라. 그렇지 않아도 어머니가 없어서 서러운 아이들에게 잔인한 새어머니가 나오는 이야기를 읽히는 것은 얼마나 가학적인가. 프로이트에 따르면, 우리는 어렸을 때 어머니가 우리의 곁을 떠나는 순간, 죽음과 흡사한 트라우마를 경험한다고 한다. 늘 옆에서 우리를 지켜줘야 하고 지켜줄 거라고 믿었던 어머니가 잠시라도 우리의 곁을 떠나면 형언할 수 없는 공포를 느끼고 그것이 트라우마가 된다는 것이다. 결국 누구든 그 트라우마를 경험할 수밖에 없는 셈이다. 그것을 극복하는 길은 어머니가 늘 안아주고 보듬어주면서 그 두려움을 완화시키는 수밖에 없다. 이렇듯, 어머니가 어쩔 수 없이 자신의 옆을 잠시 떠나는 것도 트라우마가 되는데, 어머니가 영원히 자신의 곁을 떠나고 누군가 다른 사람이 그 자리를 차지한다면, 그것은 하나의 트라우마에 또 다른 트라우마를 얹는 격이다. 그래서 아이가 새어머니에게 적응하고 그들의 관계를 사랑의 관계로 만드는 데 도움을 주는 동화를 읽히지는 못할망정, 새어머니에 대한 두려움을 조장하는 동화를 아이에게 읽히는 것은 너무도 가학적인 행위다. 그러한 결과로 이어질 것을 예상하고 일부러 이 동화를 읽히는 게 아니니 가학적인 행위라고 하는 것이 조금 지나치게 들릴지 모르지만, 적어도 결과론적으로 보면 사랑의 이름으로 행해지는 폭력인 것은 분명하니 가학성이라고 해도 큰 무리는 없을 것이다. 아이만 가학성에 노출되는 것이 아니다. 이 세상에 존재하는 수많은 새어머니들도 마찬가지다. 친부모보다 자식에게 훨씬 더 잘하는 새어머니나 새아버지는 얼마든지 있다. 그들은 아이들에 대한 사랑이 혈연이 아니라 개인의 품성과 이타적 윤리의 문제라는 것을 우리에게 확인시킨다. 이것이 어머니보다 더 좋은 새어머니가 존재하고, 아버지보다 더 좋은 새아버지가 이 세상에 존재하는 이유다. 그런데 혈연관계가 없다는 이유만으로 사회가 그들에게 적대감을 갖고 낙인을 찍는 것으로도 부족해서, 아이들에게 그러한 스토리를 읽혀 적대감을 물려받게 하는 것은 온당한 일이 아니다. 바로 이것이 「헨젤과 그레텔」이 아이들에게도 그렇고 새어머니들에게도 결코 좋은 텍스트가 아닌 이유다. 그리고 바로 이것이 이 동화가 아이들은 물론이고 새어머니들까지 트라우마적 공간으로 들어가게 만드는 인식론적인 폭력이 깃든 대단히 불온한 텍스트라고 말할 수밖에 없는 이유다.

그런데 「헨젤과 그레텔」이 불온한 것은 계모를 위협적인 존재로 고착화시키는 인식론적인 폭력만이 아니라, 사람을 잡아먹으려 하는 마녀의 존재 때문이기도 하다. 이 동화는 마녀가 어떻게 헨젤과 그레텔을 잡아먹으려 하는지 아주 상세하게 묘사한다. 앞서 묘사한 바 있지만, 그 장면을 좀 더 자세히 들여다 볼 필요가 있다.

마녀는 헨젤을 "강아지처럼"(초판) 우리에 가두고 안으로 들어와서 그레텔에게 말한다. "이 게으름뱅이야, 일어나지 못해! 가서 물을 떠 오고 네 오빠가 먹을 것을 만들어라. 네 오빠는 밖에 있는 우리에 갇혀 있다. 살을 찌워야겠다. 살이 찌게 해서 잡아먹을 거다." 헨젤은 그레텔이 만들어주는 음식을 먹고 살이 붙지만, 시력이 좋지 않은 빨간 눈의 마녀는 그것을 알아보지 못하고 헨젤이 내미는 작은 뼈를 그의 손가락으로 착각하고 그가 아직 말랐다고 단정한다. 4주가 지나도 살이 오르지 않는 것 같자, 마녀의 인내심은 바닥에 이른다. "살이 쪘든 말랐든, 내일은 그 애를 삶아 먹어야겠다." 다음 날, 마녀는 그레텔에게 화덕이 빵을 굽기에 충분하게 뜨거워졌는지 확인하라고 명령한다. 헨젤을 삶아 먹기에 앞서 그레텔부터 구워 먹겠다는 심보다. 그러자 그레텔은 마녀에게 어떻게 해야 하는지 모르겠다며 직접 보여달라고 한다. 마녀는 화덕의 입구가 그렇게 큰데, 그것도 확인하지 못하냐며 욕을 하며 화덕 속으로 고개를 들이민다. 그때, 그레텔은 마녀를 뒤에서 밀어버리고 쇠문을 잠가버린다. 마녀가 "끔찍하게 울부짖기 시작"하지만 그레텔은 마녀를 그대로 놔두고 헨젤에게 달려간다. 그레텔이 헨젤의 목숨을 구하는 사이, 마녀는 불에 구워진다.

이상에서 요약한 것처럼, 마녀가 헨젤과 그레텔을 잡아먹으려고 하는 장면이나 마녀가 죽는 장면은 섬뜩하기 짝이 없다. 사람을 삶거나 구워서 먹겠다고 하는데, 어찌 섬뜩하지 않으랴. 헨젤과 그레텔은 가까스로 그 운명을 피하지만, 그들 대신 마녀가 화덕 속에서 비명을 지르며 죽는다. 동화를 읽은 모든 아이들이 그리된다고 단정할 수는 없지만, 적어도 그중 일부가 카니발리즘을 연상시키는 장면에 심리적으로 사로잡혀 트라우마를 입을 가능성은 얼마든지 있다. 스토리의 흐름만을 놓고 보자면, 헨젤과 그레텔이 마녀한테 잡아먹히지 않고 집으로 돌아와 아버지와 행복하게 사는 것으로 끝나기 때문에 별문제가 되지 않을 것 같지만, 아이들의 섬세하고 여린 마음은 폭력에 대한 암시만으로도 그것에 사로잡힐 수 있다. 바로 이것이 아이들이 읽는 동화에 폭력이 등장할 때 발생할 수 있는 문제다.

폭력의 문제는 전후 맥락이 무시되면서 독자가 그것 자체에만 관심을 갖게 만든다는 데 있다. 이것은 아이에게만 해당되는 문제가 아니다. 성인도 지나치게 폭력적인 장면을 대하면 폭력에 붙들린다. 가령, 2012년도 〈노벨문학상〉 수상자인 모옌(莫言)의 『붉은 수수밭紅高粱』의 한 장면을 생각해보라. 독자는 일본군이 중국인의 껍질을 벗기는 장면이 지나칠 정도로 세세하게 묘사된 대목을 읽으면서, 전후맥락과 상관없이 그것에 붙들리게 된다. 작가가 이 장면이 자세하게 묘사한 것은 일본군의 잔혹성을 부각시키기 위한 것임이 분명하지만, 폭력의 묘사가 일정한 한계를 넘어선 나머지, 독자가 그것에 붙들리는 현상, 즉 트라우마가 발생하는 것이다. 성인도 이럴진대, 아이들은 얼마나 더 예민하게 반응할 것인가.

아이는 헨젤과 그레텔의 이야기를 읽으면서 폭력에 대한 암시나 폭력적인 장면에 심리적으로 붙들려 그 자리에서 한 발자국도 움직이지 못할 수 있다. 스토리는 그레텔이 마녀를 화덕 속으로 밀어 넣어 죽임으로써 절체절명의 위기를 벗어나는 것으로 묘사하고 있지만, 물리적인 의미에서는 물론이려니와 심리적인 의미에서도 이미 마녀의 포로가 되어 있는 그레텔이, 그리고 그녀와 자신을 동일시하는 어린이 독자가, 마녀의 말을 거역한다는 것은 결코 쉬운 일이 아니다. 달리 말하면, 스토리가 전개되는 것과 달리, 아이는 마녀의 폭력성에 압도되어 마녀의 말에 따라 화덕 속으로 들어가 구워지는 심리적 상황에 처하게 될 수 있다는 말이다. 물론 대부분의 아이들은 부모의 따뜻한 사랑과 배려와 관심에 그러한 트라우마를 극복할 수 있겠지만, 적어도 일부 아이들이 그 트라우마에 붙들릴 가능성은 얼마든지 있다. 부모의 사랑을 받지 못하는 아이들의 경우에는 특히 그러할 것이다.

로버트 화이트Robert S. White라는 미국의 정신분석학자는 유년기에 그러한 트라우마를 입고 그것을 성인이 되어서도 극복하지 못한 사례를 「헨젤과 그레텔─공포의 이야기」라는 논문으로 2015년에 발표한 바 있는데, 그는 이 논문에서 헨젤과 그레텔의 이야기를 읽고 트라우마를 느낀 지점을 아주 생생하게 제시하고 있다. 그여자 환자는 어렸을 때 그레텔과 마녀가 화덕 옆에 있는 장면이 나오면 엄청난 공포감을 느꼈다고 한다. 그녀에게 그것은 그 이야기에서 가장 끔찍하고 무서운 장면이었다. 그녀는 자신을 그레텔과 동일시하면서도 동시에, 그레텔과 다르게 마녀를 속인다는 것을 상상할 수 없었다. 그녀는 마녀가 화덕 속으로 들어가라고 하면 들어갈 수밖에 없을 것 같았다. "내가 마녀를 화덕 속으로 밀어 넣을 수 있는 방법은 없었어요. 마녀는 저항을 할 것이고 결국 화덕 안으로 들어가는 것은 내가 될 것 같았어요. 나는 내가 마녀의 종이라는 것 말고는 생각할 수 없었어요. 나는 마녀와 타협을 하고 마녀가 헨젤을 삶는 것을 도와주는 데 동의할 수밖에 없었어요. 그녀는 아이들을 계속 죽이고, 나는 그녀를 도왔을 거예요." 어머니와의 관계가 원만하지 않았던 이 환자에게, 마녀는 그녀의 어머니였다. 물론 이것은 정신과 치료를 필요로 하는 트라우마 환자가 내보인 심리적 증상이어서, 일반화할 수 있는 것이 아니다. 그러나 이 환자가 어려서 「헨젤과 그레텔」을 읽었을 때 보인 반응은 우리가 아이들에게 이 동화를 읽힐 때 발생할 수 있는 트라우마의 가능성을 암시하기에 충분하다.

그런데 이쯤해서 궁금해지는 것이 있다. 마녀는 왜 아이들을 잡아먹으려고 하는 것일까. 「헨젤과 그레텔」의 스토리를 잘 보면, 마녀는 아주 부유한 여자처럼 보인다. 빵과 케이크와 사탕으로 만들어진 장난감 집을 지어 놓고 아이들을 유혹하는 것을 보면, 그녀는 헨젤과 그레텔이 처한 궁핍한 현실과는 거리가 멀다. 그것만이 아니다. 그녀의 집에는 진주와 보석이 가득하다. 초판에는 그녀의 "집 전체가 값진 보석과 진주로 가득했다"고 되어 있고, 최종판에는 "집 안 구석구석에 진주와 값진 보석들이 들어 있는 상자들이 있었다"고 되어 있으니, 그녀가 부자인 것은 분명해 보인다. 그처럼 잘사는데, 왜 아이들을 잡아먹으려고 하는 것일까. 동화를 개연성의 문제로 따질 수는 없지만, 풍요로운 삶을 사는 여자가 아이들을 잡아먹으려 한다는 발상은 개연성이 부족해도 너무 부족해 보인다. 그렇다면 그림 형제는 어머니를 친어머니로 했다가 나중에 새어머니로 바꿔치기함으로써 트라우마적 과거를 은폐함과 동시에 그들의 스토리를 19세기의 도덕적 틀에 맞추려고 했던 것처럼, 마녀라는 자극적인 존재를 도입함으로써 어떤 비극적 사건이나 트라우마를 은폐하려고 했던 것은 아닐까. 마녀는 아이들을 잡아먹으려고 하는 사악한 존재가 아니라, 어떤 비극적인 사건을 덮고 그것을 스토리로 만드는 과정에서 편리하게 도입한 도구가 아닐까. 그 과정에서 진실은 어딘가로 사라지고 마녀라는 상투적이고 편리한 희생양만 남은 게 아닐까.

안타까운 일이지만, 게오르그 오세그George Ossegg에 따르면 그렇다. 독일의 김나지움(중등학교) 교사이자 아마추어 고고학자였던 그의 본명은 한스 트랙슬러Hans Traxler로, 게오르그 오세그는 필명이었다. 오세그는 1962년에 시작된 발굴과 오랜 기간에 걸친 자료 조사를 통해서 그림 형제의 「헨젤과 그레텔」이 살인 사건과 관련이 있다는 것을 밝혀냈다. 그가 밝힌 살인 사건의 전모는 이렇다.

독일의 하르츠 산간지방에서 태어난 카타리나 슈라더린Katharina Schraderin이라는 이름의 여성이 있었다. 그녀는 유명한 제빵사였는데, 특히 생강과자를 잘 만들기로 유명했다. 그녀가 만든 과자와 빵과 케이크는 없어서 못 팔 정도였다. 그런데 그녀를 질투하는 한스 메츨러Hans Metzler라는 남자 제빵사가 있었다. 그는 그녀의 제조기법을 빼내기 위해서 그녀에게 청혼을 했다. 그녀는 그의 의도를 간파하고 청혼을 거절했다. 그녀가 거절했음에도 불구하고, 그는 그녀를 집요하게 따라다녔다. 결국 그녀는 멀리 도망칠 수밖에 없었다. 그녀는 제빵 기구를 제외한 모든 것을 놓아두고 멀리 떨어진 숲으로 도망가 정착했다. 워낙 솜씨가 좋았던지라, 그녀가 만든 빵과 과자는 그 부근에서 금세 다시 유명해졌다. 한스 메츨러는 자신의 뜻대로 되지 않자 그녀를 마녀라고 고발했다. 그녀는 마녀재판에 회부되어 고문을 받았고 "빵 굽는 마녀Bakkerhexe"라 불렸다. 유스티누스 폰 디트푸르트 심판관과 한스 존타이머 배석판사는 그녀에게 마녀라는 사실을 실토하라고 다그쳤다. 특히 배석판사는 그녀가 "사람들을 숲으로 유혹했으며 이를 위해 지붕을 과자로 덮었으며 기이하게도 창문을 사탕으로 만들었다"고 하면서 "인육의 맛이 어떠했는지 실토하라고 다그쳤다".(『황홀한 사기극―헨젤과 그레텔의 또 다른 이야기Die Wahrheit Über Hänsel und Gretel』, 한스 트랙슬러 지음, 정창호 옮김, 이룸, 2003) 그러나 그녀는 거듭된 고문에도 불구하고 자신이 마녀라고 자백하지 않았다. 오히려 그녀는 "자신을 고발한 그 증인(한스 메츨러)이 자신에게 복수하려고 그렇게 하고 있는 것을 모르시겠냐고, 존경하는 재판관님들께서는 과자 지붕과 인육에 대한 황당무계한 말을 정말 믿으시냐고 항변했다". 마녀재판에서는 자백이 유일한 증거였던지라, 그녀가 자백하지 않는 상황에서 그녀를 처형할 수는 없었다. 결국 법원은 그녀를 풀어줬다. 그러자 한스 메츨러는 자신의 여동생 그레테Grete와 함께 카타리나의 집에 난입해 그녀를 "목 졸라 살해한 뒤 그녀를 끌어내 뒷마당을 지나 빵 화덕까지 끌고 갔다". 그리고 그녀가 만든 "네 개의 화덕 중 하나에 넣고 불에 태웠다". 한스 메츨러와 그레테 메츨러는 살인 혐의로 체포되었지만, 얼마 후 석방되어 잘 먹고 잘 살았다. 카타리나 슈라더린이 마녀라는 한스 메츨러의 주장이 먹혀든 것이었다.

오세그에 따르면, 그림 형제는 살인자인 한스와 그레테를 헨젤과 그레텔이라는 순진한 아이들로 바꾸고, 죄 없이 죽은 제빵사 카타리나를 빨간 눈에 등이 굽은 사악한 마녀로 바꿨다. 살인자를 희생자로, 희생자를 가해자로 둔갑시킨 것이다. 그러자 역사적 진실은 사라지고, 그 자리에 순진한 아이들과 마녀에 관한 동화만 남게 되었다. 스토리가 비극적 사건을 묻고 지우는 데 기여한 것이다. 그림 형제의 관심은 진실을 파헤치고 추적하는 것이 아니라 어떻게 해서든, 설령 진실이 왜곡되고 묻히는 일이 있더라도, 아이들이 읽을 만한 이야기를 만드는 데 있었다. 야콥 그림이 그의 동생 빌헬름 그림에게 보낸 편지는 이 점을 더욱 분명히 한다. "내가 보기에 오누이에 대한 이 이야기는 우리의 동화집에 수록하기에는 너무 폭력적이야. 이것 때문에 골치가 아파. (……) 이것을 손질할 방법은 없을까?" 이처럼 그들의 관심은 진실이 아니라 그것을 손질해 동화집에 수록하기에 덜 폭력적인 것으로 만드는 데 있었다.

프로이트가 말한 것처럼, 그렇지 않아도 트라우마적 사건은 세월이 흐르면서 수면 밑으로 더욱 가라앉는 법이다. 더욱이, 아이들이 읽는 동화를 만드는 것이 주된 목표였던 그림 형제의 입장에서는 트라우마적 사건을 굳이 환기시킬 이유가 없었다. 그래서 주저하지 않고 가해자와 피해자를 뒤바꾸고, 마녀라는 존재를 스토리 속으로 끌어들여 죽게 만들었다. 마녀는 사악한 존재라 죽어도 되니까, 마녀를 죽이는 것에는 고통이나 죄의식이 따를 필요가 없으니까, 마녀가 죽는 것으로 처리한 것이었다. 그러나 문제는 탐욕에 눈이 먼 한스 메츨러가 카타리나 슈라더린을 마녀로 몰았듯이, 사회가 특정한 부류의 사람들을 필요에 따라 마녀로 몰고 처형하고 그것을 합리화할 뿐만 아니라 나중에는 그 사실마저 은폐하는 데, 그림 형제의 동화가 공모했다는 사실이다.

15세기 말에서 시작하여 18세기 말인 1775년에 공식적으로 종식될 때까지, 3백 년에 걸친 마녀사냥의 광풍은 유럽 사회를 휩쓸었다. 그것은 정의와 종교라는 이름으로 죄 없는 사람들, 특히 여성들을 무자비하게 죽인 광기와 광란의 역사였다. 사회는 그들을 이단이라고 죽이고, 사탄과 내통한다고 죽이고, 약초사라고 죽이고, 주술사라고 죽였다. 그것은 정부와 교회의 합작품이었다. 그래서 인간의 역사는 야만의 역사였다. 그것은 죄가 없는 수없는 카타리나 슈라더린을 사지로 몰아넣은 트라우마의 역사였다.

불행하게도, 문학은 때로 그러한 트라우마의 역사를 은폐하는 데 공모한다. 그림 형제의 「헨젤과 그레텔」이 보여주는 것처럼, 동화도 예외는 아니다. 그래서 문학은 억눌린 역사의 트라우마를 드러내고 그것의 의미를 사유하고 탐색하기도 하지만, 때때로 그 트라우마를 억압하고 왜곡하고 은폐하는 데 일조한다. 이렇듯 문학은 때로 사회의 기대와 독자들의 구미에 영합하면서 진실과는 반대되는 길을 가기도 한다. 「헨젤과 그레텔」이 아이들에게 읽히기에 불온한 텍스트인 이유가 여기에 있다.

　예이츠의 시를 다시 인용하자면, 인간의 세계는 아이들이 "이해하는 것 이상으로 울음이 가득한" 세계일지 모른다. 예이츠의 시 속에서 요정이 "인간 아이"에게 그러한 것처럼, 어른들은 바로 그러한 이유에서 아이들에게 동화를 읽히며 그들을 요정의 세계로 데려간다. "아이야, 요정과 손에 손을 맞잡고/물가와 들판으로 가자/세상은 네가 이해하는 것 이상으로/울음이 가득한 곳이란다." 그런데 모순적이게도, 어른들은 아이들을 "울음이 가득한 세계"에서 요정의 세계로 데려간다면서, 새어머니를 마녀로 만들기도 하고, 아이를 잡아먹는 마녀를 만들어내기도 하고, 그렇게 만들어낸 마녀를 화덕 속에 밀어 넣어 죽이기도 한다. 그들을 사랑한다면서, 결과적으로 보면 사랑과는 반대되는 것을 보여주는 셈이다. 이것이 우리가 아이들에게 읽히는 동화의 윤리적 측면을 심각하게 고려해야 하는 이유이다. 만약 어떤 동화가 아이들에게 불안과 트라우마를 유발하고 집단의 편견을 고착화하는 데 기여한다면, 그리고 그것이 어떤 대상에 대한 미움을 불러일으킨다면, 그것은 더 이상 동화가 아니다.

누가 내 화분을 훔쳐 간 거죠?

— 트라우마의 진원지인 사랑

두 젊은 남녀가 지나치는 행인들에 무관심한 채, 그것도 공공장소 앞에서 입맞춤을 하고 있다. 그들은 늙지도 않고 언제까지나 그렇게 입맞춤을 하고 있다. 우리는 시간에 자꾸 떠밀려 가는데, 그들은 그 매혹적인 순간에 정지되어 있다. 「시청 앞에서의 입맞춤Le Baiser de l'hotel de Ville」에 나오는 남녀의 이야기다. 로베르 두아노Robert Doisneau가 1950년에 찍은 이 사진은 『라이프Life』에 게재되면서, '입맞춤'을 담은 사진들의 고전이 되었다. 비록 나중에 이 사진이 연출된 것으로 밝혀져 실망스럽긴 했지만 그것도 잠시, 두 연인의 모습은 여전히 보기 좋다. J. M. 쿳시Coetzee는 『어느 운 나쁜 해의 일기Diary of a Bad Year』에서 이렇게 말한다. "그들의 키스는 단순한 정열의 키스가 아니다. 이 키스와 더불어 사랑이 모습을 드러낸다." 쿳시의 말처럼 사랑은 그렇게 자기를 표현하는 것인지도 모른다. 쿳시가 펼치는 상상의 날 개를 조금 더 따라가보면 이렇다. "그와 그녀는 학생이 다. 그들은 첫날밤을 함께 보내고 서로의 품에 안겨 잠에서 깨었다. 이제 그들은 강의를 들으러 가려고 한다. 불현듯 그의 가슴이 인도 위에서, 아침 나절의 군중 속에서, 사랑의 감정으로 터질 것 같다. 그녀도 그에게 자신을 천 번이라도 허락할 준비가 되어 있다. 그래서 그들은 키스를 한다. 그들은 행인들에 대해서도, 어딘가에 숨어 있는 카메라에 대해서도 신경을 쓸 수가 없다. 그래서 '파리, 사랑의 도시'라는 제목이 붙는다. 하지만 그런 사랑의 힘, 그런 감정의 북받침, 그런 키스는 어디에나 있을 수 있다." 사진이 불러일으키는 감정을 이보다 더 멋지게 묘사할 수는 없다. 쿳시에 대한 세간의 평가, 즉 미니멀적이고 청교도적이라는 평가가 무색할 정도로 감각적인 묘사다. 그의 말처럼 사랑은 논리를 무색하게 만드는 "감정의 북받침"이고 신비로움이다.

두아노의 사진이 환기시키는 사랑은 사람들을 행복하고 황홀하게 만든다. 그러한 사랑이 찾아들면, 사람들은 키츠의 시구처럼 "바람이 아무리 갈라놓아도 더 가까이 다가갈 뿐인/서로의 가슴에 있는 내면의 향기를 공유하는/한 쌍의 장미"가 된다. 그런데 방정맞은 생각이지만, 그들의 사랑을 누군가가 방해한다면 어떻게 될까. 그들과 정말 가까운 누군가가 자기 눈에 흙이 들어가기 전에는 안 된다며 두 사람의 사랑이나 결혼을 한사코 반대한다면? "바람이 갈라놓아도 더 가까이 다가갈 뿐인" 두 사람을 누군가가 폭력으로 갈라놓는다면? 그렇게 되면, 사랑은 행복이나 황홀경의 샘이 아니라 트라우마의 진원지가 되는 것은 아닐까. 이런 질문을 해보는 것은 예술의 장르를 불문하고, 사랑의 기쁨을 노래한 것보다 사랑의 슬픔을 노래한 것이 더 많은 탓일지 모른다. 실제로 예술가들은 사랑의 기쁨이나 환희보다는 슬픔이나 절망을 더 많이, 더 자주 얘기한다. 보카치오Giovanni Boccaccio(1313-1375), 키츠John Keats(1795-1821), 안데르센Hans Christian Andersen(1805-1875)도 예외가 아니다. 그들은 사랑이 어떻게 트라우마의 진원지가 되어 인간을 고통스럽게 하고 결국에는 죽음으로까지 몰고 가는지에 대해 이야기한다. 그런데 묘하게도 세 작가는 같은 줄거리를 가지고 사랑의 트라우마가 어디까지 갈 수 있는지 보여준다. 더 정확히 말하면, 보카치오가 『데카메론』(1353)에서 그 이야기를 먼저 했고, 그로부터 몇백 년이 흐른 후에 키츠와 안데르센이 각각 『이자벨라, 혹은 바질 화분Isabella, or the Pot of Basil』(1820)과 「장미 요정The Elf of the Rose」(1839)에서 그 이야기에 자기들의 색깔을 입혔다.

그리스어로 '10일간의 이야기'라는 의미의『데카메론』은 흑사병을 피해 피렌체의 별장에 모인 세 명의 남자들과 일곱 명의 여자들이 10일 동안 나눈 100편의 흥미로운 이야기들을 묶은 것으로, 셰익스피어를 비롯한 많은 작가들에게 심대한 영향을 미쳤다. 키츠와 안데르센에게도 마찬가지였다. 그리고 그들은 공교롭게도 보카치오에게 똑같은 이야기를 빌렸다. 그들이 100개의 이야기 중에서 하필이면 나흘째 되는 날의 다섯 번째 이야기를 빌리게 된 이유를 소상히 알 길은 없지만, 그것이 그 이야기가 갖고 있는, 한번 들으면 잊기 어려울 정도로 그로테스크한 속성과 무관하지 않을 거라는 점만은 분명해 보인다.

　『데카메론』에 나오는 이야기는 어떤 면에서 그로테스크한 것일까. 이것은 이야기의 얼개만으로도 분명해진다. 부잣집 딸인 이자베타Isabetta는 로렌조Lorenzo라는 하인을 사랑한다. 이자베타에게는 세 오빠가 있다. 그들은 여동생이 아랫사람을 사랑하는 것을 수치스럽게 생각하고 로렌조를 숲으로 유인해 죽인다. 이자베타는 로렌조가 돌아오지 않자 초조해한다. 그러던 어느 날, 그녀의 꿈에 로렌조가 나타나서 자기가 묻혀 있는 곳을 알려준다. 그녀는 오빠들 모르게 그곳에 가서 땅을 파고 시신을 확인한다. 그러곤 그의 머리를 잘라 집으로 가져와 커다란 화분에 넣고 그 위에 꽃나무를 심는다. 얼마 후, 화분에서는 현란하고 아름다운 꽃이 피어난다. 그녀는 화분 곁을 지키며 울음으로 세월을 보낸다. 그런 그녀를 이상하게 여긴 오빠들은 화분을 훔쳐서 안에 무엇이 있는지 확인한다. 화분을 잃고 상심한 이자베타는 시름시름 앓다가 죽는다.

키츠의 『이자벨라, 혹은 바질 화분』이나 안데르센의 「장미 요정」도 보카치오의 스토리가 가지고 있는 그로테스크한 속성을 그대로 이어받고 있다. 『데카메론』에 나오는 이야기를 거의 베꼈다고 해도 과언이 아닐 정도로, 두 작가는 보카치오의 스토리를 가져다 쓰고 있다. 예술에 대한 부르주아적 소유 개념이 만연해 있는 요즘 세상에서는 남의 것을 가져다 쓰는 것이 문제가 되겠지만, 본래 예술은 남의 것에 자신의 색깔을 조금씩 입히는 것이다. 이 세상에 독창적인 것이 어디 있는가. 빌려 쓰고 빌려주는 것이다. 셰익스피어의 희곡들은 하늘에서 툭 떨어지거나 무에서 창조된 것들이 아니라 거의 모두가 빌린 것들이다. 다른 작가들의 경우도 별반 다르지 않다. 크리스테바Julia Kristeva의 말처럼, 텍스트는 "인용의 모자이크"인지도 모른다.

두 작가가 보카치오의 그로테스크한 이야기를 빌려서 씀으로써 세 작가의 작품들은 크리스테바의 말마따나 "상호텍스트적인" 관계가 되었다. 그런데 세 작가의 작품 중에서 안데르센의 것이 더 그로테스크한 것처럼 보인다. 물론 액면 그대로 비교하면, 안데르센의 묘사가 보카치오와 키츠의 것에 비해 더 그로테스크하다는 말은 사실에 부합되지 않는다. 두 작가의 이야기에는 여자가 목을 직접 자르는 것으로 되어 있지만, 안데르센의 이야기에는 오빠의 손에 이미 잘려서 그럴 필요가 없는 것으로 되어 있기 때문이다. 그러나 보카치오나 키츠와 달리, 안데르센이 상대하는 독자층이 아이들이라는 사실을 감안하면 문제는 달라진다. 이래서 더 그로테스크하다는 것이다.

로렌조가 죽게 된 것은 여자의 오빠들(보카치오의 스토리에는 오빠가 셋, 키츠의 시에는 오빠가 둘, 안데르센 동화에는 오빠가 하나로 나온다)이 그들의 여동생과 하인의 사랑을 못마땅하게 생각한 결과이다. 보카치오의 스토리에서는 세 오빠가 동생이 하인의 처소에 들락거리며 사랑의 행각을 벌이는 것을 알고 "치욕스러운 일이 더 이상 진전되기 전에" 하인을 제거하기로 결심하고 한적한 곳으로 데리고 가서 죽인 후 "아무도 눈치채지 못하게" 파묻는다. 키츠의 시에서는 두 오빠가 신분도 격상시키고 부도 축적할 목적으로 동생을 귀족과 결혼시킬 계획을 세우고 있다가 그녀가 하인을 사랑하는 것을 알고 그를 숲으로 유인해 죽인다. 그리고 안데르센의 동화에서는 "사악한" 오빠가 동생이 신분이 낮은 남자를 사랑하는 것을 좋지 않게 생각하고 "산과 바다 너머로 사업 심부름"을 보내는 척하다가 칼로 찔러 죽이고 목을 벤다. 결국 모든 것이 신분과 돈 때문에 벌어진 일이다.

보카치오의 『데카메론』이 1353년에 발표되고 키츠의 『이자벨라, 혹은 바질 화분』과 안데르센의 「장미 요정」이 1820년과 1839년에 발표되었으니, 양자 사이에는 몇백 년의 거리가 있다. 그럼에도 불구하고 사랑을 포함한 인간적인 가치들보다 경제적인 이익을 우선시하는 인간 사회의 본질은 19세기에도 크게 다르지 않았던 모양이다. 하기야 21세기에 들어선 지금도 경제적 이익과 남녀관계를 결부시키는 것은 더하면 더했지 덜하지는 않다. 폴라니Karl Polanyi는 이러한 사회적 현상을 "악마의 맷돌satanic mill"이라는 개념으로 설명한다. 그에 따르면, "악마의 맷돌"은 모든 가치들을 집어넣고 갈아서 오직 경제적 이익이라는 한 가지 가치로 만든다. 여자의 오빠가 쥐도 새도 모르게 하인을 살해한 것 역시 결국은 "악마의 맷돌" 때문이다. 보카치오와 안데르센의 스토리와 달리, 키츠의 시는 이 점을 집중적으로 부각시킨다. 키츠의 시에서 이자벨라의 오빠들은 노동력을 착취하는 자본가로 등장한다. 그들은 광산과 공장에서 일하는 노동자들을 채찍으로 갈기며 몰아쳐 그들의 건강했던 "허리를 피로 물들게 한다". 그들이 여동생을 "차츰차츰 달래서 고관귀족과 그의 올리브나무로 이끌 계획"을 세우는 것은 전혀 놀라운 일이 아니다. 여기에서 "올리브나무"는 귀족이 갖고 있는 부를 상징한다. 그래서 "귀족과 그의 올리브나무"는 신분과 부가 결합된 개념으로, 그녀의 오빠들에게는 이것보다 중요한 것이 없다. 그들에게 여동생의 미모는 상품이다. 신분과 부와 교환이 가능한 상품이다. 그들이 로렌조를 사랑하는 여동생을 가리켜 "거의 미쳤다"고 표현하는 것은 당연하다. 그들이 신봉하는 "악마의 맷돌"이 신분이 다른 두 남녀의 사랑을 허락할 리가 없는 것이다. 로렌조의 죽음이 불가피한 것도 그 사랑이 경제적 가치에 반하는 것이기 때문이다.

결국 로렌조는 그들의 손에 죽임을 당하고 아무도 모르는 곳에 묻힌다. 보카치오의 스토리에서는 오빠들이 "전에 그랬던 것처럼 로렌조에게 사업과 관련된 심부름을 보냈다"고 둘러대고, 키츠의 시에서는 그들이 "아주 급박한 일에 신뢰할 만한 사람이 필요해/로렌조를 외국에 보냈다"고 둘러댄다. 그리고 안데르센의 동화에서는 오빠가 동생에게 굳이 둘러대지도 않는다. 아무리 기다려도 로렌조가 돌아오지 않자 그녀는 오빠들에게 그 이유를 묻는다. 오빠들은 그때마다 얼버무리기 일쑤고 때로는 협박까지 한다. "너, 로렌조에 대해 자꾸 묻는데 그놈하고 무슨 관계냐? 한 번만 더 물으면, 너한테 맞는 대답을 해줘야겠다." 이렇게 되니 무서워서 더 이상 물을 수도 없게 된다. 그런데 놀라운 일이 벌어진다. 그녀의 꿈에 로렌조가 나타나 자신이 살해당했다고 밝힌 것이다. 이것은 보카치오, 키츠, 안데르센의 이야기에 모두 일치하는 대목이다. (엄밀히 말하면 보카치오와 키츠의 스토리에서는 죽은 남자가 꿈에 나타나 자신이 살해당해 어디에 묻혀 있는지 알려주고, 안데르센의 스토리에서는 장미 요정이 잠을 자고 있는 여자의 귀에 속삭여 알려주는 것으로 되어 있으니 정확히 일치한다고 볼 수는 없다. 그러나 안데르센이 어린이들의 정서를 고려해서 유령을 요정으로 바꾼 것일 뿐 크게 다른 것은 없다.)

보카치오의 스토리에서 로렌조는 이렇게 말한다. "당신은 나를 향해 울면서 내가 없는 것을 슬퍼하고 눈물로 나를 비난하네요. 그러나 이제는 내가 더 이상 돌아갈 수 없다는 것을 알아야 해요. 당신이 나를 마지막으로 본 날, 나는 당신 오빠들의 손에 죽었으니까요." 그는 자신이 묻혀 있는 곳을 알려주면서 이제는 더 이상 기다리지 말라고 한다. 키츠의 시에서는 로렌조가 꿈에 나타나 자신의 무덤에 찾아오라고 한다. "당신이 무덤 위의 꽃에 한 방울의 눈물을 흘려주면/무덤 속의 나에게는 위로가 될 거예요/이제 나는 사람들이 있는 곳에서 떨어진 곳에 혼자 사는/그림자예요." 안데르센의 동화에서는 요정이 잠을 자고 있는 그녀의 귀에 입을 대고 "그녀의 오빠가 연인을 죽여 어디에 묻었는지" 알려준다. 즉, 살인의 실상이 꿈이라는 매개를 통해 밖으로 드러나는 것은 보카치오, 키츠, 안데르센의 이야기에서 매한가지다.

여기에서 그녀의 꿈은 적어도 두 가지 면에서 중요하다.

첫째, 꿈은 연인이 살아 있기를 바라는 여자의 소망이나 욕망을 나타낸다(여자는 남자가 돌아오지 않자 그의 죽음을 이미 예감한 것처럼 보인다). 여자가 남자를 꿈속으로 불러와 말을 하게 함으로써 그를 살아 있는 존재로 만들고 있기에 그러하다. 비록 꿈에서 깨면 남자가 죽어서 땅속에 묻혀 있는 비참한 현실을 맞닥뜨리게 되겠지만, 그가 꿈속에서 이야기를 하고 그 꿈이 지속되는 한 그는 살아 있다. 그가 "소파의 발치에 서서 울고 있다"는 것, 그의 "눈이 아직도 사랑으로 반짝인다"는 것은 그가 살아서 그녀를 바라보고 있다는 분명한 증거이며 그는 그녀의 꿈을 통해 다시 살아난다. 그래서 그녀는 잠을 자야 한다. 잠을 자고 꿈을 꿈으로써 그를 살려 내야 한다. 즉, 그녀의 꿈은 사랑하는 사람이 살아 있기를 바라는 염원이 구현되는 장치라고 할 수 있다.

둘째, 그녀의 꿈은 그녀가 사랑하는 사람, 즉 타자를 환대하는 윤리적 몸짓을 의미한다. 그녀는 꿈을 꾸는 것이 자신에게 득이 됨에도 불구하고, 그러니까 꿈을 꿈으로써 사랑하는 남자를 살아 있게 하는 것이 자신의 심리적 욕구에 부합됨에도 불구하고, 꿈에서 깨어나는 것을 택한다. 그가 죽어서 묻혀 있는 곳으로 가기 위해서다. 결과적으로 그녀는 자신이 묻혀 있는 곳으로 오라는 연인의 부름에 응답한 셈이 된다.

이것이 꿈이 갖는 이중적 의미이다. 한편으로는 꿈을 꿈으로써 사랑하는 사람을 살아 있게 하고, 다른 한편으로는 꿈에서 깨어남으로써 사랑하는 사람의 부름에 응답하는 것이다. 전자가 프로이트의 해석이라면, 후자는 자크 라캉Jacques Lacan의 해석이다. 전자가 꿈을 욕구 충족을 위한 행위로 본다면, 후자는 그 꿈에서 깨어나는 것을 타자의 환대를 위한 윤리적 몸짓으로 본다. 사랑이 얼마나 간절했으면 죽은 자를 꿈속에서 살려내고, 사랑이 얼마나 지극했으면 죽은 자의 부름에 응하겠는가. 이것은 사랑의 절대성이 전제되지 않으면 가능하지 않은 일이다. 사랑의 절대성 앞에서 삶과 죽음은 분리되는 게 아니라 하나가 된다. 상식적인 눈으로 보면, 이것은 너무나 비논리적이고 비합리적이다. 죽은 사람이 어떻게 자기가 왜 죽었으며 어디에 묻혀 있는지를 말할 수 있는가. 삶은 삶이고 죽음은 죽음이지, 어떻게 둘이 교차하는 상태가 가능한가. 그러나 그것은 절대적인 사랑을 가정하면 불가능한 것만은 아니다. 사랑하는 사람이 죽었다면, 그리고 그것으로 인해 자신의 삶이 더 이상 살 수 없는 것이 되었다면, 그 사람이 살아나고 자기가 그 사람의 부름에 응할 때까지, 그러니까 기적이 일어날 때까지, 자신의 한계를 밀어붙일 수 있는 것이 바로 사랑이다. 적어도 이것이 이자베타(이자벨라)와 로렌조의 사랑이다. 토마스 만의『마의 산』에 나오는 말처럼 그들의 "사랑은 죽음에 맞선다. 죽음보다 강한 것은 이성이 아니라 사랑이다".

이러한 맥락에서 보면, 이자베타(이자벨라)가 로렌조가 묻힌 곳을 찾아내 "세 시간 동안" 땅을 파고 시신을 꺼내 머리를 잘라 집으로 가져오는 행위는 그로테스크하고 엽기적이긴 하지만 이해하지 못할 바는 아니다. 사랑하는 사람의 예기치 않은 죽음에 심각한 트라우마를 입은 그녀에게 그 상황에서 정상적으로 행동하고 사고하라고 주문하는 것 자체가 무리인지 모른다. 만약 사랑하는 사람이 오빠들의 손에 죽어 묻혀 있는 것을 보고도 그녀가 정상적으로 행동하고 사고한다면 그것이 오히려 비정상이다. (이런 상황에서는 정상이 비정상이 되고, 비정상이 정상이 된다.) 이것은 연인의 죽음으로 인한 트라우마가 정상과 비정상의 자리를 바꾸고 그녀로 하여금 연인의 머리를 잘라 집으로 가져가게 만드는 상황을 조성했다는 말이다. 그녀가 연인의 시신에서 머리를 잘라내는 엽기적인 장면은 이런 맥락에서 이해해야 한다. 『데카메론』은 그 장면을 이렇게 묘사한다. "그녀는 더 적절한 매장을 위해 몸 전체를 가져가고 싶었지만 그럴 수 없었기 때문에 최대한 조심스럽게 머리를 잘라서 천으로 쌌다. 그녀는 시신의 나머지를 흙으로 덮은 후, 머리를 하인에게 들게 했다. 그리고 아무의 눈에도 띄지 않게 그곳을 떠나 집으로 돌아갔다." 이 대목은 사실적인 묘사에 치중한 나머지, 그녀가 어떠한 심리 상태에 있는지는 말해주지 않는다. 너무 사실적이고 현실적이어서 거부감마저 들 정도이다. 그래서 그녀의 심리 상태를 알기 위해서는 보카치오보다 심리적인 묘사에 더 충실한 키츠의 시를 참조해야 한다.

키츠는 그녀가 "페르시아 검劍보다 무딘 칼로/형체가 없는 괴물을 자른 게 아니라" 사랑하는 사람의 머리를 "부드럽게" 잘랐으며, 잘라낸 후에는 핼쑥해진 모습으로 그 머리에 "입맞춤을 하고 낮은 소리로 신음했다"

고 묘사한다. 키츠가 "페르시아 검보다 무딘 칼"을 여기에서 등장시킨 것은 일반적인 칼, 즉 날카로운 페르시아 검이 표방하는 비정함을 제거하고 연인의 머리를 힘들게 잘라낼 수밖에 없었던 그녀의 혼란스러운 정신 상태를 보여주기 위한 것이다. 그것이 만약 날카로운 페르시아 검이었다면 머리가 순식간에 싹둑 잘렸겠지만, 키츠는 그녀의 손에 무딘 칼을 쥐어줌으로써 그녀가 사랑하는 사람의 시신 앞에서 미친 사람처럼 행동할 수밖에 없는 심리적 상황을 보여준다. 그녀는 정상이 아니다. 프로이트의 용어를 빌려 말하면, 그녀는 의식의 "보호막" 내지 "방어막"이 뚫려 아무 생각도 없이 행동하고 있다. 그래서 시신의 머리를 자르는 것이다. 이 장면이 우리에게는 너무나 오싹하게 다가오지만, 미쳐버린 그녀에게는 그렇지 않다.

그녀는 그렇게 잘린 머리를 집으로 가져간다. 그녀에게 그 머리는 시신의 일부가 아니라 사랑하는 사람의 몸이다. 일부가 아니라 전체이다. 트라우마로 인해 머리를 몸 전체로 보게 된 탓이다. 수사법의 용어를 동원해서 말하면, 남자의 머리를 집으로 들고 가는 그녀의 모습은 그래서 트라우마가 빚어낸 처절한 '환유'의 풍경이다. 부분이 전체를 대변하는 것이 환유의 방식이기에 그렇다. 정상적인 경우라면, 머리는 머리여야 한다. 그것도 더 이상 생명이 없는 시신의 일부를 잘라낸 것이어야 한다. 그러나 그녀의 트라우마 앞에서 그 머리는 사랑하는 사람의 몸 전체를 의미한다. 그녀가 삶과 죽음의 경계를 알지 못하고, 자기 마음대로 양쪽을 오가는 탓이다. 라캉의 용어로 말하면, 그녀는 "절대적인 혼란의 영역과 차원"에 들어서 있다.

그녀는 남자의 머리를 "눈물로 씻고 곳곳에 천 번의 입맞춤을 하고"(보카치오) "헝클어진 머리칼을 황금 빗으로 빗긴다"(키츠). 그리고 화분에 묻고(매장하고) 그 위에 꽃나무를 심는다. 보카치오와 키츠의 스토리에는 바질을 심는 것으로, 안데르센의 스토리에는 그녀가 무덤 옆에서 꺾어 온 재스민 가지를 심는 것으로 되어 있다. 시간이 흐르자, 꽃나무는 그녀의 눈물을 먹고 향기로운 꽃을 피워낸다. 보카치오는 그 꽃이 그녀의 눈에서 흘러나오는 눈물과 "부패한 두개골에서 연유한 기름진 토양 덕에 아름답고 아주 향기로웠다"고 묘사하고, 키츠는 그 꽃이 "인간의 두려움과/눈에 보이지 않지만 그 안에서 빠르게 썩어가는 두개골에서/자양분과 생명을 끌어냈기 때문"에 플로렌스에서 "가장 향기로웠다"고 묘사한다. 안데르센은 "쓰라린 눈물이 재스민 가지에 떨어졌고, 그녀가 창백해져갈수록 재스민 가지는 더 푸르고 싱싱해졌다"고 묘사한다.

그녀는 이제, 화분을 가꾸는 것 외에는 아무 일에도 관심이 없다. 화분은 물건이 아니라 그녀가 사랑하는 사람의 몸이다. 그래서 거기에서 피어나는 현란한 꽃은 연인의 몸이, 아니 연인의 혼령이 피워 올리는 꽃이다. 그녀는 더 이상 현실과 비현실을 구분하지 못한다. 키츠는 이렇게 노래한다. "그녀는 별들과 달과 해를 잊었고/나무들 위의 푸른 하늘을 잊었다./그리고 물이 흐르는 골짜기들을 잊었고/쌀쌀한 가을바람을 잊었다./그녀는 하루가 언제 끝나는지, 날이 언제 밝는지 알지 못했다./그녀는 향기로운 바질 화분에 몸을 굽히고/화분의 속까지 적셔질 정도로 눈물을 흘렸다." 그녀는 이처럼 트라우마 때문에 세상으로부터 자신을 단절시킨다. 정신분석학 용어로 말하면, 해리解離가 일어난 것이다. 그녀는 말수가 적어지고 세상사에 무관심한 상태에서, 화분만을 가꾼다. 그러자 그녀의 오빠들은 화분이 도대체 무엇이기에 "귀족의 신부가 되어야 할" 그녀가 그것에 집착하는지 궁금해하기 시작한다. "그녀의 오빠들은 그녀가 푸른 바질 옆에 고개를 숙이고 있는 이유와/마법의 손길이 닿은 것처럼 바질이 자라는 이유가 몹시 궁금했다./그들은 그것이 무슨 의미인지 몹시 궁금했다./그들은 아무것도 아닌 것이 그녀를 젊음과 쾌락들,/심지어 연인이 지체하는 것에 대한 기억으로부터

도/그녀를 떼어놓는 힘을 갖고 있는 이유를/확실히 설명할 수 없었다." 그래서 그들은 돌아가면서 그녀의 일거수일투족을 감시하기 시작한다. 그래도 의문은 풀리지 않는다. "그녀는 성당에 가는 일도 거의 없고/배고픔도 거의 느끼지 못했다./그리고 자리를 뜰 때도, 새가 알을 품기 위해 돌아오듯이/급히 돌아왔다/그리고 암탉처럼 끈질기게 바질 옆에 앉아/하염없이 울었다." 그들은 여동생의 이해할 수 없는 행동에 결국 그 화분을 그녀의 방에서 훔치기로 결심한다.

　세 작가가 이 장면을 처리하는 방식은 조금씩 다르다. 보카치오는 세 오빠들이 처음에는 화분을 훔쳐 다른 곳에 뒀다가 그녀가 그것이 없어진 것 때문에 상심하여 쇠잔해가는 것을 보고는 그 안에 무엇이 들어 있는지 확인하는 것으로 묘사하고 있고, 키츠는 두 오빠들이 화분을 훔쳐서 바로 확인하는 것으로 그리고 있다. 양쪽 다, 그녀의 오빠들이 화분 속에 로렌조의 두개골이 있는 것을 보고 질겁하여 도망가고, 그녀가 없어진 화분, 아니 없어진 연인의 몸 때문에 애가 닳아 결국 죽는 것으로 묘사하고 있는 것은 마찬가지다. 그런데 안데르센은 이것을 약간 변형시켜, 꽃의 요정들이 그녀를 대신하여 복수를 하고 화분이 우연히 깨지면서 오빠의 범죄가 드러나는 것으로 처리하고 있다. 보카치오와 키츠가 여동생의 남자친구를 살해한 오빠들이 그들의 악행이 발각될 것이 두려워 사업을 정리하고 도망가는 것으로 그런데 반해, 안데르센은 요정들이 그녀를 대신해 오빠를 죽여 복수하는 것으로 처리한다. 그러나 이러한 차이에도 불구하고, 사랑하는 사람이 오빠한테 살해당하고 그것으로 인한 실의로 여자가 죽는다는 설정은 같다.

그녀는 결국 화분 때문에 죽는다. 사랑하는 사람의 죽음 앞에서도 죽지 않았던 그녀였건만, 화분 때문에 죽은 것이다. 화분은 그녀에게 사랑하는 사람의 몸이다. 따라서 화분을 잃는 것은 자기보다 소중한 사람을 잃는 것이나 마찬가지다. 그녀에게는 화분을 잃은 것이, 정신분석학자인 리프턴Robert Jay Lifton의 말을 빌리자면, "죽음의 등가물과의 만남death equivalent encounter"이다. 그토록 충격이 크다는 말이다. 그렇지 않아도 사랑하는 사람의 죽음에 심각한 트라우마를 입은 그녀에게 그녀의 오빠들은 화분을 훔쳐 감으로써 회복이 불가능할 정도의 또 다른 트라우마를 입힌다. "누가 내 화분을 훔쳐 간 거죠?"라는 말은 자신의 몸을 소멸시키는 것 외에는 대안이 없는 그녀의 심리 상태를 적나라하게 보여준다. 그래서 그녀의 죽음은 불가피한 것이 된다. 그리고 이 죽음과 더불어 사랑이, 사랑의 신비로움이 모습을 드러낸다. 살아서만이 아니라 죽음 이후에도 타자에게 자신을 헌신하려 하는 사랑, 그 사랑의 신비로움이 모습을 드러낸다. 아무리 사랑하는 사람이라 하더라도 그 사람의 죽음 앞에서는 뒷걸음질을 치고 마는 '정상적인' 우리들의 눈에는 그것이 병적인 집착으로 보일지 모르지만, 사랑하는 사람이 죽고 없음에도 그 사람의 부재를 인정하지 않고 화분으로 대체해 헌신하는 것은 당사자의 입장에서는 지극히 '정상적인' 것일 수 있다. 이렇게 되면, 정상과 비정상은 서로에게 자리를 내어줄 수밖에 없게 된다. '정상적인' 우리가 비정상이 되고, '비정상적인' 그녀가 정상이 되는 것이다. 바로 이것이 보카치오, 키츠, 안데르센이 전하는 스토리의 핵심이다.

이렇게 자기를 드러내는 사랑이라는 것은 도대체 뭘까. 한 존재를 다른 존재에게로, 그것도 부재하는 다른 존재에게로 끌어당기는 힘은 무엇일까. 사랑하는 사람의 몸이 담긴 화분을 잃었다고 자신의 죽음과 소멸을 향해 다가가는 마음은 어디에서 나오는 것일까. 그 신비로운 마음은 우리에게 뭘 말해주는 것일까.

프로이트는 플라톤의『향연』과『우파니샤드』에 나오는 이야기를 근거로 사랑의 신비와 근원을 찾아보려고 했다. 플라톤은『향연』에서 아리스토파네스의 입을 빌려 처음에는 세 개의 성이 있었다고 말한다. 하나는 남성, 다른 하나는 여성, 또 다른 하나는 남성과 여성이 뒤섞인 "제3의 성"이 있었다는 것이다. 그런데 세 개의 성은 저마다 몸이 두 개였다. 얼굴도, 손도, 발도, 성적 기관도 두 개였다. 제1의 성은 남성의 몸과 남성의 몸이, 제2의 성은 여성의 몸과 여성의 몸이, 제2의 성은 남성의 몸과 여성의 몸이 등을 맞대고 있었다. 그런데 제우스신이 우리가 먹는 "배를 쪼개듯" 그들의 몸을 둘로 쪼개는 바람에 남성의 몸과 여성의 몸만 남게 되었다. 그래서 그들이 하나의 몸이 되려고 서로를 갈망하게 되었다는 것이다. 프로이트는 『우파니샤드』에도 비슷한 얘기가 나오는 것에 주목했다. 아트만(자아)은 원래 하나의 몸이었는데, 남자와 여자를 합해놓은 것만큼 몸집이 컸다. 그런데 아트만은 혼자 있으니 너무 외로웠다. 그래서 자신의 몸을 둘로 분리하여 서로의 짝이 되기로 했다. 프로이트가 『향연』과 『우파니샤드』에 나오는 신화에 주목한 것은 사랑도 어쩌면, 인간이 태생적으로 갖고 있는 "원래의 상태를 회복하려고 하는 본능"과 무관하지 않다는 것을 강조하기 위해서였다. 그는 『향연』과 『우파니샤드』에 나오는 얘기를 곧이곧대로 믿지는 않았지만, 성이 다른 존재가 서로를 향해 달려가게 만드는 힘이 "삶의 초기부터 작동하고 있다"고 생각했다.

보카치오, 키츠, 안데르센의 이야기는 프로이트가 말

하는 "삶의 초기부터 작동"하는 끌림이 좌절될 때, 즉 하나의 몸이 되려고 하는 반쪽들의 힘이 가로막힐 때, 어떤 트라우마가 발생할 수 있는지를 보여준다. 물론 그들이 스토리를 풀어가는 방식은 다분히 자극적이다. 사랑하는 연인들에 관한 이야기에 시신이 등장하고, 여자가 남자의 목을 잘라 화분에 넣고 그 위에 꽃나무를 심어 키우는 장면은 병적이고 끔찍하다. 이 장면은 라캉의 말을 다시 인용하면, 삶과 죽음이 명확히 구분되지 않고 삶과 죽음이 뒤섞이는 "절대적인 혼란의 영역"이다. 그러나 세 작가는 병적이고 끔찍하고 "절대적인 혼란의 영역"에서 역설적이게도 사랑의 진실, 사랑의 윤리를 발견한다. 이런 의미에서 그들은 키츠가 말한 "부정의 능력negative capability"을 발휘한 셈이다. 연인의 목을 잘라 화분에 넣고 꽃나무를 키우는 이야기는 보통의 경우에는 공포소설에나 나올 법한 소재이지만, 세 작가의 손이 닿으면서 사랑의 진실과 윤리에 대한 이야기로 변한다. 이것은 부정적인 것에서 긍정적인 가치와 진실을 볼 수 있는 눈이 있기에 가능한 일이다. 표면적으로는 그로테스크하고 엽기적으로 보이는 스토리가, 사랑하는 사람을 살아 있게 하려는 심리적 욕구와 사랑하는 사람의 부름에 응답하는 윤리적 몸짓이 결합된 스토리가 되는 것은 비일상적이고 때로 끔찍한 것에서도 진실과 아름다움과 윤리성을 찾아낼 수 있는 "부정의 능력" 때문이다.

이런 의미에서 트라우마는 타인, 타자에 대한 성실성을 확인하고 확인받는 계기인지 모른다. 사랑하는 사람의 죽음 앞에서 이자베타(이자벨라)처럼 극단적으로 자신의 행동을 밀어붙이는 사람은 거의 없을 것이다. 그녀의 행동이나 심리 상태가 병적인 것은 분명해 보인다. 그녀의 트라우마가 치유의 대상인 것도 분명해 보인다. 그러나 그녀가 자신의 죽음을 불사하면서까지 사랑하는 사람에게 집착하고 헌신한다는 점에서 그녀의 트라우마는 타인, 타자에 대한 성실성의 문제와 직결되어 있다. 만약 그녀가 화분에, 아니 사랑하는 사람의 몸에 그렇게 '병적으로' 집착하지 않았다면, 그녀의 오빠들이 저지른 살인은 드러나지 않았을 것이고 사랑하는 사람이 당한 억울한 죽음도 세상에 알려지지 않았을 것이다. 그런데 정상적인 사람들이 결코 해내지 못하는 일을 비정상적인 그녀가 해낸 것이다. 건강한 사람들이 바로잡지 못하는 불의를 병적인 그녀가 바로잡은 것이다. 만약 그녀의 행동이 광기라면, 그것은 세상의 모든 가치들을 안에 넣고 갈아서 경제적 이익이라는 가치로 만드는 "악마의 맷돌"에 저항하기 위해서는 불가피한 광기였는지 모른다. 그녀의 오빠들이 저지른 범죄가 묻히는 것은 진실과 정의가 묻히는 것이었고, 악마의 맷돌이 세상을 지배하게 방치하는 것이었다. 비록 악마의 맷돌이 판을 치는 것을 막을 수는 없어도, 자기가 사랑하는 사람의 억울한 죽음까지 방치할 수는 없었다. 오빠들의 살인 행위로 대변되는 비정한 "맷돌"에 정상적으로 대응하는 것이 불가능하다면, 미쳐서라도 그것에 저항해야 했다. 그래서 그녀의 광기는 저항의 몸짓이었다. 사랑하는 사람, 즉 타자를 나보다 더 생각하는 저항의 몸짓이었다. 타자와 관련해서 이보다 더 진실하고 윤리적인 몸짓이 어디 있을까. 우리가 사랑의 진실, 사랑의 윤리를 두아노의 사진에 나오는 연인들의 행복한 입맞춤이 아니라 보카치오, 키츠, 안데르센의 스토리에 나오는 여인의 불행한 모습에서 확인하는 것은 그래서 당연한 것이다. 이처럼 트라우마는 때로 진실과 윤리의 시험대이기도 하다. 사랑은 그 시험대를 통과하면서 자신의 진짜 모습을 드러내는 것인지 모르며 그래서 트라우마는 진실과 윤리, 사랑의 자리이기도 하다. 트라우마를 치유의 대상으로만 간주하는 세속적인 절대성은 여기에서 무너진다.

트라우마적 지식은 윤리적 지식이다

―「바이센테니얼 맨」과 인공지능

일반적으로 트라우마를 생각하면 치유라는 개념을 동시에 떠올린다. 트라우마라고 하는 것이 충격적인 사건이나 경험으로 인한 외상을 일컬으니, 그것을 치유의 대상으로 생각하는 것은 어쩌면 자연스러운 일이다. 몸의 상처가 치유되어야 하는 것처럼, 마음의 상처도 치유되어야 한다고 생각하는 까닭이다. 당연히, 틀린 생각은 아니다. 누군가가 비극적인 사고로 사랑하는 사람을 잃고 트라우마를 입었다면, 그를 보듬어주면서 그 트라우마를 극복하게 도와주는 것보다 중요한 일은 없다. 그러한 트라우마는 치유의 대상일 것이고 당연히 그래야한다.

그렇다고 모든 트라우마를 치유의 대상으로 간주할 것까지는 없다. 그것을 통해서 인간이 더 지혜로워지고 더 인간다워질 수 있다면, 삶의 굽이굽이에서 우리가 마주하는 트라우마는 치유나 극복의 대상이 아니라 슬기롭게 활용해야 하는 지식일 수 있고, 윤리적 각성으로 이어지는 매개체일 수 있다. 이것이 프레드 앨포드C. Fred Alford가 트라우마를 가리켜 "지식의 한 형식"이며, "트라우마적 지식은 윤리적 지식"이라고 말한 이유이다. 2016년 3월에 있었던 알파고와 이세돌 기사의 바둑 대국이 우리에게 남긴 트라우마도 이러한 시각에서 보면, 인간이라는 것의 참된 의미를 돌아보게 하는 "윤리적 지식"일 수 있다.

구글 딥마인드가 개발한 인공지능 알고리즘 알파고는 전문가들의 예상을 깨고 한국의 천재 기사 이세돌을 압도했다. 경우의 수가 많아 세계에서 가장 어렵고 복잡한 게임으로 알려진 바둑을 알파고가 그토록 잘 둘 것이라고는 거의 아무도 예상하지 못했던 듯하다. 직관과 추론 능력, 학습 능력을 갖춘 알파고에게 바둑 천재는 속절없이 무너졌다. 양자의 관계에서 알파고는 그 이름이 무색하지 않을 정도로 알파였고, 그 앞에서 천재 기사 이세돌은 감마요 베타였다. 사람들은 텔레비전 생중계를 통해 전해지는 천재 기사의 무력한 모습을 지켜보면서 충격을 받고 종말론적인 생각까지 했다. 이러다가 인간이 기계에 지배당하는 세상이 오는 것은 아닐까, 인간이 만든 인공지능이 결국 인간을 지배하는 미래가 오는 것은 아닐까. 모두가 그랬던 것은 아니지만, 적어도 일부는 알파고와 천재 기사의 대국을 지켜보며 이런 생각들을 했을 것이다. 기계에게 인간이 진 것이 그들에게는 트라우마로 다가왔다. 텔레비전 화면에 비치는 대국 장면이 그러한 트라우마를 일으키는 데 일조했다. 이세돌 기사의 맞은편에는 아자 황Aja Huang이라는 타이완계 구글 직원이 앉아 있었다. 얼핏 보면, 그는 이세돌 기사와 대국을 하려고 맞은편에 앉아 있는 기사처럼 보였다. 그는 표정이 없지만 부드러운 얼굴로 앉아서 신중하게 돌을 놓고 있었다. 그런데 그는 대국자가 아니었다. 대국자는 그의 옆에 있는 존재, 아니 존재가 아니라 기계였다. 그는 그 기계의 지시에 따라 바둑판에 돌을 놓는 심부름꾼에 지나지 않았다. 참으로 기이한 장면이었다. 화면에 비친 인간과 컴퓨터의 대국은 사람들의 상상력을 자극했고, 그것은 인조인간에 조종당하는 미래에 대한 묵시적 상상으로 이어졌다. 대국 장면은 그래서 알레고리였다. 인류가 언젠가 직면하게 될 것만 같은 디스토피아에 대한 알레고리였다. 이세돌 기사가 첫 판을 졌을 때는 그럴 수도 있겠지 하고 생각했던 사람들은 그가 두 번째, 세 번째 판을 내리 지자 큰 충격을 받았다. 그것은 분명히 트라우마였다.

알파고는 이세돌과의 대국에서 체험한 것을 학습함

으로써 이후로 더 완벽한 바둑을 두게 될 것이 분명하다. 어쩌면 알파고가 대국에서 지고 "AlphaGo resigns"라는 팝업창을 띄우는 일은 여간해서는 없을지 모른다. 어떤 고수를 만나든, 이길 가능성이 더 높기 때문이다. 인간이 만든 기계가 인간을 바둑 대국에서 이기는 일은 이제 미래의 가능성이 아니라 현실이 되었다. 승부만을 따지자면, 언젠가 인간은 바둑에서 기계의 상대가 되지 않을 게 분명하다. 이것이 트라우마가 아니고 무엇인가.

그런데 역설적이게도, 이 트라우마가 우리에게 인간 존재의 의미를 돌아보게 만들었다. 이세돌이 패했음에도 그에게 열광한 것은 그 이유에서였다. 그들은 대국 일정이 잡히고 첫 대국이 있기 전만 해도 자신만만했던, 아니 오만하기까지 했던 이세돌 기사가 세 판을 내리 지고 "인간이 진 것이 아니라 이세돌이 진 것"이라고 말하며 자신을 낮추자 위로를 받았다. 사람들은 잠시이긴 하지만 그를 인류와 동일시하며 상처를 받았는데, 그가 스스로 그 알레고리의 자리에서 내려와 그것이 알파고와 인류의 대국이 아니라 알파고와 자신의 대국이었을 뿐이라고, 컴퓨터한테 자기가 졌다고 해서 바둑이 무너진 것도 아니고 세상이 무너진 것도 아니라고, 그러니 염려하지 말라고 하자 위로를 받고 감동했다. 그의 말은 그들이 받은 상처에 대한 위로로 다가왔다. 그런데 그

128

들은 그가 네 번째 판을 이기고 나서 환하게 웃으며 "한 경기를 이긴 것이 이렇게 기쁠 줄 몰랐다. 아마도 세 경기를 이기고 한 경기를 졌었다면 마음이 아팠을 것이다. 세 경기를 지고 한 경기를 이기니까 너무 기쁘다"라고 말했을 때, 마치 자기들이, 아니 인류가 기계와의 싸움에서 이기기라도 한 것처럼 환호했다.

당연한 얘기지만, 이세돌과 다르게 알파고에게는 아무 감정이 없었다. 이겼을 때도 환호하지 않았고, 네 번째 대국에서 졌을 때도 "AlphaGo resigns"라는 팝업창을 화면에 띄웠을 뿐이었다. 세 판을 내리 지고 체념하다시피 한 상황에서 한 판을 '겨우' 이겼을 뿐인데, 그렇게 천진난만하게 웃으며 좋아하는 인간과 달리, 알파고에게는 호불호의 감정이 없었다. 그렇게 프로그램이 되어 있어서 그랬을 테지만, 그럼에도 불구하고 알파고가 대국에서 졌을 때 화면에 띄웠던 "AlphaGo resigns"라는 문장의 동사에 s가 붙어 있다는 것은 상징적이다. 만약 알파고한테 자아가 있었다면 s를 떼어내고 "I resign"이라고 했을 것이다. 알파고는 아직까지는 '그것'이지, '나'도 아니고 '너'도 아니고, '그'도 아니고 '그녀'도 아니었다. 그래서 마틴 부버의 말을 빌리자면, 알파고와 이세돌의 관계는 "나-너I-Thou"의 관계가 아니라 "나-그것 I-It"의 관계였다.

바둑 천재를 이김으로써 우리를 충격으로 몰아넣긴 했지만, 알파고는 마음이 없는 '그것', 즉 기계에 지나지 않았다. 그것이 가진 인공지능이라는 것도 따지고 보면, 지능을 가진 것으로 착각하게 만드는 기계의 작동에 지나지 않았다. 1957년, '인공지능'이라는 말이 처음 사용되기 시작했을 때만 해도, 과학자들은 인간처럼 느끼고 알고 인지하고 학습하고 말하는 기계를 꿈꿨다. 그러나 그것이 생각처럼 쉬운 일은 아니었다. 알파고처럼 똑똑할 수는 있겠지만 인간처럼 느끼고 알고 인지하고 학습하고 말하는 기계를 만드는 일은 요원한 것일지 모른다. 그러지 않다면 지금쯤 우리 앞에는 이미 그러한 기계가 있었을 것이다. 그리고 설령 마음을 가진 기계를 만드는 것이 언젠가 가능해진다 해도, 그것은 인간 존재의 의미가 얼마나 소중하고 가치 있는 것인지를 되돌아보는 계기 이상의 것이 아닐지 모른다.

아이작 아시모프Isaac Asimov(1920-1992)가 1976년에 발표한 「바이센테니얼 맨The Bicentennial Man」은 기계에 지나지 않는 알파고와 달리, 마음을 가진 인공지능 로봇이 나오는 감동적인 소설이다.* 이 소설이 감동적인 것은 인간적인 로봇이, 아니 인간보다 더 인간적인 로봇이 등장하여 인간이 무엇이고 인간성이 무엇인지를 탐색하고 사유하면서 이 세상에서 인간으로 산다는 것이 얼마나 가슴 벅찬 일인지를 말해주기 때문이다.

스토리는 "로봇공학의 세 법칙"을 다음처럼 제시하며 시작한다.

1. 로봇은 인간을 해쳐도 안 되고, 행동하지 않음으로써 인간에게 해가 되게 해서는 안 된다.
2. 로봇은 제1법칙에 배치背馳되지 않는 경우를 제외하고, 인간의 명령에 복종해야 한다.
3. 로봇은 제1법칙이나 제2법칙에 배치되지 않는 한, 자신을 보존해야 한다.

스토리의 서두로서는 딱딱하기 이를 데 없다. 공상과학소설을 좋아하지 않는 독자라면 이 서두만 보고도 이후에 전개되는 스토리를 읽지 않으려 할 수 있을 정도로 딱딱하다. 그러나 이 서두만 견뎌내면(혹은 영국의

---

* 이 소설과 같은 제목의 영화가 1999년에 나온 적이 있는데, 그 영화는 아시모프와 로버트 실버버그Robert Silverberg가 여기에 소개하는 「바이센테니얼 맨」을 기본으로 다시 쓴 『양자인간The Positronic Man』을 바탕으로 만들어진 것이다. 따라서 두 텍스트 사이에는 유사한 점도 있지만 다른 점도 많이 있다. 감동의 차원에서 보자면, 「바이센테니얼 맨」이 작위성이 많이 드러나는 『양자인간』이나 영화보다 훨씬 더 감동적이다.

낭만주의 시인 사무엘 콜리지Samuel Coleridge의 말대로 일시적으로 "판단을 보류"하고 작가를 신뢰하면), 아시모프의 스토리는 인간을 다룬 어떤 소설 못지않게 감동적이고 절절하고 인간적인 스토리로 다가온다.

"로봇공학의 세 법칙"을 이루는 기본원칙은 인공지능이 인간을 위한 것이어야 한다는 것이다. 물론 이 법칙은 과학자들이 합의해서 만든 것이 아니라 아시모프가 인공지능이 발달할 경우를 상정하고 제시한 로봇의 행동지침이다. 그가 쓴 공상과학소설에 나오는 로봇들을 지배하는 것은 바로 이 원칙이다. 소설의 주인공도 이 원칙을 준수해야 하는 로봇이다. 그는 마음이나 영혼이 없어서 도저히 '존재'라고는 할 수 없는 알파고와 달리, 인간처럼 인지하고 사고하고 사유하며 감정을 갖고 있는 '존재'다. 그래서 소설의 제목 '바이센테니얼 맨' 즉 '2백 살 먹은 인간'이 가리키는 대상은 인간이 아니라 앤드류 마틴이라는 이름의 로봇이다. 앤드류라는 이름도 '안드로이드' 즉 인조인간이라는 말과 가까운 발음이어서 의도적으로 선택된 것일 가능성이 농후하다.

그는 로봇회사에서 제조되어 제럴드 마틴의 집에 팔린다. 그 집에는 네 사람, 즉 제럴드 마틴과 그의 아내, 그들의 두 딸이 단란하게 살고 있다. 앤드류는 청소도 하고 식탁에서 시중을 들기도 하고 두 아이와 놀아주기도 한다. 앤드류에게 제럴드는 주인님Sir, 그의 아내는 마님Ma'am, 그의 두 딸은 각각 아씨Miss와 작은아씨Little Miss다. 그에게 앤드류라는 이름을 지어준 이는 그가 작은아씨라고 부르는 그 집의 막내딸이다. 사람들이 어느 날부터 집 안에 들어와 살기 시작한 강아지에게 아롱이나 초롱이라는 이름을 붙이듯, 그 집의 막내딸은 아버지가 구입해서 가져온 로봇에게 앤드류라는 이름을 붙여준다. 가족과는 전혀 상관없던 개가 이름을 갖고 가족의 일원이 되는 것처럼, 앤드류도 이름을 갖고 가족의 일원이 된다. 이런 의미에서 그가 앤드류라는 이름을 갖게 되는 것은 엄청난 일이다. 그는 앤드류라 불리면서 더 이상 로봇이 아니라 로봇 이상의 존재가 된다. 앤드류는 그렇게 가족의 일원이 되어 집안일도 하고 때로는 아씨와 작은아씨의 놀이 상대가 되어주기도 한다. 아씨와 작은아씨는 앤드류를 너무 좋아한다. 특히 작은아씨가 그렇다. "주인님이 아씨와 작은아씨를 좋아하는 것처럼" 앤드류도 자신이 그들을 "좋아한다"고 느낀다. 이렇게 좋아하는 감정은 삶이 끝나는 순간까지 계속된다.

어느 날, 작은아씨가 앤드류에게 나뭇조각과 부엌칼을 주며 펜던트를 깎으라고 '명령'한다. 언니만 생일 선물로 소용돌이 장식이 있는 상아 펜던트를 받은 것에 샘이 나, 자기도 펜던트를 갖고 싶어 그런 것이다. 앤드류는 그것을 정교하게 깎아 멋진 펜던트를 만들어준다. 정말로 아름다운 펜던트다. 제럴드는 그것을 보고 놀라워하며, 다른 나뭇조각을 가져다주고서 다시 한 번 깎아보라고 한다. 그러자 앤드류는 전과는 다른 형태의 것을 깎는다. 아름답기는 역시 마찬가지다. 기계라면 똑같은 것을 만들어내야 하는데 매번 다른 것을 만들다니, 정말로 놀라운 일이 아닐 수 없다. 그래서 제럴드는 그에게 식탁에서 시중드는 것을 그만두게 하고 가구 디자인에 관한 책을 읽혀 장롱과 책상을 비롯한 가구를 만들게 한다. 펜던트를 만들 때 그러했던 것처럼, 앤드류는 매번 다른 식의 가구를 만들며 그 행위를 "즐긴다"고 말한다. 여기에서 앤드류가 가진 두 가지 특성이 드러난다. 하나는 정교하게 나무를 깎아 가구를 만드는데 "결코 똑같은 것을 두 번" 만들지 않는다는 것이고, 다른 하나는 그 행위를 "즐긴다"는 것이다. 전자는 제럴드의 말대로 일종의 "예술품"을 만들어낸다는 말이고, 후자는 예술 행위를 즐길 줄 아는 마음을 가졌다는 말이다. 제럴드가 로봇회사에 가서 확인한 바에 따르면, 앤드류와 같은 예는 지금까지 보고된 바가 없었다. 정확성이 생명인 로봇회사의 입장에서는 그러한 로봇을 만들어 팔았다는 것이 당황스러워, 다른 로봇으로 바꿔주겠다고 제안하기까지 한다. 물론 제럴드는 그 제안을 거절한다. 로봇회사로서는 원치 않는 변종이지만, 그에게는 독특한 개성을 지닌 로봇으로 여겨졌기 때문이다.

앤드류가 그의 주인 말대로 예술 행위를 하면서 그것을 즐긴다면, 그건 앤드류가 인간의 마음을 가졌다는 말이 된다. 인간이 기계와 크게 다른 것 중 하나가 예술 행위를 할 수 있다는 점일 텐데, 인간이 만든 기계가 예술 행위를 하면서 그것을 즐긴다는 건 그 기계가 인간성을, 인간성이 아니라면 인간성과 흡사한 속성을, 갖고 있다는 말이 된다. 바둑을 일종의 예술 행위로 본다면, 인간과 알파고를 가르는 선은 이세돌의 말대로 승패가 아닌 "바둑의 아름다움, 인간의 아름다움"을 이해하고 두는지의 여부일 것이다. "나는 기본적으로 바둑을 예술로서 배웠다"며 "승패가 바둑 값어치의 전부는 아니다"라는 이세돌의 발언은 이런 점에서 이해해야 한다. 그래서 바둑에 비유하자면, 앤드류의 예술 행위는 알파고가 "바둑의 아름다움, 인간의 아름다움"을 이해하고 대국을 한 것에 해당한다.

근대 국가에서 행해지는 거의 모든 예술 행위가 그러한 것처럼, 앤드류가 만든 독특한 "예술품"은 상품이 되어 소비된다. 독자에 따라서는 로봇이 만든 예술품이 팔리는 것을 말도 안 되는 얘기라고 일축할 수도 있겠지만, 2016년 3월 샌프란시스코에서는 구글 인공지능 '딥

드림'이 그린 그림들이 실제로 경매에 붙여져 일반 대중에게 팔렸다. 그림들 중에는 반 고흐의 그림에 영감을 받아 그려진 것도 있었다. 놀랍게도 그 그림들은 아름다웠다. 인공지능이 그림을 그린다는 사실에 부정적인 시각을 가지고 있던 전문가들조차 실제로 그림을 보고는 대단하다고 생각했다. 인공지능이 관여하는 것은 그림만이 아니다. 인공지능이 쓴 소설이 문학공모전 예선을 통과하기도 하고, 인공지능이 만든 음악이 팔리기도 한다. 그러니 소설 속에서 앤드류가 만든 "예술품"이 상품이 되어 팔리는 것은 비현실적으로 보이지만 엄연한 현실이다. 그것을 팔겠다는 생각은 앤드류가 아니라 그를 아끼고 좋아하는 작은아씨의 머리에서 나온다. 그녀는 아버지에게 이렇게 말한다. "아빠, 사람들이 그것을 원하면 돈 주고 사 가라고 하세요. 그럴 만한 가치가 있는 것이니까요." 그렇게 해서 앤드류가 만든 "예술품"이 팔려나가고, 가족들은 많은 돈을 번다. 가족들은 그것의 절반만 사용하고, 나머지 반은 앤드류의 이름으로 된 신탁자금을 만들어 그가 이후에 사용할 수 있게 준비한다. 돈을 주고 산 로봇이 만든 것을 팔아 생긴 이득이니, 그 돈을 가족들이 다 가져가도 상관없지만 앤드류에게도 돈을 남겨놓은 것이다.

그렇게 세월이 흐르고 마틴 씨 가족은 나이를 먹는다.

앤드류의 주인님과 마님은 머리가 희끗희끗해지며 늙어가고 아씨와 작은아씨도 성인이 되어 결혼해 다른 곳에 산다. 그런데 앤드류는 처음 왔을 때보다 더 좋아 보인다. 인간은 나이를 먹는데, 그는 나이를 먹지 않으니 당연한 노릇이다. 그러던 어느 날, 해괴한 일이 발생한다. 앤드류가 지금까지 자기 이름으로 적립된 돈으로 자유를 사겠다고 주인한테 제안한 것이다. "주인님, 제 자유를 사고 싶습니다." 그러자 제럴드는 상처를 받는다. 기계인 그를 지금까지 가족처럼 대해주고 살아왔는데, 이제 와서 자유를 사겠다고 하니까 배신감을 느낀 것이다. 그래도 그는 앤드류를 좋아하고 아끼는 막내딸이 앤드류를 대신해, 그가 원하는 것은 "몇 마디 말일 뿐"이라고 설득하자, 배신감을 느끼면서도 결국 그렇게 할 수 있으면 해보라고 한다. 그런데 법원이 그의 자유를 허락하지 않으려 한다. "자유는 인간만이 즐길 수 있는 것"이라고 판단했기 때문이다. 그러나 결국 판사는 제럴드의 막내딸의 변론을 듣고 앤드류에게 묻는다. "앤드류, 너는 왜 자유로워지려고 하지? 이것이 어떤 식으로 너에게 중요하지?" 그러자 앤드류가 대답한다. "판사님은 노예가 되고 싶으신가요?" 판사는 그의 목소리가 너무 인간적인 것에 놀라며 말한다. "그런데 너는 노예가 아니잖아. 내가 알기로 너는 어디에서도 찾아볼 수 없는,

예술적 표현을 할 수 있는 천재적인 로봇이야. 자유로워진다면, 뭘 더 할 수 있지?" 앤드류는 이렇게 대답한다. "판사님, 어쩌면 지금 이상으로는 아무것도 못 할지 모르지만, 더 기쁜 마음으로 할 것 같습니다. 자유를 원하는 자만이 자유로울 수 있는 것 같습니다. 저는 자유를 원합니다." 판사는 이 말을 듣고 생각을 바꾼다. 그는 "자유의 개념을 이해하고 자유의 상태를 갈구할 정도로 충분히 진보한 마음을 가진 대상에게 자유를 금지할 권리가 없다"며 앤드류에게 자유를 선포한다. 그는 이제 법적으로 자유를 획득한 것이다.

(어디까지 추측에 불과하지만, 작가가 속박에서 풀려나 자유를 갈구하는 로봇이 나오는 「바이센테니얼 맨」을 1976년에 발표한 것은 어쩌면 우연이 아니었을지 모른다. 1976년이 미국이 영국으로부터 독립을 쟁취한 지 2백 주년(바이센테니얼)이 되는 해였기 때문이다. 미국이 영국으로부터 독립을 쟁취한 것과 앤드류가 주인집으로부터 자유를 쟁취한 것을 액면 그대로 비교할 수 없고 그래서도 안 되겠지만, 은유적인 차원에서 자유에 대한 앤드류의 염원을 미국의 독립과 연결시키는 것은 충분히 가능한 일이다.)

여하튼 우리가 이 에피소드에서 주목할 것은 "자유를 원하는 자만이 자유로워질 수 있는 것 같다"는 로봇의 말이 자유의 진정한 의미를 우리에게 환기시킨다는 사실이다. 사실, 그가 자유를 얻었다고 그의 일상이 바뀌는 것은 아니다. 그는 지금까지 해오던 것처럼 집안일도 하고 책도 읽고 "예술품"도 만들 것이다. 다만 그의 말대로, "더 기쁜 마음으로" 그 일을 할 수 있을 것이다. 자유롭기 때문이다. 굴종의 상태가 아니라 자유로운 상태에서 스스로 일을 할 수 있게 되었기 때문이다. 그리고 로봇인 앤드류가 법적으로 자유를 획득했다는 것은 인간의 상태에 더 가까워졌다는 말이기도 하다. 결국 칸트의 말처럼 "인간됨의 본질은 자유"에 있기 때문이다.

여전히 화를 풀지 않고 있는 그의 주인은 법원이 그에게 자유를 허락하자 이렇게 말한다. "돈은 필요 없으니 네 마음대로 해라. 그리고 지금부터 네가 하고자 하는 일을 택해 마음대로 해라. 나는 너한테 '네 마음대로 해라'라는 명령 외에는 아무 명령도 하지 않겠다." 그러니까 앤드류가 제안한 것처럼 돈과 자유를 교환한 게 아니라, 앤드류는 아무런 조건 없이 자유를 획득한 것이다. 그러나 그가 법적으로 자유를 얻었다고, 모두가 그를 자유로운 존재로 인정하는 것은 아니다. 사람들이 그의 자유를 침해해도 로봇인 그로서는 응수할 방법이 없다. 그는 본질적으로 사람의 말에 복종하도록 되어 있는 로봇, 즉 "로봇공학의 세 법칙"을 위배할 수 없는 존재인 것이다. 그가 어느 날, 도서관에 가다가 발생한 일은 그가 획득한 법적 자유의 한계를 적나라하게 보여준다. 스무 살 남짓한 두 남자가 그를 보고 로봇이라는 것을 알아차린다. 비록 그가 옷을 입고 있긴 하지만, 로봇처럼 생긴 몸에 형식적으로 걸친 것이어서 전혀 인간처럼 보이지 않아 가능한 일이다. 그들은 로봇이 가당치 않게 옷을 입고 있다며 벗으라고 명령한다. "인간의 명령에 복종해야 하는" 그로서는 그 명령을 거부할 수가 없다. 그래서 그는 옷을 벗는다. 그러자 그들은 이번에는 그에게 그의 몸을 해체하라고 명령한다. 그는 이 명령도 거부할 수가 없다. 만약 작은아씨의 아들이자 변호사인 조지가 그때 그 자리에 나타나지 않았다면 앤드류는 죽고, 아니 해체되고 말았을 것이다. 이것은 그에게는 대단히 소중한 경험이다. 자유로움만이 아니라 타인, 타자에 대한 잔혹성도 인간의 본질일 수 있다는 것을 어렴풋이 깨닫는 계기가 되었기 때문이다. 그 사건을 기점으로 "로봇에게 해를 끼치는 명령을 하는 것을 금지하는 법"이 제정된다. 법이 제정된 것은 그를 아끼는 작은아씨의 요구에 따라 그녀의 변호사 아들이 관여해서 가능해진다. 그리고 앤드류는 더 발전한 안드로이드로 자신의 몸을 교체하여 더욱 인간처럼 보이게 된다.

결국 그는 숨을 쉬고 먹는 것까지 할 수 있는 로봇이

된다. 그렇게 됨으로써 그는 "인간이나 로봇한테서도 인간으로 취급받는다". "그러니 사실상, 인간이나 마찬가지이다." 그는 인공기관器官을 발명해 인류의 복지에 공헌한 것을 인정받아 "사실상" 인간 대접을 받는다. 그런데 그는 그것만으로는 충분하지 않다며 "인간으로 취급받을 뿐만 아니라 법적으로도 인간이 되고 싶어 한다". 그는 "사실상 인간이라는 것"과 "법적으로 인간이라는 것" 사이에 엄청난 차이가 있다는 것을 알고, 후자가 되기를 갈망한다. 그러나 그것은 여간 어려운 일이 아니다. 그가 아무리 인간에게 유익한 일을 했다고 해도 사람들은 늘 "로봇에 대한 의구심"을 품고 있다. 결국 로봇이 인간을 조종하지 않을까. 역설적으로, 로봇이 인간을 로봇으로 만들어 로봇과 인간의 위치가 바뀌는 것은 아닐까. 이러한 의심들이 사람들의 마음속에 자리 잡고 있는 탓이다. 그렇다면 그 의심을 어떻게 없앨 수 있을까. 바로 이것이 앤드류의 고민이다. 그는 인간과 자신의 차이가 무엇인지 고민하기 시작한다. 그러다가 인간의 삶은 유한하고, 자신의 삶은 무한하다는 데 생각이 이른다. 주인님도 죽고 마님도 죽고 아씨도 죽고 자기를 그렇게 아끼던 작은아씨도 죽었는데, 자기는 살아서 2백 살이 다 되어가고 있다. 그는 그 차이를 결정적인 것으로 인식하고 이렇게 말한다. (자신의 뇌에 해당하는) "양자회로는 눈에 띄는 변화 없이 거의 2백 년이나 유지되었고 앞으로도 몇백 년 동안 유지될 수 있어요. 그것이 근본적인 장벽이 아닌가요? 사람들은 불멸의 로봇은 참아줄 수 있죠. 기계가 얼마나 오래 유지되느냐는 중요하지 않을 테니까요. 그러나 사람들은 불멸의 인간은 참아줄 수 없는 거지요. 그래서 나를 인간으로 만들어줄 수 없는 거잖아요." 그래서 그가 내린 결론은 몸의 소멸, 아니 죽음이다. 수술을 통해 시간이 되면 몸의 작동이 멈춰 인간처럼 죽는 것을 택한 것이다. 자신의 뇌에 해당하는 '양자회로'에 치명적인 손상을 가해 적절한 시기가 되면 작동을 멈추도록 로봇 의사에게 수술을 받은 것이다.

그런데 문제는 그가 그렇게 함으로써 "로봇공학의 세 법칙" 중 마지막 것, 즉 "로봇은 제1법칙이나 제2법칙에 배치되지 않는 한, 자신을 보존해야 한다"는 법칙을 위배한 것이 되었다. 그에게 안쓰러운 마음을 갖고 있는 "세계의회"의 과학기술위원회 위원장인 리싱이 그 점을 지적하자, 그는 그렇지 않다고 말한다. "아닙니다. 나는 몸의 죽음과 염원과 욕망의 죽음 사이에서 선택을 한 겁니다. 더 큰 죽음을 대가로 내 몸이 살도록 하는 것이 오히려 제3법칙에 위배되는 일이었을 것입니다." 그의 말을 풀이하면, 죽지 않고 산다면 몸은 살겠지만 꿈이나 욕망이 죽는 것이고, 살지 않고 죽는다면 육체는 죽지만 꿈이나 욕망은 사는 것이라는 말이다. 그러니 자신은 몸보다는 꿈이나 욕망을 살리는 길을 택해 자신을 보존했다는 것이다. 물론 로봇공학이 설정한 제3법칙은 구체적으로 자신의 몸을 보존하라는 것이지만, 앤드류는 그것을 형이상학적 차원으로 확장시켜 자신의 오랜 소망과 염원을 지키는 것이 궁극적으로 자신을 보존하는 것일 수 있다고 해석한 것이다.

이제, 그는 1년 정도밖에 살 수 없게 된다. 그는 1년이 지나 2백 살이 되면 작동을, 아니 삶을 마감하게 될 것이다. 리싱이 그에게 "어떻게 그것이 그럴 가치가 있지? 앤드류, 당신은 바보야"라고 하자, 그는 이렇게 대답한다. "만약 그것이 나를 인간으로 만들어주면 그럴 가치가 있는 일일 것입니다. 만약 그렇지 못하면 나의 염원에 종지부를 찍어줄 테니 그것도 가치가 있는 일일 것입니다." 그는 인간으로 인정받기 위해서 죽음마저도 받아들인 것이다. 놀라운 일이 아닐 수 없다. 자신의 정치생명이 위태로운 줄 알면서도 앤드류를 도와주려 했던 리싱이 그의 말을 듣고 우는 모습을 보면서, 독자는 인간이라는 것이 무엇이기에 로봇이 그토록 인간이 되려고 하는지 생각하면서 덩달아 눈시울이 뜨거워진다.

앤드류는 결국 1년 후 "2백 살 먹은 인간"으로 인정받는다. 인간으로 인정받는 것과 자신의 생명을 맞바꾼 것이다. 그는 죽을 때도 인간으로 인정받게 된 것을 음미하며 죽겠다고 생각한다. 그토록 원하던 것이었으니 그렇게 생각하는 것도 당연해 보인다. 그러나 그의 머릿속에 마지막으로 스친 생각은 드디어 인간으로 인정받게 되었다는 느낌이나 성취감이 아니라 자신을 아끼고 인간보다 더 인간처럼 대해줬던, 죽은 지 100년도 넘었지만 그의 마음속에 여전히 살아 있는 사람에 관한 그리움의 감정이다. 그는 "너무 작아서 들리지 않는 목소리로" 이렇게 속삭인다. "작은아씨." 그는 죽어가는 순간, 기억의 자락을 들추며 100년도 더 전에 죽음의 세계로 떠난 작은아씨를 떠올린다. 그녀는 그에게 너무나 각별한 사람이었다. 그녀는 생전에는 사람들 사이에서 아슬아슬하게 살아가는 그를 살뜰하게 챙기며 그의 권리를 옹호했고, 나이가 들어 죽음을 맞는 순간에는 그의 손을 잡고 "앤드류, 너는 우리한테 참 잘해줬어"라고 말하며 작별 인사를 했던 사람이었다. 자신의 몸이 작동을 멈추는 소멸의 순간에 그리운 이를 떠올리는 앤드류는 더 이상 로봇이 아니라, 마음과 영혼을 갖고 인간을 사랑하고 그리워할 줄 아는 인간보다 더 인간적인 인간이 된다. 결국 다른 사람을 그리워하고 사랑하는 마음이 인간을 로봇으로부터 가르는 선이었는지 모른다. 그가 지금까지 인간이 되려고 노력했던 것들은 논리적이고 이성적인 선에서 행해진 것들이었다. 그런 의미에서 그는 끝까지 로봇이었다. 그런데 역설적으로, 그를 인간으로 만들어준 것은 마지막 순간에 소멸하면서, 자신을 지켜보고 서 있는 리싱이라는 아담한 여인을 작은아씨로 착각하면서 불러낸 그리움의 감정이었다.

아시모프의 소설은 인간이 도대체 무엇이기에 앤드류가 죽음을 택하면서까지 그토록 인간이 되려고 하는지 조목조목 제시하지는 않지만, 앤드류가 작은아씨를 부르면서 죽는 마지막 장면은 인간 존재의 의미에 대한 일말의 실마리를 제공해준다. 아시모프는 소설의 결말을 그렇게 처리함으로써, 인간 존재의 의미는 논리보다는 다른 인간과의 관계에서 비롯되는 감정에 있다는 사실을 암시한다. 그는 다른 사람을 그리워하는 마음, 그 사람이 죽은 지 오래되었어도 잊지 못하고 그리워하고 애도하는 마음에 인간 존재의 의미가 있다고 말하고 싶었는지도 모른다. 작은아씨가 앤드류에게 그랬던 것처럼, 나 아닌 타자를 배려하고 마음에 담아두는 것이 인간이라고 말하고 싶었는지도 모른다. 그래서인지 앤드류가 소멸하면서 작은아씨를 그리워하는 장면은 존재의 의미에 대해 깊이 생각해보지 않고 일상을 살아가는 우리의 마음을 흔들어놓는다. 그렇다. 우리는 다른 사람을 생각하고 그리워하니까 인간이다. 데카르트의 말을 돌려서 말하면, '나는 그리워한다. 따라서 나는 존재한다'. 그리움의 대상을 조금 더 밀고 나가, 이 세상을 떠난 사람에게까지 적용하면 이런 말이 되겠다. "나는 애도한다. 따라서 나는 존재한다." 자크 데리다의 말이다. 앤드류가 이런 인간이 되겠다는데, 우리 안에 살고 있는 따뜻하고 윤리적인 인간이 되겠다는데, 그를 만류할 수는 없는 노릇이다.

물론 인간을 그러한 그리움만으로 규정하는 것은 지나친 이상화일 수 있다. 인간은 때로 서로에 대한 그리움보다는 미움과 증오의 감정을 더 자주 드러내는 자기중심적이고 이기적인 존재이다. 그래서 인간이 된다는 것은 그리움의 감정만이 아니라 미움과 증오의 감정까지 갖게 된다는 말이기도 하다. 바로 여기에서 "로봇공학의 세 법칙"이 중요해진다. 세 법칙은 로봇이 미움의 감정에 합류하는 것을 원천적으로 차단하며, 어떠한 경우에도 인간을 해치면 안 된다는 것을 전제로 한다.

아시모프가 40년 전인 1976년에 제시한 인간 중심적인 "로봇공학의 세 법칙"은 지금도 그렇고 이후로도 유효한 것이어야 한다. 결국 문제는 인공지능이나 로봇이 아니라 인간이다. 인공지능 로봇이 윤리적 행동지침을 침해하여 인간을 해롭게 하는 인간 위의 인간이 된다면, 그것은 로봇의 책임이 아니라 그렇게 만든 인간의 책임일 것이기 때문이다. 알파고와 이세돌의 바둑 대국이 많은 사람들에게 트라우마로 다가온 것은 인간이 알파고와 같은 기계를 발전시켜 언젠가 그보다 몇백 배, 몇천 배 진화한 안드로이드로 만들어 다른 인간들을 지배하는 미래가 오지 않을까 하는 묵시적 두려움에서였다.

인간의 역사를 어둡게 바라보는 발터 베냐민Walter Benjamin 같은 비관적인 철학자 같으면, 인공지능과 관련된 인간의 미래를 "하나의 재앙"으로 예상할 것이다. 한 집단이 다른 집단을 공격하기 위해 인공지능을 활용하는 것은 충분히 예상 가능한 일이다. 알파고가 앤드류가되고, 그 앤드류가 인간의 삶을 파괴하는 로봇이 되는 것은 미래에는 얼마든지 가능한 일일 것이다. 그렇게 되면 인류의 미래는 재앙일 것이다. 두려운 일이다.

그래서 인공지능에 관한 이야기는 인간에 관한 이야기로 되돌아온다. 바로 이것이 인공지능과 관련된 트라우마가 우리에게 "윤리적인 지식"이 되어야 하는 이유이다. 『인공지능, 붓다를 꿈꾸다』(운주사, 2015)의 저자인 지승도가 말한 것처럼, "문명의 구세주가 될지, 아니면 인류의 파괴자가 될지, 인공지능을 바라보는 시선은 극과 극"이지만, 인공지능을 바라보는 묵시적인 두려움이 윤리적 지식과 깨달음으로 이어지면, 인간을 위한 인공지능을 개발하여 지혜롭게 활용하는 것은 충분히 가능한 일일 것이다. 인공지능이 "붓다 수준의 지혜"를 갖게 되면 우리의 미래는 얼마나 좋아질까. 그렇게 되면 인공지능은 "단지 두려운 기계 덩어리가 아니라 인간보다 더 인간다운 기계로 거듭날 수 있을"지 모른다.

우리가 지금 느끼는 트라우마를 "윤리적인 지식"으로 삼아 아시모프가 "로봇공학의 세 법칙"에서 제시한 것 같은 인간 중심적인 방향성만 확보할 수 있다면, 인공지능과 관련된 미래는 그렇게 어두운 것만은 아닐지 모른다. 결국 문제는 인간이고, 인간이 구현하는 윤리성이다. 이것이 우리가 인공지능과 관련된 트라우마를 미래를 위한 방향성을 탐색하는 "지식의 한 형식"으로 인식하고 활용해야 하는 이유일 것이다. 이러한 트라우마는 치유와 극복의 대상이 아니라 지식이자 활용의 대상이다. 모든 트라우마가 치유와 극복의 대상이라는 절대성은 여기에서 무너진다.

나는 점점 더 커다란 귀가 된다

— 스베틀라나 알렉시예비치의 '목소리 소설'과 트라우마

극심한 트라우마는 문학을 시험대에 오르게 만든다. 문학은 언어로 감당할 수 없는 사건이나 경험 앞에서 허둥지둥대면서 자신이 왜 존재하는지, 왜 존재해야 하는지 등과 같은 존재론적인 질문에 확실한 답변을 내놓지 못한다. 몇백만 명, 아니 몇천만 명의 죽음이나 상상을 초월한 재앙 앞에서 문학이, 아니 예술이 할 수 있는 것은 정말이지 아무것도 없다. 문학은 그것을 막을 수도 없고, 그것의 여파를 감당하지도 못하고, 그것의 희생자를 위로하지도 못한다. "시는 아무것도 일어나게 할 수 없다"는 W. H. 오든Auden의 말은 그래서 문학이 태생적으로 갖고 있는 한계와 자괴감을 토로한 말이다. 상상력의 한계를 뛰어넘고 언어의 한계를 뛰어넘는 트라우마 앞에서 언어를 매개로 존재하는 문학은 속수무책일 수밖에 없다. 테오도르 아도르노Theodor Wiesengrund Adorno가

"아우슈비츠 이후에 시를 쓰는 것은 야만적"이라고 한 것 역시 그래서였다. 다소 무모해 보이는 그의 말은 나치가 폴란드에 설치한 수용소에서 수백만 명을 죽음으로 몰아넣은 트라우마가, 아니 트라우마라는 말을 갖고서는 도저히 규정할 수 없는 사건이 일어났는데, 어떻게 서정시를 쓸 수 있느냐, 어떻게 예술 행위가 가능할 수 있느냐는 그 나름의 항변이요 절규였다. 윌리엄 워즈워스William Wordsworth의 말대로 시가 "평온 속에서 회상된 감정들"에서 태어나는 것이라면, 아도르노가 보기에 야만 그 자체인 아우슈비츠를 겪고도 평온을 유지하는 것은 불가능한 일이고, 그럼에도 시를 쓰는 것은 "야만적"인 일이었다. 그는 말년에 이르러 자신의 말이 너무 과장된 것이었다며, 그러한 사건 이후에 시를 쓰는 것을 통틀어 "야만적"이라고 했던 자신의 말을 거둬들였지만, 굳이 그럴 필요까지는 없는 일이었다. 아우슈비츠, 체르노빌, 킬링필드 같은 참혹한 트라우마 앞에서 문학은 가능할 수도 없고 가능해서도 안 되었다. 문학의 기능 중 하나가 언어라는 상징을 통해 삶의 무질서와 혼란을 질서와 정돈의 영역으로 옮겨놓는 작업이니, 언어로 옮길 수 없을 정도의 트라우마적 사건은 문학의 소재가 될 수가 없었다. 트라우마가 문학을 시험대에 오르게 한다는 말은 이래서 가능해진다.

그렇다고 인간이 만든 재앙이나 비극 앞에서 문학이 침묵할 수만은 없는 노릇이다. 여기에 문학의 고민이 있다. 재앙이나 비극을 언어화하자니 그것이 인간의 언어를 초월한 것이고, 그렇다고 손을 놓고 있자니 상처를 치유하고 진실에 봉사해야 하는 본연의 책무를 소홀히 한다. 그렇다면 문학이 인간의 상상력을 뛰어넘는 트라우마를 수용할 수 있는 길은 없는 걸까.

2015년도의 〈노벨문학상〉을 수상한 벨라루스의 스베틀라나 알렉시예비치Svetlana Alexievich(1948-)는 트라우마와 문학의 관계에 대한 고민을 많이 한 작가이다. 그녀는 2천만 명에 달하는 러시아인들의 목숨을 앗아 간 2차 세계대전, 역사상 최악의 원전 사고였던 체르노빌 사고, 아프간전쟁 등과 같은 트라우마를 외면할 수 없었고, 그것을 어떻게 언어로 담아낼지를 고민했다. 그녀는 여러 가지 문학 장르로 시도해보았지만, 문학이라는 것 자체가 인간의 감정을 담아내기에는 역부족이라는 사실을 절감할 뿐이었다. 시도, 드라마도, 소설도 언어와 상상력의 한계를 넘어선 트라우마와 그것으로 인한 상처와 후유증을 담아내기에는 한계가 있었다. 이것이 그녀가 '목소리 소설novels of voices'이라는 다소 이색적인 장르를 개척한 이유였다.

그녀가 말하는 '목소리 소설'은 도대체 어떤 것일까.

그것은 그녀가 지금까지 발표한 『전쟁은 여자의 얼굴을 하지 않았다』 『마지막 증언』 『아연통 속의 소년들—아프간전쟁의 소비에트 목소리』 『체르노빌의 목소리』의 제목들만 보아도 어렵지 않게 짐작할 수 있다. 간단히 말해, 수백 명에 달하는 사람들의 증언을 녹취해 모아놓고 거기에 작가의 목소리를 살짝 곁들이는 것이 그녀가 말하는 '목소리 소설'이다. '목소리 소설'은 장르적인 측면에서 보자면 소설이라기보다는 사실을 기반으로 하는 르포르타주에 가깝다. 뭔가를 상상으로 꾸며내고 극화시켜서 읽을 만한 스토리로 만드는 것이 픽션인데, 알렉시예비치의 '목소리 소설'은 뭘 꾸며내는 것이 아니라 수많은 사람들의 서로 다른 목소리들을 그저 들려주고 있으니 저널리즘에 더 가깝게 보일 수밖에 없다. 알렉시예비치가 〈노벨문학상〉을 수상했을 때, 저널리스트한테 문학상이 돌아갔다는 얘기들을 했던 것은 이러한 이유에서였다.

그러나 알렉시예비치의 '목소리 소설'을 놓고 픽션이냐 논픽션이냐, 문학이냐 저널리즘이냐를 따지는 것은 나무만 보고 숲을 보지 못하는 격이다. 그녀의 '목소리 소설'이 태어난 것은 트라우마를 겪은 수많은 사람들이 느끼는 복잡다단한 감정을 문학이 수용하고 이해하는 데 실패했다는 인식에서 비롯된 것인데, 장르적인 소속과 정체성의 문제를 따진다는 것은 그녀가 글쓰기를 통해서 성취하고자 하는 것이 무엇인지를 전혀 이해하지 못하는 것이 된다. 그녀는 인간의 삶을 자신의 "귀가 어떻게 듣고" 자신의 "눈이 어떻게 보는지를 전달하기 위해서" 가장 적합한 장르로 '목소리 소설' 즉 "인간의 목소리가 스스로를 위해 말을 하는" 장르를 택한다. 결국 사람들의 목소리를 통해 "감정의 역사"를 쓰겠다는 것이다. 그래서 그녀는 기존의 소설처럼 소수의 인물을 등장시켜 그들의 이야기를 극화하는 데는 관심이 없다. 트라우마적 사건을 겪는 동안, 사람들이 "뭘 생각하고 이해하고 기억했는지, 뭘 믿었고 뭘 믿지 않았는지, 어떤 환상과 희망과 두려움을 가졌는지"를 기록해 들려주는 것이 목적이지, 그들의 이야기를 극적인 것으로 포장해서 독자의 이목을 집중시키는 것이 목적이 아니다. "예술은 거짓말을 할 수 있지만 기록은 결코 거짓말을 하지 않는다"고 믿기 때문이다.

그렇다. 결국 중요한 것은 트라우마요, 그것에 수반되는 고통이다. 그 트라우마와 고통 앞에서 아도르노의 말처럼, 어떻게 문학이 가능하겠는가. 체르노빌 사고로 방사능에 노출되어 수많은 사람들이 상상을 초월하는 방식으로 죽어가고 불구가 되고 그것이 대물림되고 모든 것이 폐허가 되었는데, 문학이 뭘 할 수 있겠는가. 전쟁

중에 10만도 아니고 100만도 아니고 2천만이나 되는 사람들이 죽었는데, 문학이 도대체 뭘 할 수 있겠는가. 그러나 그럼에도 불구하고 문학이 존재해야 한다면, 그것을 위해서 문학은 어떤 모습이어야 할까. 기존의 장르로는 안 되니 다른 장르를 개발해야 하는 것은 아닐까. 어쩌면 목소리들을 있는 그대로 제시하는 증언의 형태가, 인간의 상상력을 초월하는 충격적인 트라우마적 사건들이 일어나는 근대에는 더 적합한 형태의 양식이 아닐까. 알렉시예비치의 '목소리 소설'은 이러한 질문들을 기반으로 한다. 그래서 그녀의 미학은 윤리학과 불가분의 관계에 있다. 아픈 사람들의 가슴속에서 흘러나오는 목소리를 듣고 기록하는 윤리적 몸짓을 기반으로 하는 미학이기 때문이다.

그래서 '목소리 소설'을 통해 전해지는 이야기에 드라마가 발견되면, 그것은 꾸며낸 드라마가 아니라 트라우마를 겪은 사람들의 육성으로 이뤄진 진짜 드라마다. 작가가 『체르노빌의 목소리』(김은혜 옮김, 새잎, 2011)의 서두에 배치한 에피소드를 보면, "인간의 목소리가 스스로를 위해 말을 하는" '목소리 소설'이라는 것이 무엇인지를 잘 보여준다. 이것은 체르노빌 원전 사고의 현장에 투입되었다가 방사능에 피폭되어 고통스럽게 죽은 소방대원 바실리 이그나텐코의 아내 류드밀라 이그나텐

코가 전하는 목소리이다. 우리는 책을 읽는 게 아니라, 남편을 자기 목숨보다 더 사랑했던 여자의 육성을 듣는다. 드라마도 그런 드라마가 없다. 그것은 인간 스스로가 자초했지만 인간이 가진 말로는 묘사할 수 없는 재앙과 비극의 이야기이지만 놀랍게도, 비극 속에서 넓이와 깊이를 확인하는 사랑의 이야기이기도 하다. "나는 그를 사랑했다! 그때까지도 얼마나 사랑하는지 몰랐다! 아직 사랑을 다 표현하지도 못했다. 거리를 걸을 때면 그가 내 손을 잡고 뱅그르르 돌았다. 그리고 나에게 키스하고, 또 키스했다. 지나가는 사람들 모두 미소 지었다." 신혼이었던 두 사람의 사랑은 그렇게 아름다웠다. 로베르 두아노의 사진(「시청 앞에서의 입맞춤」)에서 두 연인이 서로의 입술을 찾는 것처럼, 사랑의 마음을 도저히 안에 담아둘 수 없어서 사람들이 지나다니는 길거리에서도 서로의 입술을 찾아야 했던 두 사람이었다. 그녀의 목소리는 그렇게 아름다웠던 사랑이 원전 사고로 끝날 수밖에 없었던 현실을 눈물겹게 전한다. (그런데 조금은 아쉽게도, 우리말 번역본은 말하는 사람의 어조를 적절하게 조정하지 못함으로써 목소리가 갖고 있는 즉물적인 속성을 전달해주지 못하는 것처럼 보인다. 앞서 인용한 부분의 문장은 "했다" "몰랐다" "지었다" 등으로 끝날 게 아니라 "나는 그를 사랑했어요! 그때까지는 얼마나 사랑하는지 몰랐어요! (……) 지나가는 사람들 모두 미소를 지었어요"로 끝났어야 했다. 말하는 사람이 알렉시예비치를 바라보면서 했던 감동적이고 처연한 이야기였기 때문이다. 그런데 번역서의 문장은 그것을 일종의 단편소설로 읽히게 만들고 있다. 알렉시예비치가 전하는 이야기가 '목소리 소설'이라는 것을 놓친 탓이다. 알렉시예비치가 그 사람의 속마음을 끌어내기 위해서 인내심을 갖고 기다리다가 그 사람과 응대해서 얻은 목소리여서, 그 목소리 뒤의 어딘가에 작가가 어른거리고 있다는 사실을 놓친 탓이다. 이것을 이해하지 못하면, 알렉시예비치의 '목소리 소설'을 전혀 이해할 수 없게 된다.)

그러나 어조를 어떻게 처리했든, 그녀의 목소리는 여전히 눈물겹게 다가온다. 원전 참사라는 비극 앞에서 자신의 사랑을 돌아보고 확인하며, 사랑하는 사람이 떠난후에도 그 사랑을 포기하지 않는 여인의 마음이 우리의 마음에 고스란히 전달되기 때문이다. 방사능에 피폭된 남편한테 가까이 가면 자신의 생명마저도 위태로워진다는 것을 모르지 않으면서도, 그리고 남편의 몸이 차마 눈 뜨고는 볼 수 없는 상태가 되어가는, 아니 말로 표현할 수 없을 정도로 그로테스크한 상태가 되었음에도, 그것도 임신 6개월째인 몸으로, "사랑에 눈이 멀어" 남편

가까이 있는 것을 택했던 여인의 감정이 고스란히 전달돼오기 때문이다. 남편이 죽었을 때, 발이 너무 부어 신발을 신겨주지도 못하고 장례를 치르게 된 것이 마음에 걸렸던 탓에, 남편이 맨발로 걷는 꿈을 꾼 후에 사제를 찾아가 조언을 구하고 "큰 신발을 사서 남편을 위한 것이라는 메모와 함께 아무 관에나 넣으라"는 사제의 말을 그대로 따르는 여인의 안타까운 마음이 절절하게 다가오기 때문이다. 이 여인이 전하는 이야기를 가리켜 작가가 "셰익스피어만큼 좋다"고 한 것은 과장이 아니다. 어쩌면 그보다 더 좋을지도 모른다. 셰익스피어의 것은 꾸며낸 것이지만, 그녀의 것은 실제로 경험하고 느낀 것을 토로한 것이기 때문이다. 어쩌면 셰익스피어도 체르노빌 앞에서는 할 말을 잃었을지 모른다. 문학은 체르노빌처럼 충격적인 것들을 감당할 수 있는 장르가 아니다. 트라우마도 적당한 정도의 것이라야 문학으로 승화시킬 수 있지, 인간의 한계를 벗어나는 트라우마는 언어를 통한 개입을 허용하지 않으려 한다. 이것이 '목소리 소설'이 존재해야 하는 이유일 것이다.

『체르노빌의 목소리』에는 류드밀라의 목소리와 흡사한 수백 개의 서로 다른 목소리가 공존한다. 그들 사이에 공통점이 있다면, 사랑하는 사람들에 대한 그리움과 상실에 따르는 고통이다. 마지막에 수록되어 있는 목소리도 그 점에 있어서는 다를 게 없다. 체르노빌 원전의 해체 작업자였던 사람의 아내인 발렌티나 티모페예브나 아파나세비치도 앞서 인용한 여성이 그랬듯이, 사랑하는 남편의 죽음을 견디며 살아야 하는 힘겨운 삶에 대해 얘기한다. 그녀는 남편을 가리켜 "내가 그의 엄마였더라도 그보다는 더 사랑할 수 없을 정도로 사랑한 사람"이었다고 말한다. 어머니보다 더 그를 사랑했다는 말이 다소 과장되게 들릴지 모르지만, 그녀가 전하는 얘기를 들으면 그것이 결코 과장이 아니라는 걸 알 수 있다. 그녀는 방사능에 피폭되어 처참하게 죽어가는 남편의 모습을, 아니 그런 남편을 '몸으로' 사랑하던 것을 증언한다. 그녀의 사랑은 에밀리 브론테의 『폭풍의 언덕』에 나오는, 사랑이 지나치다 못해 죽은 사람이 묻힌 묘지를 파헤치려 하고, 그 사람의 영혼을 부르며 그 사람의 영혼과 함께 몇십 년을 살아가는 히스클리프의 사랑을 넘어선다. 보는 것만으로도 사람을 기절하게 할 정도로(실제로 남편의 지인은 그의 죽은 얼굴을 보고 기절했다) 처참하게 남편이 죽은 것을 회상하고 또 그런 남편을 그리워하는 그녀의 목소리는 정말이지 듣고 있기가 힘들다. "신한테 전해주세요. 나는 알고 싶어요. 왜 이런 고통을 허락하는지 알고 싶어요. 도대체 왜?" 그녀의 목소리를 들으며, 우리는 알렉시예비치가 왜 전통적인 의미의 소설이 아니라 '목소리 소설'을 택했는지 이해할 수 있게 된다. 솔직히, 일반적인 소설로는 이 여인의 목소리를 통해 드러나는 심리적, 물리적 현실을 감당하기 힘들다. 그러한 고통과 슬픔, 그리고 사랑을 토로하는 목소리에 어떤 것을 가미한다는 것 자체가 불경스러운 일이다. 그러한 트라우마 앞에서의 침묵은 문학이 인간에 대해 최소한으로 갖출 수 있는 예의일지도 모른다. 그러한 트라우마 앞에서 어떻게 시가, 소설이, 드라마가 가능하겠는가. 어떻게 꾸며내겠는가. 그래서 상상력의 마비는 무능력이면서도 예의요 윤리이기도 하다. "아우슈비츠 이후에 시를 쓰는 것은 야만적"이라는 아도르노의 말은 그 예의와 윤리를 촉구한 말에 다름 아닐지 모른다.

작가는 아픈 목소리들이 모여서 "시대의 초상화나 형상"이 만들어질 수 있다고 믿는다. 그러니까 인위적으로 조정하지 않아도, 진실한 감정들을 토로한 것들이 모이면 시대를 대변하는 역사가 될 수 있다고 믿는다. 그녀는 그러한 역사를 써낼 수만 있다면, 자신의 몸이 조금은 망가져도 괜찮다고 여기는 것처럼 보인다. 그녀가 체르노빌 원전 사고가 일어난 직후부터 수백 명에 이르는 사람들을 찾아다니며 그들의 목소리를 듣는 과정에서 몸이 아프게 된 것도 "시대의 초상화"를 그리고자 하는 신념 탓이었다.

그녀는 책상에 앉아 펜을 갖고 씨름을 하며 뭔가를 만들어내는 작가가 아니라, 사람들의 고통이 진실이라 믿고 그 진실의 목소리를 찾아 발품을 파는 건강한 작가였다. 그녀가 책상에 앉는 건 오직 녹음기에 담긴 목소리를 다시 들어보고, 그 목소리가 말하지 못하는 침묵을 돌아보고, 그 목소리를 말하던 사람의 눈과 표정을 돌아볼 때뿐이다. 5백 명에서 7백 명에 달하는 목소리를 돌아보고 거기에 자신의 목소리를 살짝 얹으면서, 그녀의 '목소리 소설'은 태어났다. 그래서인지 사람들의 목소리를 감싸 안는 작가의 목소리는 한없이 따뜻하다. 그리고 무엇보다도 슬프다.

『체르노빌의 목소리』가 원전 사고의 트라우마를 '목소리 소설'로 풀어냈다면,『전쟁은 여자의 얼굴을 하지 않았다』(박은정 옮김, 문학동네, 2015)는 제2차 세계대전의 트라우마를 풀어낸다. 사람들은 전쟁에 관해 말할 때 고통을 이야기하고 "울음과 비명"을 이야기한다. 작가는 여기에서도, 사람들의 울음과 비명을 "극화해서는 안 된다"는 원칙을 고수한다. "그러지 않으면 그들의 울음과 비명이 아닌, 극화 자체가 더 중요해질 테니까, 삶 대신 문학이 그 자리를 차지해버릴 테니까" 그렇다는 것이다. 문학이 아니라 삶이 먼저라는 말이다. 스토리가 아니라 고통이 먼저라는 말이다.

알렉시예비치는 사람의 말보다는 고통을 믿는다. "사람의 말이 얼마나 우리를 진실에서 멀어지게" 했는지를 알고 있기 때문이고, 고통이 "삶의 비밀"을 간직하고 있다고 믿기 때문이다. 특히 그녀는 주변부로 밀려난 사람들의 고통에 귀를 기울인다. 그녀가 『전쟁은 여자의 얼굴을 하지 않았다』에서 러시아 여성들의 고통에 귀를 기울인 것은 세상의 중심인 적도 없고, 중심일 수도 없는 여성들을 그 중심에 놓기 위해서다. 남자들이 전쟁에서 세운 업적이나 영웅주의가 아니라 여성들의 말을 통해서 드러나는 감정의 역사, 마음의 역사를 쓰기 위해서다. 그래서 그녀의 '목소리 소설'에서는 중심과 주변이 자리를 바꾸고, 큰 것과 작은 것이 자리를 바꾼다. 이것은 엎어지고 뒤집어지고 밟히고 억눌린 타자에 대한 한없는 애정을 가진 휴머니스트가 아니면 가능하지 못할 몸짓이다.

『전쟁은 여자의 얼굴을 하지 않았다』에 담긴 수백 명의 목소리를 통해 드러나는 것 중 하나는 제목이 암시하듯, 여성이 전쟁을 바라보고 체험하고 돌아보는 시각이 남성과는 사뭇 다르고 훨씬 더 강렬하다는 것이다. 가령, 남성들은 이념이라는 명분 뒤로 숨지만, 여성들은

"감정에 사로잡힌다". 여성들은 전쟁을 "냄새와 색깔과 소소한 일상"으로 기억한다. 그들은 전쟁터에서도 예쁘게 보이고 싶어 머리를 매만졌으며 노래를 하고 때로는 사랑에 빠졌다. 그들은 지급받은 발싸개를 코바늘로 떠서 스카프로 만들어 두르기도 했고, 배낭을 치마로 만들어 입기도 했다. 그들은 전쟁의 와중에 있으면서도 전쟁과는 어울리지 않는 스카프와 치마를 그리워하는 '여자들'이었다. 그들의 목소리는 "전쟁터라는 '남자'들의 일상 속에서, 전쟁터라는 '남자'들의 임무 속에서, 그럼에도 불구하고" 여성으로서의 "정체성을 잃지 않기 위해 얼마나 노력했는지"를 얘기한다. 작가의 말처럼, 그들의 목소리를 유심히 들으면 그들의 "머릿속에는 '전쟁은 살인 행위'라는 생각이 또렷이 박혀 있다"는 것을 알수 있다. 그리고 그들의 "마음 깊은 곳에는 죽음에 대한 참을 수 없는 혐오와 두려움이 감춰져 있다"는 것 또한 알 수 있다. 생명을 잉태하고 생명을 이 세상에 존재하게 하는 모성성을 가진 여자들에게는 사람을 죽이는 일은 견딜 수 없는 일이다. 생명을 주는 사람이 어떻게 생명을 죽일 수 있는가. 그래서 "여자에게는 죽는 것보다 생명을 죽이는 일이 훨씬 더 가혹한 일"이 된다. 그럼에도 수많은 여자들이 전쟁에서 남자들과 더불어 싸웠다.

우리는 작가가 전하는 러시아 여성들의 목소리를 들

으면서, 전쟁에 참가했던 러시아 여성들을 불신의 눈으로 바라보다가 어느 참전 여성의 얘기를 듣고는 울면서 미안해했던 프랑스 기자의 입장이 된다. "우리 프랑스인들에게는 2차 대전보다 1차 대전이 더 큰 충격이었어요. 그래서 우리는 1차 대전을 더 생생하게 기억하죠. 곳곳에 1차 대전을 기리는 무덤들과 기념비들이 세워져 있어요. 하지만 당신(소련인)들에 대해선 잘 몰라요. 오늘날 대부분의 사람들, 특히 젊은 사람들은 2차 대전이 미국 혼자 히틀러와 싸워 승리한 전쟁으로 알고 있어요. 소련 사람들이 그 승리를 위해 치른 대가가, 4년이라는 긴 시간 동안 소련 사람이 치른 2천만 명의 목숨값은 별로 알려져 있지 않아요. 그리고 당신 같은 사람(여성)들이 겪은 고통, 그 극심한 고통에 대해서도 잘 모르죠. 고맙습니다. 당신이 내 심장을 흔들어놓았어요." 새파랗게 어린 여학생이 전쟁에 참여했다가 공포감에 "코와 귀에서 피가 쏟아지고" 노인처럼 머리가 하얘졌다는 얘기를 들으며, 우리는 프랑스 기자처럼 가슴이 먹먹해지게 된다. 생명을 만들고 생명을 주는 일이 여자들이 할 일인데, 생명을 죽이는 일에 가담하고 있었으니, 그들의 고통은 이만저만한 것이 아니었을 것이다. 그런데 그들은 그 고통을 자진해서 감수한 것이었다. 우리도 이야기 속의 프랑스 기자처럼 당시에 어린 여학생들까지 참전하게 된 것이 소련 정부가 동원령을 내려 그랬던 것은 아닐지 의심할 수 있지만, 그들의 말을 들으면 그들이 자원해서, 심지어 남성 지휘관들에게 애걸복걸하고 그것도 여의치 않으면 무작정 부대에 합류함으로써 어쩔 수 없이 받아들이게 만들어 복무를 했다는 것을 알 수 있게 된다. 그들은 나치로부터 나라를 지키기 위해 자발적으로 전쟁에 참여했다. 누가 시켜서가 아니라 나라의 운명이 바람 앞의 등불인 상황을 좌시할 수 없어서 자원을 한 것이다. 이것을 그들의 목소리로 확인하는 순간, 우리의 의심은 프랑스 기자처럼 미안한 마음으로 변한다. 그것은 지금까지 우리가 암암리에 미국을 비롯한 서구의 영향권에 들어서, 2차 세계대전을 생각하면 미국과 서구와 유대인 대학살만을 생각하고 그보다 훨씬 더 많은 희생자를 낸 소련에게는 무심했다는 깨달음에서 오는 미안함이다. 우리가 사는 세계를 지배하는 서구의 담론에 우리도 모르게 끌려들어가, 소련인들의 트라우마와 고통에 눈을 감고 있었다는 미안함이다.

전쟁이 얼마나 지긋지긋하고 독일인들이 얼마나 미웠으면, 이전에 그토록 좋아하던 독일 작가들의 작품을 더 이상 읽을 수 없었고 독일 음악가들의 음악을 더 이상 들을 수 없었을까. 연락병이었던 아글라야 보리소브나 네스테루크는 이렇게 증언한다. "내가 좋아하는 괴

테도, 바그너도 더 이상 들을 수가 없었어. …… 전쟁 전까지 나는 음악인 집안에서 자랐어. 특히 독일 음악을 좋아했지. 바흐, 베토벤. 아 위대한 바흐! 하지만 나는 사랑하는 이 이름들을 내 세상에서 지워버렸어." 우리는 정말로 미안하게도, 알렉시예비치가 '목소리 소설'을 통해 이 이야기를 전해주기 전까지는 이런 것에 대해서는 듣지도 못했고 생각해보지도 못했다. 유대인들이 겪은 고통에 대해서는 시, 소설, 영화, 논픽션을 통해서 무수히 듣고 보았지만, 알렉시예비치의 '목소리 소설'이 전하는 러시아 여성들의 이야기는 들은 바가 없었다. 알렉시예비치의 '목소리 소설'을 통해 우리는 비로소, 유대인들을 고통의 대명사로 부각시킨 서구의 전쟁담론이 그리 온당한 것이 아니었음을 깨닫게 된다. 이런 의미에서 보면, "아우슈비츠 이후에 시를 쓰는 것은 야만적"이라는 아도르노의 말은 조금은 틀렸는지 모른다. 그의 말에서 아우슈비츠는 더 적절한 말로 바꾸어야 합당할 것처럼 보인다. 아우슈비츠만 있는 게 아니라 그보다 더한 것도 있었고 체르노빌도 있었기 때문이다. 그러나 누구도 "체르노빌 이후에 시를 쓰는 것은 야만적"이라는 말은 하지 않았다.

『전쟁은 여자의 얼굴을 하지 않았다』의 목소리를 통해 드러나는 또 다른 사실은 전쟁 중에 백만이 넘는 여성들이, 빨치산이나 지하공작 대원들까지 합하면 2백만이 넘는 여성들이, 전쟁에 참가해 남성들과 어깨를 나란히 하며 독일군과 싸웠음에도 불구하고, 전쟁이 끝난 후에는 오히려 그것이 낙인이 되어 힘겨운 삶을 살아야 했다는 것이다. 그들은 군에 복무했다는 사실을 숨겨야 했다. 남자들과 달리 전쟁 중에 받은 훈장을 달고 다닐 수도 없었다. 남자들의 영역인 군에 가서 무슨 짓을 하고 왔을지 모른다는 사람들의 잘못된 인식 때문이었다. 군에 복무한 여자들을 따돌린 건 남자들만이 아니었다. 여자들 역시 더하면 더했지 덜하지는 않았다. "너희들이 거기서 무슨 짓을 했는지 다 알아! 젊은 몸뚱이로 살살 꼬리나 치고 …… 우리 남편들한테 말이지. 이 더러운 전선의 …… 군대의 암캐들아." "하, 하, 하 …… 그러니까 거기서 남자들이랑 어땠는지 이야기 좀 해봐." 이런 식이었다. 군에 다녀온 여자가 "요리를 하면 감자 냄비에 식초를 붓기도 하고" "소금을 한 숟가락씩 쏟아 넣기도" 했다. 남자들은 "전쟁에 다녀왔기 때문에 승리자요, 영웅이요, 누군가의 약혼자였지만" 여자들은 반대로 모욕을 받으며 살아야 했다. 여자들은 영웅도 아니고 환대의 대상도 아니고 좋은 신붓감도 아니었다. 그래서 그들은 참전 용사로서 혜택을 누릴 수 있게 해줄 증빙 서류들마저 찢어버리고 "상냥하고 부드러운 여자가 되는 법을 배워야 했다".

이 여성들이 복권된 것은 몇십 년이 훌쩍 지나서였다. 그것도 정부가 나서서 한 일이 아니고, 유명한 여기자 베라 트카첸코가 『프라우다Pravda』에 많은 참전 여성들이 세상의 냉대를 받으며 "홀로 남겨져 집 한 칸 없이 불안정한 삶을 살고 있다"는 기사를 쓴 후에야 가능해진 일이었다. 사회가 그들을 어느 정도 예우해주기 시작했을 때, 그들은 이미 노인이 되어 있었다. 고사포부대 여자 통신병이었던 발렌티나 파블로브나 추다예바가 자신이 속한 "사령부의 사령관이었던 이반 미하일로비치 그린코"에게 "거의 울부짖듯" 하는 얘기는 그렇지 않아도 트라우마였던 전쟁이 끝나고도, 사회의 냉대라는 또 다른 트라우마에 직면해야 했던 여성들의 목소리를 대변한다. "존경하는 사령관님, 한번 말씀해보세요. 우리 소녀 병사들은 지금 거의 혼자 살아요. 결혼들을 못 했죠. 다들 콤무날카(화장실과 주방을 같이 쓰는 공동주택)에 산다고요. 그들을 안타깝게 여긴 사람이 누구라도 있나요? 보호해준 사람은요? 전쟁이 끝나고 당신네 남자들은 다 어디로 숨어버린 거죠? 배신자들!" 이 여성의 말처럼, 참전 여성들에게 국가는 보호막이 되어주지 못했다. 승리는 국가의 것이었고 남자들의 것이었다. 영웅주의는 남자들만의 것이었다. 남자들은 승리를 여자들과 나누려 하지 않았다. 전선에서는 여성들을 존중하고 보호해주던 남자들이 전쟁이 끝나고 나서는 여자들을 모른 체했다. 그래서 여자들은 전쟁 얘기를 할 수도 없었고, 전쟁으로 인한 마음의 상처를 치료받을 수도 없었다. 여자들에게 전쟁은 끝나도 끝난 게 아니었다.

이러한 여성들의 목소리를 통해 우리가 알 수 있는 것은 남성들이 중심을 이루는 국가가 공적으로 하는 얘기와는 전혀 다른 영역의 얘기가 존재한다는 것이다. 국가는 "승리의 역사"를 얘기하는 반면, 여성들은 "감정의 역사"를 얘기한다. 국가가 거대한 얘기, 즉 매크로 담론을 얘기한다면, 여성은 작은 얘기, 즉 마이크로 담론을 얘기한다. 국가는 "승리의 역사" 즉 매크로 담론을 얘기하기 위해서, 그 이념에 반하는 "감정의 역사" 즉 마이크로 담론을 억압해버린다. 그래서 스탈린 수용소도 얘기하지 않고, 스탈린이 민중을 배반한 이야기도 하지 않는다. 스탈린의 비밀정보부가 전쟁의 와중에서 포로로 잡혔다가 돌아온 군인들을 어떻게 고문했고 숙청했는지도 말하지 않고, 독일군의 잔혹 행위에 대한 보복으로 행해진 소련군의 잔혹 행위에 대해서도 살펴보지 않는다. 그 대신, 국가는 "선도적이고 지도적인 공산당의 역할"을 부각시키고 "영웅들이나 영웅적인 공훈"

을 얘기하려고만 한다. 모든 것을 "승리의 역사"로 수렴시키기 위해서다. 그러나 여성들은 "승리의 역사" 즉 매크로 담론이 아니라 "감정의 역사" 즉 마이크로 담론을 얘기한다. 그들은 여성의 눈으로 본 전쟁의 무섭고 끔찍한 모습을 사실적으로 얘기한다. 그들은 사람이 "전쟁터에서는 무시무시하고 이해할 수 없는 존재가 된다는 것"을 얘기하기도 하고, "전쟁터에서 맞는 아침이 얼마나 아름다운지"를 얘기하기도 한다. 그리고 때로는 잃어버린 젊음에 대해 얘기하기도 한다. "내가 전쟁터에서만 예뻤다는 게 너무 안타까워. ······ 그곳에서 내 인생의 가장 빛나는 시절이 지나가버렸어. 다 타버렸지. 그러고는 순식간에 늙어버렸어." 그리고 그들은 때로는 침묵을 택한다. "나? 말하고 싶지 않아. ······ 말하고 싶어도 ······ 한마디로 ······ 그건 말해선 안 되는 일이거든." "모르겠어. ······ 아니, 당신이 묻는 말이 뭔지는 알아. 하지만 말로는 표현할 수가 없어. ······ 내 말로는 ······ 그걸 어떻게 말로 설명하지? ······ 어딘가 표현할 말이 있을 텐데 ······ 시인이 필요해. ······ 단테 같은 시인이······."

　이런 것들은 "승리의 역사"만을 얘기하고 싶은 국가의 입장에서는 "하찮은 것"일지 모른다. 매크로 담론을 얘기하고 싶은 국가한테는 아름다운 "긴 머리 대신 뭉

툭하게 잘려 나간 짧은 앞머리"를 생각하면서 울었다는 얘기나 "전쟁터에 다녀온 후로는 줄줄이 걸린 붉은 살점의 고기를 볼 수가 없어서 시장에도 못 다니고, 심지어 붉은색이라면 사라사 천도 쳐다볼 수가 없었다"는 얘기가 "하찮은 것"일지 모르지만, "감정의 역사"를 얘기하고자 하는 사람들에게는 바로 그 하찮은 것들이야말로 "삶의 온기이자 빛"이다.

그래서 알렉시예비치의 '목소리 소설'이 트라우마와 관련해서 우리에게 깨닫게 해주는 것 중 하나는 문학이 존재하려면, 영웅이나 승리 같은 거창한 것을 추구하는 국가의 차원에서 보면 "하찮은 것"일지 모르지만 사실은 삶의 "온기이자 빛"인 감정에, 특히 "지난至難한 삶의 증거"인 고통에 '귀를 기울여야' 한다는 것이다. 꾸며내고 극적으로 만드는 것이 능사가 아니라 귀를 기울여야 한다는 것이다. 트라우마적 사건 앞에서 한없이 무력한 것이 문학이니까, 그래도 자신의 존재를 인정받으려면 사람들의 고통에 귀를 기울여야 한다는 것이다. 그리고 그 고통에 귀를 기울이기 위해서는 한없이 자신을 낮춰야 한다는 것이다. 이것이 알렉시예비치의 '목소리 소설'이 증언하는 것이다. 그녀는 이렇게 말한다. "고통에 귀를 기울인다. 고통은 지난한 삶의 증거이다. 다른 증거 따윈 없다. 다른 증거 같은 건, 나는 믿지 않는다. 사람의 말이 얼마나 우리를 진실에서 멀어지게 했던가."
이것은 말이 아니라 고통이 먼저고, 문학이 아니라 "비밀에 대한 최상의 정보인 고통"이 먼저라는 선언이다.
말을 앞세우면, 어떤 것을 꾸며내는 문학을 앞세우면,
진실에서 멀어질 수 있다는 선언이다.

알렉시예비치의 '목소리 소설'은 그래서 문학이 본질적으로 무엇인지, 왜 존재해야 하는지, 뭘 할 수 있는지를 묻고 답하는 충실한 문학원론 같은 '소설의 소설'이다. 기존의 문학원론과 다른 점이 있다면, 문학 장르를 설명하는 게 아니라 그것의 한계, 더 나아가 문학의 한계를 얘기하고 문학의 무력함을 얘기한다는 것이다. 인류가 소중하게 생각하는 문학도 또 다른 체르노빌, 또 다른 전쟁, 또 다른 트라우마 앞에서는 무력할 수밖에 없다는 것을 얘기한다는 것이다.

알렉시예비치의 '목소리 소설'에서 드러나는 형상이 하나 있다면, 그것은 누군가의 말을 듣는 귀의 형상이다. "도시의 아파트들에서, 시골의 농가들에서, 거리에서, 기차 안에서 …… 나는 듣는다. …… 나는 점점 (더) 커다란 귀가 된다. 다른 사람들의 이야기를 하나도 빼놓지 않고 모두 담으려는 커다란 귀. 나는 목소리를 '읽는다.'" 그렇다. 트라우마에 필요한 것은 알렉시예비치가 말하는 "커다란 귀"이다. 그래서 '목소리 소설'은 "커다란 귀"로 듣고 '읽은' 상처를 언어의 몸에 새겨 넣으려고 하는 몸짓이다. 이 몸짓이 문학이고, 문학의 존재 이유이고, 문학의 윤리다.

일본인이란 무엇일까?
그렇지 않은 일본인으로
나를 바꿀 수 있을까?
　　　　　－트라우마와 "오키나와의 눈물"

오에 겐자부로(大江健三郎)는 이런 질문을 스스로에게 던진다. "일본인이란 무엇일까? 그렇지 않은 일본인으로 나를 바꿀 수 있을까?" 만약 일본인이라는 사실이 자랑스럽다면, 이런 질문을 할 필요가 없을 것이다. 일본인이라는 사실이 자랑스럽기는커녕 오히려 고통스러우니까 이런 질문을 했을 것이다. 그렇다면 왜 이런 질문을 했을까. 일본이 자기 나라의 일부를 식민화하고 억압하면서 발생한 트라우마 때문이다. 더 자세히 말하자면, 다른 나라(류큐왕국)였던 오키나와가 메이지유신 이후 강제로 일본에 편입되면서부터 시작된 편견과 왜곡, 폭력의 트라우마 때문이다.

역사적으로 차별과 냉대의 대상이었던 오키나와는 2차 세계대전 말기에는 미국의 공격으로부터 일본 본토를 방어할 시간을 벌기 위해 일본군이 자국 땅에서 유일하게 전투를 벌이다가 최소 10만여 명에서 최대 15만여 명의 주민들이 희생된 곳이다. 일본 군인보다 훨씬 더 많은 수의 오키나와 주민들이 그 전투에서 죽었다. 오키나와 주민의 4분의 1 내지 3분의 1이 1945년 4월에서 6월 사이에 죽었다. 그런데 오키나와의 수난은 그것이 끝이 아니었다. 오키나와는 일본이 전쟁에서 패한 후 일종의 공물로서 미국에 넘겨졌다가, 20여 년 후인 1972년에 일본이 그 땅을 미국으로부터 도로 사들이는 기이한 형식으로 일본에 반환되었다. 그리고 영토가 반환되었음에도 미군 기지는 여전히 오키나와에 남았다. 미군 기지만 남은 게 아니라 본토인들에 의한 왜곡과 편견도 고스란히 남았고, 이제는 미군 기지에 더해 자위대 기지까지 들어서 있다.

"일본인이란 무엇일까? 그렇지 않은 일본인으로 나를 바꿀 수 있을까?"라는 오에 겐자부로의 질문은 오키나와를 식민화하고 차별과 왜곡을 일삼은 일본인의 "추잡한 속성"으로부터 자신을 분리시킬 수 있는 방법이 있는지를 묻는 질문이다. 문제는 이 질문에 대한 답이나 마땅한 해결책이 없다는 데 있다. 일본인이라는 사실이 자랑스럽기는커녕 고통스러운 것이라면 국적을 이탈하면 되겠지만, 그것도 쉬운 일이 아닐뿐더러 설령 가능하다 하더라도 그렇게 되면 그는 더 이상 일본인이 아니게 된다. 그렇다고 일본인이면서 "그렇지 않은 일본인"으로 자신을 바꾸는 일도 요원해 보이기는 마찬가지다. 그것은 자기를 부정하는 행위이기 때문이다.

그가 1969년에서 1970년까지 쓴 글들을 모아놓은 『오키나와 노트』(이애숙 옮김, 삼천리, 2012)는 그처럼 실존적인 질문을 중심에 놓고 오키나와의 트라우마를 얘기한다. 그런데 그가 오키나와 출신이었다면, 즉 일본 열도의 끝자락에 붙어 갖은 모욕과 냉대를 받고 급기야 다른 나라에 넘겨졌다가 무슨 물건이라도 되듯 다시 반환되는 기막힌 팔자를 타고난 오키나와 출신이었다면, 그의 질문은 전혀 다른 형식이 되었을 것이다. 만약 그랬다면 그는 그런 질문 대신, '일본인이란 무엇일까? 내가 왜 일본인이어야 하는 걸까?' '일본인이란 무엇일까? 내가 어떤 의미에서 일본인일까?' 등과 같은 질문을 했을지 모른다. 그러나 그는 오키나와가 아니라 본토 출신이다. 일본 열도 전체로 보면 남쪽에 속하지만, 오키나와와는 비교도 안 되게 북쪽에 위치한 시코쿠의 에히메 현 출신이다. 그러니 그도 오키나와를 식민화한 본토, 즉 가해자의 일원이다. 좋든 싫든, 그것이 그의 운명이었다. 하지만 그는 가해자의 일원이지만 가해자이기를 거부하는 길을 택했다. 알베르 메미Albert Memmi의 표현을 빌려 말하면, 그는 "식민주의자이면서 식민주의자이기를 거부하는 식민주의자"였다.

『오키나와 노트』는 일본 본토가 오키나와를 능욕하고 상처를 가한 역사를 인정하는 것에서부터 시작한다. 그렇다고 그의 글이 그 역사를 참회하기 위한 것은 아니다. 참회라는 것은 행위가 일단락되고 자신이 무슨 잘못을 했으며 그 잘못에 어떠한 도덕적 원칙이 훼손됐는지를 밝혀야 가능한 것인데, 본토와 오키나와의 관계가 전혀 변한 게 없는 상황이어서 참회를 한다는 것은 애초에 불가능한 일이었다. 오에 겐자부로가 "현재의 오키나와 상황이 지속되는 한, 공적으로 본토 일본인은 오키나와와 거기 사는 사람들에게서 면죄부를 받을 수 없으며 어떤 참회도 할 수 없다"고 말한 것은 이러한 이유에서였다.

그런데 서글픈 것은 오키나와가 일본에 반환되기 전인 1969년과 1970년에 오에 겐자부로가 썼던 글들이 역사의 어느 시점에서 자신의 소임을 다하고 역사 속으로 사라져버린 것이 아니라, 40년이 훌쩍 지난 지금도 여전히 유효하다는 사실이다. 시간이 흐르면서 잘못이 바로잡히고 정의가 실현되는 것이 역사의 흐름이었다면, 사과할 것은 사과하고 용서할 것은 용서하면서 지금쯤이면 상호 간의 신뢰를 바탕으로 "무지개 나라"가 만들어져 있을 것이다. 그러나 "무지개 나라"가 되기는커녕 오에 겐자부로가 몇십 년 전에 쓴 그 글로 인해 2005년, 오키나와 전투에 참여했던 군 관계자들과 그들의 유족들에게 제소를 당하는 일까지 벌어졌다. 그가 오키나와 주민들의 "집단 자결"이 일본군 때문이었다고 쓴 것이 주된 원인이었다. 결국 이 사건은 대법원까지 가서 2011년 4월, 무죄판결을 받았다. 일본 법원이 오키나와 주민들의 "집단 자결"에 군에 의한 강제가 작용했다는 것을 공식적으로 인정한 것이었다.

그렇다고 오에 겐자부로가 일본군이 오키나와 주민들에게 자결을 강요한 것을 처음 밝힌 사람은 결코 아니다. 그가 〈노벨문학상〉을 수상함으로써, 공공연히 알려진 사실을 기정사실화한 그의 과거 발언이 다시 주목을 받았을 뿐이다. 일본 본토에 의한 오키나와의 차별은 그가 밝혀낸 게 아니라 이미 잘 알려져 있는 사실을 그가 상기시킨 것에 불과했다. 그의 글에서 드러나는 오키나와의 서러운 역사는 역사적 사실만을 중심에 놓고 보자면 새로울 게 없는 일종의 동어반복에 지나지 않는다. 그가 『오키나와 노트』를 쓴 것은 역사의 진실을 밝히기 위해서라기보다는 본토인의 입장에서 가해의 역사를 의식에 새기고 부끄러운 현실을 직시하기 위함이었다. 그는 자신이 오키나와에 대해 쓰는 글마저도 오키나와에 대한 역사적인 "왜곡과 착오로부터 자유로울 수 없다"는 점을 분명히 했고 여차하면 "단순화의 독소"가 자신의 글에 스며들어 오키나와의 상처를 너무 단순하게 만들지 모른다는 것을 예리하게 의식했다. 놀라운 것은 그가 30대 중반의 나이에 자기 나라 안에서 행해지는 식민주의에 관심을 갖고 있었으며 타자의 트라우마에 대해 얘기할 때 한계가 있을 수밖에 없다는 것을 인지했다는 것이다. 그렇다. 일본 본토의 타자에 해당하는 오키나와와 관련된 그의 글은 처음부터 한계가 있었다. 그것은 부인할 수 없는 사실이다. 그리고 그것이 그의 글의 피할 수 없는 약점이기도 하다. 그러나 그의 약점은 반대로 강점일 수 있었다. 자신이 타자의 트라우마에 공감하는 것처럼 보이지만 사실은 그것이 또 다른 왜곡과 편견으로 이어질 수 있다는 것을 모르지 않으면서도, 타자의 비참한 역사와 트라우마를 외면할 수 없어 오키나와를 찾아가고 그곳을 사유하고자 했기 때문이다. 그가 30년 후 〈노벨문학상〉을 수상하게 된 것은 오키나와에 대한 사려 깊은 글들에서 보여주듯 타자에 대한, 자기 안의 타자에 대한 한없는 겸손과 무관하지 않은 것처럼 보인다. 그의 소설들에 공통적으로 배어 있는 감정이 타자의 고통에 대한 연민이라는 사실은 그리 놀라운 일이 아니다. "본토에서 온 군인들이 강제한 집단 자결 현장"에서 가까스로 살아남은 사람의 이야기를 들으며

"본토 사람인 내 가슴속으로 피투성이 손이 헤집고 들어오는 것 같다"고 말할 줄 아는 그는 처음부터 윤리적인 작가였다.

그러나 오에 겐자부로의 오키나와 담론은 거기까지가 한계였다. 그는 "일본인이란 무엇일까? 그렇지 않은 일본인으로 나를 바꿀 수 있을까?"라는 명제를 사유하는 것 이상으로 나아갈 수 없었다. 물론 그것만으로도 충분히 의미 있는 몸짓이었다. 그는 1960년대 말부터 오키나와를 찾아가 주민들과 만나고 그들의 이야기를 들으며 자신이 일본인이라는 사실에 절망하고 또 절망했다. 그러나 그는 오키나와인이 아니어서 오키나와의 비극을 증언할 수 있는 위치에 있지는 않았다. 오키나와를 생각하는 그의 마음이 아무리 진실한 것이라 해도 그는 아웃사이더였고 그도 그것을 잘 알고 있었다. 그는 오키나와에 가거나 오키나와에 관해 글을 쓸 때마다, "거절의 목소리"를 들어야 했다. 그것은 천황제와 일장기와 기미가요를 식민과 탄압의 상징으로 받아들이는 오키나와인들의 입에서 나오는 "거절의 목소리"였다. 따라서 오키나와에 관한 진정한 이야기는 오에 겐자부로처럼 큰 틀에서 보면 일본인이라는 인사이더지만 일본 내의 지역적 구도에서는 아웃사이더인 사람으로부터 듣기보다는 오키나와인에게서 직접 들어야 한다는 결론이 나온다. 설령 본토인과 오키나와인의 입에서 오키나와에 관한 엇비슷한 말이 나온다 하더라도 그것은 본질적으로 다른 말이 된다. 본토인의 말은 같은 말이라 하더라도 자신이 체험할 수도 없고 체험하지도 않은 것이어서, 억압과 트라우마의 역사를 살아왔고 또 살아가고 있는 오키나와인의 증언과는 기반 자체가 다른 것이 된다. 바로 이것이 오키나와에서 태어나 지금까지 그곳에 살면서 창작을 하고 있는 메도루마 슌(目取間俊, 1960~)과 같은 작가의 말과 글이 중요한 이유이다.

메도루마 슌은 두 가지 방식으로 오키나와의 슬픔을 얘기한다. 하나는 구체적이고 논리적으로 오키나와의 식민 역사를 살피고 그와 관련된 증거와 체험담을 제시한 에세이 형식의 글을 통해서이고, 다른 하나는 식민과 억압의 트라우마를 안고 살아가는 오키나와인들의 삶을 형상화한 소설을 통해서이다. 에세이에서는 그의 감정이 가감 없이 드러나고 소설에서는 그의 감정 대신, 눈물로 역사를 살아온 오키나와인들의 감정이 드러난다. 그래서 그의 에세이 『오키나와의 눈물』(안행순 옮김, 논형, 2013)은 그가 오키나와 역사를 어떻게 바라보고 있는지를 세밀하게 얘기함으로써 독자가 오키나와 역사를 제대로 이해하는 데 도움을 주고, 〈가와바타 야스나리 문학상〉 수상작 『혼 불어넣기』와 〈아쿠타가와상〉 수상작『물방울』에 수록된 소설들은 오키나와인들이 자신들의 역사를 어떻게 내면화하고 살아가는지를 독자들이 이해하는 데 도움을 준다.*

『오키나와의 눈물』은 오키나와의 수난사를 이해하는데 모자람 없는 좋은 에세이집이다. 특히 이 책의 훌륭한 점은 그가 오키나와의 이야기를 자신의 가족과 이웃의 증언에서 시작하여 오키나와 전체의 것으로 풀어낸다는 데 있다. 에세이는 그것이 전하는 이야기가 추상적인 것이 아니라 그의 개인적 삶에까지 심각한 영향을 미친 아주 구체적인 이야기라는 점을 부각시키면서 독자가 머리가 아닌 가슴으로 오키나와를 이해할 수 있게 도와준다. 가령 1945년 당시, 열네 살이었던 그의 아버지는 전쟁터로 나가야 했다. 일본군이 "열네 살밖에 되지 않은 소년에게도 총을 쥐어주고 전쟁터로 내몰았"기

---

*『혼 불어넣기』(유은경 옮김, 아시아, 2008)와『물방울』(유은경 옮김, 문학동네, 2012)은 동일한 번역자의 것인데, 이상하게도 번역자는 앞엣것에서와 달리 뒤엣것에서는 오키나와인들의 대화를 경상도 말씨로 처리하고 있다. 이것은 본토인과 다른 억양을 갖고 있는 오키나와인들의 말씨를 부각시키기 위한 순진한 의도에서 비롯된 것이겠지만, 그렇게 함으로써 생기는 부대적인 의미를 신중하게 고려하지 않은 불편한 발상처럼 보인다. 경상도는 역사적, 정치적으로 한국 내에서 억압과 차별의 대상인 적이 거의 없었다. 오히려 오키나와의 지역적 특성과 말씨를 강조하고자 했다면, 한국 본토로부터 억압과 차별을 당해왔다는 점에서 오키나와 사람들과 자주 비교되는 제주 사람들의 말씨를 차용하거나, 그것이 어렵다면『혼 불어넣기』에서처럼 중립적인 표준어로 처리하는 게 더 적절했을 것이다.

때문이다. 그의 아버지의 사례에서 알 수 있듯, 당시 오키나와에서는 "남자라면 소년에서 노인에 이르기까지 모두 전쟁터로 끌려갔다. 부족한 병력을 보충하기 위해 끌려 나간 오키나와 주민들은 총이 모자라 죽창이나 수류탄을 손에 쥐고 적진으로 돌진해야 했다. 그들은 총에 맞고 함포 사격에 나가떨어지고 화염방사기에 타 죽어갔다". 그뿐만이 아니었다. 일본군은 주민들이 미군의 포로가 되면 군사기밀이 누설될 것을 우려해 "포로가 되는 것에 대한 공포심을 주민들에게 조성하여 차라리 목숨을 끊도록 지시"했다. 그러자 "미군이 상륙하는 것을 알고 패닉 상태에 빠진 주민들은 일본군에게서 받은 수류탄과 낫, 괭이 등의 농기구와 밧줄, 돌 등을 이용하여 맨손으로 육친을 죽이는 '집단 자결' 사건"을 일으켰다. 일본군은 오키나와 주민들을 "지키기는커녕 오히려 죽음으로 내몰았던 것이다". 또한 일본군은 오키나와 주민들을 "스파이 혐의를 씌워가며 각지에서 살해했다". "우연히 일본군 진지를 지나가거나 일본군의 지시를 거역, 공통어로 제대로 된 대답을 하지 못하는 주민도 스파이 혐의로 죽어갔다." 그래서 오키나와 주민들에게는 "미군 병사보다 일본군 병사가 무서웠다". 오키나와에서 있었던 "집단 자결"도 그렇고 "주민 학살"도 일본군이 강요하고 저지른 일이었다. 작가는 자신이

"이런 이야기를 들어서인지 제복을 입은 자위대원만 보면 생리적 혐오감이 먼저 치밀어 오른다"고 고백하며, 집단 자결과 주민 학살의 배경에 "오키나와인에 대한 차별 감정이 있었다"고 단언한다.

그가 보기에 가장 큰 문제는 "전쟁이 끝난 이후, 자신의 행동을 사죄하고 학살에 이르게 된 경위나 이유에 대해 자기검증을 시행한 일본인이 없다는 사실"이다. 그것은 개인의 문제이기도 하지만 일본 전체의 문제이기도 했다. 일본 정부는 일본군이 오키나와인들로 하여금 집단으로 자결을 하도록 강제했다는 사실을 은폐하려 했다. 급기야 문부과학성은 2005년, 역사 교과서를 검정하면서 군이 집단 자결을 강요했다는 문구를 삭제하라는 지시를 내린다. 이것이 2007년 9월 말에 있었던 오키나와 현민 시위의 발단이었다. 무려 12만 명에 달하는 오키나와 주민이 참가한 엄청난 규모의 시위였다. 현재 오키나와의 인구가 약 140만 정도이니, 그중 10퍼센트가 참가한 셈이다. 그들이 들고일어난 것은 누가 보더라도 오키나와인들의 집단 자결이 일본군의 강요에 의한 것임이 명백함에도 그것을 반성하고 사죄하기는커녕 사실 자체를 은폐하려 하는 것이 "오키나와인에 대한 일본인의 뿌리 깊은 차별 감정"에서 비롯된 것이라는 인식 때문이었다. 잘못을 했으면 잘못했다고 사과하고 용서를 빌어야지, 수많은 사람들을 떼죽음으로 몰아넣고 그마저도 부인하는 본토 정부의 태도가 그들에게는 역겨웠다. 오에 겐자부로가 "일본인의 추잡한 속성"이라고 한 것은 자신의 잘못을 인정하지 않고, 오키나와인들에 대한 편견과 왜곡을 고착시키려고 하는 일본 정부와 본토인들의 위선적인 태도를 지칭하기 위한 것이었다.

메도루마 슌은 일본이 전후에 이룩한 경제 성장도 오키나와를 희생시킴으로써 실현됐다고 생각한다. 일본은 오키나와에서 전투를 벌임으로써 "본토 결전"을 회피했을 뿐만 아니라, 전쟁이 끝난 후에도 "오키나와를 미국에 팔아넘기는 것으로 전후의 경제 성장을 실현했다"는 것이다. 그리고 몇십 년이 지난 지금까지도 "오키나와에 군사기지를 집중적으로 배치하여 자신의 터전에서는 미일 안보체제의 부담을 느끼는 일 없이 생활하고 있다"는 것이다. 그는 그것이 현실임에도 본토인들은 "일본을 위해 오키나와가 희생되는 것은 어쩔 수 없는 일이다. 오키나와 주민은 돈 때문에 기지를 받아들이지 않았느냐?"는 논리를 펴며 그렇지 않아도 역사적으로 "농락"을 당해온 오키나와인들을 더욱 농락한 것이라고 생각한다.

그래서 『오키나와의 눈물』을 관통하는 것은 본토에

있는 일본인들이 오키나와의 문제를 만들어냈고 지금도 그러하고 있으며 이후로도 그러할 것이라는 비관적인 생각이다. 이것은 집단 자결의 문제도 그렇고, 미군 기지를 둘러싼 인권 침해의 문제도 그렇고, 모든 것이 본토의 일본인들로부터 야기된 것이란 생각이다. 본토에 대한 반발과 저항감이 오키나와인들 사이에 광범위하게 확산되어 있는 것은 이러한 이유에서다. 오에 겐자부로가 말한 "거부의 목소리"는 오키나와인들이 대체적으로 공유하는 본토인들에 대한 반발심에서 나온다. 그들은 본토인들이 숭상하는 천황제도 싫어한다. 외부인의 시각에서 보면 일본이 천황을 하늘처럼 받드는 나라로 보일지 모르지만, 오키나와에서 천황은 도덕적 권위가 없을 뿐만 아니라 파렴치하기까지 한 존재이다. 메도루마 슌의 아버지는 아들에게 "전쟁 중, 진심으로 천황을 위해 죽으려 했고 만일 일본이 전쟁에 진다면 천황은 물론 군 지도자들도 자결할 것이라 굳게 믿었다"고 말한다. 그런데 "쇼와 천황도 군 지도자들도 대부분 자결하지 않았다. 자신은 천황을 위해 목숨을 바쳐 싸웠고 이미 목숨을 잃은 동료들도 있는데 그들은 살아남았던 것이다". 그러니 그런 천황은 인정할 필요가 없다는 논리다.

1975년에 국제해양박람회 참석차 오키나와를 찾은

아키히토 황태자에게 화염병을 투척한 사건도 천황에 대한 거부감에서 시작된 것이었다. 천황에 대한 오키나와인들의 거부감을 확인할 수 있는 사건은 1987년에도 일어났다. 당시 천황은 오키나와 반환 15주년을 맞아 오키나와를 방문할 예정이었고, 오키나와는 그 "방문을 위한 사전 준비로 졸업식과 입학식 행사에서 '일장기, 기미가요'가 강요되면서" 몸살을 앓고 있었다. 그런데 천황이 암에 걸려 오키나와에 오지 못하고 숨을 거두는 일이 발생했다. 오키나와인들은 천황의 죽음을 애도하기는커녕 오히려 환호했고 메도루마 슌도 그중 한 사람이었다. 그는 이렇게 말했다. "국체호지國體護持, 즉 자기보신을 위해 전쟁을 장기화하고 천황 교서를 맥아더에게 보내 오키나와를 미국에 팔아치운 사실을 반성하기는커녕 자신의 전쟁 책임을 계속 숨겨온 비겁한 사람이 오키나와 땅을 밟는 것은 쉽게 허락받을 수 있는 일이 아니었다. 살아 있는 오키나와인이 천황의 방문을 막을 수 없음을 안 전투의 희생자들이 그가 뻔뻔하게 오키나와 땅을 밟기 전에 저승으로 데려갔다고밖에 생각할 수 없었다." 천황이 오키나와에 오지 못하고 죽은 것을 두고, 그의 오키나와 방문을 막을 정치적, 물리적 힘이 없는 오키나와인들을 대신하여, 오키나와 전투로 죽어간 10만 명이 넘는 희생자들의 영혼이 그를 "저승으로 데려갔다"고 생각할 만큼, 천황과 본토인들에 대한 그들의 적개심은 뿌리 깊었다.

일본이라는 나라의 상징과도 같은 천황을 증오하고 황태자에게 화염병을 던지는 행위는 오키나와가 본토로부터 역사적으로나 심리적으로나 얼마나 분리된 존재이며, 역사적으로 얼마나 심각한 트라우마를 입었는지를 적나라하게 보여준다. 일본을 상징하는 일장기와 기미가요 역시 오키나와인들에게는 치욕과 분노의 대상이다. 일본을 대표하는 여가수 아무로 나미에가 일왕이 참석한 자리에서 기미가요 부르기를 거절했던 것도 같은 맥락에서였다. 그녀는 일왕의 장수를 기원하는 기미가요를 오키나와 출신인 자신에게 불러달라고 한 것을 모욕으로 받아들였다.

『오키나와의 눈물』은 오키나와의 역사와 트라우마를 이해하는 길잡이로서는 대단히 효과적이다. 가족과 친지에게서 들은 얘기를 출발점으로 삼아 오키나와의 역사를 풀어내는 솜씨가 빼어나서인지, 이 에세이집을 읽고 나면 오키나와의 역사가 손에 잡히는 것만 같다. 그러나 오키나와의 트라우마를 보다 생생하게 느끼기 위해서는 에세이보다는 그의 소설 속으로 들어가야 한다. 작가의 말처럼, 그의 소설이 "전쟁 속에서 오키나와 민중이 어떻게 살았고 어떻게 죽어갔는지, 살아남은 사람들이 전쟁을 기억 저편에 담아둔 채 전후를 어떻게 살아가고 있는지"얘기해주기 때문이다.

『혼 불어넣기』와『물방울』에 수록된 아홉 편의 단편소설들은 거의 대부분이 오키나와 전투의 트라우마를 형상화한다. 소설에는 트라우마에 삶을 저당 잡힌 오키나와인들이 다수 등장한다. 오키나와 전투 중 부모를 잃은 충격으로 성인이 되어서도 걸핏하면 혼이 나가는 탓에 신녀를 통해 그 혼을 불러들여 정신이 들게 해줘야 하는 남자도 등장하고(「혼 불어넣기」), 오키나와 전투 중 죽어서 한이 맺힌 탓에 자기 얘기를 들어달라며 살아 있는 사람을 찾아오는 슬픈 영혼들과 오키나와를 방문한 황태자에게 화염병을 던지는 남자도 등장한다(「이승의 상처를 이끌고」). 또한 다른 나라에 갔다가 전쟁이 끝난 후 돌아와보니 부모 형제들이 몰살당해 없고 자기가 태어나 자란 곳이 "미군 기지의 철조망 건너편 세계가 되었다는 사실"을 알고 절망스러워하는 노인도 등장하고(「브라질 할아버지의 숲」), 오키나와 전투 이후에 생긴 미군 기지 앞의 환락가에서 미군들을 상대하는 여성도 등장하고 그 여성을 어머니로 둔 친구를 찾으러 갔다가 미군에게 성폭행을 당할 뻔한 소년도 등장한다(「붉은 야자나무 잎사귀」). 그리고 전투 중에 부상을 당한 사람들을 방공호에 남겨두고 왔다가 자신만이 미군의 포로가 되어 살아남은 것 때문에 죄의식에 시달리고, 동료 여학생들과 함께 수류탄으로 자결한 여학생을 생각하며 그들을 "죽음으로 몰아넣은 놈들을 때려죽이고 싶"어하는 사람도 등장하고(「물방울」), 전쟁 중에 죽은 사람의 해골이 내는 음산하고 서글픈 소리를 듣고 두려워하는 마을 사람들도 등장한다(「바람 소리」). 이처럼 메도루마 슌의 소설은 트라우마에 사로잡힌 인물들을 통해 오키나와의 과거와 현재를 생생하게 보여준다.

그런데 오키나와의 트라우마를 조금씩 다른 형식으로 변주하고 있는 소설들 사이에 그와는 달라도 너무 다른 닭싸움 이야기가 끼어 있다는 것은 놀라운 일이다. 특히 메도루마 슌이라는 작가가 오키나와의 트라우마적인 과거에 붙들려 시종일관 그것에 초점을 맞춰왔다는 사실을 감안하면 더욱 그러하다. 「투계」라는 소설은 낯설고 이질적이다. 이 소설은 함께 수록된 다른 소설들과는 다르게 집단 자결에 대한 얘기도 하지 않고 본토인들에 대한 서운한 감정이나 분노도 드러내지 않는다. 오직, 오키나와에서 드물지 않게 볼 수 있는 닭싸움에만 집중한다. 이것을 어떻게 해석해야 할까. 우리가 쉽게 감지하지 못하는 의미가 스토리의 어딘가에 숨겨져 있기라도 한 걸까. 오키나와처럼 상처가 많은 공간이 아니었다면, 이런 질문은 다양성의 차원에서 받아들이면

될 것이다. 작가가 소재를 선택하는 것은 그의 자유이기 때문이다. 그러나 오키나와처럼 상처가 많고 눈물이 많은 공간에서는 그것이 그렇게 간단한 문제가 아니게 된다. 상처와 눈물의 휘장이 모든 것을 휘감아버리기 때문이다. 그렇게 되면 상처를 얘기하지 않아도 상처를 얘기하고, 눈물을 흘리지 않아도 눈물을 흘리는 역설이 성립된다.

일단, 이 소설이 암시하고 의미하는 것을 파악하기 위해서는 내용이 어떤 것인지부터 살펴볼 필요가 있다. 「투계」는 초등학교 5학년인 다카시가 아버지로부터 다우치(오키나와산 싸움닭) 병아리를 받으면서부터 시작된다. 그의 아버지는 투우, 낚시, 분재, 투계까지 다양한 취미를 갖고 있는데 특히 젊을 때부터 투계를 좋아해 병아리를 직접 부화시키고 키워서 매주 일요일마다 열리는 투계 도박판에 데리고 가 푼돈을 번다. 아버지가 투계를 키우는 모습을 늘 보아온 다카시는 자기한테도 병아리가 한 마리 있었으면 싶었지만, 차마 아버지에게 부탁하지 못한다. 그러던 차에 아버지가 병아리 한 마리를 그에게 준다. 알고 보니 그 병아리는 다른 병아리들처럼 건강하지 못하고 걸음걸이가 부자연스럽다. 그래서 그에게 넘어온 것이다. 그러나 그는 아버지에게 받은 다우치 병아리에게 '아카'라는 이름을 붙이고 정성스럽게 키운다. 보통은 다우치에게 사료를 먹이지만, 그는 학교에서 돌아오면서 잡아 온 애벌레나 메뚜기를 아카에게 먹인다. 그러면서 영계였던 아카는 "어엿한 투계"로 자란다. 그러자 그의 아버지는 거울을 이용해 아카에게 발차기 연습을 시킨다. 닭이 거울 속에 비친 자기 모습을 적으로 착각하고 덤빌 때, 거울을 들어 올려 공격을 유도하면서 훈련을 시킨 것이다. 다카시가 주는 벌레들을 먹고 튼튼하게 자란 아카는 타고난 싸움닭이었다.

그러자 그의 아버지는 아카를 도박판에 데리고 간다. 다카시는 자기도 따라가서 아카가 어떻게 싸우는지 보고 싶다고 아버지에게 조르지만, 어린애는 그런 곳에 가는 게 아니라는 이유로 거절당한다. 그사이 아카는 승승장구한다. 아카는 여러 차례에 걸쳐 도박판에서 다른 투계를 제압하며 유명세를 탄다. 다카시는 더욱 열심히 아카에게 먹이를 주고 보살핀다. 그런데 문제가 생긴다. 조직폭력배 두목인 사토하라가 찾아와 아카를 팔라고 제안한 것이다. 다카시는 그의 제안을 거절하고 이유를 묻는 사토하라에게 이렇게 대답한다. "내 거잖아요."

그런데 그 폭력배는 그리 만만한 사람이 아니다. 1년 전, 다카시의 아버지가 아끼던 분재를 폭력배 일당에게 도둑맞은 일이 있었다. 그의 아버지가 "생명줄을 달고 해안 절벽 중턱까지 내려가서 캐 온" 분재를 팔려고 하지 않자, 그들이 그날 밤에 값나가는 다른 분재들과 함께 훔쳐 간 것이었다. 아니나 다를까, 나흘 뒤에 학교에서 돌아와 보니 아카가 들어 있던 닭장에 다른 닭이 들어 있다. 다카시는 폭력배의 집으로 달려간다. 그곳에 있던 셰퍼드가 그를 덮치려고 한다. 그가 아카를 돌려달라고 말하자, 폭력배는 이렇게 말한다. "어린 다우치 두 마리와 바꿨는데 못 봤구나." 그는 그 닭이 아버지의 닭이 아니라 "내 다우치"라고 말하며 돌려달라고 한다. 그러나 폭력배가 분재의 가지를 잘라 떨어뜨리며 그의 얼굴을 노려보자, 그는 "자기도 모르게" 그 눈길을 피한다. 그리고 자기 자신도 폭력배 앞에서 꼼짝 못하는 "아버지와 똑같다"고 생각한다. 집에 돌아와 폭력배에게 갔다 왔다고 하자, 아버지가 물 호스로 그의 허벅지와 등짝을 후려친다. 그는 아버지의 폭력이 폭력배에 대한 "공포와 스스로 떳떳치 못한 데서 비롯되었다"는 것을 알고 있다.

석 달쯤 지났을 때, 아버지가 마대를 들고 돌아온다. 그 안에는 눈 뜨고는 볼 수 없을 정도로 처참하게 상처 입은 다우치가 들어 있다. 알아볼 수 없을 정도로 만신창이가 된 다우치이지만, 그는 "군데군데 보이는 주황색 깃털"로 그 다우치가 아카라는 것을 알아볼 수 있었다. 그는 아버지와 어머니가 목욕탕에서 하는 말을 엿든고 상황을 파악한다. 폭력배가 "판돈을 올리려고 아카에게 핸디를 신청했다"는 것이다. 즉, 아카가 다른 다우치들을 매번 이기니 상대편 다우치의 다리에 면도날을 달고 싸우게 한 것이다. 도박은 그처럼 불리한 상태에서 "아카가 30분을 견디느냐 못 견디느냐에 걸려 있었다". 그것은 있을 수 없는 일이었다. "일본 본토에서는 그런 방식으로도 한다는 소리를 들은 적이 있지만, 오키나와에서는 다우치를 일회용품처럼 취급하지 않았다." "단순히 돈을 버는 게 목적이 아니라 강한 닭을 제 손으로 키우고 소유하는 게 다우치 사육자의 긍지이기도 했고, 재미 삼아 피를 흘리게 하여 구경거리로 삼는 잔혹한 일을 좋아하지도 않았던 것이다. 하지만 도박판을 장악한 사토하라에게 이의를 제기하는 사람은 없었다." 결국 아카는 15분쯤 지나서 상대편 다우치의 공격을 이겨내지 못하고 쓰러졌다. 그러자 상대편 다우치의 주인이 폭력배의 "심기를 건드리는 게 두려운 나머지" 자신의 다우치를 각목으로 쓰러뜨리면서 싸움을 끝냈다. 그러자 사토하라는 다카시의 아버지에게 "머리가 축 처져다 죽어가는 소리를 내는 아카를 가져가라고 하고" 사라졌다. 이것이 다카시가 파악한 사건의 전모이다.

다카시의 아버지는 아카가 죽은 것으로 생각하고 아들에게 바닷가에 묻어주라고 한다. 다카시는 아카가 들

어 있는 마대를 자전거에 싣고 바닷가로 향한다. 그런
데 그가 모래를 파고 닭을 묻으려는 순간, 마대 속에서
소리가 난다. 아카가 살아 있었던 것이다. 여기에서 그의
심경에 변화가 일어난다. 그는 "안면을 베이고 머리통이
깨져도 숨이 끊어지지 않는 다우치에게도, 그런 다우치
를 묻으라고 시키는 아버지에게도, 아버지의 말을 순순
히 따르고 있는 자신에게도 혐오감과 분노"를 느낀다.

그는 집으로 돌아와 필통에서 "커터를 꺼내 날을 뚝
뚝 부러뜨려" 냉장고에서 꺼낸 돼지고기 통조림에 박아
넣는다. 그리고 처마 밑에 있는 3홉들이 술병에 휘발유
를 넣고 성냥을 챙긴다. 그리고 그것들을 자전거에 싣고
폭력배의 집으로 향한다. 그는 그 집의 담을 넘어 들어
가 셰퍼드한테 칼날이 박힌 돼지고기 통조림을 던진다.
개를 유인해서 죽게 만들 심산이었다. 그리고 폭력배의
다우치들이 들어 있는 닭장 지붕에 휘발유를 뿌리고 남
은 휘발유병을 셰퍼드에게 던진다. 성냥을 그어 던지자
불길이 치솟는다. 그는 숲속으로 달아나 불이 타는 모
습을 바라본다. 구경꾼들이 몰려든다. 어떤 사람이 담장
위로 술병을 던진다. 젊은 사내가 술병을 던진 남자한테
달려든다. 그는 인파 속으로 달려간다. 가까이 가니 아
버지가 남자한테 맞아 얼굴이 피범벅이 되어 있다. 그는
"밤하늘로 날아오른 불꽃이 집집마다 날아가 마을 전체

를 몽땅 태워버렸으면 좋겠다고 생각"한다.

　이 소설은 폭력배에게 투계를 부당하게 빼앗긴 소년이 그 폭력배의 집에 불을 지름으로써 자기 나름의 방식으로 복수를 한다는 이야기다. 폭력배의 부당성을 알면서도 복수에 대한 두려움 때문에 이의를 제기하지 못하는 아버지와 다르게, 소년은 폭력배의 폭력에 폭력으로 맞선다. 소년은 도박판의 판돈을 키워 더 많은 돈을 벌기 위해 다우치의 발에 면도날을 달아 자신의 다우치를 만신창이로 만든 폭력배를 그렇게 응징한 것이다.

　그런데 조금만 생각을 달리하면, 이 소설은 오키나와와 본토의 관계에 대한 알레고리가 된다. 예를 들어, 폭력배를 일본 본토로 보고 소년과 그의 가족을 본토의 폭력에 속수무책으로 당하는 오키나와로 보자. 그렇게 되면, 아버지가 어렵게 구해 온 분재를 도둑질해 가고 소년이 정성을 다해 키워온 다우치를 강탈해 간 폭력배는 자기들에게 필요하면 무엇이든 빼앗고 희생시키며 게임의 규칙마저도 존중하지 않는, 오에 겐자부로의 말을 빌리면 "추잡한 속성"의 일본인일 수 있다. 그리고 폭력배가 무슨 짓을 하든 저항하지 못하는 아버지와 다른 어른들은 본토의 국가 폭력에 맞서지 못하는 무기력한 오키나와인의 모습일 수 있고, 아버지와 달리 폭력배에 분연히 맞서는 소년은 더 이상 폭력을 용인하지 않겠다는 저항적인 오키나와인의 모습일 수 있다. 이런 의미에서 이 소설의 주인공 소년은 작가가 그의 에세이에서 말한 것을 실천에 옮기는 인물처럼 보인다. "일본인의 눈에 오키나와인은 그저 사람 좋게 보일지 모르겠지만, 그리 쉽게 보아서는 안 될 것이다. 지금까지는 야마토의 형편에 맞춰 농락당했을지라도 언제까지나 조용하게 순종할 리가 없다. 자신을 짓밟는 발을 '치우라'고 애원해도 치우지 않는 자에게 어떻게 하면 될까? 결국, 똑같이 공격하는 수밖에 없지 않은가?" 어쩌면 작가는 「투계」에 등장하는 소년을 통해, 본토에 의한 식민과 억압에 대한 오키나와인의 분노를 표현하고 싶었는지도 모른다. 작가는 이렇게 말한다. "오키나와인 스스로가 나서야 한다. 잘려 나갈 것을 두려워하는 도마뱀의 꼬리가 되어서는 안 된다." 물론 「투계」의 결말에서 아버지의 피 묻은 얼굴이 암시하는 것처럼 분노만으로 모든 것이 해결되지도 않을 것이고 어쩌면 그 분노가 더 거대한 억압과 폭력의 빌미가 될 수도 있지만, 그런 식으로라도 목소리를 내고 힘을 보여주는 것이 필요하다는 논리인 셈이다. 소설은 그렇지 않아도 갈등 관계에 있는 오키나와와 본토의 관계가 소년의 행동이 보여주는 것 같은 저항으로 말미암아 더욱 복잡한 관계로 이어질 수 있음을 시사한다.

결국 오키나와와 본토의 관계를 직접적으로 다루고 있지 않은 소설이 오히려, 더 효과적으로 양자의 관계를 다루고 있는 셈이다. 프레더릭 제임슨Frederic Jameson의 말에 따르면, 제3세계적인 공간에서는 "개인적인 이야기와 개인적인 경험을 이야기하는 것이 궁극적으로 집단 자체의 경험을 힘들게 얘기하는 것을 포함하지 않을 수 없으며" 남녀 간의 연애를 다루는 "사적인 텍스트들"마저도 결국에는 "공적인 문화 및 사회의 절박한 상황에 대한 알레고리"가 된다고 한다. 달리 말하면 직접적으로 역사를 언급하고 참조하는 이야기들은 말할 것도 없고 「투계」처럼 정치나 역사와 아무 관련이 없어 보이는 사적인 이야기도 "국가적인 알레고리"가 될 수 있다는 말이다. 이렇듯 작가의 입장에서 알레고리의 의도가 없었다 하더라도, 오키나와와 같은 트라우마적 공간에서 생산되는 텍스트는 오키나와에 관한 알레고리가 될 수 있다. 이것은 오키나와의 슬픈 트라우마가 오키나와에서 행해지는 모든 말과 담론에 영향을 미친다는 말에 다름 아니다.

"일본인은 궁지에 몰리면 또 아무렇지 않게 오키나와를 희생시킬 것이다"라는 오키나와 작가 메도루마 슌의 단언적인 말이 "일본인이란 무엇일까? 그렇지 않은 일본인으로 나를 바꿀 수 있을까?"라는 일본 본토 작가 오에 겐자부로의 회의적인 말과 겹쳐진다. 두 작가의 말이 암시하는 것처럼, 오키나와의 트라우마와 눈물은 아직도 진행형이고 이후로도 두고두고 그러할지 모른다.**

** 앞에서 잠깐 언급한 것처럼, 한국의 제주는 일본의 오키나와를 많이, 정말이지 많이 닮았다. 수난의 역사도 닮고 비극의 근대사도 닮았다. 둘은 하나의 국가 내에서 발생한 억압과 식민주의의 희생자였다. 그래서 오키나와 작가들이 그러한 것처럼, 제주 작가들이 그들의 슬픈 섬을 작품의 소재로 삼아온 것은 우연이 아니다. 예를 들어, 현기영의 소설들을 하나의 묶음으로 보라. 그것은 소설이라기보다는 '바람 타는 섬'에 살아온 제주인들의 가슴속에 아직도 남아 있는 선연한 상처와 트라우마의 기록이다.

우리는 소나 말 같은 소유물이었다

— 오스트레일리아의 "도둑맞은 세대"와 그들의 상처

인간의 역사는 상처의 역사다. 누군가는 언제나 억눌리고 밟히고 상처를 받는다. 우리 몸에 상처가 나면 흉터가 생기듯, 인간이 성취한 화려한 문명의 이면에는 늘 상처의 흔적이 존재한다. 그래서 역사는 상처의 역사이고, 흔적의 역사다. 그렇다면 인간이 아닌 어떤 존재가, 가령 어떤 천사가, 그러한 역사의 현장을 안타까운 눈으로 바라보고 있다고 가정해보자. 천사는 사람들의 상처를 치유해주고 눈물을 닦아주고 싶다. 천사니까 그럴 수도 있지 않을까. 천사는 날개를 접고 "죽은 사람들을 깨어나게 하고 부서진 것들을 온전하게 되돌려놓고 싶다". 그렇게 하려면 날개부터 접어야 한다. 그런데 날개가 접히지 않는다. 폭풍이 불고 있어서다. 폭풍은 천사의 날개를 찢어버리기라도 할 기세다. 그래서 천사는 날개를 접어보지도 못하고 그곳을 떠나야 한다. 천사는 상처와 아픔과 눈물의 현장을 안타까운 눈으로 응시할 뿐, 아무것도 해주지 못한 채 "우리가 진보라고 일컫는" 폭풍에 떠밀린다. 그렇게 역사는 계속된다. 그렇게 상처는 쌓여간다.

발터 베냐민은 파울 클레Paul Klee의 그림 「새로운 천사 Angelus Novus」에 그려진 천사의 형상을 보고, 이런 식으로 상처의 역사를 바라보는 천사를 상상해보려 했다. 다소간에 이채로운 제목과 그림이 그의 상상력에 불을 지핀 것이다. "과거를 향하고 있는" 천사의 얼굴은 안타까움을 넘어 경악에 가까운 표정이다. 역사는 사람들의 눈에는 발전이나 "사건들의 연속"으로 보일지 모르지만, 상처를 응시하는 천사의 눈으로 보면 "하나의 대재앙"이다. 여기에서 역사를 재앙으로 인식하는 천사의 눈과 역사를 야만의 역사로 인식하는 베냐민의 눈이 겹쳐진다. 베냐민에게 문명은 상처요 야만이다.

베냐민이 말하는 것의 핵심을 좀 더 쉽게 이해할 수 있기 위해서는 문명의 성취라고 불릴 만한 것을 그의 눈으로 바라보면 된다. 그러기 위해서는 조금은 억지를 부릴 필요도 있겠다. 가령, 세계적인 미항 중 하나로 꼽히는 시드니항에 위치한 오페라 하우스를 예로 들어보자. 덴마크 건축가 요른 웃손Jørn Utzon이 설계한 조가비 모양의 오페라 하우스는 주변의 바다와 완벽할 정도로 조화를 이루며, 인간이 만든 건축물이 얼마나 장엄하고 아름다울 수 있는지 한껏 보여준다. 그것은 문명의 발전과 무관하지 않은 성취처럼 보인다. 오스트레일리아가 오페라 하우스를 보물처럼 여기며 세계에 자랑하는 것도 무리는 아니다. 그런데 베냐민의 눈으로, 아니 그가 상상한 천사의 눈으로 바라보게 되면, 그것은 더이상 아름다움일 수만은 없게 된다. 그것이 서 있는 땅과 그것을 감싸고 있는 푸른 바다는 2백여 년 전만 해도 백인들의 것이 아니라 애버리지니Aborigine, 즉 원주민들의 것이었다. 영국에서 건너온 정착민들은 시드니를 비롯한 오스트레일리아 전역을 테라 눌리우스terra nullius, 즉 '주인이 없는 땅'으로 생각하고 자기들의 것으로 만들었지만, 그곳은 몇천 년 동안 원주민들의 땅이었다. 1778년에 영국 이주민들이 처음 도착했을 때, 오스트레일리아에는 30만에서 70만 명 사이의 원주민들이 살고 있었다. 영국인들이 도착하면서부터 원주민들은 백인들의 야만적 폭력에 죽고 백인들이 들여온 수두, 천연두, 홍역, 성병에 감염되어 죽었다. 오스트레일리아의 식민 역사를 세세히 다룬 베스트셀러 『파멸의 해안The Fatal Shore』의 저자 로버트 휴즈Robert Hughes에 따르면 원주민들은 "캥거루처럼 사살되고 개처럼 독살되어 죽었다". 그러면서 불청객인 유럽인들이 주인이 되고, 살아남은 원주민들은 노예가 되었다. 이후로 원주민들은 한 뼘의 땅도 소유할 수 없게 되었다. 이런 야만의 역사를 감안하면, 해변의 풍광과 어우러져 아름다움을 뿜내는 오페라 하우스는 아름다움의 차원에만 머물 수 없게 된다. 야만의 역사가 자꾸 눈앞에 아른거리는 탓이다. "문명의 기록 중에서 동시에 야만성의 기록이 아닌 것은 없다"는 베냐민의 말은 이런 것을 두고 한 말이다.

오스트레일리아 작가 샐리 모건Sally Morgan이 1987년에 펴낸 『나의 자리My Place』*는 "문명의 기록 중에서 동시에 야만성의 기록이 아닌 것은 없다"는 말의 의미가 무엇인지를 아주 구체적으로 보여준다. 모건의 자전적인 기록은 해외의 수많은 관광객들이 찾는 오스트레일리아가 원주민들에게는 고통의 땅이라는 것을 증언한다. 그렇다고 그녀의 기록이 백인들의 야만성과 원주민들의 고통을 총체적으로 그려내고 있다는 말은 아니다. 오히려 그녀의 기록은 '나의 자리'라는 제목이 암시하

---

* 이 책의 우리말 번역본이 존재하지만(『니웅가의 노래』, 고정아 옮김, 중앙books, 2009), 이 글에서의 인용은 필자의 번역에 따른 것이다. 번역본은 텍스트의 상당 부분을 번역에서 빠뜨림으로써 원전의 의미를 크게 훼손시키고 있을 뿐 아니라 독자가 텍스트에 온전하게 접근할 수 있는 권리를 박탈하고 있다. 일부가 생략되었다면 굳이 그렇게 한 이유라도 밝혀주는 게 독자에 대한 최소한의 예의였을 것이다.

는 바와 같이, 백인과 원주민의 중간지대에 위치한 자신의 "자리"가 무엇인지 그 의미를 탐색하기 위한 것이다. 그녀는 결코 원주민들을 대변하려 하지도 않고, 또 그럴 수 있는 위치에 있지도 않다. 1778년에 시작된 백인들의 이주로 인해 죽어나간 수십 만 명의 원주민들을 누가 대변할 수 있겠는가. 더욱이 순수 혈통의 원주민도 아닌 그녀가 어찌 원주민들의 상처와 고통을 대변할 수 있겠는가. 그러나 역설적으로 그녀는 원주민도 아니고 백인도 아니며 이쪽에도 속하지 못하고 저쪽에도 속하지 못하는, 그녀의 할머니 말대로 "백인들에게는 너무 검고, 흑인(원주민)들에게는 너무 흰" 혼혈인이라서 오스트레일리아의 상처와 고통을 더욱 실감 있게 드러낼 수 있는 것인지도 모른다. 백인의 피와 원주민의 피가 교차하는 그녀의 몸 자체가 오스트레일리아의 역사이기 때문이다.

실제로 그녀의 몸은 오스트레일리아의 역사가 새겨진 몸이다. 비록 그녀가 백인 식민주의자들한테 직접적으로 폭력을 당한 세대는 아니지만, 그녀의 할머니 데이지와 그녀의 어머니 글래디스가 "도둑맞은 세대Stolen generations" 혹은 "도둑맞은 아이들Stolen children" 즉 백인 정부에 의해 강제적으로 부모로부터 떨어뜨려져 파란

만장한 삶을 살아야 했던 원주민들이었으니, 그들의 몸을 물려받은 그녀의 몸에 그들이 살아낸 삶의 역사가 새겨져 있는 것은 당연한 일이다. 그녀가 어머니와 할머니의 몸에 새겨진 트라우마가 밖으로 나올 수 있도록, 즉 그들이 그 서러운 이야기를 말로 할 수 있도록, 오랜 세월에 걸쳐 그토록 애를 쓴 것은 그들의 애처로운 삶이 자신의 것이어서 그것을 이해하지 못하고서는 "나의 자리"를 찾을 수 없다는 생각 때문이었다. 그래서 『나의 자리』는 샐리 모건이 할머니와 어머니의 몸과 마음에 새겨진 상처를 때로는 들쑤시고 때로는 다독이면서 자신의 '자리'를 찾아가는 눈물겨운 여정의 기록이다. 이 기록의 한복판에 "도둑맞은 세대"의 상처와 고통이 자리하고 있음은 물론이다.

『옥스퍼드 영어사전』에 따르면, "도둑맞은 세대"란 오스트레일리아에서만 사용되는 용어로 "1900년대와 1960년대 사이에 가족들로부터 강제로 떼내어져 백인 가정이나 시설에서 양육된 원주민 아이들"을 가리킨다. 1981년에 오스트레일리아 국립대학의 피터 리드Peter Read 교수가 처음 사용하기 시작한 이 용어가 『옥스퍼드 영어사전』에 수록된 것은 2001년이었다. 그런데 아쉽게도 사전은 아이들을 '강제로 떼어낸' 주체가 누구인지 밝히지 않음으로써, 어휘의 사전적 정의에서마저도 가해의 역사를 은연중에 회피하는 백인 중심적인 이데올로기가 숨겨져 있는 건 아닌지 의심하게 만든다. 식민의 역사에서 주어를 분명히 하고 누가 언제 어디에서 무엇을 어떻게 왜 했는지를 밝히는 것만큼 중요한 것은 없을 터이다. 그래서 우리는 그 '주어'를 찾기 위해서는 역사 속으로 들어가야 한다.

1900년대 초반부터 1960년대까지, 지역에 따라서는 1970년대까지, 오스트레일리아 백인 정부가 원주민들에게서 강제로 떼어낸 아이들을 가리켜 "도둑맞은 세대" 혹은 "도둑맞은 아이들"이라고 한다. 그런데 "도둑맞은"이라는 형용사는 그리 적절한 말은 아닌 듯하다. 백인들의 인종 정책이 그냥 도둑질이 아니라 사냥이자 포획이었으며 유린이자 유괴였기 때문이다. 정부가 승인하고 집행한 악랄한 정책이 집행되는 과정을 묘사한 영화 『토끼 울타리Rabbit-Proof Fence』(2002)를 보면, 백인들이 어떻게 아이들을 '사냥'했는지 잘 나타나 있다. 그들은 차를 타고 다니며 아이들을 '사냥'했다. 그것은 은유적으로도, 실제로도 사냥이었고 포획이었다. 백인들은 원주민 아이들을 '사냥'했고, 그 사냥을 통해 '포획'한 아이들을 데려다가 '사육'했다. 그래서 그런 아이들을 "도둑맞은 세대"나 "도둑맞은 아이들"이라고 칭하는 것은 그들이, 아이들만이 아니라 그들의 가족들이, 감당

해야 했던 고통과 상처와 트라우마를 지나치게 과소평
가하는 것이다.

그리고 『옥스퍼드 영어사전』은 백인 가정이나 국가
시설에서 '사육된' 대상을 '원주민 아이들'이라고 표현하
고 있지만, 아이들 중 대부분은 원주민이 아니라 원주민
과 백인 사이에서 태어난 혼혈아들이었다. 더 정확히 말
하면, 백인 남성의 성적 유린으로 인해 원주민 여성에게
서 태어난 혼혈아들이었다. 그렇다면 백인들은 왜, 혼혈
아들을 부모로부터 떼어내 국가 시설이나 종교 시설에서
'사육'시키거나 백인 가정에 입양시키려고 했던 것일까.

백인 정부는 혼혈아들을 더 좋은 환경으로 데려가서
잘 먹이고 제대로 된 교육을 받게 한다는 명분을 내세
웠지만, 진짜 이유는 혼혈아들을 백인 사회에 동화시킴
으로써 속된 표현으로, 원주민들의 '씨를 말려' 오스트
레일리아를 백인들만의 나라로 만들기 위해서였다. 백
인들은 순혈 원주민들의 수가 줄어드는 반면, 혼혈아들
의 수는 증가하고 있다는 사실에 주목하기 시작했다. 그
리고 그것은 혼혈아의 숫자가 많아져 궁극적으로 백인
사회를 위협하는 요인으로 대두될 미래에 대한 두려움
으로 이어졌고, 그것은 다시 그들을 어떻게 통제할 것인
지에 대한 정책적 논의로 이어졌다. 백인들은 혼혈아 문
제를 그대로 방치하게 되면, 미국이 흑인들과 관련하여

겪는 것과 흡사한 심각한 인종 문제를 겪게 될 것이라고 생각했다. 그래서 나온 것이 분리 정책이었다. 퀸즐랜드Queensland 주의 내무성 차관이었던 윌리엄 골William Gall 같은 사람은 혼혈인들에게 불임 수술을 시키자고 제안하기까지 했다. 그것이 정책으로 채택되어 집행된 것은 아니었지만, 그러한 인종차별적인 발상을 했다는 것 자체가 문제였다. 여러 가지 이유로 불임 수술을 실행할 수 없게 되자, 그들이 차선으로 채택한 것은 혼혈 아들을 강제로 원주민 부모에게서 떼어내 그들에게서 '원주민성'을 제거하고 백인 사회에 동화시키는 정책이었다. 노던 테리터리Northern Territory의 보건 책임자이자 원주민 주무관이었던 세실 쿡Cecil Cook은 혼혈인과 백인의 결혼을 통해 원주민의 흔적을 없애자고 제안했다. 그는 "노던 테리터리에 백인 남성과 짝을 지을mate 백인 여성이 부족하고 혼혈인들만 많은 것은 오스트레일리아의 인종적 순수성에 엄청난 위협"이라며, 그에 대한 해결책으로 혼혈인 아이들을 어렸을 때 부모에게서 떼어냈다가 적절한 연령이 되면 남자아이들은 목장 일을 비롯한 노동에 활용하고, 여자아이들은 백인 남성들의 짝이 되어 자식을 낳게 하자고 제안했다. 그는 혼혈인 여자들이 백인 남자들과 결혼하게 되면, 원주민의 피가 희석되어 점차 백인을 닮아갈 것이라고 생각했다. 이런 의미에서 그는 "breeding out the color"라는 표현을 사용했다. 그 말은 문자 그대로, 흑백의 "교배breeding"를 통해서 "색깔을 빼낸다out the color"는 의미로 백인들이 당시에 혼혈인들의 인구 증가에 대해 얼마나 강박관념을 갖고 있었는지를 말해준다. 그런데 그들이 말하는 '색깔'이란 일차적으로 원주민 피부의 색깔을 지칭하지만 더 본질적으로는 원주민 문화의 색깔을 지칭하는 것이었다. 결국 오스트레일리아의 백인들이 혼혈아들을 부모에게서 빼앗아 '사육'함으로써 성취하고자 했던 것은 그들에게서 원주민적인 속성을 근원적으로 제거하는 것이었다. 그들의 눈에 순수 혈통의 원주민들은 이미 멸종되어가고 있었다. 1788년에 30만에서 70만명 사이였던 순혈 원주민들의 수는 20세기 초반부에 이르면 5만명 정도로 줄었다. 원주민들이 멸종되는 것은 시간문제 같았다. 그래서 백인 정부는 원주민 여자들과 백인 남자들 사이에 태어난 혼혈인들만 적절히 통제하면, 원주민들과 그들의 문화는 오스트레일리아에서 자취를 감출 것이라고 생각했다.[**]

히틀러가 유대인들에게 저지른 제노사이드와 유형

[**] 2016년 현재, 오스트레일리아의 원주민 인구는 50만 명 정도로 파악되고 있다. 이는 전체 인구 2400만의 약 2퍼센트에 해당하는데, 여기에서 주목할 것은 그 숫자가 혼혈인들을 포함한 것이라는 사실이다.

은 다르지만, 인종의 씨를 말리려고 했다는 점에서 보면 오스트레일리아의 원주민 정책은 분명히 제노사이드였다. 1997년에 오스트레일리아 연방정부가 펴낸 보고서 「그들을 집으로 데려오기Bringing Them Home」는 "오스트레일리아의 연방정부와 주정부가 제노사이드의 범죄에 책임이 있다"고 구체적으로 명시했다. 보고서에 따르면 "도둑맞은 아이들"은 10만 명에 달했다. 그런데 이와 달리 그 수를 2만에서 2만 5천 명 사이로 보는 시각도 있고, 그 이하로 보는 시각도 있다. 이렇게 부정확한 통계는 오스트레일리아 사회가 얼마나 인종차별적이었는지를 말해준다. 순혈이든 혼혈이든, 원주민들은 인구조사에 포함되지도 않았다. 그들이 인구조사에 포함된 것은 1967년, 국민투표 이후의 일이다. 자기들의 땅에 대대손손 살아온 원주민들을 인구조사에마저 포함시키지 않다가 20세기 중반이 훌쩍 넘어서야 그와 관련된 국민투표를 실시했다는 사실이 모순적이다 못해 엽기적이기까지 하지만, 여하튼 그 투표의 결과, 원주민들은 비로소 인구조사에 포함되었다.

오스트레일리아 백인 정부와 관리들에게 원주민과 혼혈인들은 개인이 아니라 야만적인 무리였다. 백인들에게 그들은 어머니의 품에서 강제로 떼내지면 그 트라우마를 안고 평생을 살아가야 하는 개개인이 아니라, 백인들만 사는 이상적인 미래를 실현하기 위해서 사육되어야 하고 궁극적으로 제거되어야 할 무리였다. 그러니 그들의 수가 얼마나 되는지 셀 필요도 없었다. 『오리엔탈리즘』의 저자인 에드워드 사이드Edward Said에 따르면, 바로 이것이 전형적인 오리엔탈리스트들의 행태요 사고방식이었다. 오리엔탈리스트들은 자기들이 침략하고 지배하는 사람들을 개인이 아니라 하나의 '유형'으로, 부정적인 것들이 집약되어 있는 하나의 무리로 보았다. 그러니 지배당하는 사람들은 있어도 없는 것이나 마찬가지인 존재들이었다. 그들은 감정이 없는 무리였다. 깊이 알 필요도, 깊이 들여다볼 필요도 없는 무리였다. 이처럼 오리엔탈리즘의 밑바닥에는 타자에 대한 집단적 비인간화가 있었다.

『나의 자리』는 삼대에 걸친 가족의 이야기를 통해 원주민들이 백인들과 마찬가지로, 아니 폭력적인 그들보다 오히려 더, 인간적인 존재라는 것을 증언한다. 달리 말하면, 『나의 자리』는 백인들에 의해 비인간의 자리로 추방된 원주민들을 인간의 자리로 돌려놓는다. 따라서 샐리 모건이 집단보다는 개인과 가족의 이야기에 초점을 맞추면서 원주민 공동체의 문제를 소홀히 한다는 비판은 백인들이 원주민들을 개인이 아니라 야만적인 집단으로 본 것과 유사한 논리를 차용해 작가를 비판하는 오류이다. 중요한 것은 원주민들을 집단이 아니라 피와 살을 가진 개인의 차원으로 돌려놓는 일이다. 그래야 백인들이 쳐놓은 인식의 폭력적 그물로부터 그들을 빼낼 수 있게 된다. 개인의 이야기가 집단의 경험을 대변하는 알레고리 차원의 의미를 띠는지의 여부는 부차적인 문제일 따름이다. 바로 이것이 모건의 텍스트에 나오는 인물들의 개별적인 증언이 중요한 이유이다. 그들은 그 증언을 통해서 개인이 되기 때문이다.

샐리 모건의 할머니 데이지는 어머니와 떨어지는 것이 너무 힘들었음에도 불구하고, 교육을 시켜준다는 말을 믿고 백인들을 따라갔다. 데이지도 "학교에 가는 것이 좋다고 생각했고" 그녀의 어머니도 딸이 "백인들처럼 읽고 쓰는 것을 배워 나중에 돌아와서 자기를 가르쳐주기를 바랐다". 그녀의 나이 열네 살 혹은 열다섯 살 무렵이었다. 그러나 그들의 약속은 거짓이었다. 그녀는 학교의 문턱에도 가보지 못하고 백인 집안의 종노릇만 해야 했다. 자신과 비슷한 또래의 주인집 아이들이 학교에 가는 동안, 그녀는 빨래를 하고 청소를 하고 나중에는 요리까지 도맡아 했다. 여기까지는 다른 혼혈인 아이들의 상황도 엇비슷했기 때문에 자신의 운명이려니 하고 받아들였을지도 모른다. 문제는 주인집 백인 남자 하우든 드레이크 브로크만이 그녀의 아버지였다는 것이다. 백인 남자가 그녀를 딸이라고 인정한 적이 없고, 그녀도 그에게 아버지라고 한 적이 없으니, 그들이 부녀 관계라고 말하는 것은 적절하지 않을지 모르지만, 그래도 두 사람의 피가 섞인 것은 분명하다. 아버지, 아니 주인집 남자는 그녀를 학교에 보내지 않고 종으로 부렸다. 그에게 그녀가 딸이 아니라 "소나 말 같은 소유물"이었으니 그럴 만도 했다. 그녀가 마지막까지 밝히지 않고 무덤까지 가져가는 비밀은 인간과 가축의 관계를 닮은 두 사람의 관계와 밀접한 관련이 있다. 그 비밀 중 하나는 그녀가 낳은 두 딸 중 하나와 관련된 것이고 다른 하나는 글래디스의 아버지와 관련된 것인데, 양쪽 다 주인집 백인 남자 즉 드레이크 브로크만과 관련이 있는 것으로 추정된다. 그녀가 직접 확인해주지 않아서 단정적으로 말할 수는 없지만, 끝까지 익명으로 남아 있는 그녀의 딸과 다른 딸(글래디스)의 아버지는 드레이크 브로크만일 가능성이 농후하다. 이것은 그녀가 샐리에게 다른 딸에 관한 얘기를 하면서 "아버지가 누구인지는 모두가 알고 있었지만 다들 모르는 척했지. 아, 그들은 알고 있었어. 알고 있었어. 그때는 그런 것들에 대해서는 얘기하지 않았어. 진실을 숨겼던 거지"라고 하는 말에서 추측할 수 있는데, 만약 이것이 사실이라면(『나의

218

자리』에 대한 거의 모든 평자들은 이것을 기정사실로 받아들인다), 주인집 백인 남자는 데이지의 아버지이면서 데이지가 낳은 딸(들)의 아버지가 되는 셈이다.

정상적인 상황이었다면 아버지가 딸과의 사이에서 또 다른 딸을 낳는 엽기적인 일은 없었을 것이다. 그것은 신화에나 나올 법한, 아니 신화에도 나올 수 없는 이야기이다. 희랍신화에 나오는 오이디푸스도 자신을 낳아준 어머니와의 사이에 두 아들과 두 딸을 낳았지만, 그의 근친상간은 의도적인 것이 아니라 아무것도 모르는 상태에서 저질러진 일이었다. 그것은 그의 선택이 아니라 그에게 강요된 일종의 운명이었다. 그러나 그는 자신의 잘못이 전혀 없음에도 불구하고, 인간으로서 지켜야 할 도리를 지키지 못했다는 자책감에 자신의 눈을 찔러 스스로 맹인이 되었고 그의 어머니이자 아내도 자살로 삶을 마감했다. 그런데 데이지의 아버지 드레이크 브로크만은 그녀가 딸이라는 것을 알면서도 딸을 범했다. 그리고 그 딸이 아이를 낳자 "여기로 데려와봐라. 한번 안아보자"라는 말까지 했다. 이것을 가리켜 어떤 평자는 샐리 모건이 백인을 인간적으로 그렸다고 하는데, 그런 시각으로 보는 것은 텍스트를 오독해도 보통 오독한 것이 아니다. 자신의 딸을 성적으로 유린하고 그 사이에서 태어난 아이를 안아보자고 한 것이 어찌 인간적인 모습일 수 있겠는가.

그런데 드레이크 브로크만의 행위는 개인적인 일탈이 아니라 식민지의 일상이었다. 백인 남자들은 원주민 여자에게 무슨 짓이든 할 수 있었다. 심지어 영국에서 끌려온 백인 죄수들도 원주민 여자들을 자기네 마음대로 할 수 있었다. 백인 죄수는 모두 남자들이었다. 백인 정부는 그들이 원주민 여자를 취하는 것을 묵인했다. 원주민 여자는 사람이 아니라 백인 남자의 몸을 위해 필요한 푹신푹신한 "블랙 벨벳black velvet"이었다. 드레이크 브로크만이 원주민 남자의 두 아내를 취해 데이지와 아서와 앨버트를 낳은 것도 원주민 여자를 "블랙 벨벳" 정도로밖에 생각하지 않는 식민 사회의 분위기와 무관하지 않았다. 원주민 남자는 있으나 마나 한 존재였다. 원주민 남자는 원주민들 사이에서 아무리 지혜롭고 지위가 높아도 백인 앞에서는 무력한 존재였다. 아서와 데이지의 "원주민 아버지"는 "불랴" 혹은 "마반"이라고 불리던, 아는 것도 많고 지혜롭고 싸움도 잘하는 "강력한 지도자 중 하나"였지만, 백인 앞에서는 전사도, 지도자도, 남자도 아니었다. 농장주인 드레이크 브로크만이 자신의 두 아내를 범해도 무력하게 보고 있을 수밖에 없었다. 그 결과 원주민의 피가 섞인 아이의 피부색은 검고 백인의 피가 섞인 아이의 피부색은 밝았다. 데이지의 피부가 희고 머리가 금발인 것은 그래서였다. 남자가 자식들의 피부 색깔이 제각각인 상황임에도 그것에 저항하지 못하고 살았다는 것은 남성성을 거세당했다는 말에 다름 아니다. 원주민 남자는 남자도 아니었던 것이다. "강력한" 원주민 남자가 그 지경인데, 힘없는 원주민 여자는 더 말할 것도 없었다. 아버지인 사람이 자기를 취해도 원주민 여자는 당해야 했다. 원주민 여자는 데이지의 말대로 아무렇게나 해도 좋은 "들판의 짐승"이었다. 근친상간은 '제대로 된' 인간 사회에서나 적용되는 금기였지 "들판의 짐승"에게 해당되는 것은 아니었다.

손녀인 샐리 모건이 몇 년에 걸쳐 집요하게 물고 늘어져도, 데이지가 과거에 대해 얘기하지 않으려고 했던 것은 그러한 트라우마적 사건을 겪었기 때문이었다. 그녀가 샐리의 설득에 넘어가 말문을 열었을 때, 말하는 것보다 말하지 않은 것이 더 많았던 것도 "들판의 짐승"으로 취급받은 트라우마 때문이었다. 그래서 444쪽에 이르는 이 책에서 데이지의 증언이 29쪽밖에 안 되는 것은 할 말이 없어서가 아니라 말로 하기에는 가슴에 맺힌 것이 너무 많아서, 아니 말로 할 수 없는 것들이 너무 많아서였다. 그래서 『나의 자리』의 진수는 444쪽에 이르는 기나긴 스토리와 증언이 아니라, 말로 표현되지 못하고 말로 다 표현할 수 없는 데이지의 트라우마적 경험과 그것이 대변하는 고통에 있다. 결국 말의 부재나 결핍이 더 웅변적으로 상처와 고통과 슬픔을 대변하는 셈이다. 이것이 모건의 스토리에서 그녀의 할머니의 침묵을 중요하게 생각해야 하는 이유다. 그녀는 말보다는 침묵으로 트라우마를 증언한다. 그래서 그녀가 진실을 얘기하라는 손녀의 다그침에 "이 세상에는 말로 얘기할 수 없는 것들도 있는 거야"라고 말하면서 가슴을 치며 흘리는 눈물은 언어로 전환될 수 없는 트라우마의 눈물이다.

그래도 아버지가 누구이든, 자신의 배에서 나온 두 자식은 소중한 존재였고 또 당연히 그래야 했다. 아이들에게 무슨 잘못이 있는가. 어찌 됐든 생명은 소중한 것이었다. 데이지는 첫 번째 딸에 대해서는 그 딸이 어렸을 때 끌려갔다는 사실 외에는 거의 아무 말도 하지 않지만(그래서 독자로서는 엄청나게 비극적인 일이 있었을 것으로 추정만 할 뿐이다), 둘째 딸 글래디스에 대해서는 비교적 자세하게 얘기한다. 그녀가 글래디스와 헤어진 것은 아이의 나이 세 살 때였다. 드레이크 브로크만이 죽고 얼마 지나지 않았을 때였다. 그의 둘째 부인이었던 앨리스가 글래디스를 '그들'에게 데려다준 것이었다. 데이지는 세 살밖에 되지 않은 딸과 생이별을 할 때의 심정이 어떠했는지를 자신의 손녀에게 이렇게 전한다. "앨리스가 그 아이를 데려갔을 때, 나는 울고 또 울었다. 글래디스는 너무 어려서 아무것도 몰랐어. 그 아이는 돌아올 거라고 생각했던 거야. 그 아이는 소풍을 간다고 생각했어. 나는 강 옆에 있는 대나무 숲으로 달려가 몸을 숨기고 울고 또 울고 또 울었다. 어떻게 어미가 그런 식으로 자식을 잃을 수가 있겠어? 그 여자(주인집 여자 앨리스)가 어찌 나한테 그런 짓을 할 수 있었을까? 나는 그때 나의 가엾은 늙은 어머니를 떠올렸다. 그들은 내 어머니에게서 아서(데이지의 오빠)를 빼앗고, 다음에는 나를 빼앗았다. 어머니의 가슴은 무너져 내렸을 거다." 어머니도 그랬고 그 어머니의 딸도 그렇게 자식들과 생이별을 해야 했다. 이것이 백인과의 사이에서 자식을 낳은 원주민 여자의 운명이었다.

백인들은 그런 식으로 원주민들에게서 혼혈아들을 강탈해 갔다. 원주민 여자는 자기 자식이어도 "백인의 피가 섞인 아이들을 데리고 있을 자격이 없었다". 그들이 "데리고 있을 수 있었던 것은 흑인 아이들뿐이었다". 아무것도 알지 못하는 글래디스가 끌려가는 모습을 대나무 숲에 숨어서 바라보며 억장이 무너지는 울음을 울어야 했던 데이지의 모습은 오스트레일리아 전역에서 자식을 빼앗기면서 피눈물을 흘렸을 수많은 어머니들의 모습과 크게 다르지 않았을 것이다.

글래디스는 드레이크 브로크만이 죽고 난 후 아이를 빼앗기고도 주인집에 남아 그가 남기고 간 백인 부인과 백인 자녀들의 시중을 들며 살았다. 그러한 삶을 강요당하고 살았으니, 그녀가 백인이 되고 싶어 한 것은 당연하다. 그녀는 짐승의 자리에서 인간의 자리로 올라서고 싶었다. 그래서 밤에 잠자리에 들면서 하느님에게 자신을 "백인으로 만들어달라"고 기도했다. 백인이 되고 싶어 한 것은 그녀만이 아니었다. 모두가 그랬다. "백인의 피가 조금 섞인 원주민 소녀들은 흑인(원주민) 남자를 거들떠보지도 않으려 했다." 원주민 소녀들이 백인 앞에서는 오금을 펴지 못하는 원주민 남자들에게 끌릴 리가 없었다. 그들도 어느새 백인의 사고방식을 닮아가고 있었다. 그들은 "백인 남자가 자신을 원하면 일종의 특권"이라고 생각했다. 그래서 백인 남자들은 이러한 원주민 여성들에게 거부의 대상이 아니라 오히려 환영의 대상이었다. 그쯤 되면 백인의 우월성은 원주민들에게는 신화가 아니라 현실이었다. 그것은 백인의 정복이 좀 더 완전해졌다는 의미였다. 결국 그들이 정복하고자 했던 것은 땅만이 아니라 마음이자 문화이기도 했으니, 백인이 우월하다는 사실을 받아들이고 백인이 되기를 원하는 원주민 여성들의 현실은 그 정복이 완전한 것이 되었다는 증거였다. 적어도 당시에는 그랬다.

글래디스의 삶도 어머니의 삶과 크게 다를 바 없었다. 그녀는 자신이 세 살 때, 어머니의 품을 어떻게 떠났는지조차 기억하지 못했다. 너무 어려서 그랬을 수도 있고, 너무 충격적이어서 그랬을 수도 있다. 여하튼 어머니의 곁을 그렇게 떠난 글래디스는 종교단체가 운영하는 일종의 고아원에 수용되어 이후 10년을 살았다. 그나마 다행스러웠던 것은 데이지가 딸이 어디에 있는지 알고 있어서 이따금씩이라도 찾아갔다는 사실이다. 물론 자주 간 것은 아니었다. 거리가 먼 데다 돈도 없었고 주인집에서 시키는 일이 많아 시간도 없었다. 더군다나 원주민은 여행을 위해서는 통행증을 발급받아야 했고, 어두워지고 나면 통행금지령 때문에 움직일 수도 없었다. 어린 글래디스에게 그것은 고통스러운 일이었다. 그녀는 가족이 그리웠다. 그녀를 비롯한 아이들이 화목한 가족이 나오는 영화를 고아원에서 틀어주면 특히나 좋아했던 것은 가족에 대한 사무친 그리움 때문이었다. 그러나 그들은 어머니가 아니라 "원주민 복지부에 속한" 존재들이었다. 그녀는 서러움을 눈물로 달랬다. 그러나 우는 것이 허용되지 않아서 숲으로 들어가 울었다. 그녀에게는 울고 싶을 때마다 찾아가는 특별한 나무a crying tree가 있었다. 박하나무였다. 그 나무 밑에 "몇 시간이고 앉아서 바위 위로 흘러가는 개울물 소리와 새들의 소리를 들었다. 그러고 나면 마음의 평화가 찾아오고 더 이상 슬프지 않게 되었다". 그것이 원주민, 아니 혼혈아의 서러움이었다. 그래서 글래디스는 그녀의 어머니가 그랬듯, 자신의 몸에 원주민의 피가 흐르고 있다는 것을 수치스럽게 생각했다. 그녀는 백인이 되고 싶었다. "어렸을 때는 부유한 백인 가정에서 자신을 입양해주기를 바랐다." 그래서 그녀가 성인이 되어 원주민 남자가 아니라 백인 남자와 결혼한 것은 당연한 귀결이었다. 비록 그 결혼이 행복과는 거리가 멀어도 너무 먼 것이라 할지라도 태어날 때부터 백인이 우월하다는 생각을 주입받아온 그녀로서는 백인 남자와의 결혼은 불가피한 선택이었다. 그나마 다행인 것은 그 결혼에서 태어난 다섯 자녀 모두가 원주민의 피가 섞인 것을 부끄러워하지 않았고, 각자의 전문 분야에서 능력을 발휘하는 사람들이 되었다는 것 정도이다. 그 다섯 중 하나가 가족의 한스러운 삶과 트라우마를 묘사한 『나의 자리』의 저자 샐리 모건이다.

보는 시각에 따라서는 『나의 자리』가 원주민의 상처를 제대로 대변하기에는 불충분하게 느껴질 수 있다. 순혈 원주민들의 입장에서는 더더욱 그러할지 모른다. 그들의 입장에서 보면 백인의 피가 섞였을 뿐만 아니라 백인 사회에 성공적으로 안착한 것처럼 보이는, 그러니까 백인 정부가 추진했던 정책대로 백인 사회에 동화된 것처럼 보이는 혼혈인이 원주민의 정체성을 주장하는 것 자체가 못마땅할지도 모른다. 원주민 비평가들이 모건의 저서에 그리 호의적이지 않은 것은 이러한 이유에서이다. 원주민 비평가들 중에는 모건이 백인 독자들 사이에서 열광적인 환영을 받은 것을 백인 사회에 영합한 결과로 보는 이도 있고, 유럽의 유산인 성장소설 내지 교양소설이라는 형태를 차용해 스토리를 전개함으로써 원주민들의 문제를 제대로 담아내지 못했다고 비난하는 이도 있고, 작가가 백인들처럼 기독교인이라는 것을 문제 삼는 이도 있다. 원주민 학자인 마르시아 랭턴Marcia Langton은 한술 더 떠서 모건이 자신의 뿌리를 혈연적인 문제로 국한시키고 환원시킴으로써 원주민성이라는 것이 "사회적 실천social practice"의 문제라는 것을 간과하고 있다고 비판한다. 그들의 말에 어느 정도 일리가 있겠지만, 한 작가한테 너무 많은 것을 기대하는 것은 그리 온당한 일이 아닌 것처럼 보인다. 원주민들의 상처는 너무나 깊고 다양한 것이어서 어느 한 사람이 그것을 총체적으로 대변하는 것은 불가능한 일이다. 상처를 재현하는 일이 누구의 전유물일 수도 없고, 누구의 전유물이어서도 안 되는 이유가 여기에 있다.

게다가 모건의 의도는 "잃어버린 세대"에 속하는 사람들을 어머니와 할머니로 둔 자신의 "자리"나 뿌리를 찾기 위한 것이지 원주민의 상처를 총체적으로 대변하고 재현하는 데 있지 않았다. 총체성은 그리 쉽게 구현되는 것이 아니라 개개인이 드러내는 것을 종합하고 통합해야 겨우 근접할 수 있는 것일지 모른다. 바로 이것이 우리가 모든 사람의 상처를 대변하지 못했다고 모건을 탓하기보다 그녀의 글이 드러내는 개인적인 상처를 이해하려고 노력해야 하는 이유이다. 진실은 집단의 진실이기 전에 개인적인 진실이다. 그래서 모건을 비난하는 것은 원주민의 피와 백인의 피가 동시에 흐르는 그녀의 실존과 상처를 외면하는 것이 된다. 그녀의 몸은 피해자의 몸과 가해자의 몸이 교차하는 고통스러운 몸이다. 그녀는 그 몸이 느끼는 고통을 가족사를 통해 말하고자 했을 따름이다. 그 이상도 그 이하도 아니다. 그녀는 자신이 발을 딛고 있는 땅이 상처와 고통과 울음의 땅이라는 것을 많은 사람들에게 환기시킨 것만으로도 자신의 소임을 다한 셈이다.

인간에게는 경멸해야 할 것보다는
찬양해야 할 것이 더 많다
—알베르 카뮈의 소설과 트라우마의 정치학

인간은 때때로 자신의 의지와는 상관없이 갑자기 어떤 상황 속으로 끌려 들어간다. 실존주의 철학에서 즐겨 사용하는 표현을 빌리자면, "내던져진다geworfen". 세계를 휩쓸고 있는 '지카 바이러스' 공포도 그렇고, 2015년에 한국 사회를 휩쓸었던 중동호흡기증후군인 메르스 공포도 우리가 그것 속으로 끌려 들어간 실존적 상황에 해당된다. 세계보건기구가 2016년 2월 1일, '지카 바이러스'의 심각성을 감안하여 국제공중보건 비상사태를 선포했지만, 적어도 아직까지는 그것이 브라질을 비롯한 중남미에서 번지고 있는 '강 건너 불'이어서 우리에게는 다소 추상적으로 다가오는 게 현실이다. 그런데 메르스는 우리에게 추상이 아니라 절박한 현실이었다. 이웃나라 일본도 괜찮았고 중국도 괜찮았는데 우리에게만은 현실이었다. 조금 과장하면 온 나라가 공포에 떨었다. 거리는 마스크를 쓴 사람들로 가득했다. 심지어 다른 병으로 입원하고 있던 환자들마저 바이러스 감염에 대한 두려움 때문에 병원을 빠져나가 병실이 텅 빌 정도였다. 30여 명의 목숨을 빼앗고 나서야 메르스는 난동을 멈췄다. 바이러스가 그 정도에서 멈춘 것이 얼마나 다행이었는지 모른다. 그런데 그 공포의 여운이 채 가시지도 않았는데, '지카 바이러스' 공포가 우리를 덮치고 있다. 우리는 다시 한 번 바이러스 공포 속으로 '내던져져' 있다. 바이러스 공포가 어제오늘의 일이 아니건만, 우리는 또다시 숨을 죽이고 있다.

당연한 얘기지만, 인간과 바이러스의 관계에서 공격하는 쪽은 바이러스이고 빙어하는 쪽은 인간이다. J. M. 쿳시는 인간과 바이러스의 관계를 "한쪽이 돌파구를 바라고 공격을 하면서 압박하고 다른 쪽은 방어를 하며 역습을 펼칠 약점을 찾는 체스"(『어느 운 나쁜 해의 일기Diary of a Bad Year』, 왕은철 옮김, 민음사, 2009) 게임에 비유하면서, "언제나 바이러스가 백을 쥐고 우리 인간은 흑을 쥔다는 사실"에 주목한다. 체스에서 백을 쥔다는 말은 선제공격을 하는 유리한 위치에 있다는 말이고, 흑을 쥔다는 말은 백의 움직임에 따라 방어를 해야 하는 불리한 위치에 있다는 말이다. 바이러스가 언제나 백을 쥐고 인간은 흑을 쥐는 이상한 형태의 체스 게임은 그래서 처음부터 불공정한 게임이다. 그래도 불공정한 상태가 이 정도에서 멈출 수 있다면 다행이겠지만, 규칙을 존중하는 일상적인 체스 게임과는 달리 인간이 "바이러스에 대항하여 벌이는 게임"에서는 규칙에 대한 "원칙적인 합의가 없다". 여기에서 말하는 체스 규칙 중 하나를 들자면, "한 번에 하나씩만 움직이게 돼 있는 규칙"이다. 체스를 둘 때, 두 당사자는 자신의 말을 한 번에 하나씩만 움직여야지 둘이나 셋을 한꺼번에 움직이면 절대로 안 된다. 그것은 결코 위배되어서는 안 되는 신성한 규칙이다. 그런데 인간과 바이러스의 게임에서는, 바이러스가 언젠가 "자기가 원하는 것에 맞게 규칙들을 바꾸기 시작하는 경우도 상상하지 못할 바는 아니다". 지금까지의 바이러스가 "숙주宿主의 저항을 압도할 수 있는 하나의 변종을 개발"하면서 자신의 세력을 확장시키는 방식을 택했다면, 이후의 바이러스는 "서로 다른 변종들을 동시에 개발하는 데 성공할 수 있을지도 모른다". 이것은 "체스판 전체에 걸쳐 다수의 말을 동시에 움직이는 것과 흡사"하다. 이렇게 되면, 인간은 치료제나 백신을 개발하기도 전에 바이러스에 속수무책으로 당할 수밖에 없다.

바이러스가 확산될 때, 보건 당국이 변종의 발생 여부에 촉각을 곤두세우는 것은 바이러스에 대한 대비책이 마련되기도 전에 변종이 생겨 사람들에게 무차별적으로 확산될 것에 대한 두려움에서다. 메르스 공포가 한국 사회를 덮쳤을 때, 국내에서 감염된 환자의 바이러스 유전체가 사우디아라비아에서 발견된 바이러스의 그것과 거의 일치(99.82퍼센트)한다는 결과가 나오자 보건 당국이 안도의 한숨을 쉬었던 것은 그래서였다. 이처럼 바이러스가 하나의 변종을 개발하면서 인간을 공격할 때 그것을 방어하는 것만 해도 힘겨운 일인데, "서로 다른 변종들을 동시에 개발"하게 된다면 그것은 "따뜻한 피가 흐르는 존재의 삶" 즉 인류의 삶 자체가 위태로울 수 있다는 말이다. 그래서 쿳시는 묻는다. 바이러스와의 싸움에서 "인간의 이성이 승자가 아니라면 어쩔 것인가?"

불길한 가정이긴 하지만, "인간의 이성이 승자가 아니라면" 정말이지 언젠가는 "따뜻한 피가 흐르는 존재의 삶"이 위태로워질지 모른다. 그래서 쿳시는 바이러스와의 "오랜 싸움에서 인간의 이성이 거둔 최근의 성공에 속아서는 안 된다"고 말한다. 이것은 지금까지 인간이 바이러스가 출현할 때마다 백신과 치료제를 개발하며 성공적으로 대처해왔지만, 언젠가 바이러스가 지금까지와는 전혀 다른 방식으로 확산될 가능성도 배제할 수 없다는 말이다. 소설가의 것이라기보다 인간의 위태로운 삶을 차갑게 응시하는 과학자의 것처럼 들리는 쿳시의 발언은 쉽게 무시할 수 있는 것이 아니다. 인류의 생존 여부가 달려 있을지 모르는, 미래에 관한 묵시적인 상상이기 때문이다.

"따뜻한 피가 흐르는 존재의 삶"은 그렇게 위태롭다. 어쩌면 인간은 늘 그처럼 아슬아슬한 삶을 살아왔는지도 모른다. 그렇다면 그 아슬아슬함과 위태로움은 예나 지금이나 인간의 실존적 상황이긴 마찬가지인 셈이다. 그렇다고 마냥 공포에 떨고 있을 수만은 없는 것이 우리의 현실이다. 어떻게든 버텨내고 살아남아야 하기 때문이다. 더러는 바이러스에 희생당하지만, 그러한 희생을 최소화하고 살아남기 위해 최선을 다해 싸워야 하기 때문이다. 그것이 인간이 이 세상에서 살아가기 위해 치러야 하는 값이라면 어쩔 수 없지 않겠는가.

알베르 카뮈Albert Camus가 1947년에 발표한 『페스트』(김화영 옮김, 민음사, 2011)는 인간이 집단적인 위기 상황에서 트라우마를 어떻게 극복하는지를 보여주는 일종의 지침서 같은 소설이다. 물론 카뮈가 이 소설에서 다루는 것은 바이러스가 아니라 박테리아, 즉 병원균의 전파로 인한 전염병이다. 바이러스와 병원균은 같은 범주에 속하지 않는다. 숙주를 필요로 하는 기생적인 바이러스와 달리, 병원균은 하나의 살아 있는 독립적인 생물체이다. 바이러스가 생물과 무생물의 중간지대에 속한다면, 병원균은 생물에 속한다. 그래서 그들은 전파되는 방식만 다른 게 아니라 크기도 다르고 생존 방식도 다르다. 그러나 인간의 삶을 위협하고 위기로 몰아간다는 것은 바이러스와 병원균의 공유 지점이다. 이것이 그들이 우리를 위기의 상황 속으로 몰아넣을 때, 페스트를 소재로 한 카뮈의 소설을 떠올리게 되는 이유일 것이다.

　『페스트』는 카뮈가 태어나고 성장한 아프리카 북단의 알제리를 배경으로 한다. 더 구체적으로 얘기하면, 그의 두 번째 부인 프랑신 포르Francine Faure의 고향이면서 그가 부인과 함께 1년 8개월 동안 머물렀던 항구도시 오랑을 배경으로 한다. 화자의 말에 따르면, 오랑은 "완벽하게 선을 그어 놓은 듯한 만"을 등지고 "헐벗은 고원 한가운데"에 위치하고 있는 도시이다. 그래서 바다가 보이는 아름다운 전경을 갖고 있는 일반적인 항구도시와 달리, 바다를 등지고 있는 이 도시는 "못생겼다"고 묘사된다. 그래도 도시의 모습을 "못생겼다"고 옮기는 건 좀 그렇고, 카뮈가 사용하는 laid가 영어의 ugly와 같은 의미니까 '추하다'나 '흉하다' 정도로 옮기는 것이 더 적절하지 않을까 싶다. 여하튼, 아름다움과는 거리가 먼 이 도시에서는 바다가 보이지 않는다. 바다를 보기

236

위해서는 "일부러 찾아가야만" 한다. 바다에 인접한 도시가 바다를 바라보지 않고 오히려 등지고 있다고 묘사한 것이 오랑의 현재 모습에 얼마나 부합되는지는 모르지만, 화자가 그것을 강조한 것은 페스트가 엄습하기 전에도 이 도시가 일종의 폐쇄적인 상태에 있었다는 점을 강조하기 위해서다. 오랑의 이러한 지리적 특성은 '페스트'라는 제목이 암시하는 것처럼, 전염병이 번지면서 외부와 완전히 차단되는 도시의 폐쇄적인 상태를 더욱 효과적으로 부각시키는 역할을 하게 된다.

주인공이자 화자인 의사 리유는 4월 16일 아침, "진찰실을 나서다가 층계참 한복판에서 죽어 있는 쥐 한 마리를 목격"한다. 폐결핵에 걸린 아내를 산속에 있는 요양소에 보내야 해서 그렇지 않아도 마음이 산란해 있던 그는 쥐가 피를 토하고 죽었다는 사실에 더욱 뒤숭숭해진다. 이튿날 그는 아내를 배웅한다. 이후로 쥐가 죽은 것이 페스트 때문이었다는 것이 밝혀진다.

페스트에 감염되어 죽는 사람들이 속출하면서 사람들은 공포에 휩싸인다. 희생자들이 늘면서 도시는 아수라장이 되고 아무도 도시 밖으로 나갈 수도, 안으로 들어올 수도 없게 된다. 주민뿐 아니라 오랑에 잠시 들렀던 외부인들도 꼼짝없이 갇히고 만다. 페스트는 일종의 점령군이었다. 페스트는 점령군처럼 도시의 "문마다 보초병을 세우고" 아무도 내보내지도 않고 들이지도 않는다. "오랑을 향해 항해 중이던 선박들의 뱃머리"마저 돌리게 만든다. 그래서 페스트는 사람만 죽이는 것이 아니라 "무역도" 죽인다. 그렇지 않아도 "헐벗은 고원 한가운데"에 고립된 도시는 비상사태가 선포되면서 더욱 확실하게 고립된다.

그렇다면 페스트에 감염되어 사람들이 속수무책으로 죽어가는 상황에서 시민들은 뭘 어떻게 해야 하는 걸까. 그들은 자신들이 내던져진 실존적 상황을 어떻게 타개해야 하는 걸까. 실존의 벼랑에 서 있는 인간에게 신은 뭘 해줄 수 있는 걸까. 재앙은 왜 인간에게 찾아오는 걸까. 카뮈의 소설은 이러한 질문들을 끝없이 제기한다.

파늘루 신부는 이러한 질문들에 대한 일말의 답을 구하는 데 있어서 대단히 중요한 인물이다. 그의 변화가 일종의 답변이 될 수 있기 때문이다. 그는 처음에는 페스트와 그것에 결부된 불행과 재앙을 인간의 오만함과 잘못에 대한 하느님의 징벌로 해석한다. "오늘 페스트가 여러분에게 관여하게 된 것은 반성할 때가 왔기 때문입니다. 올바른 사람들은 조금도 그것을 두려워할 필요가 없습니다. 그러나 사악한 사람들이 떠는 것은 당연한 일입니다. 우주라는 거대한 곳간 속에서 가차 없는 재앙은 짚과 낟알을 가리기 위해서 인류라는 밀을 타작할 것입니다." 여기에서 "가차 없는 재앙"으로 번역되어 있는 것은 "무자비한 도리깨" 정도로 번역되었더라면 더 자연스러울 뻔했다. 어원이 같아도 이중적인 의미가 없이 도리깨만을 지칭하는 영어 flail과 다르게, 프랑스어 fléau에는 재앙과 도리깨라는 의미가 동시에 내포되어 있지만, 이 문맥에서 "짚과 낟알을 가리기 위해서" 밀을 타작할 때 휘두르는 것은 도리깨여야 맞을 것이기 때문이다. 어쨌든 파늘루 신부가 도리깨를 휘두르는 하느님의 이미지를 통해서 환기하고자 한 것은 징벌적인 재앙을 통해 인간이 스스로를 회개하고 "새로운 눈으로 모든 존재와 사물들을 바라보고" 구원을 향해 나아가야 한다는 원론적인 종교의 가르침이다. 그러나 의사인 리유가 보기에 파늘루 신부의 생각은 현실을 도외시한 '한가로운' 생각이다. 또한 리유가 느끼기에 신부가 그처럼 한가로운 생각을 하는 것은 페스트로 사람들이 죽어가는 비참한 현실을 많이 보지 못했기 때문이다. 리유는 "그 병으로 해서 겪는 비참과 고통을 볼 때, 체념하고서 페스트를 용인한다는 것은 미친 사람이나 눈먼 사람이나 비겁한 사람의 태도일 수밖에 없"다고 생각한다. 실제로 그 설교를 할 당시, 파늘루 신부는 페스트로 죽어가는 사람들을 별로 만나보지 못한 상태였다. 그래서 원론적인 내용의 설교를 한 것이었다.

그러나 신부는 페스트가 급속도로 확산되고 그로 인해 죽어가는 수많은 사람들을 목격하면서 페스트를 더이상 징벌로 생각할 수 없게 된다. 특히 아무 죄도 없는 어린아이가 죽어가는 모습을 지켜보면서 심경의 변화를 일으킨다. 그는 아이가 죽어가는 것을 징벌이 아닌 공포 그 자체로 받아들이며 하느님에게 "제발 이 어린애를 구해주소서!"라고 간청한다. 하느님이 죄 없는 아이를 "고통의 담 밑으로 몰아넣고 계시다"고 말하는 그는 더 이상, 예전의 신부가 아니다. 그는 의사가 "이 애는 적어도 아무 죄가 없었습니다. 당신도 그것을 알고 계실 거예요!"라고 절규하자, 자신에게도 아이가 몸부림을 치며 죽어가는 "광경은 참을 수 없는 것"이었다고 실토한다. 페스트를 징벌적 차원에서 생각했던 종전의 입장에서 한 걸음 물러선 것이다. 그렇다고 그가 아이의 고통과 죽음 앞에서 신을 부정한 것은 결코 아니다. 그는 페스트를 징벌로 생각하지 않게 되었다는 점이 다를 뿐, 그 시련에서 "배울 수 있는 것을 배우려고 노력해야 한다"고 생각한다는 점에서는 전과 다를 바 없다. 물론 차이는 분명히 존재한다. 이전의 그가 인간에 대한 "자비심도 없이 생각을 했고 설교를 했"다면, 현재의 그는 고통을 당하는 인간에 대한 연민을 갖고 그것을 현실에서 실천하려 한다. 그는 민간인들이 조직한 "보건대"에 참여하게 된 후로 "병원과 페스트가 들끓는 장소를 떠나본 일이 없"고, "최전선"에서 환자들을 돌보는 일에 최선을 다한다. 현실이 그를 그렇게 변화시킨 것이다.

현실을 보는 눈이 달라지면서, 신부의 설교 내용도 달라진다. 그는 설교를 하는 도중, 전염병과 관련된 몇 가지 역사적 사례들을 인용한다. 그중 가장 중요한 것은 마르세유에서 발생했던 페스트와 관련된 일화다. 마르세유에 전염병이 발생했을 때, "메르시 수도원에는 여든한 명의 수도자들이 있었는데, 네 명만이 살아남았다". 그런데 "네 명 중에서 세 명은 도망을 쳤다". 파늘루 신부는 "시체 일흔일곱 구를 목격하고 특히 세 동료들이 도망친 뒤에도 홀로 남아 있던 한 명의 수도승"에 주목한다. 그는 신도들에게 그 수도승처럼 "남아 있는 한 사람이 되어야" 한다며, "그 밖의 것들에 대해서는 어린애의 죽음까지도 신의 뜻에 맡기고" 선을 행해야 한다고 강조한다. 공동체가 시련에 직면했을 때, 개개인의 선행이 필요하다는 것을 강조한 것이다. 그의 설교처럼, 신부는 "남아 있는 한 사람"이 되려고 노력하다가 페스트에 감염된다. 그리고 선을 실천하면서 자신이 받아야 할 치료도 거부한 채 조용히 죽음을 맞는다.

페스트가 장기전으로 접어들면서 변화한 사람은 파늘루 신부만이 아니다. 아랍인들의 생활상을 취재하기 위해 파리에서 왔다는 랑베르 기자도 마찬가지다. 그는 이제 사랑하는 사람에게 전화를 하거나 편지를 보낼 수도 없다. 그에게 허용된 것은 사적인 감정을 쉽게 드러낼 수 없는 전보뿐이다. 그렇게 되자 그는 도시를 빠져나갈 궁리만 한다. 합법적으로 나갈 방도가 없으니 불법적인 수단을 찾는 것도 마다하지 않는다. 그에게는 사랑이, 사랑하는 여인을 만나는 것이 삶의 전부다. 그래서 그는 자신과 사랑하는 사람을 갈라놓고 있는 장벽을 넘을 수 있다면 무슨 짓이든 할 기세다. 이런 그에게는 보건대를 조직해 페스트와의 힘겨운 싸움을 벌이고 있는 타로도, 환자를 치료하느라 온 힘을 소진하는 리유도 "하나의 관념을 위해서" "영웅 놀음"하는 사람들로 비친다. 그런데 놀랍게도 리유는 "사랑하는 것을 위해서 살고 사랑하는 것을 위해서" 죽겠다는 랑베르의 편협한 생각을 "정당하고 좋은" 것이라고 말하며, 오랑을 탈출하기 위해 불법적인 거래도 마다하지 않는 그를 오히려 부추긴다. 다만 리유는 자신이 하는 일이 "영웅주의"와는 관계가 없는 "성실성의 문제"라고 말한다. 그의 생각에 "페스트와 싸우는 유일한 방법은 성실성"이다. 그는 "성실성이 대체 뭐지요?"라고 묻는 랑베르에게 이렇게 대답한다. "일반적인 면에서는 모르겠지만, 내 경우로 말하면, 그것은 자기가 맡은 직분을 완수하는 것이라고 알고 있습니다." 의사로서 자신의 직분을 다하는 것이 성실성이라는 말이다. 그럼에도 불구하고 그는 "내가 사랑을 택한 것은 정말 잘못일지도 모르겠군요"라는 랑베르의 질문에 "힘주어" 이렇게 대답한다. "아닙니다. 조금도 잘못한 것은 없습니다." 보통 사람 같았으면 수많은 사람들이 죽어가는 상황은 아랑곳 하지 않고 사랑타령을 하며 파리로 탈출할 생각만 하는 랑베르를 이기적이라고 탓하며 면박을 줬겠지만, 리유는 결코 그렇게 하지 않는다.

스토리의 처음부터 끝까지 자신의 몸을 돌보지 않고 환자를 돌보는 데 주도적인 역할을 하는 그가 랑베르를 탓하지 않는 이유는, 그의 친구 타로가 랑베르에게 들려주는 말에서 확인된다. "리유의 부인이 여기서 수백 킬로미터 떨어진 요양소에 있다는 것을 아시는지요?" 단한 번도 내색을 하지 않았지만, 리유는 오랑을 탈출해 사랑하는 사람을 향해 달려가려고 하는 랑베르의 마음에서, 요양소에 있는 아내에게 달려가고 싶은 자신의 마음을 보았던 것이다. 바로 이것이 그가 랑베르를 비난하지 않고 그의 탈출을 도와주려 했던 이유였다. 지금까지 탈출에 모든 것을 걸고 있던 랑베르에게 변화가 생기는 것은 바로 이 지점부터이다. 아이가 죽어가는 현실을 보면서 페스트를 징벌적 차원에서 보던 자신의 입장을 수

정했던 파늘루 신부처럼, 랑베르는 폐결핵에 걸린 아내를 몇백 킬로미터 떨어진 곳에 두고도 환자들을 치료하는 데 헌신하는 리유를 보고 생각을 바꾸게 된다. 이튿날 새벽, 그는 리유에게 전화를 걸어 이렇게 말한다. "내가 이 도시를 떠날 방도를 찾을 때까지 함께 일하도록 허락해주시겠어요?"

그리고 랑베르는 "도시를 떠날 방도"를 찾고 나서도 사태가 해결될 때까지 도시를 떠나지 않기로 결심한다. 그 이유를 묻는 리유에게 그는 "자기가 이곳을 떠나면 부끄러운 마음을 지울 수 없을 것 같"고 "그 여자를 사랑하는 것도 거북해"질 것 같다고 말한다. 그는 "혼자만 행복하다는 것은 부끄러운 일"이고, 자신도 이제는 "이곳 사람"이라고 생각한다. "나는 늘 이 도시와는 남이고 여러분과는 아무 상관도 없다고 생각해왔어요. 그러나 이제 볼 대로 다 보고 나니, 내가 원하건 원하지 않건 간에 나도 이곳 사람이라는 것을 알겠어요. 이 사건은 우리들 모두에 관련된 것입니다." 시련이 그를 자기중심적인 사람에서 다른 사람들과의 연대를 모색하는 이타적인 사람으로 변화시킨 것이다.

파늘루 신부와 랑베르 기자가 시련을 통해서 변해가는 인간의 긍정적인 모습을 보여준다면, 다른 인물들은 그러한 변화의 과정 없이 일관되게 긍정적인 모습을 보여준다. 대표적 인물이 타루와 리유이다. 그들은 페스트와 싸우는 일련의 일들을 조직하고 지휘하고 감독하면서 난관을 헤쳐나가는 데 주도적인 역할을 한다. 타루는 어렸을 때, 검사인 아버지가 법정에서 범죄자에게 사형을 구형하는 것을 보고 충격을 받아 타인의 죽음에 봉사할 수 없다는 생각에 급진적인 정치 활동에 관여하게 된 인물이다. 그런데 그는 그것마저도 간접적으로 타인을 죽음에 이르게 한다는 생각에 괴로워하다가 결국 보건대 활동 같은 이타적인 행위를 하며 죽음에 맞서 싸우게 된다. 그는 보건대를 조직하여 전염병 퇴치에 혼신의 힘을 다하다가 결국 페스트에 감염되어 죽음을 맞는다. 그는 소설에서 이타적인 생각과 삶이 어떤 것인지를 보여주는 핵심적인 인물이다.

이 점에 있어서는 리유도 마찬가지다. 그는 자신의 아내가 폐결핵으로 요양소에 가 있음에도 불구하고 환자들을 돌보는 데 매진하는 훌륭한 의사이다. 그의 아내는 페스트가 진정될 즈음, 결국 죽음을 맞는다. 그에게 소중한 사람인 타루와 그의 아내가 하나는 바로 옆에서 페스트로, 다른 하나는 멀리 떨어진 곳에서 폐결핵으로 죽은 것이다. 더 이상의 이타적인 삶을 생각할 수 없을 만큼, 그의 삶은 대단히 이타적이다. 그는 타루와 더불어 이 소설의 영웅에 해당한다.

물론 리유는 자신이나 타루가 영웅이라고는 생각하지 않는다. 누군가가 영웅이어야 한다면, 그는 그랑이 그 칭호에 걸맞는 인물이라고 생각한다. 그랑은 시청에 근무하는 늙은 서기에 지나지 않지만 근무가 끝나고도 묵묵히 봉사를 계속했다. 그는 가난과 자신의 무능력 때문에 아내와 헤어지고 힘겹게 살고 있으면서도, 타인을 위해 봉사하는 삶을 멈추지 않는다. "영웅적인 점이라고는 전혀 없는" 사람이지만, "보건대의 서기 비슷한 역할"을 맡아 "인구밀접지역의 예방 보조 작업에 헌신"한다. 그는 "리유나 타루 이상으로 (……) 보건대를 살아 움직이게 하는 그 조용한 미덕의 실질적 대표자"이다. 그는 리유가 고맙다고 하자, 이렇게 말한다. "제일 어려운 일도 아닌걸요. 페스트가 생겼으니 막아야 한다는 건 뻔한 이치입니다." 이보다 더 명쾌하고 간단할 수는 없다. 그가 보건대 일을 돕는 것은 인류에 대한 무슨 거창한 생각이나 관념 때문이 아니었다.

리유는 훗날, 타루가 남긴 기록을 참조해가며 과거를 돌아보면서 그랑에 대해 이렇게 평가한다. "인간이 소위 영웅이라는 것의 전례와 본보기를 세워놓고 싶어 하는 것이 사실이라면, 그리고 반드시 이 이야기 속에 한 사람의 영웅이 있어야 한다면, 서술자는 이 보잘것없고 존재감도 없는 영웅, 가진 것이라고는 약간의 선량한 마음과 아무리 봐도 우스꽝스럽기만 한 이상밖에 없는 이 영웅을 여기에 제시하고자 한다." 영웅은 리유도 아니고 타루도 아니고, 더더욱 페늘루 신부도 아니고 랑베르도 아니라, "가진 것이라고는 약간의 선량한 마음과 아무리 봐도 우스꽝스럽기만 한 이상밖에 없는" 그랑이라는 것이다. 여기에서 리유가 "우스꽝스럽기만 한 이상"이라고 한 것은 그랑이 이 모든 일이 벌어지는 와중에서도 걸작을 쓰겠다는 허황한 생각을 갖고 그것에 매달리고 있는 것을 가리킨다. 그랑은 첫 문장 이상으로 나아가지 않는다. 그는 첫 문장을 고치고 또 고친다. 그것도 심오한 문장을 갖고 그러는 게 아니다. 그가 걸작을 쓸 가능성은 아예 존재하지 않는다. 그럼에도 역작을 쓰겠다고 첫 문장을 고치고 또 고치는 그의 모습은 돈키호테를 닮았다. 그런데 영웅과는 거리가 먼 이 돈키호테가 "약간의 선량한 마음"만으로 페스트의 위기를 극복하는 데 기여하는 영웅이 된다. 영웅이 되고 싶은 마음이 없지 않은 리유나 타루와는 다르게, 영웅이 되고 싶은 생각도 없고 어쩌면 영웅의 의미가 무엇인지도 모르는 소시민이 역설적으로 영웅이 된 셈이다. 그가 페스트에 감염되었으면서도 그것으로부터 살아남은 첫 번째 사람이 된 것은 페스트와의 싸움에서 요란하지 않으면서도 효과적으로 자신의 몫을 다한 소시민 영웅에 대한 일종의 보상처럼 느껴진다. 소설에서 그의 몸이 회복되는 것을 계기로 페스트가 수그러들고 일상적 삶이 돌아오기 시작하는 것은 우연이 아닌 것처럼 보인다.

결국 페스트는 물러간다. 희생자가 많이 나왔지만, 사람들은 연대를 통해 페스트와의 힘겨운 싸움에서 승리한다. 그러면서 외부로 통하는 문이 열린다. 사람들은 그간 헤어져 있던 사람들을 다시 만나 포옹하고 그들의 사랑을 다시 확인한다. 랑베르도 그토록 그리워하던 연인을 다시 만난다. 물론 사랑하는 사람들을 잃은 사람들에게는 그러한 기쁨이 허용되지 않는다. 오히려 페스트 공포가 사라지면서 그들이 느끼는 "이별의 슬픔은 절정"에 달한다. 그들에게는 "사라져간 사람의 추억밖에는 매달릴 곳이 없"다. "이름도 없는 구덩이에 묻혀버렸거나, 또는 잿더미 속에서 녹아 없어진 사람과 더불어 모든 기쁨을 잃어버린 어머니들, 배우자들, 애인들에게 페스트는 여전히 계속되고" 있다. 그러니 스토리는 온전한 "승리의 기록"일 수가 없다. 그렇다고 온전한 패배의 기록도 아니다. 어쩌면 그것은 조금은 승리의 기록이면서 조금은 패배의 기록일지 모른다. 그것이 승리의 기록인 것은 페스트의 공포를 통해서 인간의 위태로운 삶을 더욱 소중하게 생각하게 되었으며 "인간에게는 경멸해야 할 것보다는 찬양해야 할 것이 더 많다는 사실"을 확인했기 때문일 것이다. 파늘루, 랑베르, 리유, 타루, 그랑이 대변하는, 인간에 대한 애정과 책임감과 연대의식은 페스트로 인한 트라우마가 아니었으면 확인하지 못했을 소중한 가치들이 아닐 수 없다. 그러나 그것이 패배의 기록인 것은 페스트가 완전히 소멸된 것이 아니라 "말없이 자신이 나왔던 알 수 없는 어떤 야수의 굴"로 들어갔다가 언젠가 다시 나와서 인류를 위협할 수 있는 가능성으로 남아 있기 때문이다. 이 소설이 리유가 "시내에서 올라오는 환희의 외침 소리"를 들으면서 "그 환희가 항상 위협을 받고 있다는 사실을 상기"하는 것으로 끝나는 것은 오랑을 몇 달 동안 공포로 몰아넣었던 상황이 언제든 다시 되풀이될 수 있음을 시사한다. 그는 "페스트균은 결코 죽거나 소멸하지 않으며, 그 균은 수십 년간 가구나 옷가지들 속에서 잠자고 있을 수 있고, 방이나 지하실이나 트렁크나 손수건이나 낡은 서류 같은 것들 속에서 꾸준히 살아남아 있다가 아마 언젠가는 인간들에게 불행과 교훈을 가져다주기 위해서 또다시 저 쥐들을 흔들어 깨워서 어느 행복한 도시로 그것들을 몰아넣어 거기서 죽게 할 날"이 올지도 모른다고 생각한다.

소설의 이러한 결말은 병원균으로 인한 공포가 일회성에 그치는 것이 아니라 이후에도 얼마든지 반복될 수 있는 것임을 시사한다. 그래서 오랑은 알제리에 위치한 특정한 장소이면서 동시에, 병원균이나 바이러스로 인해 공포에 떠는 세계의 도시들을 대변한다. 그래서 오랑의 시민들이 느끼는 공포는 런던이나 뉴욕이나 서울 시민들이 느끼는 공포일 수 있다. 카뮈는 이 소설을 통해서 인간의 보편적 실존을 그려낸 것이다. 전염병과의 싸움이 나치에 대한 유럽인들의 저항으로 해석될 수 있는 여지도 스토리가 갖고 있는 보편성에 있다. 실제로 카뮈는 롤랑 바르트Roland Barthes에게 보낸 편지에서 『페스트』가 "여러 가지 차원에서 읽혀야 한다"며 그중에는 "나치즘에 저항하기 위한 유럽인들의 몸부림"도 포함된다고 말한 바 있다. 그러니까 『페스트』는 인간이 내던져진 모든 실존적 상황에 대한 알레고리라는 말이다. 지금, 세계를 공포로 몰아넣고 있는 지카 바이러스의 경우도 당연히 그 알레고리에 포함된다. 이 소설이 "도덕적 우화"라는 평가는 그래서 적절한 것이다.

그러나 옥에 티라고, 『페스트』도 보기에 따라서는 문제가 있을 수 있다. 소설의 배경이 프랑스가 아니라 알제리라는 것을 감안하면 특히 그렇다.

알제리는 아프리카 북쪽에 위치한 프랑스의 식민지였다. 아프리카 대륙에서 프랑스와 지리적으로 가장 가까운 곳이 알제리였으니, 영국과 함께 유럽 식민주의를 대표하는 프랑스가 그곳을 정복한 것은 어쩌면 당연한 일이었는지 모른다. 가까운 곳부터 취하는 것이 식민주의의 속성인 탓이다. 알제리가 1830년에 침략을 당했을 때부터 유혈투쟁을 통해 독립하게 된 1962년까지 프랑스의 식민지였으니, 2차 세계대전이 벌어지고 있을 당시에 집필되어 전쟁이 끝난 후인 1947년에 발표된 카뮈의 소설은 식민지시대에 쓰인 소설이었다. 그럼에도 불구하고 아랍인들이 카뮈의 소설에 등장하지 않는다. 이것은 보통 문제가 아니다. 만약 이 소설이 카뮈의 표현대로, 나치의 폭력에 대한 유럽인들의 저항을 은유적으로 그리고 있는 게 사실이라면, 그는 독일에 당하는 프랑스인들의 고난은 크게 보았어도, 자신의 모국인 프랑스에 당하는 알제리 아랍인들의 고난에는 눈을 감았다는 말이 된다.

물론 아랍인에 대한 언급이 전혀 없는 것은 아니다. 아랍인에 관한 언급이 두 군데 있기는 하다. 하나는 프랑스 파리의 랑베르 기자가 아랍인들의 "생활 조건"과 "보건 상태"를 취재하러 왔다고 짧게 얘기하고 넘어가는 대목이고, 다른 하나는 담배 가게 여주인이 "어떤 상사의 젊은 사무원이 바닷가에서 아랍인을 죽인 사건"에 대해 잠깐 언급하는 대목이다. 그런데 두 대목은 이후에 일어나는 이야기와 아무런 관련이 없고, 이후에 다시 언급되지도 않는다. 아랍인들이 마치 오랑에 살지 않는 것처럼, 소설은 그들을 등장시키지도 않을 뿐만 아니라 그들에 대해 아무 언급도 하지 않는다. 랑베르는 아랍인들을 취재하기 위해 왔다고 했으면서도 그들이 사는 곳에 들어가보지도 않고, 리유도 아랍인 거주 지역에 들어가 치료를 하지 않는다. 그래서 독자는 아랍인들이 페스트에 감염되었는지 여부를 알 길이 없다. 페스트가 도시를 덮쳤다면, 인구의 대부분을 차지하는 아랍인들(10 대 1 정도로 아랍인들이 프랑스인들보다 많았다)의 피해가 더 컸을 텐데 이 소설에서 페스트에 감염되어 고통을 당하고 죽는 것은 유럽인들뿐이다. 페스트를 몰아내기에 앞장서는 사람들도 유럽인들이다. 파늘루, 랑베르, 리유, 그랑, 타루 등 모두가 유럽인들이다. 이 문제를 처음 제기한 사람은 아일랜드 정치가이자 역사학자였던 코너 크루즈 오브라이언Conor Cruise O'Brien이었다. 그는 1970년에 펴낸『유럽과 아프리카의 알베르 카뮈Albert Camus of Europe and Africa』라는 책에서 카뮈의 소설에 나타난 프랑스 중심주의를 신랄하게 비판했다. 오브라이언이 프랑스나 영미권의 비평가들과 다르게 카뮈의 프랑스 중심주의를 비판할 수 있었던 것은 그가 영국 식민주의에 시달린 아일랜드인이었기 때문에 가능한 일이었을 것이다.

　카뮈의 프랑스 중심주의에 대해 좀 더 소상히 알기 위해서는 그가 살았던 시대로 돌아갈 필요가 있겠다. 1945년 5월 8일, 독일은 연합군에 항복했다. 그런데 공교롭게도 같은 날, 알제리의 북동부에 위치한 세티프Sétif에서는 프랑스의 식민통치에 반대하는 격렬한 민중봉기가 발생했다. 육해공에 걸친 군사력을 동원한 프랑스의 무자비한 공격으로 엄청난 수의 사상자가 생겼다. 5월 8일과 13일 사이에 적게는 몇천 명에서 많게는 몇만 명으로 추정되는 아랍인들이 목숨을 잃었다. 알제리에서 태어나 대학까지 마치고, 알제리와 프랑스를 오가며 활동하던 카뮈가 그 사건에 관심을 갖게 된 것은 당연한 일이었다. 그는 세티프 학살 사건이 벌어졌을 때, 약 3주간에 걸친 알제리 여행(4월 18일-5월 7일)에서 막 돌아온 참이었다. 그는 뉴스를 접하고 나서, 8회에 걸쳐 『콩바Combat』라는 신문에 알제리와 관련한 글을 썼다. 그는 식민정권의 무자비한 폭력을 규탄하며 제대로 된 통치를 하라고 촉구했다. 특히 식민지인들의 경제적 빈곤과 식량 부족의 문제를 해결하라고 촉구했다. 그로서는 충분히 할 수 있는 발언이었다. 그런데 문제는 그가 봉기의 원인을 식민정권의 잘못된 통치방식에서만 찾았다는 데 있었다. 달리 말하면, 그는 식민주의에 나쁜 식민주의와 좋은 식민주의가 있다고 생각하고, 알제리의 민중봉기가 나쁜 식민주의 때문에 발생했으니 좋은 식민주의로 전환하라고 촉구한 것이었다. 그러나 사르트르가 말한 것처럼, "식민주의에는 좋은 식민주의와 나쁜 식민주의가 있는 게 아니라 식민주의 자체만이 있다". 식민주의는 남의 땅, 남의 나라를 불법적으로 침략해 자기 것으로 삼는 폭력적 행위다. 따라서 식민지에서 발생한 봉기나 반란의 근본적인 해결책은 식민정권의 억압적인 통치방식을 온건한 것으로 바꾸는 데 있는 것이 아니라 식민정권을 종식시키는 데 있다. 그러나 카뮈는 그렇게 생각하지 않았다. 그는 알제리가 프랑스의 일부라고 생각했다. 그에게 알제리의 프랑스인들과 아랍인들은 "죽든 살든, 함께해야 하는 운명"이었다. 그러니 알제리의 독립은 있을 수도 없고 있어서도 안 되는 일이었다. 그래서 알제리의 오랑을 배경으로 하는 『페스트』에 아랍인들은 나오지 않고 백인들만 등장한 것은 우연이 아니라 그의 유럽 중심적인 사고의 확장이었던 셈이다.

보기에 따라서는 인간에게 닥친 실존적 위기를 타개하는 슬기로운 해결책을 제시하는 『페스트』를 카뮈의 식민주의 이데올로기와 결부시키는 것이 다소 지나치게 보일 수도 있다. 특히 이 소설을 인류의 위기에 대한 보편적, 초월적 성찰로 읽으면 더욱 그렇다. 우리는 때로 작가가 누구인지, 그의 작품이 어떤 역사적 배경을 하는 것인지 모르고, 작품을 읽기도 한다. 그리고 그렇게 책을 읽는 방식이 전적으로 잘못된 것도 아니다. 어떻게 모든 책을 그것이 기반으로 하는 역사적, 문화적, 정치적 배경을 따져가며 읽을 수 있겠는가. 그러므로 『페스트』를 언제 어디서든 일어날 수 있는 불안과 재앙의 문제를 다루고 있는 도덕적 우화로 읽는 것은 얼마든지 가능한 일이다. 그러나 동시에, 어떤 텍스트가 아주 명백한 것에 대해 침묵하고 있다면, 왜 그런지 그 이유를 세밀하게 살펴보는 것도 얼마든지 가능한 일이다.

우리처럼 식민주의를 경험한 나라의 독자들의 입장에서는 카뮈의 소설에 드리워져 있는 편견의 그늘에 조금은 민감해질 수밖에 없다. 그의 소설에서 지워져 있는 아랍인들이 일본 식민주의자들에 의해 지워졌을 우리 조상들일 수 있어서다. 『페스트』에 아랍인들이 부재하는 것은 정확히 이런 맥락에서이다. 알제리를 배경으로 하는 『이방인』도 마찬가지다. 물론 이 소설에는 아랍인이 등장하긴 한다. 그러나 러셀 그리그Russell Grigg의 말처럼 아랍인은 등장해도 존재감이 없기는 매한가지다. 프랑스인들에게는 뫼르소, 레이몽, 마리, 마송처럼 이름이 있지만 뫼르소한테 살해당하는 아랍인에게는 이름마저도 없다. 아니, 그 아랍인의 이름은 "아랍"이다. 이것은 조선을 배경으로 하는 일본 작가의 소설에 등장하는 조선인의 이름이 '조선'인 경우와 마찬가지다.

인류에게 치명적인 바이러스나 병원균으로 인해 위기가 닥칠 때 떠올리게 되는 카뮈의 걸작이 누군가에게는 이처럼 상처가 될 수 있다는 사실은 아무래도 아쉬움으로 남는다. 많은 사람들에게는 바이러스나 박테리아로 인한 트라우마를 극복하는 방법을 제시하는 인류애적인 소설이 식민주의의 트라우마를 입은 사람들에게는 그 트라우마를 오히려 심화시키는 아이러니, 바로 이것이 카뮈의 『페스트』가 때로는 대치하고 때로는 접점을 찾아야 하는 트라우마의 정치학일지도 모른다.

속죄는 언제나 불가능한 일이었다……
시도가 전부였다

—『속죄』와 유년의 트라우마

고백은 여간 어려운 일이 아니다. 그것이 남과 관련된 고통스럽고 부끄러운 것이라면 더더욱 그렇다. 돌아보는 것만으로도 힘에 부치는데, 말로 고백하는 것은 얼마나 더하랴. 그래서 그것은 때론 불가능에 가까운 일이기도 하다. 그러나 불가능에 도전하는 것이어야 진정한 고백이며 고백이 어려운 것은 바로 이러한 이유에서이다.

인간의 뇌는 지극히 편리하게 작동하는 존재라서, 고통스럽고 부끄러운 과거의 기억들을 컴퓨터의 하드디스크를 '포맷'하듯 지워버리고 더 이상 생각하지 않으려 하는 경향이 있다. 물론 모든 기억을 의도적으로 그렇게 한다는 것이 아니라, 우리 안에 기억의 습격으로부터 스스로를 보호하려는 일종의 장치가 내재해 있어 자기에게 불리한 것을 지워버리거나 흐릿하게 만든다는 의미이다. 참 편리한 장치다. 인간은 그렇게 늘 자기중심적이다. 그런데 주목할 것은 자기에게 전혀 득이 되지 않음에도 불구하고 기억하고 싶지 않은 것을 들춰내 고백하고자 하는 충동이 우리 안에 동시에 존재한다는 사실이다. 그러니까 우리 안에는 상호모순적인 충동들이 자리를 잡고 있다. 한편에는 고통스럽고 부끄러운 기억을 지우거나 흐릿하게 만드는 자기애적인 충동이 존재하고, 다른 한편에는 그런 기억들을 애써 복원시켜 고백하고 스스로를 괴롭히는 윤리적인 충동이 존재한다. 두 개의 충동은 이질적인 힘들이 같은 공간에 존재할 때 그러하듯 갈등관계에 있다. 보통의 경우, 앞엣것이 뒤엣것을 압도한다. 그런데 이따금 역전이 생겨 뒤엣것이 우위를 점하게 될 때도 있는데, 이 지점에서 고백은 발생한다.

예를 들어, 장 자크 루소Jean Jacques Rousseau가 말년에 『참회록』에서 자신의 치부를 드러내고 고백한 것은 윤리적인 충동이 우위를 점해서 가능했던 일이다. 열네 살 때 루소는 백작의 집에서 하인으로 일하고 있었는데 백작 부인의 리본을 훔쳤다가 들키자 여자 요리사에게 책임을 떠넘겼다. 그녀가 리본을 훔쳐서 자기한테 줬다고 둘러대지만 루소와 요리사는 둘 다 쫓겨나고 말았다. 이 일은 그가 고백하지 않았다면 아무도 모를 일이었다. 자신의 도덕적, 윤리적 성숙도를 과시하기 위한 측면이 없진 않지만, 아니 설령 그랬다 하더라도 이 고백은 그의 이익에 궁극적으로 부합되는 일이 아니었다. 그럼에도 그는 고백을 했다.

왜 인간은 고백을 하는 것일까. 아니, 그보다 먼저, 왜 과거에 집착하는 것일까. 부끄러운 기억이라면 더더욱 잊는 것이 자기에게 이로운 일인데, 왜 집착하는 것일까. 그 이유를 깨닫는 것은 그리 어려운 일이 아니다. 그것은 누군가에게 해를 입힌 것이 상처가 되어 자신에게 되돌아오고, 그 흉터가 그대로 남기 때문이다. 결국 트라우마의 문제다. 이렇게 말하면, 트라우마를 피해자의 것으로만 생각하는 사람들은 다소 혼란스러울 수 있겠지만, 트라우마는 가해자에게도 얼마든지 발생할 수 있다. 누군가에게 돌이킬 수 없는 잘못을 저지른 사람이 이후로 그것에 사로잡혀 자학적인 삶을 살아간다면, 그것은 모종의 트라우마가 발생했기 때문이다. 가해자도 피해자와 마찬가지로 트라우마에 시달릴 수 있는 것이다. 피해자의 트라우마에는 양심에 거리낄 게 없는 도덕적 정당성이라는 버팀목이라도 있지만, 가해자의 트라우마는 기대거나 의지할 것이 아무것도 없어 더욱 힘든 것일지 모른다. 트라우마가 피해자의 전유물이라는 생각은 가해자를 비난하는 데 급급한 나머지 가해자도 피해자와 마찬가지로 상처를 받을 수 있는 인간이라는 사실을 간과한 데서 발생한다.

이언 매큐언Ian McEwan의 『속죄Atonement』*는 트라우마가 가해자에게도 발생할 수 있으며 그것이 얼마나 힘겨울 수 있는지를 감동적으로 말해준다. 흥미롭게도 이 소설은 330페이지가 끝날 때까지는 그저 평범한 소설로 읽힌다. 그런데 마지막 20페이지를 남기고 대반전이 일어난다. 독자는 이 부분을 읽으며 지금까지 읽었던 스토리가 사실은 소설의 형식을 빌린 고백이자 참회였다는 사실을 알게 된다. 그리고 이와 더불어, 독자는 앞에 읽었던 스토리를 돌아보며 주인공의 힘겨웠을 삶을 연민의 눈으로 바라볼 수 있게 된다. 사실, 스토리는 그 자체로만 보면 특별할 것 없다. 그러나 그것이 트라우마를 입은 소설 속의 작가가 펼쳐낸 자기고백이라는 것을 깨닫는 순간, 독자의 마음은 속절없이 무너져 내린다. 그래서 이 소설의 마지막 장을 읽는 것은 고통스러우면서도 놀라운 경험이다. 『타임』이 1923년 이후의 가장 위대한 영어 소설 100편 중 하나로 『속죄』를 꼽은 것은 결코 과장이 아니다. 그 수를 100편에서 반으로 줄였다 해도, 아니 그 이하로 줄였다 해도 거기에 끼었을지 모른다.

* 우리말 번역본(『속죄』, 한정아 옮김, 문학동네, 2003)이 나와 있지만, 이후의 인용은 문맥을 세밀하게 살피고 강조하기 위해서 필자가 번역한 것이다.

소설의 주인공은 브라이어니 탤리스라는 소설가이다. 그녀는 아이들이 학교에서 그녀의 소설에 대해 배울 정도로 명성이 자자한 70대 후반의 작가이다. 하지만 최근 혈관성 치매라는 진단을 받아 머지않아 기억을 하나하나 잃어가다가 결국에는 자기가 누구인지도 모르게 될 처지에 놓였다. 그녀에게는 기억이 사라지기 전에 해야 할 일이 있다. 그것은 두 사람의 삶을 돌이킬 수 없는 것으로 만든 과거의 사건과 관련된 고백을 최종적으로 마무리하는 것이다. 그녀의 말을 옮기면, "59년에 걸친 숙제를 마무리하는 것"이다. 어떤 숙제를 해결하는 데 59년이라는 세월이 걸렸다면, 그것은 자신의 삶을 쥐락펴락하는 트라우마적 사건과 관련이 있다는 말이다. 이 소설의 비밀은 그 59년에 있다.

비밀의 문을 열기 위해서는 첫 페이지에서부터 330페이지까지, 즉 에필로그 이전까지 전개된 스토리가 어떤 것인지부터 알아야 한다. 스토리는 그리 복잡하지 않다.

소설은 1935년 어느 여름날, 브라이어니가 오빠를 기다리는 장면에서 시작된다. 그녀는 열세 살의 소녀이다. 글쓰기에 재능이 많은 그녀는 오빠 레온의 귀향을 축하하기 위해서 연극 대본을 써놓고, 그녀의 집에 온 외사촌 언니 롤라와 쌍둥이 외사촌 동생 잭슨, 피에로와 함께 그것을 무대에 올리려 한다. 연극의 제목은 '아라벨라의 시련'이다. 여주인공이 잘못된 남자를 택해 고초를 겪다가 나중에는 좋은 남자를 만나 행복하게 살았다는 신파적인 내용이다. 당연히 주인공 역은 브라이어니 자신이 맡아야 한다. 그런데 모든 것이 뜻대로 되지 않고, 결국 연극은 불발이 된다. 그녀보다 두 살 많은 롤라가 그녀에게서 주인공 역을 빼앗아 간 데다, 아버지 역을 맡은 잭슨은 침대에 오줌을 싸서 벌을 서느라 정신이 없고, 피에로는 대사를 엉망으로 만드는 등 모든 것이 어그러진 탓이다.

그런 상황에서 그녀는 창문 밖을 바라본다. 눈앞에 낯선 풍경이 펼쳐진다. 그녀의 언니 시실리어가 가정부의 아들 로비와 함께 분수대 앞에 서 있다. 엉뚱한 상상이지만, 그녀는 로비가 시실리어한테 청혼을 하고 있는 건지도 모른다고 생각한다. 그런데 놀라운 일이 벌어진다. 로비가 무슨 말을 하는 것 같더니, 언니가 옷을 벗고 분수대로 뛰어든다. 그녀는 로비가 무슨 힘을 갖고 있기에 언니를 저렇게 휘두를 수 있는지 궁금해지기 시작한다. 로비는 언니가 물속으로 사라졌는데도 바라보고만 있다. "공주가 물에 빠지면 나무꾼은 뛰어들어 구해야 하는데" 바라보고만 있다. 다행히 언니의 머리가 수면 위로 떠오른다. 그녀는 밖으로 나와 옷을 입더니 곧바로 집을 향해 걷는다. 로비는 로비대로 물을 내려다보다가 사라진다.

사실, 시실리어는 꽃병에 물을 채우려고 분수대에 갔다가 우연히 로비를 만났다. 두 사람은 서로에게 끌리고 있지만 서로의 마음을 알지는 못한 상태였다. 그들의 대화는 겉돌고 어색하기만 했다. 로비는 꽃병에 물을 채워주겠다고 제안했지만, 시실리어는 자신이 하겠다고 고집을 부렸다. 그렇게 실랑이를 하다가 꽃병이 살짝 깨지고 그 조각이 물속으로 가라앉아버렸다. 그러니까 일종의 사랑싸움을 하다가 꽃병이 깨진 것이고, 시실리어는 그것을 꺼내려고 옷을 벗고 물속에 뛰어든 것이다. 따라서 로비가 무슨 말을 하니까 시실리어가 그것에 휘둘려 옷을 벗고 물에 뛰어들었다는 것은 브라이어니의 얼토당토않은 상상이었다.

만약 브라이어니의 상상이 여기에서 멈췄다면 아무런 문제도 없었을 것이다. 그런데 나중에 로비가 브라이어니에게 편지를 전해달라고 부탁하자, 그녀가 그것을 건네주기 전에 개봉해 읽으면서 일이 커진다. 브라이어니는 로비가 언니에게 보내는 편지에서 "나는 꿈속에서 너의 향긋하고 촉촉한 거기cunt에 입을 맞춰. 나는 하루 종일 너와 사랑을 하는 상상을 해"라고 쓴 대목을 보고 엄청난 충격을 받는다. 그녀의 눈에 그 말(cunt)은 발음해서도 안 되고 발음할 수도 없는 불경스러운 말이다. 성인의 사랑이 어떤 것인지 알지 못하는 그녀에게 그것은 "폭력적이고 심지어 범죄적인" 말이기까지 하다. 그녀는 "집안의 질서가 위협받고 있으며" "만약 자신이 언니를 도와주지 않으면 그들 모두가 고통을 당할 것" 이라고 생각한다. 그녀가 그 편지를 읽은 순간부터, 로비는 "미친놈"이 되고 시실리어는 로비로부터 보호해 줘야 하는 대상이 되었다.

그런데 그 편지는 애초에 잘못 전달된 것이었다. 로비는 자기 때문에 꽃병이 깨진 것에 대해 사과하고 싶었다. 그런데 미안하다는 마음을 전하는 과정에서 시실리어를 향해 느끼는 감정이 자기도 모르게 그런 식으로 나오고 말았다. 로비는 화들짝 놀라 편지를 다시 썼다. 그런데 허둥지둥 나오다가, 처음 것을 봉투에 잘못 넣고 말았다. 로비가 자신의 실수를 깨닫고 브라이어니를 향해 달려갔을 때는 그녀가 이미 집 안으로 들어간 뒤였다. 그런데 그의 우려와는 달리, 시실리어는 잘못 배달된 편지를 읽고 그의 사랑을 확인하고 기뻐한다. 한 사람에게는 "미친놈"이라는 생각을 갖게 하는 불결한 단어가 다른 사람에게는 사랑의 표현이 된다.

이후 시실리어와 로비가 서재에서 서로의 몸을 격정적으로 탐닉하는 것은 그 편지로 서로의 마음을 확인했기 때문이다. 두 사람이 서로를 대하는 모습은 사랑이라는 것이 얼마나 아름다울 수 있는지를 유감없이 보여준다. 그들의 사랑 고백에는 종교적인 성스러움마저 감돈다. "세 개의 단어(I love you)"로 구성된 흔하디흔한 사랑의 표현이 그들에게는 "보이지 않는 어떤 존재나 증인 앞에서…… 보이지 않는 계약서에 서명을 하는 것"처럼 느껴진다. 그들이 서로를 사랑하는 장면을 가리켜 존 업다이크John Updike와 테리 이글턴Terry Eagleton이 D. H. 로렌스의 소설 이후로 가장 아름답고 에로틱한 장면이라고 한 것은 과장이 아니다.

그러나 평소와 다르게 서재의 문이 닫혀 있고 그 안에서 무슨 소리가 나는 것을 이상하게 여긴 브라이어니가 안으로 들어서면서 두 사람의 아름다운 사랑은 막을 내린다. 그녀의 눈에 비친 그들의 모습은 아름다움과는 거리가 멀다. 그녀는 "미친놈"이 언니의 치마를 "강제로" 걷어 올리고 폭력적인 행위를 하고 있다고 생각한다. 인기척을 느끼고, 그가 동작을 멈춘다. 그녀가 미치광이한테서 언니를 구한 것이다. 그런데 그녀의 언니는 자기를 구해준 것에 대해 고맙다는 말도 안 하고 냉랭한 모습으로 서재에서 나가고, 로비도 그녀를 쳐다보지 않고 밖으로 나가버린다.

더 큰 문제는 그 이후에 일어난다. 모든 사람들이 모

여 저녁식사를 하는 와중에, 쌍둥이 형제인 잭슨과 피에로가 사라졌다는 소식이 들린다. 도망가겠다는 쪽지를 남기고 사라진 그들을 모두가 필사적으로 찾아 나선다. 브라이어니도 동참한다. 그런데 그녀는 어둠 속에서 어떤 남자가 그녀의 사촌언니 롤라를 강간하는 장면을 목격한다. 남자가 인기척을 느끼고 사라지자, 브라이어니는 그것이 그 "미친놈"이 한 짓이라고 확신한다.

그녀는 로비가 범인이라는 것을 어른들에게 확신시키기 위해 그가 시실리어에게 쓴, '불경스러운' 말 (cunt)이 들어 있는 편지까지 폭로한다. 그 편지는 로비가 범인이라는 브라이어니의 말에 신빙성을 더해준다. 그렇게 해서 로비는 경찰에 끌려가 재판을 받고 감옥에 갇히게 된다. 정작 진짜 범인인 폴 마셜은 아무에게도 의심을 받지 않는다. 그는 브라이어니의 오빠인 레온의 친구로 백만장자의 아들이다. 하인의 아들인 로비가 범인으로 지목되어 끌려감으로써, 모든 일이 간단하게 해결된다. 모두가 로비를 범인으로 만드는 데 공모한 셈이다. 롤라도 로비가 범인이 아니라는 심증이 있지만 발언을 하지 않고, 다른 사람들도 브라이어니의 일방적인 증언에 허점이 있음에도 불구하고 그녀의 말을 액면 그대로 믿고 로비를 범인으로 만드는 데 쉽게 공모한다. 로비가 범인이 아니라고 확신하는 사람은 그를 사랑하는 시실리어와 아버지도 없이 그를 애지중지 키워온 그의 홀어머니뿐이다.

이 사건으로 시실리어는 그녀가 다니던 케임브리지 대학도 그만두고 가족과 의절한 뒤 간호사가 된다. 그 사이, 2차 세계대전이 발발한다. 로비는 군복무를 하는 조건으로 형을 면제받고 참전한다. 그런데 어느 날, 시실리어가 사는 곳을 찾아간 브라이어니는 전사한 줄 알았던 로비가 그곳에 있는 것을 알게 된다. 브라이어니는 행복해 보이는 그들에게 용서를 빌며 자신의 증언을 번복하겠다고 말한다. 그녀는 그런 약속을 하고 자신이 일하는 병원으로 돌아온다.

여기까지가 330페이지, 즉 에필로그 이전까지의 내용이다. 스토리는 브라이어니가 자신의 잘못을 시인하고 증언을 번복하겠다는 약속을 하며 용서를 비는 것으로 끝난다. 시간적으로 따지자면, 그 사건으로부터 5년이라는 세월이 흘렀고 열세 살이던 브라이어니는 이제 열여덟 살이 되었다. 그녀는 자신의 언니처럼 간호사가 되어 프랑스에서 후송되어 온 부상자들을 돌보며 자신의 죄를 속죄하고 있다. 과거를 되돌릴 수는 없지만, 모든 것이 원만하게 해결될 것처럼 보인다. 로비가 브라이어니를 "아직은, 완전히" 용서하지 않았지만, 브라이어니가 증언을 번복하면 언젠가 그녀를 용서할 날도 있을 것처럼 보인다.

소설은 이제 20페이지에 걸친 에필로그만을 남겨두고 있다. 읽기 전에는 에필로그가 군더더기처럼 보인다. 과거의 잘못이 바로잡히는 것은 시간문제인데 더 이상 스토리를 끌고 가는 것이 굳이 왜 필요할까 싶어서이다. 브라이어니는 부모한테 자신의 잘못을 시인하는 편지를 쓰고 법원에 제출할 진술서를 작성하게 될 것이고 그 일을 하는 데 "걸리는 시간은 얼마 되지 않을 것이다". 그렇게 되면, 로비는 강간범이라는 혐의를 벗게 된다.

그런데 에필로그 직전까지의 스토리 끝에 붙어 있는 "BT, London, 1999"라는 문구가 꺼림칙하다. "London, 1999"라는 문구가 꺼림칙한 것은 지금까지의 스토리가 브라이어니가 잘못된 증언을 했던 1935년부터 그녀가 죄의식 때문에 간호사가 되고 결국 언니와 로비를 만나 증언을 번복하겠다고 약속한 1940년까지 있었던 일에 관한 것인 데 반해, 1999년은 그 마지막 장면으로부터 59년이 지난 시점이기 때문이다. 우리가 자연스럽게 던질 수 있는 질문은 1940년에서 1999년 사이에 무슨 일이 있었기에 "London, 1999"라고 되어 있느냐 하는 것이다. 그리고 브라이어니 탤리스의 약자인 "BT"가 문제인 것은 우리가 지금까지 이언 매큐언이라는 작가가 내세운 전지적 시점의 화자가 서술한 것으로 생각하고 읽은 스토리가 사실은 "BT", 즉 브라이어니 탤리스가 쓴 것으로 드러나기 때문이다. 그래서 "BT, London, 1999"라는 말은 지금까지 우리가 읽은 330페이지, 즉 1부에서 3부까지의 모든 이야기가 이제는 세월이 흘러 일흔일곱 살이 된 브라이어니 탤리스가 1999년, 런던에서 완성한 글이라는 의미가 된다. 놀라운 일이 아닐 수 없다. 이것은 끝나는 줄 알았던 스토리가 처음부터 다시 시작해야 하는 스토리였다는 뜻이다. 실제로 소설은 여기에서 다시 시작된다. 그리고 이 소설을 읽으면서 느낄 수 있는 고통과 안쓰러움도 여기에서 시작된다.

공교롭게도 에필로그에도 "London, 1999"라는 제목이 달려 있는데, 이것은 당연히 이전까지의 스토리 말미에 표시되어 있는 것처럼 브라이어니의 원고가 완성된 시점이다. 즉, 에필로그는 지금까지 우리가 읽어온 스토리의 말미에 "BT, London, 1999"라는 말이 왜 붙어 있는지를 설명하기 위한 것이라고 보면 된다.

에필로그는 이렇게 시작된다. "참으로 이상한 시간이었다. 오늘은 나의 일흔일곱 번째 생일이다. 나는 아침에 램버스에 있는 전쟁박물관도서관을 마지막으로 한 번 더 찾아가기로 결심했다." 여기에서 몇 가지 사실에

속죄는 언제나 불가능한 일이었다…… 시도가 전부였다   271

주목할 필요가 있다. 첫째, 그녀가 이제는 자신의 목소리로 이야기를 시작했다는 것이다. 이전에 펼쳐졌던 이야기가 그녀가 쓴 이야기이면서도 3인칭 형식을 빌려 쓴 것이라면, 이제는 그녀가 자신의 목소리로 돌아와 이야기를 하고 있다. 이것은 의미심장한 변화가 아닐 수 없다. 두 번째로 주목할 것은 그녀가 일흔일곱 살의 노인이 되어 있다는 사실이다. 이것은 그녀가 1935년부터 1999년까지, 64년간을 유년 시절에 있었던 사건에 집착하고 있었다는 뜻이다. 즉, 트라우마에 시달렸다는 의미다. 이렇게 되면, 앞에 펼쳐진 스토리의 의미는 사뭇 달라진다. 이전에 펼쳐진 스토리의 시간적 배경이 1935년에서 1940년까지가 아니라 1999년까지로 확장되는 탓이다. 5년에 걸친 시간적 배경에 이후의 59년이 추가되면서, 스토리의 의미는 한층 더 복잡해진다. 그리고 세 번째로 주목할 것은 그녀가 자신이 쓴 원고의 내용이 사실에 부합되는지 확인하기 위해서 전쟁박물관도서관을 찾아간다는 사실이다. 그녀가 직접 전쟁을 경험하지 않았기 때문에 이것은 불가피한 일이었을 것이다. 그러나 이보다 중요한 것은 소설의 형식을 빌리고 있지만 속죄의 증언이기도 한 이 원고에서, 그녀가 어떻게 하면 허구적인 요소를 배격하고 고백의 본래적 의미에 충실할 것인지 고민했다는 사실이다. 고백이 제대로 성사되려면, 사실관계부터 정확히 해야 하기 때문이다.

그래서 에필로그를 읽을 때 가장 충격적으로 다가오는 것은, 지금까지 우리가 읽었던 것과 다르게 시실리어와 로비가 그 사건 이후로 서로를 만난 적이 없을 뿐만 아니라 두 사람 다, 1940년에 죽었다는 사실이다. 로비는 프랑스에 가서 전투에 참여하다가 "1940년 6월 1일에 브레이 뒨스에서 패혈증으로 죽었고," 시실리어는 그로부터 석 달 후인 9월, 런던 공습이 있었을 때 죽었다. 그리고 브라이어니는 로비가 죽었다는 사실에 망연자실하고 있던 언니를 찾아가지도 않았다. "최근에" 사랑하는 사람을 잃은 언니를 대할 "용기가 없었기" 때문이었다. 그럼에도 불구하고 브라이어니가 두 사람을 만나 자신의 죄를 고백하고 두 사람이 행복하게 같이 있는 모습을 묘사한 것은 그렇게라도 그들이 살아 있기를 바라는, 아니 죽어서도 그들의 사랑이 영원하기를 바라는 마음에서였다. "내가 죽고, 마셜 부부가 죽고, 소설이 드디어 출판되면, 우리는 나의 창조물로서만 존재할 것"이기 때문에 결국 남는 것은 언니와 로비의 영원한 사랑일 것이라는 믿음에서였다. 그래서 그녀는 시실리어와 로비가 서로를 만나는 것으로 스토리를 끝낸 것을 "나약함이나 회피가 아니라 자신이 그들에게 베푼 마지막 친절이며 망각과 절망에 대한 저항의 몸짓이라고 생

각하고 싶다"고 말한다. 그들이 만나지 않았음에도 그
들을 스토리에서 만나게 한 것이 "친절"의 몸짓인지 아
닌지는 보는 시각에 따라 다르겠지만, 그렇게 해서라도
그들을 기억하고 그들의 사랑을 살아 있게 하려는 브라
이어니의 마음만은 이해해줄 필요가 있다. 그녀가 쓴 원
고 중에서 마지막 것만이 해피엔딩으로 처리되어 있는
데, 이것은 그녀가 얼마나 고심에 고심을 거듭했는지를
말해준다. 그녀의 말에 따르면, 이전에 쓴 원고들의 결
말은 "무자비했다". 우리가 그 원고들을 하나하나 확인
할 길은 없지만, 그녀는 틀림없이 현실 그대로를 "무자
비하게" 옮겼을 것이다. 용서받을 수 없는 자신의 잘못
은 물론이려니와 로비와 시실리어의 죽음도 여과 없이
기록했을 것이다. 그러나 그녀는 차마 그들을 죽게 내버
려둘 수 없었다. 그래서 소설가가 가진 특권을 살려 그
들에게 영원성을 부여하고자 했고, 그것이 그녀가 결말
을 해피엔딩으로 처리한 이유였다. 로비와 시실리어가
책 속에서나마 영원히 사랑을 하는 모습으로 살아남기
를 바란 것이었다. 결국 사람들이 책을 읽는다면 두 사
람의 사랑을 확인하게 될 것이고, 그렇게 되면 두 사람
은 영원히 살아남을 터였다.

브라이어니의 딜레마는 그녀가 속죄하려는 대상이
이미 이 세상 사람이 아니라는 데 있다. 그들이 살아 있

었더라면 문제는 달라질 수도 있었겠지만, 그들이 이 세상에 없는 상황에서 속죄를 한다는 것은 "언제나 불가능한 일이었다". 그럼에도 불구하고 속죄는 행해져야 했다. 그래서 그녀의 속죄에는 완성이 없었다. 용서할 사람이 없으니 "속죄는 언제나 불가능한 일"이었고 "시도가 전부였다". 그녀가 택한 속죄의 방식은 고백이었다. 그녀는 자신의 글에 자신이 어렸을 때 실제로 느꼈거나 느꼈음 직한 감정들을 여과 없이 토해놓았고, 필요한 경우에는 다른 사람들이 느꼈음 직한 감정들을 상상으로 메웠다. 사랑하는 사람이 자기 동생의 잘못된 증언으로 감옥에 가고 전쟁터로 보내졌을 때, 시실리어가 삶의 마지막 부분을 어떻게 살았으며, 잘못된 증언으로 전쟁터에 내몰린 로비가 어떤 상황에서 죽었을지 상상으로 메웠다. 철저하게 자기중심적인 브라이어니는 그렇게 시실리어도 되어보고 로비도 되어봤다. 그녀는 자신의 배반으로 인하여 이 세상을 떠난 사람들을 그렇게 붙들고 살았다. 그녀는 그들이 죽음의 세계로 떠난 후로 원고를 쓰고 또 썼다. 1940년에 첫 원고를 쓰기 시작하여 1999년에 마지막 원고를 쓸 때까지, 모두 합해서 여덟 번을 썼다. 우리가 읽은 것은 그중 마지막 것이다. 그녀는 59년을 그렇게 글에, 아니 고백에 매달렸다. 혈관성 치매라는 진단을 받지 않았다면, 그것으로 인해 마음에 담아두었던 것을 더 이상 기억할 수 없는 시기가 곧 닥칠 것이라는 사실을 알지 못했다면, 그녀는 원고를 계속 써 내려갔을지 모른다. 그녀는 그렇게 힘겹게 살았다. 그녀는 자신의 병에 낙담하는 대신, 오히려 "의기양양해져elated" 전화로 한 시간에 걸쳐 가까운 사람들에게 소식을 전한 것은 그녀가 지금까지 얼마나 힘들게 살아왔는지를 역설적으로 말해준다. 자신이 치매에 걸려 모든 기억을 잃어버리게 된다는 것을 좋아할 사람이 어디 있겠으랴. 삶이 얼마나 고단했으면 치매가 그렇게도 반가웠으랴. "59년에 걸친 숙제"를 끝냈다며 치매를 환영하는 브라이어니의 모습은 우리의 가슴을 미어지게 만든다.

그럼에도 불구하고 그녀에 대한 우리의 마음은 둘로 갈라진다.

하나는 그녀를 여전히 용서할 수 없다는 마음이다. 아무리 어린 나이였다고 해도, 케임브리지대학에 다닐 정도로 똑똑했고 이후로는 의과대학에 진학해 의사가 되는 것을 꿈꿨던 전도양양한 20대 청년을 강간범으로 몰아 감옥에 보내고 결국 전쟁터에 나가 죽게 한 행위는 용서받기 힘들다. 열세 살이면 뭘 해도 용서받을 수 있다는 말인가. 열세 살이면 남의 편지를 읽어도 무방하다는 말인가. 그리고 그녀에게는 자신의 발언을 번복할 기회가 있었다. 그럼에도 그녀는 발언을 뒤집을 경우에 생길 파장을 염려해 로비가 범인이 아닐 수 있다는 것을 모르지 않으면서도(그녀의 생각에도 그것은 "반반"이었다) 자신의 주장을 밀어붙여 관철시켰다. 그리고 5년이 지난 후 로비가 죽고 언니가 그의 죽음을 슬퍼하고 있다는 것을 알면서도 "비겁하게" 찾아가지 않았다. 그리고 소설의 형식을 빌린 고백만 해도 그렇다. 그녀가 죄의식 때문에 고백을 한 건 의심의 여지가 없는 사실이지만, 그녀는 마음속에 있는 짐을 여러 번에 걸쳐 말로 풀어냄으로써 그것을 털어낸 셈이 되었다. 그렇다면 궁극적으로 그녀의 글쓰기도 자기중심적인 행위가 아니었을까. 이처럼 우리가 그녀에 대한 미움을 풀지 않으려 하는 데는 나름대로 합당한 이유가 있다. 그런데 우리가 이 지점에서 유의할 것은 우리의 미움을 유도하고 유발한 것이 그녀가 의도한 것일 수도 있다는 사실이다. 그녀는 어쩌면 처음부터 끝까지 자신이 용서받을 자격이 없다는 얘기를 하고 있는 것인지도 모른다. 만약 이것이 그녀의 의도였다면, 그녀는 성공한 셈이다. 그리고 그 성공이 더욱 우리의 가슴을 아리게 한다.

그녀에 대한 또 다른 마음은 그녀를 이제는 용서해줘도 좋지 않을까 하는 것이다. 그녀는 열세 살 때 있었던 사건 이후로, 단 한 순간도 그것으로부터 놓여난 적이 없었다. 그녀의 삶은 트라우마에 휘둘리는 삶이었다. 도리 라웁Dori Laub의 말을 빌리자면, 그녀는 "시작도 없고 끝도 없고 전도 없고 중간도 없고 후도 없는" 트라우마의 삶을 살았다. 더욱이 로비와 시실리어가 5년이 흐른 후 차례로 세상을 떠나면서, 그녀의 삶은 거기에 더 단단히 붙잡히게 되었다. 다른 사람 같으면, 그로부터 몇십 년이 흘렀다면 이제는 좋든 싫든 그것을 과거의 사건으로 돌리고 현재를 살아갔을 것이다. 당시 로비를 지옥의 구렁텅이로 몰아넣은 다른 사람들은 잘만 살아갔다. 롤라와 폴 마셜은 피해자와 가해자였음에도 불구하고 결혼까지 해서 롤스로이스를 타고 호사스럽게 살아갔다. 다른 사람들은 어떠한가. 그들은 열세 살짜리 소녀의 불확실한 증언 뒤에 숨어 로비의 삶을 만신창이로 만들었다. 그들은 자신들이 잃어버린 쌍둥이 형제를 찾아서 데리고 온 로비에게 고마워하기는커녕, 어린아이의 말만 믿고 그를 경찰에 넘겼다. 이런 사람들과 비교하면, 병마가 찾아올 때까지 자신의 죄를 속죄하면서 살아온 브라이어니는 용서해줘도 되지 않을까.

그래도 용서가 안 되면, 한 가지를 더 참작할 필요가 있다. 그것은 그녀가 더 이상 이 세상 사람이 아닐 수 있다는 사실이다. 그녀가 쓴 고백이 세상에 나와 독자가 읽고 있다는 것은 롤라와 폴 마셜, 그리고 브라이어니가 이 세상 사람이 아니라는 것을 암시한다. 브라이어니가 자신이 쓴 고백을 출판하지 못한 것은 전적으로 롤라와 폴 마셜이 명예훼손으로 그녀를 고발하고 책의 배포를 금지할 것이 예상되었기 때문이다. 모든 것이 실명으로 기록되어 있으니 공개적인 망신을 당하지 않기 위해서 마셜 부부가 할 수 있는 일은 법률과 막강한 자금력을 동원하여 출판을 막는 길밖에 없었을 것이다.

브라이어니가 더 이상 살아 있지 않다면, 그녀가 죄의식에 몸부림치면서 살아야 했던 삶은 어느 정도 용서해줘도 좋지 않을까. 그녀가 마지막에 이르러서도, 로비가 경찰한테 끌려가는 모습을 떠올리고 급기야 "아직도 살아 있고, 아직도 사랑에 빠져 있는 로비와 시실리어가 도서관에 나란히 앉아 있는" 모습을 상상하는 것은 그녀가 그동안 얼마나 애타게 그들을 그리면서 속죄했는지를 보여준다. 이토록 마지막까지 로비와 시실리어를 놓지 않고 있는 것만으로도 그녀는 용서받을 자격이 있는 것이 아닐까. 로비와 시실리어가 더 이상 이 세상에 없으니, 그녀가 그들에게서 용서를 받는 것은 가능하지 않지만, 자신의 행위를 속죄하려고 몸부림을 치며 살아온 그녀를, 우리가 그들 대신 용서해주면 어떨까.

우리라면 어땠을까. 우리가 브라이어니처럼 누군가를 배반했다면 평생에 걸쳐 그것을 속죄하며 살 수 있을까. 자신에게 아무런 득이 되지 않는 것을 실명으로 고백할 용기가 있을까. 그렇다면 브라이어니의 속죄는 우리가 모범으로 삼아야 하는 윤리적 행위가 아닐까. 이런 의미에서 보면, 매큐언이 이 소설의 제목을 '어떤 속죄An Atonement'라고 했다가 친구의 말을 듣고 '속죄Atonement'라고 고친 것은 아주 현명한 결정이었다. 소설에 나오는 속죄가 브라이어니 탤리스의 개인적인 속죄를 넘어 우리 자신의 삶을 돌아보게 하는 보편적인 성격의 것이기 때문이다. 우리가 자주 간과하는 것 중 하나는 우리가 배반을 당하는 로비나 시실리어, 즉 피해자일 때도 있지만, 누군가를 배반하는 브라이어니, 즉 가해자일 때가 더 많다는 사실이다.

『속죄』는 가해자의 트라우마가 윤리적인 행위로 이어질 수 있다는 것을 감동적으로 말해주는 고통스러운 소설이다. 매큐언의 소설은 가해자를 악으로 규정하고 가해자에게 트라우마가 존재할 가능성을 봉쇄하고 차단하려 하는 이분법적 사고가 얼마나 위험하고 잘못된 것인지를 실감 나게 보여준다. 어쩌면 바로 이것이 프로이트가 트라우마를 얘기하면서 가해자와 피해자를 구분하지 않은 이유였을 것이다. 그의 심리 이론 어디를 보아도 트라우마가 피해자의 전유물이라는 말은 없다. 누가 어디에서 어떻게 왜 입은 것이든, 트라우마는 트라우마이고, 따라서 우리가 보듬고 다독이고 이해해줘야 하는 대상일 따름이다.

슬픔 덕에 우리는
전쟁에서 벗어날 수 있었다
─『전쟁의 슬픔』과 베트남의 트라우마

"그는 어떤 사람들은 노예로, 어떤 사람들은 자유인으로 만든다." 그리스 철학자 헤라클레이토스의 말이다. 여기에서 '그'는 엄청난 힘을 가진 존재처럼 보인다. 자기 마음대로 사람을 노예로도 만들고 자유인으로도 만들 수 있다면, 보통 무시무시한 존재가 아닐 것이다. 사람을 그렇게 주무르는 '그'는 누구일까. 여기에서 헤라클레이토스가 말하는 '그'는 "모두의 아버지이며 왕"인 '전쟁'이다. 그의 말은 전쟁의 승패에 따라 한쪽은 노예로, 다른 쪽은 자유인으로 운명이 갈리는 결과론적 현상을 압축하여 설명해준다. 나름대로 일리가 있는 말이다. 인간의 역사는 누구는 자유인이 되고 누구는 노예가 되는 전쟁과 식민의 역사라 해도 과언이 아닐 것이기 때문이다.

그러나 헤라클레이토스는 모든 전쟁이 반드시 승자

와 패자로 갈리는 것도 아니고, 설령 그렇게 갈린다고 해도 반드시 승자는 자유인이 되고 패자는 노예가 되는 것이 아니라는 사실을 간과하고 있는 것처럼 보인다. 당대까지 일어났던 전쟁만을 염두에 둔 발언이기 때문이다. 이것은 20세기에 일어난 베트남전쟁을 예로 들어보면 비교적 분명해진다. 베트남전쟁은 남베트남과 북베트남 사이에 일어난 내전이었지만, 궁극적으로는 태평양이라는 거대한 바다의 양쪽에 있는 북베트남과 미국이 벌인 전쟁이었다. 더 정확히 말하면, 미국이 그 먼 길을 건너와 베트남에서 벌인 전쟁이었다. 헤라클레이토스의 시대에는 상상도 할 수 없었던 성격의 전쟁이었던 것이다. 그리고 이 전쟁에서 미국이 지고 북베트남이 이겼다. 그렇다고 미국인들이 노예가 된 것은 결코 아니었다. 그들은 자존심에 상처를 입고 자기 나라로 돌아갔을 뿐이다. 물론 베트남은 전쟁에서 승리함으로써 미국의 식민주의로부터 자유로워지고 통일이 되었다. 그러나 그 대가는 혹독했다. 아이러니컬하게도 패자보다 승자의 피해가 더 컸다. 그들의 나라, 그들의 땅에서 행해진 전쟁이었기 때문이다. 베트남은 온 나라가 그야말로 쑥대밭이 되었고 수많은 사람들이 죽거나 다치거나 불구가 되었다. 결국 이 전쟁은 양쪽 모두에게 상처만 남기고 끝이 났다. 이런 의미에서 승자는 없고 모두가 패자였다는 말은 설득력을 얻는다.

그래서 전쟁에 대해 말할 때, 이분법적 논리보다는 그것이 남긴 상처에 입각해서 접근하는 편이 훨씬 더 생산적일 수 있다. 상처는 내 편, 네 편이 있는 것이 아니어서, 상처를 중심으로 전쟁에 접근하게 되면 진영 논리에 제한을 받지 않고 양자를 아우를 수 있는 길이 열리기 때문이다. '외상 후 스트레스 장애(PTSD, Post-Traumatic Stress Disorder)'는 한쪽에만 국한된 것이 아니라 승자와 패자 모두에게 공통적으로 생기는 현상이다. 2014년에 발표된 연구 결과에 따르면, 베트남전쟁이 끝난 지 40년이 넘었음에도 27만 명 이상의 미국 군인들이 '외상 후 스트레스 장애'에 시달리고 있다고 한다. 지금은 보편적으로 쓰이는 '외상 후 스트레스 장애'라는 이 용어는 사실, 베트남전에 참전했던 군인들이 겪는 병리적 현상을 지칭하기 위해 만들어졌다. 이는 하나의 용어가 새로 만들어질 만큼, 베트남전의 후유증이 심각했다는 걸 말해준다. 그렇다면 베트남인들은 어떠했을까. 그들이 전쟁후에 겪은 후유증이 실로 어떠했을지 우리로서는 상상하기조차 힘들다. 미국처럼 세계의 담론을 지배하면서늘 뉴스의 초점이 되는 나라가 아닌 탓에 그다지 널리알려지지 않았을 뿐 미국인들이 겪었던 것보다 훨씬 더심각했을 것이다.

베트남 작가 바오 닌Bao Ninh이 쓴 『전쟁의 슬픔Nỗi buồn chiến tranh』(하재홍 옮김, 아시아, 2012)은 아주 각별한 소설이다. 베트남 작가가 베트남전을 소재로 쓴 작품이기 때문이다. 베트남의 근대사가 전쟁으로 점철돼 있어서 전쟁이 그들의 문학에 형상화되는 것이 당연한 일임에도 바오 닌의 소설이 특별하게 다가오는 것은 그것이 베트남 밖으로 소개된 몇 안 되는 베트남 전쟁소설 중 하나이기 때문이다. 이것은 반대로 베트남전을 소재로 한 미국 소설들이 얼마나 많은지를 생각해보면 쉽게 이해될 수 있다. 베트남전이 끝난 이후, 미국 작가들은 베트남전을 소재로 한 수많은 작품들을 쏟아냈다. 소설만 해도 수십, 아니 수백 편이 쏟아져 나왔다. '외상 후 스트레스 장애'라는 신조어가 만들어질 만큼 후유증이 엄청났던 전쟁이었기에, 그것과 관련된 소설들이 많이 쓰인 것은 어쩌면 당연한 현상이었다. 프란시스 포드 코폴라 감독이 만든 영화 「지옥의 묵시록Apocalypse Now」 같은 다른 장르의 예술작품은 말할 것도 없고, 문학만 해도 하나의 장르나 흐름을 형성할 만큼, 베트남전은 미국 작가들이 가진 강박관념이었다. 미국이라는 나라에게는 대단히 부끄러운 기억이겠지만, 미국 문학에 대한 총체적인 논의는 이제 베트남전을 빼고는 이야기할 수 없을 정도가 되었다. 그리고 문학이 많은 경우, 기쁨보다는 슬픔을, 승리보다는 상처를, 자랑스러움보다는 부끄러움을 형상화하기 때문에 베트남전과 관련된 문학작품들을 오점으로 인식할 필요는 없을 것이다. 아픈 과거를 돌아보고 그 의미를 찾으려 하는 문학이 다수 존재한다는 것은 그 사회가 부끄러워할 줄 안다는, 그래서 건강하다는 증거이기 때문이다. 여하튼, 베트남전과 관련된 미국 문학은 자국민은 물론이고 세계의 독자들을 향한 문화적 자산의 일부가 되었다. 어쩌면 그것은 미국이 전쟁에서 패했음에도 불구하고 변함없이 강대국이고 세계 담론의 주체이기 때문에 가능한 일이기도 했다. 그런데 베트남은 전쟁에서 이겼음에도 불구하고 여전히 약소국이었고, 담론의 주체와는 거리가 먼 변방이었다. 베트남 작가들이 베트남전을 형상화하지 않은 것은 결코 아니었지만, 그들의 작품이 밖으로 알려지는 일이 드물었던 것은 베트남이 정치, 경제, 군사의 영역에서도 그렇지만 문화, 예술, 담론의 영역에서도 변방이었기 때문이다. 그래서 그들의 문학이 세계 독자들에게 읽힐 확률은 미국 문학에 비해 현저히 낮았다. 이것이 우리나라의 독자들이 베트남전에 관한 이야기를 지금까지 대부분, 미국 작가들의 작품에서 읽었던 주된 이유이다. 물론 한국 작가들에 의한 것도 더러 있다. 안정효의 『하얀 전쟁』과 황석영의 『무기의 그늘』이 대표적인 예다. 그러나 베트남전을 다룬 한국 문학은 양과 질의 면에서 대단히 제한적이고, 또 '우리'의 입장에서 '그들'을 타자화한다는 점에서는 미국 문학과 크게 다르지 않다. 바로 이것이 베트남 작가가 쓴 『전쟁의 슬픔』이 우리에게 각별하게 다가오는 이유이다.

이 소설을 더욱 의미 있게 만드는 것은 바오 닌이라는 작가가 베트남전에 접근하는 방식에 있다. 그는 미국을 악惡으로 규정하지 않는다. 전쟁의 책임을 그 나라에 돌리는 데 관심이 없는 것처럼 보인다. 마치 책임의 소재를 파악하는 것은 정치나 역사의 영역에서 알아서 할 일이라는 듯, 그는 자신의 나라를 쑥대밭으로 만든 미국을 비난하시 않는다. 100만 명 이상(정확한 통계는 나와 있지 않으나 150만 명에서 360만 명 사이로 추정됨)의 자국민을 죽게 만든 미국에 대한 미움이 없진 않으련만, 작가는 아무런 내색도 하지 않는다. 2차 세계대전에서 사용한 것의 두 배가 훨씬 넘는 755만 톤의 폭탄을 퍼부어 자기 나라를 황폐화시킨 미국에 대해 적대감을 드러낼 만도 하건만, 별다른 언급조차 없다. 베트남인들의 도덕적 정당성이나 이념적 우월성을 내세우지도 않는다. 선악의 구분을 하지 않으려고 작정한 것처럼 보인다. 대신, 그가 전면에 내세우는 것은 '슬픔'이다. 이 소설은 처음부터 끝까지 '슬픔'을 주된 정서로 삼아 스토리를 전개한다. 그래서 제목도 '전쟁의 슬픔'이며 주인공의 별명도 '슬픔의 신神'이다. 이 소설에서 가장 빈번하게 사용되는 단어 중 하나가 '슬픔'인 것은 놀라운 일이 아니다. 그래서 이 특별한 소설을 이해하기 위해서는 그 슬픔의 원인이 어디에 있는지, 또 그것이 어떻게 표현되어 있는지를 살펴볼 필요가 있다.

주인공 끼엔은 전쟁에 나갔다가 구사일생으로 살아남은 사람 중 하나이다. 그러니 그의 슬픔은 살아남은 자가 느끼는 도덕적, 윤리적 슬픔이다. 그가 전쟁이 끝난 후, 삶을 달리한 동료 병사들을 기억하고 회상하는 것은 극히 자연스러운 일이다. 자신이 살아남기 위해서 누군가가 그 대신 죽어야 했다는 자의식이 그를 슬픔으로 몰아넣기 때문이다. "많은 사람이 그를 구하다가 죽어갔다. 많은 사람이 그의 잘못으로 전사했다." 그가 "살아남은 대신 이 땅에 살아갈 권리가 있는 우수하고, 아름답고, 누구보다 가치가 있는 사람들이 모두 쓰러지고, 갈가리 찢기고, 전쟁의 폭압과 위협 속에 피의 제물이 되고, 어두운 폭력에 고문당하고 능욕당하다 죽고, 매장되고, 소탕되고 멸종되었다". 그러니 슬픈 것이다. 이것은 우리가 충분히 예상할 수 있고 이해할 수 있는 성격의 슬픔이다. 한스 야우스Hans Robert Jauss가 사용한 용어를 빌리자면, 그의 슬픔은 우리의 기대 지평horizon of expectations과 무관하지 않은 슬픔이다. 우리는 일정한 기대 지평을 갖고 베트남전과 관련된 영화나 작품에 접근하는 경향이 있다. 살아남은 자가 살아남지 못한 자를 향해 느끼는 죄의식과 슬픔이 그 기대 지평에 포함되는 것은 말할 것도 없다. 그래서 독자에게는 "살아남은 자신의 모습을 보고 있자면, 이 태연한 평화를 보고 있자면, 승리한 이 나라의 모습을 보고 있자면, 그저 애통하고 쓸쓸하다. 그리고 특히 슬프다"는 끼엔의 말이 그다지 낯선 것이 아니게 된다.

끼엔은 전쟁으로 인한 슬픔을 극복하지 못한다. 그것이 그를 놓아주지 않기 때문이다. 그의 표현대로 하면, 과거의 "사건들에 붙박여" 있기 때문이고 "과거가 주변에 몸을 숨기고" 있기 때문이다. 그의 삶은 "강물을 거슬러 끊임없이 과거로 떠밀려 가는 배와 다르지" 않다. 전쟁의 트라우마 때문이다. 그런데 문제는 그가 이러한 상태에서 작가가 되어 소설을 쓴다는 데 있다. 이것이 문제가 되는 것은 트라우마와 소설은 그 성격이 사뭇 다른 것이기 때문이다. 트라우마가 무질서의 세계라면, 소설은 질서의 세계이다. 트라우마가 오직 과거의 어느 시점, 어느 경험을 향해 줄달음질을 치면서 시간을 파괴한다면, 소설은 과거와 현재에 질서를 부여한다. 그래서 주변의 모든 사람이 죽어나간 전쟁에서 요행으로 살아남은 끼엔이 트라우마를 입은 상태로 글을 쓴다는 것은 모순적인 상황에 처해 있다는 것을 의미한다. 실제로 끼엔은 자기가 글을 쓰는 게 아니라 자신이 아닌 어떤 존재가 글을 쓰는 것 같다고 생각한다. "막상 글을 쓰기 시작하면 예정했던 모든 것이 제멋대로 나아가거나 어지러이 뒤엉켜 끼엔이 원했던 수순이나 맥락들이 허사가 되어버"린다. 그러다 보니 그는 "자기 안의 자아를 신뢰할 수 없"게 된다. 작가 자신에게 작품을 구성할 권위가 있는 게 아니라 작품이 "스스로 시간을 구성하고, 방향을 정하고, 흐름을 선택하고, 강변과 선착장을 고"른다. 능동적이어야 할 작가가 수동적으로 바뀌어 있는 것이다. "기억의 횃불은 끼엔을 미궁에 깊이 빠져들게 하고, 수많은 지류를 에돌게 하더니 다시 그를 과거 시제의 황량한 밀림으로 이"끈다. 그는 전쟁이 아닌 다른 것에 관해서 써보려고 노력하지만, "펜이 말을 듣지 않"는다. 그럼에도 그는 계속 펜을 붙잡고 있다. 자기가 글을 쓰는 주체가 아니라 누군가의 매개가 되어도 좋다는 태도다. 누군가가 그의 펜을 빌려 자기 얘기를 하고 싶다면, 그렇게 해주겠다는 태도다. 누군가가 저 세상에서 이 세상으로 건너오고 싶다면, 기꺼이 다리가 되어주겠다는 태도다. 그는 "인간이 위대한 것은 그가 목적이 아니라 다리라는 데 있다"고 했던 차라투스트라의 말을 실천하는 것처럼 보인다. 그래서 그는 "때때로 어떤 이야기를 글로 쓰다가 갑자기 펜대 속으로 혼이 들어오면…… 자신도 모르는 사이에 그 이야기를 써나가기도" 한다. 당연한 이야기지만, 그의 펜대 속으로 들어오는 혼은 전쟁 중에 죽은 동료 병사들의 혼이다. 그들의 혼이 끼엔을 통해 이야기하는 것이다. 그래서 사람들은 그를 "귀신 들린 놈"이라고 한다.

외면적으로만 판단하면, 그가 미쳤다는 말은 그리 틀린 말이 아니다. 그러나 사람들이 기억조차 하지 않으려하는 영혼들을 자기 안에 맞아들이고, 그들로 하여금 글을 쓰도록 펜을 잡고 있는 그의 행위는 미쳤을망정, 과거로부터 이미 고개를 돌리고 자신의 현재 삶을 살아가는 정상적인 사람들에게는 가능하지 못한 윤리적 행위이다. 자신을 궁극적인 타자, 즉 죽은 자에게 내어주는 행위이기 때문이다. 비록 "20세기는 이미 끝이 났"고 "사람들의 마음은 이미 과거를 떠났"으며 "지난날에 대한 옳고 그름의 평가와도 영원히 작별을 고했"지만, 끼엔은 죽은 자들을 기억의 저편으로 밀어내지 않고 자기 안에 환대한다. 비록 "글을 쓰는 것이 마치 머리로 바위를 들이받는 것 같고, 자신의 심장을 손으로 도려내는 것 같고, 몸뚱이를 스스로 내동댕이치는 것 같아 힘들고 어렵지만", 그에게는 "글을 쓰는 것보다 나은 일은 없"다.

이처럼 끼엔은 과거의 트라우마에 기꺼이 붙잡혀 산다.

그래서 그의 글이 산만하고 무질서한 것은 흠이 아니다. "글의 맥락이 수시로 끊"기고 스토리가 "처음부터 끝까지 하나의 줄거리로 이어지지 않"고 "완전히 별개의 그림들이 대략적으로 엮인 듯"해도 탓할 일이 아니다. 이 소설의 화자/편집자는 끼엔이 남긴 무질서한 원고를 보고 그것을 "글쓴이의 사고력 결함"과 "글쓴이의 역량 부족에 드러나는 구성 실패, 맥락 부족, 포괄성 부족"이라고 판단하지만, 그러한 무질서와 혼란에 침잠하는 것 자체가 중요하다는 사실을 간과하고 있다. 전쟁이 인간을 무질서와 혼란 속으로 강제로 집어넣었다면, 그것을 경험한 사람이 그 무질서와 혼란을 글에 반영하는 것은 어쩌면 당연한 것이다. 역설적으로 말해, 그 무질서와 혼란에 질서와 정돈을 부여하라고 주문하는 것은 소화할 수 없는 것을 강제로 소화하라고 몰아붙이는 것이나 다름없는 일이다. 이런 의미에서 보면, 끼엔이 쓰는 글에 다른 사람의 혼이 불쑥 들어와 자신의 얘기를 하는 것이나 글을 쓰는 과정에서 다른 것들이 불쑥불쑥 끼어드는 것은 잊지 않기 위한 그 나름의 방식이다. "잊기 위해 쓰고 기억하기 위해 써야 한다"는 그의 모순어법은 그래서 그의 입장에서는 너무나 정직한 발언인 셈이다.

그런데 끼엔의 슬픔에는 전쟁 외에 또 다른 원인이 있는 것처럼 보인다. 그것이 비록 처음에는 자신의 실체를 막연하게 암시만 하다가, 스토리가 한참 진행되고 거의 막바지에 이를 무렵에야 모습을 드러내긴 하지만, 처음부터 그의 슬픔에 전쟁 아닌 다른 원인이 있다는 것은 명백해 보인다. 소설은 스토리가 시작되고 열 장이 채 넘어가지 않았을 때, 부대원들이 끼엔을 "군대에 막 입대했을 때부터" "슬픔의 신"이라고 불렀다고 소개한다. 그 내막을 아직 밝히지는 않고 있지만, 스토리는 그가 느끼는 슬픔이 전쟁으로 인한 것만은 아니라는 사실을 처음부터 명확히 한다. 오래 계속되는 전쟁으로 인해 동료 병사들이 수없이 죽어나가고 스스로도 생사의 갈림길을 끝도 없이 오가는 상황에서 생긴 것이라면, 그 슬픔은 충분히 이해할 만한 것일지도 모른다. 문제는 그의 슬픔이 전선에 배치되기 전부터 있었던 것이라는 데 있다. 그래서 그는 군 생활을 하면서 자신을 "둘러싼 모든 사람과 사물에 냉담"하고 "무심"하다. "그는 남몰래 자신과의 영원한 결별을 준비하고 있는 것처럼" 보이기도 하고 "죽음을 기다"리는 것처럼 보이기도 한다. 예를 들어, 그는 적의 정찰병과 정면으로 마주쳤을 때는 아예 죽기로 작정한 사람처럼 행동한다. 그는 "바로 앞에서 나무 밑동에 몸을 숨긴 적군의 AK소총"이 불을 뿜고 있음에도, 응사하지 않고 앞으로 돌진한다. 그런데 "어찌 된 일인지 적의 탄창에 들어 있던 서른 발의 총알은 어느 한 발도 끼엔의 몸을 스치지도 못한 채 모두" 빗나간다. 그는 "적병에게 총을 다시 장전하고 자신을 정확히 겨냥해 쓰러뜨릴 충분한 시간이라도 벌어주려는 것처럼" 총을 쏘지 않고 앞으로 나아간다. 그는 왜 이렇게 죽음 앞에 초연한 것일까. 무엇이 그를 그토록 절망하게 만든 것일까. 이유는 간단하다. 사랑 때문이다. 프엉이라는 여인과의 어긋난 사랑 때문이다.

끼엔이 그렇게 절망에 빠진 사연은 이러하다. 그가 석 달간의 훈련을 마치고 전선으로 이동하기 직전에 일어난 일이다. 수송열차가 출발하기 전까지 세 시간의 여유가 있다는 것을 안 그는 대대장의 허락을 받고 프엉을 만나러 간다. 그러나 이미 그녀는 대학 입학 허가서를 받고 기차역으로 떠난 후다. 그가 가까스로 프엉을 찾지만 그러는 사이에 수송열차는 떠나고 만다. 그들은 트럭을 얻어 타고, 나중에는 화물열차를 타고 수송열차를 따라잡으려 하지만 화물열차가 적군의 비행기로부터 공습을 받게 된다. 그는 의식을 잃고 쓰러지고, 그사이에 프엉은 겁탈을 당한다. 나중에 깨어난 그는 프엉의 하체에서 피가 흐르는 것을 보고, 그녀가 공습으로 상처를 입었다고 생각한다. 그들은 열차에서 빠져나와 근처에 있는 학교의 교실 바닥으로 가서 잠을 청한다. 그런데 끼엔이 일어나 보니 프엉이 사라지고 없다. 그녀는 어디에도 보이지 않는다. 그는 옆 교실로 가서 장교로 보이는 사람들에게 묻는다. 그들은 그녀를 본 적이 있다며 군인들하고 그렇고 그런 짓을 하고 있을 거라고 말한다. 사실이 아니지만, 그렇게 말해버린 것이다. 그는 그녀를 찾아다니다가 후미진 연못에서 목욕을 하고 있는 그녀를 발견한다.

여기에서 엄청난 오해가 발생한다. 그녀가 연못에서 목욕을 한 것은 열차에서 당한 성폭력으로부터 자신의 몸을 씻어내기 위한 일종의 의식이었는데, 그는 더럽혀진 알몸을 수치심 없이 드러낸 천박한 행위로 인식한다. 그는 프엉이 "순결한 영혼으로 항상 밝게 빛나고 진실되고 열정적이던, 그의 아름다운 애인 프엉에서, 구원할 방법도 없이 순식간에 낯선 여자로, 산전수전 다 겪은 여자로, 완전히 다른 여자로 변해버렸다"고 생각한다. 그는 자기 여자를 지키지 못했다는 자책감과 더불어 "고통스러운 실망감"을 느끼고, 그녀를 "단호하게 버리기로 결심"한다. 그는 그녀가 그의 이름을 "애절하게" 부르며 찾는데도 그녀를 놔두고 아무 말 없이 전선으로 떠나버린다. 그런데 그는 나중에 학교 교실에 있었던 군인 중 하나로부터 프엉이 한참 동안 그곳을 떠나지 못하고 그를 기다렸다는 편지를 받고, 자신이 그녀를 더렵혀진 존재로 생각했던 것이 얼마나 비겁한 행위였는지 깨닫게 된다. 그들은 전쟁이 끝난 후 만나지만 프엉은 자신이 끼엔의 기억 속에 있는 아름답고 순수한 사람이 아니라고 생각하고 그의 곁을 떠난다.

끼엔은 모든 것의 "시작은 프엉을 지키지 못한 그 순간부터였다"고 생각한다. 수송열차 안에서 서로를 껴안고 있다가 그가 "프엉의 품에서 튕겨져 나온 순간부터" 그의 삶은 "피와 고통과 좌절의 연속이었다"고 생각한다. 즉, 사랑하는 사람을 지키지 못했을 뿐만 아니라 그녀를 팽개친 것에 대한 죄의식과 자책으로 인한 슬픔이, 전쟁으로 인한 슬픔에 선행한다는 말이다. 그가 전쟁에 관한 회상을 하다가 거의 예외가 없이 프엉에 관한 얘기를 꺼내는 것은 그녀와 관련된 과거가 그의 모든 것을 지배하기 때문이다.

보는 시각에 따라서는 지극히 사적인 사랑의 문제를 국가의 안위가 걸린 문제보다 우선시하는 것처럼 보이는, 작가의 분신이라고 해도 무방한 끼엔의 태도가 불순해 보일 수도 있을 것이다. 민족이나 국가 같은 거대 담론을 선호하는 사회주의 국가인 베트남에서는 더더욱 그럴 수 있다. 어쩌면 바로 이것이 1991년에 '사랑의 숙명'이라는 제목으로 발표되었을 때 이 소설이 논란이 됐던 이유 중 하나였을 것이다. 공산낭의 입장에서는 '사랑의 숙명'이라는 제목부터 불편했을 것이고, 베트남전을 무대로 한 소설이 제국주의의 사악함을 부각시키기보다 부르주아적인 사랑 타령을 하는 것이 못마땅했을 것이다. 더욱이 프엉이 미군이 아니라 동족에게 폭행을 당하고, 그 트라우마를 끼엔이 느끼는 슬픔의 근원적 이유로 제시한 것을 그들로서는 받아들일 수 없었을 것이다. 게다 이 소설이 1994년에 영어로 번역되는 과정에서 '원문과 다른 첨삭'이 있었다는 것이 확인된 후, 그들의 불편한 감정은 분노로 변했다. 이 소설의 우리말 번역자에 따르면, 그들은 『전쟁의 슬픔』이 "베트남과 베트남 민족의 명예를 심각하게 훼손시켰고, 제국주의 침략자들에게 면죄부를 주는 데 이용되고 있다"고 비난했다고 한다.

실제로 베트남어 원본을 직역했다는 우리말 번역본과 영어 번역본(『The Sorrow of War: A Novel of North Vietnam』, Pantheon, 1994)을 비교해보면*, '원문과 다른 첨삭'이 상당수 눈에 띈다. 가령 호아라는 여성이 동료 병사들을 살리기 위해 미군들이 끌고 온 군견을 죽이고 그들을 유인하는 장면의 영어 번역본은 원본에 있는 많은 문장들을 빼먹거나 임의로 바꾸고 있다. 특히 호아가 병사들에게 집단 성폭행을 당하는 장면(189-193쪽)을 보면, 끼엔이 당시만이 아니라 전쟁이 끝난 후에 느꼈던 복잡한 감정에 대한 묘사가 생략되어 있다. 이러한 차이는 대체적으로 감정이나 심리 묘사에 치우치는 것처럼 보이는 원문의 묘사를 스토리 중심으로 돌리려고 한 데서 발생한 현상처럼 보인다. 그래서 영어 번역본이 심리 묘사가 주를 이루는 원본의 내용을 어느 정도 훼손하고 있는 것은 분명해 보인다. 그러나 이러한 첨삭만으로 『전쟁의 슬픔』이 "제국주의 침략자들에게 면죄부를 주는 데 이용이 되고 있다"고 판단하고, 베트남 정부가 이 소설을 '판금 조치'하고 '불법 복사판들도 수거'하고 '도서관에 소장되었던 책들마저 폐기 처분'한 것은 너무 편협한 조처였다. 사실, 영어 번역본이 미국에 면죄부를 주기 위해서였다면 10여 명의 미군 병사들이 호아를 집단적으로 강간하는 장면을 아예 삭제했었어야 맞다. 그런데 그 부분은 심리 묘사만 빠졌을 뿐 그대로 들어가

* '옮긴이의 말'에 따르면 이 소설은 베트남어 원본을 번역한 것으로 되어 있는데, 우리말 판권을 보면 소설의 제목이 베트남어가 아니라 영어 'The Sorrow of War'로 되어 있고, 계약된 출판사가 베트남 출판사가 아니라 영국 출판사 하빌 세커Harvill Secker로 되어 있다. 그리고 우리말 번역본과 영어 번역본을 비교해보면, 영어 번역본이 자의적인 첨삭을 해서 그렇지 우리말 번역본에 비해 더 명확하고 매끈한 경우가 더러 있다. 우리말 번역본에서 발견되는 불명확한 부분들이 이따금 영어 번역본을 보면 명확해지기도 한다. 그리고 소설이 처음 발표되었을 때의 제목은 'Thân phận của tình yêu'이었고 이후로 'Nỗi buồn chiến tranh', 즉 '전쟁의 슬픔'으로 바뀐 것처럼 보인다.

있다. 그래서 원본과 영어 번역본의 차이는 원본의 심리적 깊이를 제대로 이해하지 못하고 영어로 옮긴 번역자(판 탄 하오Phan Thanh Hao)와 편집자(프랭크 팔모스Frank Palmos)의 역량 탓으로 보는 게 훨씬 더 타당하다. 그들이 이 소설을 제대로 이해했다면, 심리적인 묘사를 들어내는 어리석은 짓은 하지 않았을 것이다. 특히 끼엔이 호아를 비롯한 옛 동료들을 생각하며 유해 발굴단에 합류하면서부터 "전쟁을 슬픔의 빛깔로 받아들이는 긴 여정이 시작되었"고 그것이 그를 "희생자들을 위한 글쟁이로, 과거를 돌아보고 앞을 이야기하는, 지나간 세월이 낳은 미래의 예언자로 살게 했다"는 대목을 생략한 것은 소설에 대한 무지의 소치로 보인다.

여하튼 이 소설의 판금이 풀린 것은 그로부터 상당한 시일이 흐른 후였다. 그러나 베트남 정부의 이러한 조처가 예술에 대한 편협성을 보여주는 사건이었던 것은 분명하지만, 이해해줄 만한 측면이 없는 것은 아니다. 그 편협성이 전쟁의 트라우마로 인해 생긴 것이기 때문이다. 미국과의 관계에서 애국심과 영웅적 행위를 강조해야 했던 건 그들의 숙명이었다. 예술을 비롯한 모든 것이 그러한 거대담론으로 수렴되어야 했다. 국가의 해방을 위해서는 예술은 선전도구가 되어야 했다. 전쟁이 끝났다고(이 소설은 전쟁이 끝나고 15년이 지난 시점에서 출간되었다) 모든 것이 끝난 것은 아니었다. 망가진 삶을 복구해야 했다. 베트남 국민들이 민족적, 국가적인 자긍심을 갖고 역사를 바라보도록 담론을 구축해야 했다. 그런 상황에서 국가나 민족을 중심으로 하는 거대담론을 외면하는 것처럼 보이는 『전쟁의 슬픔』이 공산당에게 좋게 보일 리 없었다. 이 소설을 둘러싼 논쟁의 이유는 바로 여기에 있었다.

그런데 거대담론의 문제는 너무 큰 것에만 집착한다는 데 있다. 당으로부터 "우파 기회주의자, 사상이 의심스러운 불만분자라는 비판"을 받았던 끼엔의 아버지가 말하는 것처럼, 거대담론은 "산과 강에도 계급성을 부여해야 한다"고 믿을 정도로 자기들의 이데올로기를 과도하게 밀어붙인다. 그러면서 사랑과 미움과 기쁨과 슬픔처럼 소소하지만 인간의 삶을 의미 있게 만드는 것들을 소홀히 한다. "산과 강에도 계급성을 부여해야 한다"고 믿는 거대담론에서, 사랑이나 미움 같은 것이 사유의 중심으로 들어올 리 없다. 민족이나 국가나 계급과 같은 것을 중심에 놓는 거대담론이 위험할 뿐만 아니라 때로는 폭력적일 수 있는 이유가 바로 여기에 있다. 큰 것만을 보니까 작은 것이 눈에 들어오지 않는 것이다. 국가만을 생각하니까 개인의 감정을 무시하는 것이다. 민족만을 생각하니까 개인의 슬픔을 도외시하는 것이다.

『전쟁의 슬픔』이 우리에게 보여주는 것은 그래서 거대 담론이 등을 돌리고 때로는 억압하는, 거대담론의 입장에서 보자면 하찮고 때로는 감상적으로까지 보이는 미시담론이다. 거대담론이 아니라 미시담론을 지향하면, 탈영하는 병사의 모습도 변절자가 아니라 집에 혼자 있는 어머니를 향한 효성이 가득한 아들로 그릴 수 있게 되고, 베트남 병사들의 성적 일탈도 이해할 수 있게 된다. 『전쟁의 슬픔』이 제시하는 미시담론 안에서, 개인은 역사의 물결에 부대껴 흔적도 없이 사라진 개인이 되고, 사랑하는 여인에 대한 아픈 기억 때문에 정상적인 삶을 실지 못하는 개인이 된다.

전쟁과 관련한 거대담론에서 비켜나 개인의 슬픔을 스토리의 한복판에 놓고 미시담론을 전개하는 바오 닌의 소설은 우리에게 트라우마와 관련하여 새로운 점을 시사한다. 작가는 트라우마를 극복하기 위해서는 슬픔이 필요하다고 믿는 것처럼 보인다. 바로 이것이 전쟁이 끝난 후, 끼엔이 유해 발굴단에 참여하여 "하늘로 올라가는 것을 거부하고 밀림 근처, 잡목 숲 모퉁이, 강물 위를 배회"하는 "혼령과 귀신"을 위로하는 이유이다. 그는 복수를 다짐하지도, 제국주의자들을 향해 미움을 토로하지도 않는다. 심지어 프엉을 집단적으로 폭행함으로써 자신과 그녀의 관계를 영원히 망쳐놓은 불한당들에 대한 미움도 토로하지 않는다. 그저 슬퍼할 뿐이다. 그 슬픔에서 벗어나려고 노력하지도 않고, 그 슬픔에 침잠할 뿐이다. 슬픔이 무슨 구원이라도 되듯, 그는 그 슬픔에서 벗어나지 않으려 한다. 그의 별명대로 그는 "슬픔의 신"이다.

일반적인 잣대로 보면, 트라우마를 대하는 끼엔의 입장은 대단히 무력해 보인다. 슬픔을 쫓아다니다가 결국에는 혼란스럽고 지리멸렬해 보이는 원고만을 남기고 어딘가로 사라진 끼엔은 어디에도 이르지 못할 길을 가는 허무주의자처럼 보인다. 미움의 대상이 있으면 미워해야 하고 싸움의 대상이 있으면 싸워야 정상인데, 슬픈 눈길로 모든 것을 바라보고 있으니 너무 수동적으로 보인다. 조금 과장해서 말하면, 이러한 몸짓은 서양에서는 좀처럼 찾아보기 어렵다. 아무리 미미한 행위였다 하더라도 자신들의 부모 형제를 죽인 나치에 협력한 사람들(때로는 아흔이 넘은 사람들)을 반세기가 훨씬 지난 지금도 법정에 세워 단죄하는 유대인들을, 눈물이 뚝뚝 떨어질 것 같은 눈으로 세상을 바라보기만 하는 끼엔과 비교해보라. 트라우마를 대하는 방식이 극과 극이다. 한쪽은 주먹으로 단죄하고, 다른 쪽은 주먹으로 눈물을 훔친다. 한쪽은 증오와 정의의 깃발을 올리고, 다른 쪽은 슬픔의 깃발을 올린다. 한쪽은 힘을 과시하고, 다른 쪽은 가지고 있던 힘마저 놓아버린다. 이렇게 대조적일 수가 없다. 그런데 여기에서 우리가 간과하지 말아야 할 것은 트라우마를 슬픔으로 대하는 끼엔의 방식이 당장은 무력하고 수동적으로 보일지 모르지만, 궁극적으로는 상대방에게 주먹을 휘두르는 것보다 훨씬 더 효과적일 수 있다는 사실이다. 주먹으로 상대를 치는 것은 주먹의 기억을 환기시키고 또 다른 주먹을 불러오는 독선으로 흐를 수 있지만, 주먹으로 나의 눈물을 (훔)치는 것은 주먹이 표방하는 고통과 살육과 무기와 폭력과 폭행의 기억으로부터 벗어나는 구원의 길일 수 있다. 끼엔의 슬픔이 감동적인 이유는 여기에 있다. 끼엔이 남긴 원고를 읽고, 이 소설의 화자/작가가 토로하는 말 역시 그래서 감동적이다. 화자는 베트남인들이 "슬픔 덕에······ 전쟁에서 벗어날 수 있었고, 만성적인 살육의 광경, 무기를 손에 쥔 괴로운 광경, 캄캄한 머릿속, 폭력과 폭행의 정신적 후유증에 매몰되는 것도 피할 수 있었다"며 "각자의 삶으로 돌아가는 길은 아마도 전혀 행복하지 않고 죄악이 가득할 수 있지만 그것만이 우리가 희망을 가질 수 있는 가장 아름다운 삶의 길이다"라고 말한다. 이 지점에서 화자와 작가와 주인공은 하나가 된다. 바오 닌은 끼엔처럼 소년병으로 입대했다가 살아남은 사람 중 하나였다. 더 정확히 말하면 그는 27대대 소속의 500명 중에서 "살아남은 열 명의 행운아 중 하나"였다.

바오 닌은 슬픔이 "고통을 극복할 수 있는" 수단이며 "행복보다 고귀"하고 "고상"하다고 말한다. 전쟁의 트라우마를 극복하는 데 있어서 슬픔보다 더 좋은 것이 있을 수 없다는 이야기다. 그래서 그는 과거를 향한 끼엔의 뒷걸음질을 부정적인 것으로 보지 않는다. 비록 그것이 "희망 없는 정신세계가 만들어낸 비상식적이고 폐쇄적이고 비관적인 상황"에서 "과거를 향해 돌아가는" 것이라 해도, 작가는 그 뒷걸음질과 그것에 결부된 슬픔에 아름다움이 있다고 믿는다. 『전쟁의 슬픔』은 그래서 슬픔을 예찬하는 소설인 셈이다.

『전쟁의 슬픔』은 우리 한국 독자들에게 각별하게 다가오는 소설이다. 미국과 더불어 한국도 베트남인들의 상처에 깊숙이 관여했기에 그러하다. 베트남전과 관련하여 몇 안 되는 미국의 우방(태국, 캐나다, 뉴질랜드, 오스트레일리아, 필리핀, 한국, 대만) 중에서 한국은 유독 많은 군인들을 베트남에 파병했다. 미국의 우방이 파견한 약 40만 명 중에서 약 32만 명이 한국군이었다. 민간인들에 대한 우방의 잔혹 행위도 당연히, 우리나라 군인들에 의한 것이 많았다. 우리는 미국이 벌이는 전쟁에 동조하면서 때로는 민간인을 집단으로 학살하고 때로는 그들을 성적으로 능욕했다. 이러한 사실을 염두에 두고 바오 닌의 소설을 읽으면, 미움이나 복수가 아니라 "눈물과 슬픔"을 "말 없는 위로의 원천"으로 삼는 이 소설이 얼마나 각별하고 너그러운 소설인지 실감할 수 있다. 우리는 이 슬픔의 예찬 앞에서 마음이 숙연해지며, 문학의 기능이 상처를 덧내는 것이 아니라 상처를 어루만지는 너그러움에 있다는 사실을 다시 한 번 깨닫게 된다.

우리는 한때 '어린 오이디푸스'였을까?

─오이디푸스와 트라우마

오이디푸스에 관한 이야기는 어떻게 해도 상투성을 벗어나기 어렵다. 그것의 주된 이유는 프로이트가 인간 심리의 비밀을 풀어내는 과정에서 오이디푸스 신화를 끌어들여 도식화한 탓이고, 더 나아가서는 프로이트를 따르는 정신분석학자들이 계속해서 그 신화와 관련된 담론을 지배하는 탓이다. 그래서 우리는 오이디푸스 신화를 얘기할 때, 프로이트의 도식을 크게 벗어나지 못하고 일종의 예속 상태에 있게 된다. 오이디푸스 신화가 프로이트의 전유물이 결코 아님에도 불구하고, 우리가 거의 언제나 오이디푸스와 프로이트를 연계시켜 생각하는 것은 바로 이러한 예속 상태를 적나라하게 보여준다. 그래서 프로이트는 한편으로는 오이디푸스 신화를 매개로 정신분석 이론을 만들어 이후의 심리 탐구에 엄청난 공헌을 했지만, 다른 한편으로는 신화의 세계를 상투화시켜 소포클레스의 비극이 갖는 다면성을 축소시키고 생동감을 잃게 만들었다. 그래서 소포클레스의 비극을 제대로 이해하기 위해서는 '오이디푸스 콤플렉스'와 같은 이론으로부터 일정한 거리를 두고 그것을 바라볼 필요가 있다.

아버지를 죽이고 어머니와 결혼하는 아들. 오이디푸스는 그러한 운명을 지니고 세상에 태어났다. 부모는 그 운명을 벗어나기 위해 오이디푸스의 발목에 구멍을 뚫고 끈으로 묶어서 버리게 했다. '오이디푸스'는 부은 발목이나 굽은 발목이라는 뜻이다. 그런데 그러한 신체적 특성을 가리키는 이름을 가진 아이는 죽지 않고 살아남았다. 그리고 결국, 그의 아버지는 그한테 맞아 죽고 어머니는 그의 아내가 되어 네 자녀를 낳았다. 프로이트는 소포클레스가 전하는 이야기에서 그것에 상응하는 자신의 심리, 즉 "어머니에 대한 사랑과 아버지에 대한 질투"를 찾아냈다. 그리고 그것을 일반화했다. 자신을 소우주로 생각하고 자기가 느끼는 감정을 모든 사람이 느낄 것이라고 생각했기 때문이다. 그는 소포클레스의 『오이디푸스 왕Oedipus Rex』이 가진 "흡인력"이 모든 사람들이 "자기 안에 그것의 흔적을 느끼기 때문에 인식하게 되는 충동 내지 욕망"을 극화한 데 있다고 생각하고, 아버지를 죽이고 어머니와 결혼한 오이디푸스의 행동을 "현실화된 꿈의 충족"으로 보았다. 그에게 모든 사람은 "한때" 아버지를 살해하는 "환상을 가졌던 어린 오이디푸스"였다. 그래서 아버지를 살해하고 어머니와 결혼하는 오이디푸스의 운명이 "우리의 마음을 움직이는 것은 그것이 우리의 것이었을지 모르고, 그에게 내려진 것처럼 우리에게도 똑같은 저주가 내려졌을지 모르기 때문"이다. 그는 이렇게 오이디푸스의 운명에서 이 세상에 존재하는 모든 인간의 운명 내지 보편적 심리를 읽어내려고 했다. 그에게 "오이디푸스 콤플렉스"는 사람들을 묶어주는 일종의 저주이다. 그것이 저주인 것은 우리가 "어린 오이디푸스"를 넘어 성인이 되었지만, 아직도 억압된 욕망을 내재한 채 사는 존재이기 때문이다. 성인이 된 사람이 "한때 어린 오이디푸스였다"면, 그것은 성인이 되어서도 '여전히' 오이디푸스라는 의미이고, 그렇다면 인간은 그러한 저주를 대물림하며 살아가는 존재인 셈이다. 그런 의미에서 그는 운명론자임이 분명하다.

그런데 안타깝게도 프로이트는 오이디푸스의 운명에서 인간의 보편적인 운명을 읽어내고 그것을 이론화하는 데 집착한 나머지, 소포클레스의 희곡이 갖는 의미망을 너무 단순화시켰다. 신화를 기초로 하고 있는 비극을 이론에 끌어들이면서 생긴 불가피한 현상이다. 이론을 중심에 놓다 보니 신화나 문학이 갖고 있는 풍요로움이 사라지고, 그 자리에 자식과 부모의 관계를 설명하는 일종의 도식이 들어선 것이다. 프로이트가 운명을 강조하는 것처럼 보이는『오이디푸스 왕』이야기만 하고 그 운명에 대한 일말의 저항을 강조하는 것처럼 보이는『콜로누스의 오이디푸스Oedipus at Colonus』를 도외시한 것도 그의 도식에 맞는 것만 편리하게 택한 결과였다. 프로이트처럼 박학다식한 사람이『콜로누스의 오이디푸스』의 존재를 몰랐을 리 없다. 약 20년의 터울을 두고 집필된『오이디푸스 왕』과『콜로누스의 오이디푸스』는 사실, 하나의 이야기로 생각해야 맞다. 두 개를 다 고려해야 오이디푸스의 탄생부터 죽음까지를 총체적으로 아우를 수 있기 때문이다. 그럼에도 프로이트는 앞엣것만을 자신의 이론적 토대로 삼고 뒤엣것은 무시해버렸다.

사실, 프로이트가 오이디푸스 신화를 인간 심리의 원형을 이해하는 하나의 틀로 삼은 것은 그 이론이 아무리 심오할지언정, 그것에 관한 여러 개의 해석 중 하나에 지나지 않는다. 그래서 오이디푸스 신화를 제대로 이해하기 위해서는 프로이트의 해석을 벗어나거나 (가능하다면) 무시하고 그 비극이 갖고 있는 감정의 골과 깊이를 음미해야 한다. 바로 이것이『오이디푸스 왕』과『콜로누스의 오이디푸스』를 동시에 논해야 하는 이유이기도 하다.*

소포클레스가 전하는 오이디푸스 신화는 피하려 해도 피할 길이 없는 무자비한 운명의 힘, 즉 프로이트의 말을 빌리면 인간의 본성에 내재한 욕망이나 "저주"에 관한 것으로 볼 수도 있지만, 해석하기에 따라서는 그러한 운명이나 저주에 직면했을 때의 실존적 선택에 관한 것으로도 볼 수 있다. 오이디푸스는 라이오스 왕을 죽인 자를 찾아 복수를 하고자 했다. 그는 테베를 급습해 "땅에서 나는 곡식의 싹에도, 목장의 짐승에게도, 아직 애를 낳지 못해 번민하는 여인에게도" 뻗치고 있는 "죽음의 손"(전염병)으로부터 벗어날 수 있다는 신탁을 받고 범인 색출에 나섰다가 결국 자신이 범인이라는 사실을 확인하게 된다. 여기가 바로 오이디푸스의 트라우마가 발생하는 지점이다. 그는 지금까지 테베의 왕비와 결혼해 두 아들(에테오클레스와 폴리네이케스)과 두 딸(안티고네와 이스메네)을 낳고 행복하게 '정상적으로' 살

---

* 『오이디푸스 왕 외 2편』(황문수 옮김, 범우사, 1998)에는 오이디푸스 3부작인 「오이디푸스 왕」「콜로누스의 오이디푸스」「안티고네」가 수록되어 있다. 이후의 인용은 대체적으로 이 번역본에 의한 것이고, 드물긴 하지만 필요할 경우 영어 번역본(Sophocles, 『The Oedipus Cycle』, trans. Dudley Fitts and Robert Fitzgerald, Harvest Books, 1969)을 참조해서 필자가 번역했다. 소포클레스의 비극들이 다양하게 번역되어 있지만 거의 모두가 영어 번역본을 재번역한 것이어서 소포클레스의 원전과는 다소 차이가 있지 않을까 싶다.

고 있었는데, 결국 그 삶이 부친 살해와 근친상간에서 빚어진 '비정상적인' 삶이었음이 드러난다. 결국 숨어 있던 진실이 모습을 드러내면서 트라우마가 발생한다. 그 사실을 알지 못한 채 그냥 살았다면, 트라우마는 발생하지 않았을 것이다.

이오카스테 왕비와 오이디푸스가 진실을 대하는 모습은 사뭇 다르다. 이오카스테 왕비는 "남편에게서 남편을, 자식에게서 자식을 낳은" 죄를 한탄하며 목을 매 죽는 손쉬운 길을 택하는 반면, 오이디푸스는 보다 힘겨운 길을 택한다. 그는 죽은 왕비의 옷에 꽂혀 있는 황금 브로치를 빼 들고 지금까지 진실을 보지 못했던 자신의 두 눈을 향해 이렇게 말한다. "너희들은 다시는 내가 겪고 내가 저질러놓은 무서운 일들을 보지 못하리라. 너희들은 너무 오랫동안 보아서는 안 될 사람들을 보아왔고 내가 알고자 했던 일은 보지 못했다. 이제부터 너희들은 어둠 속에 있거라!" 그는 브로치로 두 눈을 찌른다. 그 것도 "한 번이 아니라 여러 번" 찌른다. "찌를 때마다 피투성이가 된 눈알의 조각들이 수염을 적"시고 "검은 비가 소낙비처럼 쏟아져" 내린다. 어쩌면 이오카스테 왕비처럼 오이디푸스 왕도 죽음으로 삶을 끝내는 것이 훨씬 더 쉬운 길이었을지 모른다. 그러나 그는 아버지를 죽이고 어머니와 결혼한 추악한 자신의 모습을 세상에 드러내기를 택했다. 손쉬운 죽음보다 치욕의 삶을 택한 것이다. 그것은 니체의 표현대로 하면 "개인의 소멸"을 택한 것이고, 라캉의 표현대로 하면 "지상의 찌꺼기, 쓰레기, 잔여물, 그럴듯한 외관이 없는 물건에 지나지 않는 것"이 되는 길을 택한 것이다.

이러한 결단은 그가 운명에 전적으로 휘둘리지 않을 수 있다는 것을 보여준다. 그는 코러스가 "현명한 분이 어떻게 자기 눈을 멀게 하셨단 말입니까? 당신에게 이 일을 강요한 초인적인 힘은 무엇입니까?"라고 묻자 이렇게 대답한다. "나의 불행, 이 쓰라리고 쓰라린 불행을 일으킨 건 아폴로다. 그러나 내 눈을 찌른 건 바로 내 손, 이 불쌍한 손이다!" 자신의 잘못이 아니라 운명에 의해서 이렇게 되었지만, 어찌 됐든 그 행위를 한 사람이 자기 자신이었으니 책임의 주체는 본인이라는 것이다.

자신의 눈을 찌른 행위가 다소 과격하고 비일상적이긴 하지만, 오이디푸스는 그것의 도덕적, 윤리적 무게를 충분히 알고서 그렇게 행동한 것처럼 보인다. "내 눈이 멀쩡하다면 저승에 가서 아버지와 또 불쌍한 어머니를 어떻게 본단 말인가." 그런 죄를 범한 눈으로 어찌 자식들을 볼 것이며 백성들을 본단 말인가. 그는 무언가에 떠밀려서 그런 게 아니라 스스로 자신을 벌하는 길을 택한다. 그는 자식을 비롯한 세상의 모든 것을 "다시 보지 못할 운명을 택하고, 누구를 막론하고, 신이 더럽다고 한 자나 라이오스의 집안까지도, 이 사악한 놈을 쫓아내야 한다고 스스로 명령"한다. 이것만이 아니다. 그는 자신이 범한 죄로 인하여 자식들이 고통을 받을 것을 염려한다. 특히 그는 나이가 어린 두 딸이 직면하게 될 가혹한 운명에 절망한다. 그는 두 딸이 "시집갈 나이가 되었을 때" 받게 될 "가혹한 비난"―"너희들의 아비는 제 아버지를 죽였고 너희들의 아비를 낳은 분에게 잉태를 시켜, 자기가 태어난 몸에서 너희들을 낳았다"―을 예상하면서 어떤 남자도 그들과 결혼하려 하지 않을 것이라고 생각한다.

그의 행위나 말은 우리가 일반적으로 알고 있는, 트라우마를 입은 사람이 내보이는 것과는 사뭇 다르다. 진실이 드러나면서 존재의 기반이 흔들릴 정도로 깊은 상처를 입었다면 그것에 휘둘리거나 그것으로부터 뒷걸음질을 치기 쉬운데, 오이디푸스의 경우에는 그 상처를 회피하지 않고 오히려 응시하며 그것이 주는 고통을 견뎌내려 하면서 자식이 받게 될 고통까지 염려한다. 그 트라우마가 우리가 일상적으로 얘기하는 트라우마라면, 그는 당연히 그것의 도덕적, 윤리적 파장을 이해하지 못해야 맞다. 보통의 경우, 트라우마는 극심하고 갑작스러운 충격을 의식이 감당하지 못해서 발생하는 상처를 의미한다. 즉, 의식이라는 보호막이 뚫리면서 무의식에 상처가 나는 것을 의미한다. 당연히, 무의식에 난 상처를 의식이 알 리가 없다. 그래서 캐시 캐루스는 "마음의 상처는 몸의 상처처럼 간단하고, 치유할 수 있는 사건이 아니라, 제대로 알기에는 너무 빨리, 너무 예기치 않게 경험되고, 따라서 악몽이나 반복적인 행동들을 통해 반복하여 나타날 때까지는 의식하지 못하는 사건"이라고 트라우마를 정의했다. 그런데 오이디푸스의 심리가 작동하는 방식을 보면, 캐루스가 묘사하는 것과는 달라도 너무 다르다. 오이디푸스의 상처는 캐루스의 말대로 "의식하지 못하는not available to consciousness 사건"이 아니라, 그것이 의미하는 바를 그가 충분히 의식하고 있는 사건이다. "의식하지 못한다"는 말은 트라우마, 즉 마음의 상처가 인간 심리의 외벽을 뚫고 들어가 난 상처여서 개개인의 의지나 논리로, 더 쉽게 말하면 온전한 정신이나 의식으로 파악할 수 있는 사건이 아니라는 뜻이다. 그래서 개인의 의지가 미칠 수 없는 꿈이나 반복적인 강박을 통해 자기를 드러내는 것이 트라우마다. 이 논리를 따르자면, 오이디푸스가 하는 말이나 행동은 트라우마의 범주를 벗어나는 것이 된다. 그렇다고 자신의 부모와 관련된 과거를 알게 되면서 그에게 트라우마가 발생하지 않았다고 할 수는 없다. 그가 자신의 몸이 "저주받고 태어나 저주받은 결혼을 하고, 저주 속에서 피를 흘리게 한 몸"이라는 것을 알고, 고함을 지르며 방으로 들어가 날뛰다 결국에는 왕비이자 어머니인 이오카스테의 죽음을 목격하고 자신의 눈을 찌른 것은 트라우마가 발생하지 않았다면 있을 수 없는 행동이다. 이것이 트라우마가 아니라면 어떤 것이 트라우마일 것인가. 그렇다면 모든 트라우마를 의식의 문제로 환원시켜 정의하는 것은 트라우마를 너무 단순화시키는 것이 된다. 일반적으로는 그것의 도덕적, 윤리적 의미와 파장을 이해하지 못하고 휘둘리는 것이 트라우마인 것은 맞지만, 경우에 따라서는 오이디푸스의 말과 행동이 암시하는 것처럼 그것의 도덕적, 윤리적 의미를 충분히 알고 그것에 휘둘리지 않는, 아니 휘둘리지 않으려 하는 트라우마도 있을 수 있다는 말이다. 그러니까 개인에 따라서는 트라우마에 잡혀 있으면서도 그것으로부터 의도적으로 탈출하고 그 상처를 직시하며 그것을 윤리적 결단의 단초로 삼으려고 하는 의지가 있을 수 있다는 말이다. 이러한 맥락에서 트라우마에 대한 정의는 좀 더 탄력적일 필요가 있다. 의식이나 이해의 문제를 모든 트라우마에 적용시킬 것이 아니라, 상처에도 다양한 결과 무늬가 있을 수 있고, 개인에 따라서는 오이디푸스처럼 그 상처가 뭘 의미하는지 거의 치밀할 정도로 인식하는 경우도 있을 수 있다는 것을 인정할 필요가 있다.

소포클레스가 말년에 쓴 『콜로누스의 오이디푸스』는
『오이디푸스 왕』에서 오이디푸스가 보여준 주체성의
문제를 조금 더 밀고 나간다. 『오이디푸스 왕』의 말미에
서 오이디푸스는 자신의 처남인 크레온에게 자신을 나
라 밖으로 쫓아내는 "은혜"를 베풀어달라고 청하는데,
『콜로누스의 오이디푸스』를 보면 크레온이 처음에는
그 청을 들어주지 않다가, 시간이 지나면서 오이디푸스
가 집 안에 틀어박혀 있는 것을 견딜 만하게 되자 "집과
나라 밖으로 쫓아냈다"고 되어 있다. 그리고 그가 쫓겨
날 때, 그의 두 아들은 그를 "도와줄 수 있었지만 도우
려 하지 않았"고, "그들이 단 한 마디도 거들어주지 않
았기 때문에" 그가 "영원히 쫓겨나서 걸인으로 방랑"했
다고 되어 있다. 결국 그가 믿을 사람은 두 딸밖에 없었
다. "힘이 닿는 대로 그날그날의 끼니를 구해주고 쉴 자
리를 마련해주며 시중을 들어준" 것은 안티고네와 이
스메네였다. 그는 우여곡절 끝에 아테네에서 안식처를
찾았지만 문제는 테베의 정치 상황이 그를 필요로 한다
는 것이었다. 이 상황을 라캉은 세미나에서 이렇게 깔끔
하게 정리한다. "테베인들은 이런 말을 듣게 됩니다. 잠
깐! 당신들은 조금 지나쳤어. 오이디푸스가 고행을 한

것은 아주 잘한 일이었지. 그런데 문제는 당신들이 그를 혐오스럽게 생각하고 쫓아버렸다는 거야……. 그를 추방해버렸다는 거야. 그가 당신들한테서 빠져나가지 않도록, 이 나라가 아니라면 적어도 가까운 곳에 그를 다시 데려다놓지 않으면 문제가 생길 거야……. 아테네인들이 그가 구현하는 진정한 존재의 결실을 얻게 될 것이고, 아테네인들이 모든 면에서 당신들보다 우월하게 되고 번번이 승리하게 될 거야." 라캉의 말처럼, 크레온이 오이디푸스를 데려가려고 아테네로 온 것은 바로 그러한 이유에서다. 현실적으로 그가 필요해진 것이다. 오이디푸스가 도움을 필요로 할 때는 그를 혐오스럽다며 추방했던 그들이 정치적 목적으로 그를 다시 데려가려고 온 것이다. 그를 데려가기 위해서는 폭력도 불사할 기세다. 실제로 크레온은 오이디푸스가 말을 듣지 않자, 부하들을 시켜 그의 두 딸을 납치한다. 다행히 오이디푸스에게 환대를 베풀기로 결정한 아테네의 왕 테세우스가 "이 나라의 합법적인 권위를 무시하고 함부로 침입하여 마음대로 사람을 잡아서 강제로 끌고"가는 행위를 용납할 수 없다며 무력으로 그들을 제압하면서 그들의 납치는 실패로 끝나고 만다.

오이디푸스가 『콜로누스의 오이디푸스』에서 크레온의 제안을 거절하는 모습을 보면 『오이디푸스 왕』에 나오는 오이디푸스와 그가 얼마나 다른지 알 수 있다. 『오이디푸스 왕』에 나오는 오이디푸스가 자신의 부친살해와 근친상간이 운명에 의한 것이었다는 것을 알면서도 그 행위의 주체가 자신이라는 것을 받아들이며 자신의 눈을 찌르고 왕좌에서 내려오는 윤리적 결단을 보여줬다면, 『콜로누스의 오이디푸스』는 자신을 그렇게 몰아친 운명에 저항하는 모습을 보여준다. 그는 부친 살해에 대해서는 이렇게 반박한다. "만일 지금 이 자리에서 네 앞을 가로막고 올바른 너를 죽이려는 자가 있다면, 너는 그 살인자에게 아버님이 아니시냐고 묻겠느냐? 아니면 당장 아버님이라는 것을 알아볼 수 있겠느냐?" 실제로 그가 라이오스 왕을 죽인 상황은 불가피한 상황이었다. 도발을 한 쪽은 라이오스 왕과 그의 수행원들이었다. 그들은 "무례하게" 오이디푸스를 길 밖으로 밀쳐내려고 했고 그 과정에서 실랑이가 벌어졌다. 그리고 "끝이 두 갈래로 갈라진 막대기"로 오이디푸스를 먼저 후려친 것은 마차 안에 있던 라이오스 왕이었다. 여기에서 막대기로 후려쳤다는 것은 적당히 상대를 혼내주려고 한 게 아니라, 불시에 공격함으로써 상대를 죽이려 했다는 의미다. 라이오스 왕의 태도는 상대를 죽이려고 작정한 자의 것이었다. 그래서 오이디푸스는 자신의 생명을 지키기 위해 지팡이를 휘두를 수밖에 없었고, 그 일격에 라이오스 왕은 마차에서 굴러떨어져 죽었다. 어디까지나 정당방위였다. 또한 그는 근친상간에 대해서는 이렇게 반박한다. "나는 어머니인 줄 몰랐고 그분도 내가 자기의 자식인 줄 몰랐다. 내가 자진해서 그분과 결혼한 것도 아니다." 사실이었다. 사람들은 그가 스핑크스의 수수께끼를 풀고 테베를 구했기 때문에 그를 열렬히 환영했고 결국에는 왕으로 옹립해 왕비와 결혼까지 하게 했다. 그것은 그의 의지와는 전혀 상관없이 테베 사람들이 그에게 준 "보상"이었다.

실제로 오이디푸스가 크레온을 향해 쏟아내는 말의 진실을 부정하기는 힘들다. 헤겔에 따르면, 그는 근대적인 의미에서는 죄가 없다. 그가 아버지를 죽이고 어머니와 결혼하고 아이들을 낳은 행위는 "가증스러운 행위를 한다는 것을 알지도 못하고 의도하지도 않은 상태에서 한 행위이다. 근대적 의식의 개념에서 보자면, 그러한 범죄들은 지식이나 의지에 근거를 둔 것이 아니기 때문에 자아가 한 행위라고 할 수 없다". 그런데 근대인과 달리, "온순한plastic 그리스인은 자신이 개인으로서 행한 모든 것에 책임을 지려 한다. 그는 자의식의 주체성과 외적으로 사건인 것을 구분하지 않는다". 그러니까 그리스인과 근대인의 차이는 자의식의 분열이라는 것이 전자에게는 없고 후자에게는 있다는 것이다. 그래서

"개인에게 선택권이 있어 자기가 하려고 하는 것을 임의로 택할 때만 죄가 된다는 '근대적인' 생각을 받아들이면, 고대의 온순한 인물들은 죄가 없다"는 논리가 성립된다. 그런데 이처럼 자의식의 분열이 근대성에 대한 하나의 표시라면(적어도 헤겔에게는 그러하다), 『콜로누스의 오이디푸스』의 오이디푸스는 자신의 의도와 상관없이 저지른 행동까지 자신의 책임으로 돌리는 『오이디푸스 왕』의 오이디푸스, 즉 "온순한" 그리스 영웅이 아니라 이미, 자의식의 분열을 경험함으로써 자신에게 가해진 운명에 도전하는 근대인이다. 바로 이것이 그가 『오이디푸스 왕』의 말미에서는 사람들이 던진 "돌에 맞아 죽는 것"을 원했음에도, 『콜로누스의 오이디푸스』에서는 "시간이 흘러서 내 모든 걱정이 누그러지고 진정되었을 때 '자신이' 저지른 잘못에 대해 '자기가' 너무 지나친 벌을 주었다고 느끼기 시작"하고 다른 사람들에게 자신과 같은 입장이 되어보라고 주문하는 이유가 된다. 그래서 그가 크레온에게 하는 질문—"만일 지금 이 자리에서 네 앞을 가로막고 올바른 너를 죽이려는 자가 있다면, 너는 그 살인자에게 아버님이 아니시냐고 묻겠느냐? 아니면 당장 아버님이라는 것을 알아볼 수 있겠느냐?"—은 세월이 흘러 더 이상 쫓겨나고 싶지 않은 그를 나라 밖으로 내쫓은 크레온과 그의 부하들, 그리고 그것을 방조하는 그의 두 아들만이 아니라, 우리처럼 그것을 바라보는 관객과 독자들을 향한 것이 된다.

우리는 결국 오이디푸스의 그러한 논리에 끌려들어가면서, 변화된 정치 논리 때문에 그를 억지로 데려가려고 하는 크레온이나, 동생인 에테오클레스에게 빼앗긴 왕좌를 되찾기 위해 아버지를 끌어들이려고 하는 폴리네이케스를 비판적인 시각으로 바라보게 된다. 그들은 그가 나라 밖으로 쫓아내달라고 요청할 때는 들어주지 않더니, 그럴 필요가 없어지자 그를 추방해버린 장본인들이다. 그는 "당신의 조국과 집으로 함께 돌아감으로써 수치를 숨겨"달라고 사신을 모욕하는 크레온에게 이렇게 말한다. "옛날 내가 자초한 불행이 애달파서 내 나라 밖으로 쫓아내달라고 간청했을 때, 너는 나에게 은혜를 베풀려고 하지 않았다. 그러나 내 통렬한 슬픔이 누그러지고 집 안에 격리되어 있는 것을 즐겁게 여길 만하자, 네가 집과 나라 밖으로 나를 쫓아냈다. 그때는 혈연관계 따위는 너에게 중요하지 않았다." 그는 크레온의 말이 허울은 좋지만 전적으로 정치적인 필요에 의한 것임을 간파하고 있다. 그는 자신을 찾아온 큰아들 폴리네이케스에게는 이렇게 말한다. "내가 이렇게 고통스러운 나날을 보내게 된 것은 너 때문이며, 나를 쫓아낸 것도 바로 네놈이다. 낯선 사람에게 매일매일 끼니를 구걸하며 방랑하게 된 것도 너 때문이다." 실제로 그의 두 아들은 그가 당한 일종의 멍석말이에 방관자였거나 공모자였다. 결과적으로 그의 실존은 입에 풀칠을 할 수 있느냐 없느냐의 문제였다. 안티고네와 이스메네가 "자식으로 태어나서 나를 위로해주지 않았더라면 나는 벌써 죽었을 것"이라는 그의 말은 현실 그 자체였다. 이보다 더 논리 정연할 수가 없다.

그의 말은 트라우마를 입은 사람의 입에서 나오는 것이라고는 도저히 생각할 수 없을 정도로 치밀하다. 우리는 그의 말을 들으면서 트라우마에 휘둘리지 않고 오히려, 그 앞에서 당당할 수 있는 주체성을 확보한 인간의 모습을 본다. 그 주체성 앞에서 그에게 내려졌던 저주는 방향이 바뀌어 크레온을 비롯한 테베 사람들에게로 옮겨간다. 그들이 트라우마를 입은 그를 과도하게 몰아친 탓이다. 그를 혐오스럽게 생각하고 밖으로 쫓아내 구걸을 하여 먹고살게 한 탓이다. 그들은 처음에는 테베를 역병에서 구했다고 그를 칭송하고 왕으로 삼아 왕비와 결혼하게 했지만, 그것이 잘못된 선택이었다는 것을 알자 여지없이 등을 돌리고 그를 나라 밖으로 몰아내 거지로 살게 했다. 그리고 지금 와서 나라의 형세가 위태로워지니까 그를 데려와 방패막이로 삼으려고 한다. 그가 자기를 쫓아내고 벌레 보듯이 했던 테베 사람들을 향해서는 악담과 저주를 퍼붓고, 자신의 과거가 죄악으로 물들어 있다는 것을 알면서도 "지상의 찌꺼기, 쓰레기, 잔여물, 그럴듯한 외관이 없는 물건에 지나지 않"는 자신을 환대해주는 아테네 사람들에게는 축복을 내리는 것은 바로 이러한 이유에서였다. 이것은 깊은 상처를 통해 주체성을 확보하지 못했다면 불가능한 일이다. 주체성이 없었다면, 그는 크레온이 시키는 대로 자기 나라로 돌아갔을지도 모르고, 장남의 편을 들어 차남에게서 왕권을 빼앗아줬을지도 모른다. 분노도 그렇고 축복도 그렇고, 모든 것이 주체성의 발로인 셈이다.

오이디푸스가 자신이 원하는 방식으로, 자신이 원하는 곳에서 죽음을 맞는 것 또한 주체성과 무관하지 않다. 그는 아테네의 왕을 제외하고는 그 누구도 그가 어디에 묻히는지를 알지 못하게 한다. 그래서 그가 사랑하는 두 딸도 그가 묻히는 곳을 알지 못한다. 묻힌 곳을 알지 못하니 애도를 하는 것도 당연히 불가능하다. 데리다의 말처럼 "고정된 곳 없이는, 확정할 수 있는 장소 없이는 애도가 허용되지 않는" 탓이다. 무덤도 없고 비석도 없고 자그마한 기념비도 없는데, 어떻게 애도의 대상이 되겠는가. 오이디푸스는 애도의 대상이 되어 소멸되기보다는, 죽음에도 아랑곳없이 주체성을 잃지 않으려고 한 것이다.

이러한 논의를 통해 알 수 있는 바와 같이, 프로이트는 "어머니에 대한 사랑과 아버지에 대한 질투"만을 소포클레스의 비극에서 본 나머지, 그러한 감정과 욕망에도 불구하고 발현되는 주체성의 문제를 소홀히 했다. 소포클레스의 비극을 보면서 오이디푸스 콤플렉스를 떠올리는 것은 그래서 그 비극에 대한 좋은 감상법이 아니다. 이 점은 라캉도 마찬가지다. 라캉은 『오이디푸스 왕』을 논할 때 『콜로누스의 오이디푸스』도 아울러 논해야 한다고 했다는 점에서 얼핏 보면 프로이트와 다소 생각을 달리한 것처럼 보이지만, 후자를 전자의 단순한 연장선상에서 취급하여 주체성의 발현이 후자에서 가장 빛나는 지점이라는 것을 간과하고 오히려 그것에 대한 논의를 통해 프로이트의 이론을 더욱 강화하는 쪽으로 나아갔다. 그는 "비극의 초반부터 모든 것이 보여주듯이, 오이디푸스는 지상의 찌꺼기, 쓰레기, 잔여물, 그럴듯한 외관이 없는 물건에 지나지 않"으며 모든 것은 죽음의 소멸을 향해 나아간다고 말한다. 특히 『콜로누스의 오이디푸스』의 오이디푸스가 "죽은 삶"을 살아가면서 죽음을 향해 나아간다고 하면서 우리는 "삶의 포로이며" "이 삶은 늘 죽음으로 되돌아간다"고 일반화한다. 라캉이 『콜로누스의 오이디푸스』에 대한 논의를 통해 말하고자 하는 것은 프로이트가 『쾌락충동 너머

Beyond the Pleasure Principle』에서 제기한 "죽음충동"이 실제로 존재한다는 것이다.** 프로이트는 우리 인간이 무생물에서 생물로 되는 과정에서 엄청난 트라우마를 입었기 때문에 이전의 상태, 즉 무생물의 상태로 돌아가려는 경향, 즉 "죽음충동"이 우리 안에 있다고 했다. 그러니까 라캉은 『콜로누스의 오이디푸스』에 대한 논의를 통해 프로이트가 다른 곳에서 개진한 "죽음충동"의 개념을 설명하고 있는 셈이다. 결국, 그의 말은 '프로이트로 돌아가자'는 것이다. 프로이트가 중시했던 무의식으로, 그러니까 오이디푸스 콤플렉스와 죽음충동이 자리를 잡고 있는 무의식으로 돌아가자는 말이다.

　그러나 '프로이트로 돌아가자'는 것은 프로이트의 가설적 이론들이 갖고 있는 풍요로움을 새롭게 해석함으로써 인간의 심리를 더 폭넓게 이해하자는 취지에서 한 발언이지만, 소포클레스의 비극에 대해서는 아무런 새

** 이런 의미에서 "라캉이 콜로노스의 오이디푸스를 강조한 이유는 생의 중심에서 인생과 맞서는 오이디푸스가 정신분석이 지향하는 주체의 모습을 반영하고 있기 때문"이라는 말(김서영, 『프로이트의 환자들』, 프로네시스, 2010, 199쪽)은 라캉이 세미나에서 발언한 바를 다소간에 오독한 것으로 보인다. 라캉이 『콜로누스의 오이디푸스』에 대한 논의를 통해 강조한 것은 프로이트가 『쾌락 원칙 너머』에서 개진한 "죽음충동"이었다. 결국 그가 말하고자 하는 요체는 프로이트로, 프로이트 이론의 핵심인 무의식으로 '돌아가자'는 것이었다. "죽음충동"이 무의식의 일부임은 말할 것도 없다.

로운 것을 제공해주지 않는다. 이론가들이 늘 그러하듯이, 라캉도 프로이트의 이론이 가진 심오한 면을 부각시키는 데에만 관심이 있었지, 소포클레스의 비극이 갖는 감정의 힘을 설명하는 데에는 관심이 없었다. 사실, 정신분석학자에게 그것에 관심을 가지라고 하는 것 자체가 과도한 요구일지 모른다. 그러나 프로이트가 갖고 있는 신화의 위치에 맞먹는 권위로 말미암아, 우리가 신화에 기초한 비극이 갖고 있는 다면적이고 다층적인 것들을 도외시한다면, 그것은 경계해야 할 만한 것이다.

결국 오이디푸스의 이야기는, 프로이트의 말처럼 "어머니에 대한 사랑과 아버지에 대한 질투"의 이야기가 아니고, 라캉의 말처럼 무상한 삶을 끝내고 죽음으로 돌아가는 "죽음충동"에 관한 이야기도 아니다. 그것은 자신도 어쩔 수 없는 기구한 운명의 회오리에 휘말린 어떤 사람이 겪은 트라우마와 절망에 관한 이야기요, 그 운명에 조금은 무모하게 맞서다가 결국에는 죽음을 맞는 사람에 관한 이야기다. 그것은 프로이트가 생각했던 것과 다르게, '모든' 사람에 관한 이야기, 즉 알레고리가 아니라 구체적인 '어떤' 사람에 관한 이야기다. 우리가 그의 시련과 트라우마와 절망에 연민을 느끼는 것은 그가 우리 안에 있기 때문이 아니라, 즉 "오이디푸스 콤플렉스"의 "흔적"이 우리 안에 있기 때문이 아니라, 하이데거의 말처럼 운명에 의해 "세상 속으로 내던져져" 절망의 극단에 서 있으면서도 그 운명에 감히 도전장을 내미는 한 인간의 힘겨운 실존을 보기 때문이다. 그렇다. 안쓰러움이다. 소포클레스가 오이디푸스의 비극을 통해 관객들에게 불러일으키고자 한 감정은, 아리스토텔레스가 『시학』에서 이야기한 것처럼 안쓰러움이자 연민이다. 이것이 우리가 오이디푸스의 비극을 감상할 때, 프로이트의 이론에서 잠시 벗어나 일반적인 상식에 기대야 하는 이유가 된다. 그의 이론은 인간 심리에 대한 통찰력을 담고 있긴 하지만 절대적인 기준도 아니고, 소포클레스의 비극을 이해하는 데 좋은 길잡이도 아니다. 오히려 그것은 길잡이로 삼기에는 위험한, 신화에서 만들어진 또 다른 신화에 지나지 않을지 모른다.

왜 이제야?

— 『게걸음으로』와 독일인들의 아일란

빨간 셔츠에 파란 반바지를 입고 운동화를 신은 아이가 해변에 엎드려 있다. 우리가 아이였을 때 그러했듯이 그 아이도 엎어져 자는 것이 편한 모양이다. 아이가 자는 모습은 한 폭의 그림처럼 평화롭고 예쁘다. 그 모습을 바라보고 있으니 잠든 아이의 귓전을 맴도는 물결 소리가 우리의 귀에도 들릴 것만 같다.

그런데 그게 아니라고 한다. 아이는 자는 것이 아니라 죽어 있는 것이라고 한다. 가족과 함께 작은 보트를 타고 피란길에 나섰다가 파도에 쓸려 죽은 것이라고 한다. 아이의 이름은 아일란. 나이는 세 살. 국적은 시리아. 아이는 어머니와 아버지, 그리고 두 살 위인 형과 함께 전쟁에 찢긴 시리아를 탈출하려고 작은 배를 탔다가 죽음을 맞았다. 그만 죽은 게 아니라 어머니도 죽고 형도 죽고, 아버지만 살아남았다. 가족을 잃고 자기만 살아남은 아버지는 "더 이상 살아야 할 이유가 없다"고 절규한다. 어느 아버지가 그렇지 않으랴. 사랑하는 가족의 죽음 앞에서 그 아버지는 살아 있어도 죽은 것이다. 이것이 소위 '삶 속의 죽음'이라는 것일 게다. 그리고 이것이 시리아 난민들이 매일 처하는 일상이다.

2015년 9월 2일, 아일란의 사진이 언론에 소개되면서 시리아 난민 문제가 새로운 국면에 접어들었다. 아일란의 모습이 사람들의 마음을 움직였기 때문이다. 난민 문제를 철저히 외면하던 영국과 미국마저도 국민들의 항의가 빗발치자 소수의 난민을 받아들이겠다는 입장으로 돌아섰다. 이렇게 여론이 들끓기 전에는 미국도 그렇고 유럽 국가들도 난민 문제를 철저히 외면했다. 5년이 다 되어가는 시리아 내전으로 지금까지 1천만 명이 넘는 이재민과 난민들이 발생했음에도 모두가 강 건너 불 보듯 바라보고만 있었다. 그런데 예외적으로 난민을 환영하는 국가가 있었다. 독일이었다. 다른 국가들과 달리, 독일은 앙겔라 메르켈 총리가 나서서 난민을 받아들이기 시작했다. 독일 언론이 우려의 목소리를 쏟아내도, 메르켈 총리는 요지부동이었다. 대부분의 난민들이 독일로 가려고 하는 것은 그들을 진심으로 환대하려고 하는 진실한 몸짓이 거기에 있기 때문이다. 독일이 난민들을 모두 수용할 수도 없고(2015년의 난민 신청자는

80만 명에서 1백만 명에 달할 것으로 추정된다), 난민을 수용하는 과정에서 많은 문제가 발생할 수도 있겠지만, 이후에 어떻게 되든 지금까지 보여준 환대만으로도 독일인들의 말과 행동은 감동적이다.

다른 나라들은 난민 문제에 대해 수수방관을 넘어 때로는 적대적인 태도를 취하는데, 어째서 독일은 난민들을 환대하는 걸까.* 종교도 다르고 인종도 다른 난민들이 들어옴으로써 문제가 발생할 소지가 얼마든지 있는데, 왜 그들을 환대하는 걸까. 여러 가지 복합적인 이유가 있겠지만, 가장 큰 이유는 역사에 대한 부채의식이 아닐까 싶다. 독일은 세계대전을 일으켜 수많은 사람들을 죽음으로 내몰았던 국가였다. 그래서 그들에게 죄의식은 불가피한 것이었다. 메르켈 총리는 세계대전 중에 있었던 추악한 행위를 "기억하는 것은 독일인의 영원한 책임"이라고 했다. 독일은 국가가 나서서 그렇게 판단하고 '미안해해야 한다'고 가르쳤다. 그래서 그들에게 죄의식은 학습된 죄의식이다. 우리의 이웃나라 일본의 아베 총리가 선조들이 미안한 일을 했지만 후손들까지 '미안해할 필요는 없다'고 말하며 과거를 회피하는 것

---

* 물론 난민을 환대하는 예외적인 나라로 독일 말고도 스웨덴이 있다. 그럼에도 지도자의 의지나 수용 규모에 있어서, 독일은 거의 독보적인 정책을 보인다.

과는 너무나 대조적이다. 전쟁 후에 독일이 걸어온 길은 모범적인 것이었다. 그들은 반성하고 또 반성했다. 다른 나라들에게 피해를 끼친 것도 반성했고, 유대인들을 비롯한 수많은 사람들을 죽음의 벼랑으로 내몰고 생존자들을 평생에 걸친 트라우마의 희생자로 만든 것도 반성했다. 그러므로 난민의 환대를 속죄의 정신과 관련지우는 것은 무리가 아니다. 상반된 이데올로기를 지닌 동독과 서독을 통일시킨 것에 대한 일말의 자부심, 전쟁 후에 쌓아온 경제력에 대한 자신감과 여유, 메르켈 총리가 가진 고결한 품성도 일정한 역할을 했겠지만, 그중에서 가장 중요한 것은 이웃에 대한 일종의 부채의식일 것이다. 그들은 폭력의 역사를 통해 교훈을 얻었고, 그것을 현실 속에서 부단히 실천하려고 노력해왔다. 놀라운 일이다. 그런데 더욱 놀라운 것은 이제는 더 이상 이웃의 눈치를 보지 않아도 될 정도로 도덕성을 확보한 독일인들이 아직도 끊임없이 이웃을 의식하고 살아가고 있으며 앞으로도 그러할 것이라는 사실이다. 난민들에 대한 환대는 그들과는 큰 관련이 없는 우리에게까지도 큰 감동을 준다. "위기에 처한 이웃에게 친절하지 않으면 그것은 더 이상 내 나라가 아니다"라는 메르켈 총리의 말은 듣는 것만으로도 가슴을 벅차게 만든다. 전설적인 록그룹 U2의 보컬인 보노가 말했듯, 메르켈 총리가 보여준 리더십은 "우리가 참으로 오랫동안 세계 무대에서 보지 못했던 리더십"이다.

이제, 세계는 메르켈처럼 멋진 여성을 총리로 둔 독일과 독일인들을 조금은 달리 볼 때가 되었다. 그들은 2차 세계대전 이후로 죄책감에 짓눌린 삶을 살아왔다. 그들에게도 상처가 없진 않았으련만, 그들은 남의 눈치를 보고 남의 상처를 위로하며 살아왔다. 이웃들에게 상처를 준 자신들이 스스로의 상처를 얘기할 자격이 없다고 생각했기 때문이다. 그러나 그들은 70년에 가까운 세월을 남의 상처를 존중하고 남의 상처 앞에 머리를 조아림으로써 속죄했고, 이후로도 그러할 것이라는 것을 분명히 함으로써 자신의 상처에 대해 얘기할 자격을 얻었다. 물론 그들 스스로가 그런 자격을 얻었다고 생각한다는 것은 아니다. 어쩌면 그들은 자기들이 그런 자격을 갖췄다고는 생각하지 않을지도 모른다. 그들이 끝없이 과거를 반성하는 것은 그런 이유에서일 것이다. 그러나 그럴 자격이 없다고 생각한다는 것 자체가 그럴 자격이 있다는 반증이다. 과거에 대한 끊임없는 반성과 도덕성의 확보가 이래서 중요한 것이다.

이제 그들의 상처에 대해서도 얘기할 때가 되었다. 아니, 어쩌면 지나치게 늦은 건지도 모른다. 그들의 상처를 얘기할 수 있는 하나의 좋은 지점은 귄터 그라스

Günter Grass(1927-2015)가 2002년에 발표한 『게걸음으로Im Krebsgang』(장희창 옮김, 민음사, 2015)가 아닐까 싶다. 아무리 아파도 드러내놓고 얘기할 수 없었던 빌헬름 구스틀로프호 참사를 다룬 소설이기 때문이다. 그들에게도 시리아의 아일란처럼 서럽게 죽은 아이들이 있었지만, 이웃들에게 행한 잘못 때문에 그들에 대해 제대로 말할 수 없었고, 제대로 애도할 수도 없었다. 그들의 아일란은 시리아의 아일란과 달리, 밖으로 내보이지도 못하고 울어보지도 못하는 억눌린 상처로만 남아 있었다. 그 상처는 금기였다. 죄인이기 때문에 말해서도 안 되고 애도해서도 안 되는 금기였다. 그라스가 주목한 것은 바로 이 억눌린 상처였다. 이러한 상처가 일으키는 부작용이었다.

우리는 일반적으로 1912년에 있었던 타이태닉호 참사를 사상 최대의 해양 사고로 알고 있다. 영화로 만들어져 폭발적인 인기를 누린 할리우드 영화 「타이타닉」이 우리가 그렇게 생각하도록 부추겼다. 물론 타이태닉호 참사는 엄청난 것이었다. 그 배에 승선한 인원은 2천 2백여 명이었고 그중에서 사망자는 1513명, 생존자는 711명이었다. 정말로 엄청난 사고였다. 그러나 그것은 충분히 엄청난 사고였음에도 불구하고 1945년 1월 30일, 그러니까 2차 세계대전이 끝나기 직전, 러시아 잠수함에서 발사된 세 발의 어뢰를 맞고 침몰한 독일 선적의 빌헬름 구스틀로프호 사고에 비하면 경미한 사고였다. 러시아군에 쫓긴 피란민들을 다급하게 실은 탓에 정확한 승선 인원이 집계되지는 못했지만, 소설에 따르면 대략 "6천6백 명에서 1만6백 명" 사이로 추정되는 인원이 그 배에 타고 있었으며 그중에서 1239명이 살아남았고 나머지는 죽었다. 어림잡아 9천 명 정도가 죽었으며 그 중에서 5천 명 안팎이 "젖먹이, 아이, 그리고 소년 소녀들"이었다. 그들은 물에 "빠져 죽고 얼어 죽고 계단에서 밟혀" 죽었다.

정말이지 엄청난 사고였다. 그래서 그들을 애도하는 것은 살아남은 사람들의 의무였고 책무였다. 그럼에도 불구하고 독일인들은 성인들의 죽음은 말할 것도 없고 4-5천 명, 아니 어쩌면 5천 명 이상일지 모르는 아이들의 죽음마저도 드러내놓고 애도할 수 없었다. 이것이 문제였다. 이웃에게 아무리 잘못을 했다 하더라도 내 자식, 우리 자식들에 대한 자연스러운 애도의 감정을 억압한다는 것은 순리를 거스르는 일이었다. 물론 일차적으로는 애도의 억압이 타자에 대한 배려에서 비롯된 것이었으니 나름대로 윤리적인 측면이 없지 않지만, 그럼에도 불구하고 상처를 방치한 것은 그것을 덧나게 만들었고 급기야는 극우주의자들에 의해 역사적 사실이 왜곡되는 것으로 이어졌다. 그라스의 소설은 그 상처의 방치와 그것으로 인한 왜곡에 관한 것이다.

소설은 "왜 이제야?"라는 말과 함께 시작하여 "그것은 결코 중단되지 않는다. 결코 중단되지 않는다"라는 말로 끝난다. "왜 이제야?"는 말은 몇십 년이 지나서야 구스틀로프호 참사에 관한 얘기를 하는 이유를 묻는 것이고, "그것은 결코 중단되지 않는다"는 말은 구스틀로프호 참사에 대한 이야기나 논쟁이나 평가는 세월이 흘러도 계속 이어질 것이라는 뜻이다. 그래서 "결코 중단되지 않는다"는 마지막 문장은 "왜 이제야?"라는 서두의 질문에 대한 일종의 답변인 셈이다. 그러니까 비록 늦긴 했지만 구스틀로프호 참사에 관한 얘기를 굳이 하는 것은 그것이 독일 사회에서 끊임없이 문제가 될 것이니 이참에 조금이라도 정리하고 넘어갈 필요가 있다는 논리다. 여기에는 그것의 실상을 사람들이 제대로 응시하지 않으면, 즉 공론의 장으로 끌어내서 상처를 치유하려는 노력을 하지 않으면, 소설 속에서 극우적인 성향의 인물들이 그러했던 것처럼 그것을 왜곡하고 급기야 배타적인 자민족중심주의를 확산하는 데 악용할 소지가 있다는 우려가 담겨 있다.

그래서 그라스가 구스틀로프호 참사가 있은 지 반세기를 훌쩍 넘긴 시점에서 그것을 소설화한 것은 우선은 그 참사로 인해 발생한 트라우마를 치유하고, 치유가 아니라면 적어도 그것의 의미를 되새기며 희생자들을 애도하고 생존자들을 위로하며, 한 걸음 더 나아가서는 그것을 제대로 평가하자고 촉구하기 위해서였다. 이것을 소설 속의 말로 옮기면, "자신의 죄가 너무도 크고 그 오랜 세월 동안 참회를 고백하는 것이 너무나 절실한 문제였다는 바로 그 이유 때문에, 그처럼 많은 고통에 침묵을 지켜서는 안 되며, 또한 그 기피 주제를 우파 인사들에게 내맡겨서도 안 된다"는 것이다. 이것이 이 소설의 주제다. 여기에는 "영하 18도"의 추위 속에서 9천 명이 넘는 것으로 추정되는 사람들이 죽었다면, 그리고 그중에서 아이들의 수가 절반을 넘었다면, 진즉 나서서 그들을 애도하고 기억해줬어야 하는데, 그러지 못했던 것에 대한 자책과 죄의식이 깊게 깔려 있다.

그라스가 누구인가. 그는 상처의 작가였다. "아픈 상처를 드러내는 일"에, 아름답지 못한 독일의 과거를 드러내는 일에 누구보다 앞장섰던 작가였다. "씻고 또 씻지만 점점 더 높이 차오르는" "꽉 막힌 변소"와도 같은 독일의 역사를 얘기하고 또 얘기했던 작가였다. 그가 〈노벨문학상〉 수상 연설에서 말한 것처럼, 그는 작가로서 시시포스이고자 했다. 정상에 오르는 순간 돌이 굴러 내려 처음부터 다시 돌을 굴려야 하는 운명을 떠안은 시시포스. 그는 자신이 시시포스가 되어 그 바위를 굴리며 행복해할 수 있게 해달라고 기도했다. 그렇게 그는 역사의 상처를 자신이 굴려야 하는 돌이라고 생각하고 살아왔다. 『양철북Die Blechtrommel』을 비롯한 대부분의 소설들이 아우슈비츠를 비롯한 독일의 치욕스러운 과거를 형상화한 것은 바로 이러한 이유에서였다. 그의 소설은 그래서 참회였고 고백이었다. 그런데 문제는 그 참회와 고백에 에너지를 소진하느라, 자국민의 상처를 다독이는 일에는 소홀했다는 데 있었다. 이것은 그 자신만이 아니라 국가 전체에 해당하는 문제였다. 속죄를 해야 한다는 압박감이 역설적으로 자국민의 상처와 고통을 돌보는 것을 소홀히 하게 만들었던 것이다.

"구스틀로프호와 그 저주받을 이야기는 전 독일을 통틀어 수십 년 동안 금기사항이었다." 금기시한다고 해서 해결될 일이 아니었지만, 독일 전체가 죄의식에 짓눌려 있고 세상의 눈치를 보고 있는 상황에서 그것은 억압될 수밖에 없었다. 이것이 그라스가 〈노벨문학상〉을 수상하고 난 후, 말년에 이르러 구스틀로프호 참사를 다룬 『게걸음으로』를 쓴 이유였다. 그래서 크게 보면, 이 소설은 그라스의 소설을 통틀어 정말로 의미심장한 일탈이었다.**

억압의 문제는 언젠가 그것이 돌아오고 만다는 데 있

다. 이것이 프로이트가 말하는 '억압의 귀환'이다. 어떤 것에 관해 얘기하고 싶고 또 그래야 하는데 그것을 하지 말라고 하면, 더 얘기하고 싶어지는 게 인간의 심리다. 이것이 억압의 역설이다. 문제는 그것이 공론의 장에서 허용되지 않으니까 비정상적인 공간에서 출구를 찾으려 하고, 그러다 보니 진실이 왜곡되어 보고 싶은 것만 보고, 듣고 싶은 것만 듣고, 말하고 싶은 것만 말하는 현상이 발생한다는 것이다. 『게걸음으로』의 한복판에 놓인 살인 사건은 진실이 억압될 때 얼마나 심각한 왜곡이 발생할 수 있는지를 아주 효과적으로 보여준다.

소설은 3대에 걸친 이야기를 담담하게 풀어간다. 이야기가 전개되는 방식을 보면 담담하다 못해 건조하기까지 하다. 여기에는 이유가 있다. 무엇보다도 화자가 이데올로기에 대한 호불호가 별로 없는 저널리스트이기 때문에 그러하다. 그는 좌익 성향의 신문이나 잡지

** 이와 더불어, 유대인들을 비판하는 것을 금기시하는 독일에서, 2012년 「말해야 하는 것Was gesagt werden muss」이라는 시를 발표해 이스라엘의 핵무장이 "그렇지 않아도 아슬아슬한 세계 평화를 위협하고 있다"고 말한 것도 또 다른 의미에서의 일탈이었다. 그라스는 자신이 이전에 이스라엘을 향해 이런 말을 하지 못했던 것은 독일인인 자기에게 "결코 지워지지 않는 얼룩"이 묻어 있었기 때문이라고 말했다. 그가 구스틀로프호 사건을 소설로 다룬 것도 과거의 얼룩에 더 이상 좌우되지 않고, 할 말은 해야 한다는 깨달음 때문이었다. "내일이면 너무 늦을지 모르기 때문이었다."

에 글을 쓰다가도 우익 성향의 신문이나 잡지에도 글을 쓴다. 그러니 좌도 아니고 우도 아니다. 그는 이데올로기에 쏠리는 법이 없이 사실을 보도하는 데에만 신경을 쓴다. 그러니 그의 글에 색깔이 들어갈 리가 없다. 또 다른 이유는 그가 이야기하는 것이 구스틀로프호에 관한 역사적 사실에 관한 것이기 때문이다. 그래서 그의 서술은 이편도 아니고 저편도 아닌, 아주 객관적이고 초연한 입장의 서술이다. 그는 자신이 아는 것 이상의 것을 상상하려 하지 않고, 구체적인 근거가 있는 것만을 제시한다. 가령, 그는 구스틀로프호가 침몰할 때, 내부의 모습이 어떠했는지를 사세히 묘사하지 않는다. "감정이입 능력을 총동원"하면 얼마든지 "경악스러운 일을 상상하고 소름 끼치는 것들을" 묘사할 수 있겠지만, 그는 "생존자들이 다른 곳에서 말한 증언을 인용하여 보고"할 따름이다. 불필요하게 독자를 자극하지 않기 위해서다. 이 소설의 어디를 보아도 감상이나 자극적인 내용이 눈에 띄지 않는 것은 이러한 화자를 내세웠기 때문이다.

그러나 화자의 문제는 그가 어떤 입장에 있든, 그의 삶이 구스틀로프호 참사와 운명처럼 엮여 있다는 데 있다. 그의 어머니는 구스틀로프호에서 살아남은 생존자 중 한 사람이고, 그는 그 배가 가라앉고 있을 때, 임산부라는 이유로 우선적으로 구조되어 다른 배로 옮겨 간

어머니의 배에서 태어난 사람이다. 얄궂게도 그는 구스틀로프호가 가라앉는 순간, 다른 배 위에서 태어났다. 그리고 그의 아들은 할머니로부터 일종의 세뇌를 받아 구스틀로프호 참사에 강박적으로 집착하다가 결국에는 사람까지 죽이게 된다. 그러니 화자는 구스틀로프호와 떼려야 뗄 수 없는 관계에 있다. 그런데 화자의 이야기를 따라가다 보면, 그것이 구스틀로프호 참사와 관련된 화자의 가족 이야기이기도 하지만, 궁극적으로는 그 참사에 대한 독일인들의 대응방식을 알레고리로 풀어낸 이야기라는 것을 어렵지 않게 알 수 있다. 그럴 수밖에 없는 것이, 화자의 어머니가 입은 트라우마, 그리고 화자와 그의 아들이 그 트라우마를 대하는 방식이 전쟁이 끝난 후에 독일인들이 구스틀로프호 참사를 대했던 서로 다른 방식들을 각각 대표하고 있기 때문이다. 그래서 이 소설을 이해하는 것은 세 사람 사이에서 어떠한 역학 관계가 발생하고 있는지를 이해하는 것에서 출발해야 한다.

1945년 1월 30일, 전쟁이 막바지로 접어들었을 때였다. 러시아가 독일을 공격해 오면서 수많은 이재민들이 발생했다. 사람들은 피난을 가려고 항구로 몰려들었지만 그 수가 너무 많아 구스틀로프호에 다 탈 수가 없었다. 하지만 열일곱 살이었던 화자의 어머니 툴라는 만삭의 몸이었고 그녀의 부모가 노약자인 까닭에 가까스로 배에 오를 수 있었다. 배에는 젖먹이를 포함, 5천 명이 넘는 아이들이 타고 있었다. 부상병들도 있었고 간호사들도 있었다. 그런데 출항한 지 얼마 안 되어 배가 어뢰에 맞아 침몰해버렸다. 배에 타고 있던 아이들은 다 죽었다. 툴라의 부모도 죽었다. 9천여 명이 순식간에 바닷물 속으로 잠겨버렸다.

만삭의 몸이었던 그녀는 가까스로 다른 배로 옮겨 탔다. 그녀는 구스틀로프호가 선미를 마지막으로 치켜 올렸다가 바닷속으로 가라앉는 순간, 이 소설의 화자인 파울을 낳았다. 이런 지옥 같은 경험을 한 그녀가 트라우마에 시달리지 않을 리가 없었다. 금발이었던 그녀의 머리는 그 사건을 겪으면서 백발로 변했다. 열일곱 살 소녀의 머리가 백발이 된 것이었다.

그렇게 그녀는 구스틀로프호의 포로가 되었다. 앞으로 나아가고 싶어도, 그 배가 그녀를 놓아주지 않았다. 50년에 가까운 세월 동안, 그녀는 구스틀로프호에 여전히 타고 있었고, 그 배는 여전히 침몰하고 있었다. 그것이 무슨 만병통치약이라도 되듯, 흔히들 치유라는 말을 입에 달고 살지만, 치유될 수 없고 또 치유되지 않으려 하는 트라우마는 늘 존재하는 법이다. 몇천 명의 아이들의 죽음은 그런 트라우마였다. 치유를 입에 올리는 것 자체가 신성모독에 해당하는 트라우마였다. 그녀가 "그 사건 후 한 뼘의 시간도 흘러가지 않은 듯이" 그 얘기만을 계속하고 걸핏하면, 죽은 아이들이 얼음 사이에서 둥둥 떠다니는 악몽을 꾸는 것은 불가피한 일이었다. 그 악몽은 그녀의 윤리였다. 그들을 기억하고자 하는 그녀의 무의식이 행하는 윤리였다. 그래서 그녀에게 과거는 과거가 아니라 현재였다. 강박관념이자 피해의식이었다. 5천 명의 아이들이 "포도송이처럼" 바다로 떨어져 죽었는데, 자신은 그 상황에서 배 속에 있던 아이까지 낳고 살아남았다는 죄의식이었다.

그녀는 다른 사람을 위로할 게 아니라, 누군가로부터 위로를 받아야 했다. 그런데 그녀를 안아주고 위로해줄 수 있는 부모는 구스틀로프호와 함께 바닷물 속으로 들어가 없고, 그녀를 조금이나마 위로해줄 수 있었을 공동체나 국가는 이웃 나라에게 행한 극악한 행동 때문에 그럴 여력이 없었을 뿐만 아니라 그 사건에 대해 얘기하는 것을 철저히 금기시했다. 이런 상황에서 그녀가 혼자서 속을 끓인 것은 당연한 귀결이었다. 아이를 낳았을 때, 그녀는 열일곱 살이었다. 열일곱 살이면 아직 어린애다. 그런데 그 어린애가 그 상황에서 아기를 낳은 것이다. 정상적인 상황이었다면, 그녀는 10대를 지나 20대로 들어가고, 차츰차츰 나이를 먹으면서 성숙해졌을 터였다. 그러나 그녀는 열일곱 살을 벗어날 수 없었다. 적어도 심리적으로는 그랬다. 앞도 없고 중간도 없고 뒤도 없이, 오직 그 순간만 존재하는 것이 트라우마이기 때문이다.

그녀가 아들인 파울에게 틈만 나면 구스틀로프호에 관한 이야기를 하면서 그것을 기록으로 남겨야 한다고 했던 것도 트라우마 때문이었다. "바닷물이 얼마나 차가웠는지 아니? 애들이 모조리 거꾸로 처박혔단다. 그걸 기록으로 남겨야 해. 넌 운 좋게 살아남았으니 그 빚을 갚아야지…… 글로 써야지." 스스로 글을 쓰기에는 무지한 그녀는 아들이 자기 대신, 그것을 기록으로 남겨 후대에게 전해주기를 바랐다. 국가가 침묵으로 일관하고 있는 상황이니, 아들이라도 그 참상을 기록해 사람들에게 알려주면 좋을 것 같았다. 그러면 원이 없을 것 같았다. 그녀는 그것을 위해 아들을 좋은 학교에 보내고 나중에는 서독으로까지 보냈다. 그런데 아들은 어머니의 바람을 외면했다. 글을 쓰는 것을 업으로 하는 자유기고가가 되어서도 그 사건에 대해서는 쓸 생각을 하지 않았다. 오히려 그는 어머니가 틈만 있으면 귀에 대고 얘기하는 소리에 신물이 나 있었다. 그러면서 세월이 흘렀다. 그녀의 입장에서 아들의 태도가 실망스러웠음은 물론이다. "곧 우리 중에 아무도 살아 있지 않을 테지. 너 빼고 말이야. 하지만 넌 내가 벌써부터 이야기해 온 모든 것들을 기록으로 남길 생각도 안 하지." 그래도 아들은 요지부동이었다. 오히려 그는 그처럼 집요한 요구를 하는 어머니가 미웠다. 어렸을 때부터 어머니한테 들어온 구스틀로프호 얘기가 지긋지긋했다. 그래서 그는 구스틀로프호와 아무 관계가 없었으면 싶었다. 그 배가 침몰할 때 자신을 낳은 어머니가 밉고 원망스럽기까지 했다. "수천의 다른 사람처럼 '각자 알아서 살아남으시오'라는 말이 떨어졌을 때…… 차가운 물속에서 얼어버렸거나 뱃머리 쪽으로 가라앉는 배가 일으키는 소용돌이에 배 속 다른 아이들과 함께 휩쓸려 들어가버렸더라면" 싶었다.

그러나 어머니의 말에 대한 그의 무관심은 엄청난 결과로 이어졌다. 그녀가 아들에 대한 기대를 접고, 손자인 콘라트한테 돌아서면서 벌어진 일이었다. 그녀는 아들한테 하던 얘기를 손자를 데려다가 해주기 시작했다. 자신의 유년 시절 이야기며, 전쟁 중 겪었던 온갖 잔혹한 이야기를 다 해준 것이다. 화자의 말을 옮기면, 그녀는 "영원히 가라앉고 있는 배에 대한 스토리를 그 애 머릿속에 입력"했고, 아이는 "스펀지처럼" 그것을 빨아들였다. 그녀는 아이를 데리고 생존자 모임에도 나갔다. 감수성이 예민한 10대 소년인 콘라트는 할머니가 자신의 머릿속에 입력해준 스토리를 바탕으로 그 사건을 추적하기 시작했다. 그녀의 말에 따르면, "지금까지 어떤 사람도 알려고 하지 않았던 그 배가 자기 손자에게는 결코 지치지 않는 질문의 계기가 되었다".

콘라트는 신세대답게, 할머니가 사준 컴퓨터를 이용하여 빌헬름 구스틀로프호에 관련된 것들을 조사하고 추적하기 시작했다. 그리고 '슈베린 동지회'라는 이름으로 웹사이트를 개설하고 사이버 활동을 시작했다. 그는 좌도 아니고 우도 아닌 아버지와 달리, 모든 것을 극우적인 시각에서 바라보았다. 그리고 그것은 나치에 대한 신비화로 이어지고 결과적으로 유대인에 대한 혐오로 이어졌다. 빌헬름 구스틀로프호는 나치 정권과 관련이 있는 배였다. 그것을 빌헬름 구스틀로프호로 명명한 사람은 히틀러였다. 히틀러는 나치에 충성하다가 다비드 프랑크푸르터라는 유대인 대학생의 총에 맞아 죽은 나치 간부 빌헬름 구스틀로프를 기리기 위해 배에 그런 이름을 붙였다. 그 배는 전쟁 막바지에 환자 및 병력을 운반하는 용도로 개조되긴 했지만, 원래는 여객선이었다. 더 정확히 말하면, 나치가 노동자들의 사기 진작을 위해 만든, '기쁨을 통해 얻는 힘'이라는 의미의 '카데에프KdF' 선단 소속의 대형 여객선이었다. 이 배 위에서는 계급이 없었다. 그러니까 이 배의 선상은 계급의 해방구였다. "단 하나의 승객 등급만을 고려함으로써 모든 계급 차별을 잠정적으로 제거하라"는 지시에 따라 만들어졌기 때문이었다. 그래서 툴라에게도 그렇고, 그녀의 생각을 물려받은 콘라트에게도 그렇고, 히틀러가 '순교자'의 이름을 따서 명명한 빌헬름 구스틀로프호는 신성한 배였다. 그런데 전후의 독일이 그 신성한 배를 외면하고 있었다.

그래서 유대인의 총에 맞아 죽은 빌헬름 구스틀로프는 콘라트에게 순교자여야 했고, 구스틀로프가 태어난 슈베린은 성지여야 했다. 그는 할머니처럼 "빌헬름 구스틀로프의 침몰을 무조건 여성과 아이들에 대한 살인으로 평가"했다. 그래서 그 배에 어뢰를 발사해 침몰시킨 러시아 잠수함 S13은 "살인 보트"였고, 그 "살인 보트"에 타고 있던 승무원들은 여자들과 아이들을 "살인한" 자들이었다. 그는 할머니한테 세뇌를 당한 나머지, 어뢰를 발사한 러시아 잠수함 함장의 입장에서 보면 "이름도 없는 배를 군사 목표물로 간주한 것은 당연했다"는 사실을 간과하거나 무시하고, 독일인들을 피해자로만 생각했다. 결국 그는 모든 것이 유대인들 때문에 일어난 일이라고 간주하고 인터넷을 통해 유대인 혐오증을 부추겼다.

문제는 콘라트가 개설한 사이버 공간에서 벌어지는 이야기가 다른 사람들을 끌어들이고 그 와중에 "역할

놀음"이 개입되어 그것이 결국 살인으로 이어졌다는 데 있다. 여기에서 "역할 놀음"이란 서로를 전혀 모르는 두 사람이 사이버 공간에서 한 사람은 빌헬름 구스틀로프의 역할을 하고, 다른 한 사람은 구스틀로프를 죽인 다비드 프랑크푸르터의 역할을 하며 격렬한 논쟁을 벌이는 것을 지칭한다. 빌헬름 구스틀로프의 역할을 맡은 것은 할머니로부터 구스틀로프호 참사에 관한 이야기를 듣고 그와 관련된 각종 정보를 수집하고 국수주의적인 생각을 갖게 된 콘라트였고, 다비드 프랑크푸르터의 역할을 맡은 것은 볼프강 슈트렘플린이라는 아이였다. 콘라트가 구스틀로프를 순교자로 생각하고 모든 것의 원인이 유대인에게 있으니 모든 유대인은 이스라엘로 돌아가야 한다는 논리를 펴면, 볼프강은 구스틀로프는 극악무도한 나치였기 때문에 당연히 자신의 손에 죽어야 했고 독일인들은 전쟁 범죄와 집단 학살에 대해 유대인들에게 영원히 속죄해야 한다는 논리를 폈다. 비록 사이버 공간에서이긴 하지만, 그들은 서로를 증오했다. 아니, 서로의 신념을 증오했다. 그런데 다비드 역할을 하는 볼프강은 사실, 유대인이 아니었다. 그는 단지 "열네 살 때부터 다비드라는 이름을 스스로 짊어지고, 잘 알려진 전쟁 범죄와 집단 학살에 속죄해야 한다는 생각에 사로잡혔으며, 그러다 보니 마침내는 모든 유대적인 것

354

을 그 어떤 성스러운 것으로 간주해버리는 지경까지 이르게"된 10대 소년이었다. 사회가 죄의식을 지나치게 강요한 것이 이런 결과로 이어진 것이었다.

콘라트가 극우 쪽으로 돌아선 것의 배후에 부모(두 사람은 일찍 이혼하고 아들을 방치한 상태였다)의 무관심이 있었듯이, 볼프강이 유대인의 피가 전혀 섞이지 않은 순수 독일인임에도 불구하고 유대적인 것과 자신을 동일시하고 유대인들을 맹목적으로 옹호한 것의 배후에는 부모의 무관심이 있었다. 결국 부모의 무관심이 콘라트와 볼프강으로 하여금 서로를 증오하고 급기야 한쪽이 다른 쪽을 죽이는 비극으로 내몬 것이었다. 두 사람은 사이버 공간에서 논쟁을 하는 것으로 부족했는지, 직접 만나서 정면 대결을 하기로 했다. 사이버 공간에서의 논쟁이 현실로 옮겨붙은 것이었다. 그들은 지금은 없지만, 한때는 빌헬름 구스틀로프를 "기리기 위한 커다란 화강암 비석이 호수를 향한 채 서 있었던 곳"에서 만나기로 했다. 그런데 두 사람이 만났을 때, 볼프강은 그곳에 침을 뱉으며 말했다. "유대인으로서 나는 이렇게 할 생각밖에 들지 않아." 그곳은 유대인 역할을 하는 볼프강에게는 히틀러와 다를 바 없는 나치 빌헬름 구스틀로프를 추모하는 더럽고 추악한 곳이었다. 그런데 콘라트에게 그곳은 신성한 장소였다. 볼프강은 그곳에 침을 뱉음으로써 콘라트의 "순교자"이자 영웅인 빌헬름 구스틀로프를 "모독"했다. 결국 콘라트는 총을 꺼내 볼프강을 향해 쐈다. 그것도 네 발을 쐈다. 히틀러가 집권하고 있을 당시, 다비드 프랑크푸르터가 네 발을 쏴서 구스틀로프를 죽인 것처럼, 정확히 네 발을 쏜 것이었다. 그리고 근처에 있는 경찰서에 가서 자수하며 자신이 "유대인 프랑크푸르터가 쐈던 총알 수 그대로 정확하게 발사했다는 점을 강조"했다. "나는 독일인이기 때문에 쐈어요." 그는 나중에 법정에 가서도 "슈베린의 위대한 아들"인 구스틀로프를 찬양했고, "저는 독일인이기 때문에 쐈습니다. 그리고 다비드를 통해서 영원한 유대인이 발언하고 있었기 때문에 쐈습니다"라고 말했다.

그러고 보면 문제는 어른들이었다. 그들이 구스틀로프호와 관련된 고통과 트라우마를 외면하지 않고 직시했더라면, 할머니에게서 손자에게로 증오가 대물림되는 일도 없었을 것이고, 아이들이 그렇게 진영 논리에 빠져 서로를 증오하는 일도 벌어지지 않았을 것이다. 콘라트의 부모와 볼프강의 부모는 한 아이는 죽고 한 아이는 감옥에 갇히고 나서야 뒤늦게 그것을 깨달았다. 두 아이의 부모가 그랬듯이, 독일 사회는 수천 명의 자국민들이 떼죽음을 당한 것을 애도하지 못하고, 생존자들을 위로하지 못함으로써 결과적으로 그것이 지하로 숨어들어 왜곡되는 것을 방치한 셈이었다. 그렇지 않았더라면, 화자의 어머니가 열일곱 살에 입은 트라우마를 수십 년 동안 입에 달고 살지도 않았을 것이고, 잔혹한 이야기를 해줌으로써 손자를 극우주의자로 만들지도 않았을 것이었다. 독일 사회가 구스틀로프호 참사를 금기로 만들어 침묵을 강요하지 않았더라면, 그것이 "사이버 공간에서 떠돌아다니면서 가상의 파도를 만들" 일도 없었을 것이고, 극우주의자들이 "구스틀로프를 위한 복수"를 촉구하는 일도 없었을 것이다. 그래서 콘라트가 저지른 황당한 살인 사건은 개인에 의한 것이라기보다 할머니(툴라)와 아들(화자인 파울)과 손자(콘라트)의 합작품이고, 더 나아가서는 참사가 공론화되는 것을 억압하고 금기시한 독일 사회의 합작품이었다.

그라스가 구스틀로프호 사고를 형상화한 것은 그것에 대한 나름의 죄의식에서였다. 그리고 그 상처를 금기시할 것이 아니라 직시해야 한다는 것을 역설하기 위해서였다. 어차피 인터넷이 발달한 시대에 그것을 금기시한다고 그것에 관해 이야기하는 것을 원천적으로 막을 길은 없다. 물론 그 비극을 공론의 장으로 옮겨놓음으로써, 그렇지 않아도 증가하고 있는 국수주의적이고 극우적인 성향의 사람들에게 그것이 악용될 위험은 있었다.

바로 이것이 그라스가 스토리를 자극적인 것으로 만들지 않고 객관적인 증언과 자료에 근거해 끌어간 이유였다. 국수주의자들이나 극우주의자들에게 증오의 빌미를 주지 않기 위한 나름의 조처였다. 그리고 이것이 그의 스토리가 '게걸음으로'라는 제목처럼 게가 걸어가듯이 진행되는 이유이기도 하다. 여기에서 게걸음이란 "시간을 비스듬하게 가로지르면서, 마치 뒷걸음질하며 옆으로 비껴가는 듯하지만 사실은 상당히 신속하게 전진하는" 서술 방식을 일컫는데, 이 말을 좀 더 쉽게 설명하면 연대기적 서술을 지양하고, 서로 다른 사건들을 동시다발적으로 취급한다는 말이다. 예를 들면, 빌헬름 구스틀로프, 그를 죽인 유대인 다비드 프랑크푸르터, 구스틀로프호를 침몰시킨 알렉산더 마리네스코의 행적을 게가 걸어가듯 "시간을 비스듬하게 가로질러" 병치시키며 서술하는 방식이다. 한쪽을 강조함으로써 생기는 편향적인 시각을 탈피하기 위해서였다. 이것은 전체적인 효과에서 보면 다소 지루하고 산만해 보이지만, 진실이라는 것이 선정적이고 감상적인 것이 아니라 상반되는 것들이 공존하고 때로는 지루한 것일 수 있다는 사실을 감안하면 적절한 서술 방식일 수 있다.

결국 그라스가 이 소설을 통해 강조하는 것은 상처는 그냥 낫는 법이 없으니, 상처가 있으면 고통에 겨운 울음을 울도록 놔둬야 하고, 또 같이 울어줘야 한다는 것이다. 독일인들은 자신들이 저지른 잘못이 너무 크다는 이유로 그들의 아일란을 위해, 수천 명이나 되는 그들의 아일란을 위해, 애도의 눈물을 흘리는 것을 너무 오랫동안 외면해왔다. 그라스의 『게걸음으로』가 말해주는 것은 바로 이것이다. 그는 이 소설을 쓴 것만으로도 위대하고 용감한 작가이다.

위기의 상황에서 난민들에게 환대의 정신을 보여주지 못한다면, 독일은 더 이상 "나의 나라가 아니다"라고 말하는 위대한 여성을 총리로 둔 독일은 이제, 그들의 아일란을 위해 울 수 있는 자격을 얻었다. 그러나 그들은 진즉 울었어야 했다. 온 나라가 울었어야 했다. 역사의 과도한 짐에 밀려, 고통과 슬픔을 억압하는 것은 순리가 아니었다. 프로이트의 말처럼, 억압된 것은 돌아오기 때문이다. 그라스의 『게걸음으로』는 억압된 것이 어떻게 돌아오는지를 생생하게 보여주는, 트라우마의 교과서 같은 소설이다.

제비뽑기로 주인이 배정된
여자 포로들의 울음소리

― 에우리피데스의 비극과 여성의 몸

그리스어로 육체에 난 상처를 의미하는 '트라우마'가 의학 용어로 사용되기 시작한 것은 17세기 후반인 1690년대부터였다. 그 시점부터 트라우마는 의학적인 치료를 필요로 하는 상처를 지칭하는 용어로 자리 잡았다. 그런데 인간이 사용하는 말이 흔히 그러한 것처럼, 트라우마가 몸의 상처만이 아니라 마음의 상처를 가리키는 것으로 의미의 외연을 확장하는 것은 시간문제였다. 일종의 '시적 과정'이라고나 할까, 하나의 말로 여러 가지 의미를 동시에 나타낼 수 있다면 굳이 다른 말을 만들어내지 않고 그것을 중의적으로 사용하려 하는 것이 언어의 속성이기에 그렇다. 가령 '가시'가 나뭇가지에 달린 단순한 물질을 의미하던 것에서 고통이나 형벌은 물론이고 양심의 가책과 같은 심리적인 영역으로 의미를 확장하게 된 것은 불가피한 일이었다. 트라우마도 그랬다.

그것은 몸의 상처에서 마음의 상처로 외연을 확장하더니, 프로이트에 이르러서는 후자를 의미하는 것으로 전용되어 지금은 몸의 상처보다는 마음의 상처를 의미하는 쪽으로 더 많이 사용되고 있다. 그러다 보니 트라우마는 더 이상 몸의 상처를 가리키는 용어가 아닌 것처럼 느껴지고, 실제로도 몸의 상처를 트라우마로 지칭하는 경우가 드문 게 현실이다.

그런데 우리가 트라우마와 관련하여 잊지 말아야 할 것 중 하나는 몸의 상처와 마음의 상처를 반드시 분리시킬 필요가 없다는 사실이다. 몸이 아프면 마음도 아프고, 역으로 마음이 아프면 몸도 아프다. 몸과 마음의 상관관계를 보다 잘 이해하기 위해서는 트라우마가 그리스어에서 어원을 취했으니 그것의 적절한 예를 그리스 비극에서 찾아보는 것도 괜찮을 듯싶다.

그리스의 비극작가인 에우리피데스(Euripides, 기원전 484-406[추정])의 『트로이의 여인들』*은 몸에 관한 이야기다. 더 구체적으로 얘기하면 제목이 암시하는 것처럼 여성의 몸에 관한 이야기다. 물론 남성에 관한 이야기가 나오지 않는 것은 아니지만 그것은 어디까지나 지엽적

---

* 이후에 논의되는 에우리피데스의 『트로이의 여인들』과 『헤카베』는 모두 『에우리피데스 비극 전집 1』(천병희 옮김, 도서출판 숲, 2009)에서 인용한 것이다.

인 것에 불과하고, 스토리는 국가의 멸망과 함께 여성의 몸이 때로는 훼손당하고 때로는 전리품이 되는 현실에 초점을 맞춘다.

대부분의 고대 비극들이 그러한 것처럼 스토리는 간단하면서 강렬하다. 트로이가 그리스 연합군에 의해 파괴되어 "연기와 폐허로 변해"가는 장면에서 시작하여 화염에 휩싸인 트로이가 더 이상 존재하지 않게 되는 장면으로 끝나는데, 트로이의 멸망을 더욱 극적으로 만드는 것은 트로이 여성들의 죽음보다 못한 삶이다. 트로이 남성들은 더 이상 보이지 않는다. 트로이의 왕 프리아모스도 죽고, 그의 아들이자 트로이의 영웅인 헥토르를 비롯한 모든 장수들도 죽고, 다른 남성들도 다 죽고 없다. 가부장적 국가였던 트로이는 남성들이 그렇게 역사의 연기 속으로 사라졌다. 그런데 인구의 반을 차지하는 여성들은 남성들과 더불어 사라진 게 아니라 아직 살아 있다. 더 정확히 말하면, 트로이 여성들은 그리스 연합군에게 위협이 되지 않으니 현시점에서는 애욕의 대상이나 노예로 삼고, 이후에 그리스로 데리고 돌아가서도 첩이나 노예로 삼거나 팔아버리기 위해 살려둔 것이다. 그러니 트로이 여성들의 삶은 자신들의 의지가 아니라 적군의 의지에 좌우되는, 능동태가 아니라 수동태의 삶이었다. 그들에게 삶은 사는 것이 아니라 살아지는 것이었다.

『트로이의 여인들』은 그리스 진영의 천막을 배경으로 한다. 천막에는 트로이 여성들이 수용되어 있다. 여성들 중 일부는 이미 "제비뽑기로 주인이 배정된" 상태이고, "아직 배정되지 않은" 여성들은 "장수들이 마음대로 고르도록" 천막 안에서 대기 중이다. 늙은 헤카베 왕비는 오디세우스에게 "노예로 배정"되고, 그녀의 딸인 카산드라는 신이 들려 미쳤음에도 불구하고 아가멤논 왕에게, 그녀의 며느리는 아킬레스의 아들 네오프톨레모스에게 각각 첩으로 배정된다. 일국의 왕비가 노예가 되고 그녀의 딸과 며느리는 첩이 되니 치욕도 그런 치욕이 없다. 이것을 동양의 왕조시대에 빗대어 말하자면, 왕과 세자는 죽고 없고 중전은 적장의 노예가 되고 공주와 세자빈은 적국 왕과 적장의 첩이 된 격이다. 나라를 잃은 것만 해도 이만저만한 트라우마가 아닌데, 이제는 아예 물건 취급을 당하는 것이다. "왕의 침상에 누웠던 몸"이 이제는 "부자들이 입기에는 어울리지 않는다 닳아빠진 누더기를 걸치고" "맨땅에 굽은 등을 대고" 누워야 하는 신세로 전락한 것이다.

포로가 된 여성들의 "요란한 울음소리가 스카만드로스 강에 메아리"치고 있다. 그들은 천막에 갇혀 자신들의 운명이 어떻게 될지 기다리고 있다. 조르조 아감벤Giorgio

Agamben이 말한 "호모 사케르homo sacer" 혹은 "누다 비타nuda vita", 즉 "벌거벗은 생명"을 이보다 더 실감 나게 보여주는 사례가 또 있을까 싶을 정도로, 천막에 수용되어 있는 여성들은 무자비한 권력에 노출되어 있는 "벌거벗은 생명"의 모습을 적나라하게 보여준다. 그들은 옷을 입고 있어도 몸과 영혼이 발가벗겨진 포로이자 죄수다.

그렇게 여성들은 정복자의 천막에 갇혀 있다. 여기에서 천막은 자기 마음대로 죽을 권리마저도 박탈당한 고통의 공간이요, 수모와 치욕의 공간이다. 여성들의 울음소리가 낭자한 천막은 정복당한 나라의 여성에 대한 침략자들의 가학성이 어떠한 것인지를 잘 보여준다. 그렇다고 이곳에 여성들만 수용되어 있는 것은 아니다. 에우리피데스의 비극에는 적어도 한 명의 트로이 사내아이가 존재한다. 그 아이가 있는 것으로 미루어, 천막에 수용되어 있는 사내아이들이 더 있을 것 같지만, 헤카베의 가족을 중심으로 전개되는 이야기에 나오는 사내아이는 하나뿐이다. 그가 살아남은 것은 적군에 위협이 되는 성인 남성이 아니었기 때문일 것이다. 그런데 문제는 그 사내아이가 헥토르와 안드로마케 사이에서 태어난 아들 아스티아낙스라는 데 있다. 일부 그리스군은 그가 언젠가 세월이 흘러 장성하면 그리스에 위협적인 인물이 될지 모른다고 생각한다. 그렇다고 아직도 어머니 안드로마케의 품을 파고드는 어린아이를 무작정 죽일 수는 없는 노릇이었다. 그러나 살려두자니 어쩐지 꺼림칙하다. 그래서 그리스 군대 안에서 논쟁이 벌어진다. 그러나 많은 인간사가 그러한 것처럼, 강경 노선이 온건 노선을 압도한다. 그중에서도 오디세우스가 대표적인 강경주의자이다. 그는 그리스 연합군이 모인 자리에서, "가장 용감한 아버지의 아들"을 살려두면 안 된다며 아이를 죽이자고 제안한다. 그것도 그냥 죽이는 것이 아니라 트로이의 성탑에서 내던져 죽이자고 제안한다. 아이를 죽이는 것 자체도 야만적인데 높은 곳에서 던져 죽이자니, 정말이지 너무나 잔혹한 제안이 아닐 수 없다. 아이의 어머니 안드로마케의 말처럼, 그러한 짓은 "야만족에게나 어울릴 잔혹한 짓"이다.

안드로마케는 자신의 아들을 그렇게 죽이기로 결정했다는 것을 그리스군의 전령인 탈티비오스로부터 전해 듣지만, 아무 대응도 하지 못하고 무기력할 따름이다. 그리스군을 향해 악담을 퍼붓고 싶어도 그럴 수가 없다. 전령의 말처럼, "군대의 노여움을 살 만한 무슨 말을 하게 되면 / 아들은 묻히지도, 동정받지도 못할 것"이기 때문이다. 그래서 그녀는 자신의 품에 달려드는 아들을 껴안고 울 따름이다. "내 아들아, 울고 있구나. 네 불행을 느끼는 게냐? / 너는 왜 나를 꼭 붙잡고 내 옷에

매달리며 / 새끼 새처럼 내 죽지 밑으로 파고드느냐? /
(……) / 이제 마지막으로 네 어머니를 사랑해다오! 너
를 낳아준 / 이 어미에게 바짝 붙어 네 두 팔로 내 목을
껴안고 / 내 입에 네 입을 맞추어다오!" 그녀는 아이를
어쩔 수 없이 내어주면서 거의 발작적인 상태가 된다.
"자, 그대들은 이 애를 데려가서 던지세요. / 그게 좋겠
다 생각되면, 이 애의 살점으로 잔치를 벌이세요. / 신
들의 뜻에 따라 나는 파멸하는 것이고, 이 애를 죽음에
서 / 구할 수 없으니까요. 그대들은 불행한 나를 천으로
가리고 / 배 안에다 던지세요. 나는 자식을 잃고 나서 /
성대한 결혼식을 올리러 가는 길이니까요." 어린 아들은
끌려가 죽을 운명이고, 자신은 적장(아킬레스의 아들)의
첩이 되어 끌려가는 기막힌 운명 앞에서 그녀는 거의
정신을 잃은 것처럼 보인다. 이러한 상태가 바로 트라우
마다. 더 이상 나의 의지나 힘으로 어떤 것을 통제할 수
없고 외적인 것에 휘둘리는 상태이기 때문이다. 당신들
멋대로 하라는 자조적이고 자학적인 말 외에는 아무것
도 할 수 없는 절망의 상태가 바로 트라우마다. 그녀는
살아 있어도 더 이상 살아 있는 게 아니다.

아이가 그렇게 끌려가는 것을 보는 할머니 헤카베의
마음은 어떠했을 것인가. 그녀는 이렇게 절규하며 운다.
"애야, 불쌍한 내 아들의 아들아. 우리는 부당하게 / 네

목숨을 빼앗기고 있구나. 네 어미도 나도 / 이게 대체 무슨 봉변이란 말이냐? 너를 위해 / 내가 무엇을 할 수 있지, 이 불운한 것아? / 우리가 네게 해줄 수 있는 것이라고는 머리를 치고 / 가슴을 치는 것뿐이구나. 그것은 내가 할 수 있지. / 안됐구나, 도시가, 그리고 네가, 우리가 당하지 않은 것이 / 무엇이며, 우리가 당장 완전한 파멸 속으로 / 빠져드는 데 모자라는 것이 무엇이란 말이냐?" 그녀의 말은 이보다 더한 고통이 어디에 또 있을 수 있느냐는 것이다.

결국 아이는 어머니와 할머니가 절규하는 가운데 끌려가 성에서 떨어져 죽는다. 그의 시신을 거두는 것은 할머니의 몫이다. 그의 어머니는 이미 아킬레스의 아들에게 잡혀가고 없기 때문이다. 그의 시신은 너무나 처참하다. 높은 곳에서 떨어졌기 때문에 두개골은 박살이 나고 "아비의 손을 꼭 닮은" 손도 마디마디 부러져 있다. 살아 있을 때는 할머니의 품을 파고들며 할머니가 돌아가시면 "할머니의 무덤으로 친구들을 한패 데려가" 추모하겠다고 말하던 아이는 그렇게 참혹한 시신으로 돌아왔다. 자연의 순리에 어긋나게, 할머니가 어린 손자를 묻어야 하는 상황이다. 그녀는 손자의 시신을 향해 말한다. "네가 나를 묻는 게 아니라 내가 너를 묻는구나."

에우리피데스는 아스티아낙스의 죽음을 극화함으로

써 전쟁의 비정함과 야만성을 효과적으로 폭로하고 고발한다. 그가 이렇게 할 수 있었던 것은 어쩌면 당대에 벌어지고 있던 전쟁의 비정함과 야만성에 주목한 결과였을 것이다. 『트로이의 여인들』이 기원전 415년에 처음 무대에 올려졌을 당시, 아테네 연합군과 스파르타 연합군은 역사에서 펠로폰네소스전쟁(기원전 431-404)이라고 일컫는 전쟁 중에 있었다. 특히 이 비극과 관련이 있는 전쟁은 전년도인 기원전 416년에서 시작하여 이듬해까지 이어진, 전쟁 속의 전쟁이었다. 아테네는 중요한 전략적 요충지였던 밀로스(이곳은 후대에 '밀로의 비너스상'이 출토된 것으로 유명해진 섬이다)를 휘하에 두고 스파르타와의 전쟁에서 유리한 위치에 서고 싶어 했다. 그래서 조공을 바치고 동맹에 가입하라고 밀로스를 압박했고, 밀로스는 그것을 거부했다. 그러자 아테네는 밀로스를 침공하여 함락시키고, 군대에 갈 만한 성인 남성들을 모조리 죽이고 여성들과 아이들은 노예로 삼았다. 그러니까 『트로이의 여인들』이나 『헤카베』에서 성인 남성들은 물론이고 아스티아낙스처럼 신분이 높은 귀족의 아들이 살해당하고 여성들이 첩이나 노예가 되는 것은 당대의 현실을 반영한 것이었던 셈이다. 에우리피데스는 전쟁이 얼마나 폭력적인 것인지를 실감하는 시대에 살았고 그것을 전설 속의 트로이전쟁에 빗대어 표현하고자 했다. 이것이 그를 결정적으로 『일리아드』와 『오디세이』의 저자인 호머(Homeros, 기원전 800-750[추정])와 에우리피데스의 다른 지점이다. 전쟁을 삶의 일부로 그저 담담하게 받아들이고 서사시를 썼던 호머와 달리, 에우리피데스는 전쟁이 패전국 국민들에게 남긴 트라우마에 관심을 갖고 비극을 썼다. 그래서 호머의 『일리아드』는 헥토르의 장례식 장면에서 대단원에 이르지만, 에우리피데스의 『트로이의 여인들』은 호머의 『일리아드』가 끝나는 지점에서 시작하여 그 장례식 이후에 헥토르와 관련된 여인들이 어떠한 시련을 겪는지에 초점을 맞춘다. 그렇다고 호머가 전쟁을 미화했다는 말은 결코 아니다. 그는 전쟁을 미화하지도 않았고 그렇다고 추한 것으로 만들지도 않았다. 그는 전쟁을 삶의 일부로 담담히 받아들였을 따름이다. 그런데 에우리피데스는 전쟁에 반대한 평화주의자였다. 적어도 그의 비극들에서 전쟁이 다뤄지고 있는 양상을 보면 그렇다. 그의 관심은 전쟁이 휩쓸고 가면서 윤리나 도덕의 사각지대에 처하게 된 사람들의 실존적인 상황에 있었다. 특히 여성들의 삶이 관심의 대상이었다.

그가 제시하는 트로이 여성들의 수난은 끝이 없는 것처럼 보인다. 여성 포로들은 성적 착취의 대상이나 노예만 되는 게 아니라 제의의 희생자가 되기도 한다. 헤카베의 딸 폴릭세네의 경우가 그러하다. 이것을 좀 더 효과적으로 이해하기 위해서는 『트로이의 여인들』보다 10년 앞선 기원전 425년에 발표된 에우리피데스의 또 다른 비극 『헤카베』를 참조할 필요가 있다. 두 비극에 헤카베가 공통으로 나오는 것은 물론이려니와 대부분의 인물들과 사건들이 겹치기 때문이다. 이것은 일반적인 의미에서와 달리, 한 작가의 작품들 사이에서 형성되는 일종의 상호텍스트성이라고 할 수 있다. 여하튼 『헤카베』는 『트로이의 여인들』이 간략하게 개요만 언급한 것과 달리, 헤카베의 딸인 폴릭세네 공주가 어떻게 해서 아킬레스의 묘지에서 살해되어 제물로 바쳐지는지를 아주 세밀하게 묘사한다.

헥토르와 안드로마케 사이에 태어난 아스티아낙스를 높은 성에서 던져 죽이기로 결정할 때처럼, 그리스 연합군의 장수들은 폴릭세네를 아킬레스의 묘지에 제물로 바치는 문제를 놓고 격론을 벌인다. 여기에서 제물로 바친다는 것은 양이나 다른 동물을 도살해 제물로 바치는 것처럼, 사람을 죽여 그 피를 제물로 바친다는 의미이다. 그리스군이 트로이와의 전쟁에서 승리해 모든 것을 자기들 마음대로 할 수 있는 위치에 있었다고 해도, 사람을 죽여 제물로 바치는 문제는 차원이 다른 일이었다. 코러스가 전하는 바에 따르면, "의견이 / 양분되면서 무덤에 제물을 바치는 것을 / 일부는 찬성했고 일부는 반대했"다. "상반된 의견이 팽팽하게 균형을 이루었"다. 그런데 그 균형추를 깬 것은 "꿀처럼 달콤한 말을 하는 교활한 민중 선동가"였다. 그는 선동적인 말로 군대를 설득하기 시작했다. 그는 훌륭한 장수였던 아킬레스를 "노예의 피 때문에 모욕해서는 안 된다"며 다른 장수들과 병사들을 설득해서 자신의 뜻을 관철시켰다. 그가 오디세우스였다. 헥토르와 안드로마케의 어린 아들을 성벽에서 던져 죽이자고 다른 사람들을 설득했을 때 그러했던 것처럼, 오디세우스는 이번에도 선동적인 언변으로 자신의 뜻을 관철시켰다.

호머의 『일리아드』와 『오디세이』를 보면, 오디세우스(로마식으로는 율리시즈)는 기지와 전략이 뛰어난 트로이전쟁의 영웅으로 나온다. 거대한 목마를 만들어 그 안에 그리스 군인들을 숨겨 트로이의 성 안으로 잠입하게 만들어 전쟁을 승리로 이끄는 데 결정적인 역할을 한 것은 그였다. 그런데 그는 에우리피데스의 비극에서는 지극히 이기적이고 비윤리적이며 야만적인 인물로 등장한다. 에우리피데스가 그의 성격을 송두리째 바꿔버린 것이다. 오디세우스는 안드로마케의 어린 아들을 죽이는 데 결정적인 역할을 한 것으로 모자랐는지, 헤카베의 딸을 죽여서 아킬레스의 묘지에 제물로 바치는 쪽으로 의견이 모아지도록 열변을 토한다.

오디세우스는 여기에 그치지 않고 결정된 사항을 집행하는 일에도 앞장선다. 그는 헤카베의 딸을 직접 데리러 간다. 헤카베한테 과거에 목숨을 빚진 적이 있는 그가 은인이었던 그녀의 딸을 죽이는 일에 앞장선 것이다.

그는 거지로 변장하여 트로이를 염탐하러 갔다가 포로로 잡혔던 적이 있었다. 그 스스로도 인정하는 이 상황에서 그는 헤카베가 자신을 내보내주지 않았다면, 햇빛을 볼 수 없는 사람이 되었을 것이라고 실토한다. 그런데 헤카베 덕분에 햇빛을 볼 수 있게 된 사람이 그녀의 딸이 햇빛을 볼 수 없도록 하는 일, 즉 그녀를 죽이는 일에 주도적인 역할을 하고 있다. 헤카베는 그에게 자신이 그를 구해준 과거의 일을 환기시키며 자신의 딸을 살려달라고 애원한다. "그대도 시인했듯이, 그대는 무릎을 꿇고 / 내 손을, 내 이 늙은 볼을 만지며 목숨을 빌었어요. / 대신 지금은 내가 그대의 손과 볼을 만지며 그대가 / 전에 내게 빚진 것을 요구하고 간청하고 있어요." 상대의 손과 얼굴을 만지며 애원을 하는 것은 당시의 풍습이었다. 그것은 간절함의 표시였다.

헤카베가 그에게 무리한 것을 바란 것도 아니다. "소를 제물로 바치는 것이 / 더 어울릴 무덤"에 사람을 "제물"로 바치지만 말아달라는 것이다. 힘없는 딸이 자신과 함께 종살이를 하도록 그냥 살려만 달라는 것이다. 남편도 잃고 나라도 잃은 자신에게 그 딸은 "조국이고, 유모고, 지팡이고, 길라잡이"라고 말하며 감정에 호소하기도 하고, 트로이와 마찬가지로 그리스에서도 "자유민들의 피든, 노예들의 피든 / 사람의 피를 흘리는 것을 똑같은 법이 금하고 있어요"라고 말하며 이성에 호소하기도 한다. 그러나 오디세우스는 그녀의 딸을 제물로 바치겠다고 만인 앞에서 공언한 것을 취소할 수 없다며 그녀의 청을 거절한다. 그러자 그녀는 공언을 파기했다고 사람들로부터 비난받을 것이 두려워서 그런 거라면, 딸 대신 자신을 죽여 제물로 바치라고 애걸한다. 그러자 오디세우스는 이번에는, 아킬레스의 혼령이 "요구한 것은 당신의 죽음이 아니라 그녀의 죽음"이라며 청을 들어줄 수 없다고 말한다. 그러니까 헥토르한테 죽임을 당한 아킬레스의 혼이 처녀인 그녀의 딸을 죽여서 바치라고 요구했기 때문에 자신으로서는 어쩔 수 없다는 논리다.

얼핏 보면, 아킬레스의 혼령이 제물을 바치라고 요구했다는 말은 어느 정도는 사실에 부합되는 것처럼 보인다. 코러스는 그리스 함선들이 돛을 올리고 출항을 하려고 하는데 "황금 무구를 갖춘" 아킬레스의 영혼이 "함선들을 멈춰 세우며 큰 소리로" 이렇게 말했다고 전한다. "다나오스(그리스) 백성들이여, 그대들은 내 무덤에 / 명예의 선물도 바치지 않고 어디로 가려는 거요?"
그러나 아킬레스의 영혼이 실제로 그 말을 한 것이 아니었을 가능성은 얼마든지 있다. 아킬레스의 영혼이 했다는 말은 코러스나 오디세우스의 입을 통해서만 확인할 수 있는 것이지, 어디에도 혼령이 직접적으로 그렇게 말하는 대목은 없다. 이것은 처녀를 아킬레스의 묘지에 제물로 바치는 문제를 놓고 그리스 군대가 논쟁을 벌인 것에서도 유추할 수 있다. 만약 아킬레스의 영혼이 실제로 그렇게 요구한 것이 사실이라면, 논쟁을 벌일 필요가 없었을 일이다. 그들이 논쟁을 했다는 것은 죽은 장수의 유령이 그런 요구를 한 것이 아니라, 그것이 오디세우스처럼 피에 굶주린 자들이 억지로 꾸며낸 것일 가능성이 있다는 것을 시사한다. 그리고 찬반이 팽팽한 균형을 이룬 것으로 보아, 반대하는 사람들도 상당히 많았을 것이다. 그리스군을 이끄는 아가멤논 왕마저도 반대 의견이었다. 왕도 반대하는 상황이라면, 뭔가 석연치 않은 대목이 있었다는 말이다. 그들의 설왕설래에 마침표를 찍게 만든 사람은 "교활한 민중 선동가"인 오디세우스였다. 그에게 헤카베의 딸은 존중을 받아야 하는 인간이 아니라, 죽은 자를 위해서 목을 따도 좋은 노예에 지나지 않았다. 오디세우스는 잔혹한 사람이었다. 이렇게 보면 헤카베가 그를 "교활한 악당"이라고 부르는 것도 충분히 일리가 있다. 그는 자기를 살려준 은인에 대한 배려심도 없고, 피도 눈물도 없는 "교활한 악당"이다. 적어도 에우리피데스의 비극에 등장하는 그는 은혜를 원수로 갚는 인간이다. 『트로이의 여인들』과 『헤카베』에 등장하는 인물을 통틀어 그만큼 교활한 인물도 없을 것이다. 오디세우스는 헤카베의 간곡한 청에도 불구하고 기어코 폴릭세네를 아킬레스의 무덤으로 끌고 간다. 우리가 일반적으로 알고 있는 오디세우스의 모습과 너무 다르게, 에우리피데스의 비극에 등정하는 오디세우스는 비정하고 비윤리적이다.

아킬레스의 아들 네오프톨레모스의 비정과 비윤리는 오디세우스와 다를 바 없다. 그는 제주祭主로서 무덤 속에 있는 아버지를 향하여 이렇게 말한다. "사자들의 혼백을 불러올리는 이 진정제를 / 제게서 받으소서. 오셔서, 군대와 제가 / 아버지께 선물로 바치는, 처녀의 순결한 / 검은 피를 마시소서." 그의 아버지가 헥토르와의 싸움에서 죽었다는 사실을 고려하면, 헥토르의 누이인 폴릭세네를 죽여 그녀의 피를 죽은 아버지가 마시게 하겠다는 것은 복수심의 발로로 볼 수 있다. 복수심에 눈이 멀면 무슨 짓이든 할 수 있을 것이기 때문이다. 그러나 문제는 그가 한편으로는 헥토르의 아내인 안드로마케를 첩으로 삼고, 다른 한편으로는 그녀의 시누이를 아버지의 무덤에 제물로 바치는 모순에 빠져 있다는 것이다. 그러니까 사람을 도살하는 것을 지휘하는 그의 행위에는 원칙도 없고 정의도 없고 윤리도 없다. 피에 굶주린 자의 탐욕과 위선과 야만성이 있을 뿐이다.

헤카베의 또 다른 딸이지만 온전한 정신이 아닌 카산드라를 첩으로 취해 잠자리를 같이하고 있는 아가멤논 왕을 비롯한 그리스 군사들은 "처녀들 사이에서는 경탄의 대상이었으며 / 죽게 되어 있다는 점만 제외하면 여신과 같았"던 폴릭세네가 죽는 모습을 지켜본다. 그런데 여기에서 주목할 것은 그녀가 살려고 몸부림을 치는 것이 아니라 의연한 죽음을 택한다는 사실이다. 그녀는 병사들이 자신의 목을 치려고 자신을 잡아 움직이지 못하게 하자, 자신의 몸에 손대지 말라고 한다. 도망치거나 움츠리지 않고 스스로 알아서 몸을 내놓겠으니 손대지 말라는 것이다. "제발 나를 자유롭게 놓아주고 죽이세요. 내가 / 자유민으로 죽도록 말예요. 사자들 사이에서 노예라고 / 불리는 것은 공주인 나로서는 부끄러운 일이니까요." 그녀는 아가멤논이 병사들에게 그녀를 놓아주라고 명령하자, "입고 있던 옷을 잡고는 어깨에서 허리 / 한복판의 배꼽까지 찢으며 신상神像의 / 젖가슴만큼이나 아름다운 젖가슴"을 드러내 보이며 무릎을 꿇고 말한다. "내 젖가슴을 치기를 / 원한다면 여기를 치세요.

원하는 것이 내 목이라면 / 그대가 치도록 여기 내 목이 드러나 있어요." 그렇게 그녀는 죽음을 맞는다. 여성의 몸에 대한 폭력이 이보다 더 고스란히 드러나는 장면이 또 있을까 싶을 정도로, 이 장면은 전쟁 중에 여성의 몸에 가해지는 폭력을 그로테스크하게 부각시킨다. 존 도커John Docker의 말처럼, 무덤 주변에 모여 있던 그리스인들은 이 "에로틱한" 죽음을 "폭력적인 포르노"를 바라보듯 응시한다. 도커에 따르면, 이것은 가해자들이 살인을 저지르는 동안에 느낌 직한 "황홀경"과 그리 다를 바 없다. 동물처럼 도살되는 여성과 그 모습에 넋이 빠져 있는 군인들의 모습이 참으로 그로테스크하게 다가온다.

그런데 잔인한 것은 그리스군만이 아니다. 이웃도 잔인하기는 마찬가지다. 이웃 나라인 트라케의 왕 폴리메스토르는 트로이가 그리스군에 멸망하는 것을 보고, 자신에게 맡겨진 트로이 왕자 폴리도로스를 더 이상 보호해줄 필요를 느끼지 못하고 죽인다. 그것도 그냥 죽이는 게 아니라 그 왕자의 "몸을 토막 낸 다음 바닷물에 떠밀려 다니라고" 바다에 던진다. 프리아모스 왕이 그리스 연합군의 습격을 받을 때, 금은보화를 들려 자기 나라로 피신시켰던 어린 왕자를 그처럼 무자비하게 죽인 것이다. 트라케 왕은 트로이 왕이 살아 있을 때는 손님으로 가서 극진한 환대를 받았던 사람이었다. 그럼에도 트로이가 망하자, 자신이 받은 환대를 돌려주기는커녕 손님을 죽인 것이다.

어린 딸의 죽음에 어린 아들의 죽음까지 겹치자, 헤카베는 더 이상 온전한 정신이 아니게 된다. 아가멤논이 자신에게 말을 걸어도 그녀는 혼잣말만 한다. 이렇게 해서 트로이 왕족 중 남성들은 모두 죽고, 여성들은 살해당하거나 그리스군의 노예나 첩이 된다. 헤카베도 "제비뽑기"를 통해 오디세우스의 노예로 "배정"된다. 그녀는 자신이 전에 살려줬음에도 은혜를 모르고 자신의 딸과 손자를 죽이는 데 앞장선 파렴치한 오디세우스의 노예로 배정된 것이다. 그러니 살고 싶은 의지가 그녀에게 남아 있을 리가 없다. 그래서 그녀가 손자의 망가진 시신을 수습해 보내고 나서 불 속으로 뛰어들려 한 것은 어쩌면 당연한 수순이었는지 모른다. "불타고 있는 / 조국과 함께 죽는다는 것은 얼마나 아름다운가!" 그러나 그녀에게는 죽을 자유마저도 허락되지 않는다. 그리스 병사들은 제정신이 아닌 그녀가 죽지 못하도록 잡고 "사정없이" 끌고 간다. 그녀의 소유주인 오디세우스에게 넘기기 위해서다.

이처럼 에우리피데스의 비극은 전리품의 신세로 전락한 트로이 여성들의 눈에 비친 현실과 그들이 겪는 트라우마를 가슴 아프게 그려낸다. 우리의 가슴을 더욱 아프게 만드는 것은 트로이 여성들의 스토리가 단순히 몇천 년 전에 있었던 일회적 사건이 아니라, 인류의 역사가 시작된 이후로 지금까지 계속되고 있는 전쟁에서 수많은 여성들이 겪어야 했던 경험의 축소판이자 현재의 역사라는 사실이다. 여성들은 늘 그렇게 고단한 삶을 살아왔다. 지금까지 이 세상에 발발했던 전쟁들 중, 여성들에게 이중 삼중의 피해를 주지 않은 전쟁은 없었다. 식민주의나 제국주의 역사에서 식민지 여성들에게 이중 삼중의 폭력을 가하지 않은 경우는 없었다. 여성들은 언제나 성적 유린과 착취의 대상이었다. 침략자들은 땅을 취하고 나면 반드시 여성의 몸을 취했다. 남성 침략자들은 점령지에 들어서면 그곳에 사는 여성들의 몸을 자기들 마음대로 취했다. 헥토르의 아내 안드로마케처럼 요조숙녀였던 귀족 여성도 그러한 운명을 피하지 못했다. 아니, 그러한 여성의 몸은 침략자들이 다퉈가며 욕심을 내는 전리품이었다.

그리스군이 "제비뽑기"를 통해 여성들을 배정받은 것이 얼핏 보면 대단히 예외적인 사건 같지만, 그와 유사한 예는 역사를 돌아보면 얼마든지 찾을 수 있다. 멀리 갈 것도 없이 이슬람국가 IS의 일부 야만적인 남성들이 지난 몇 년 사이에 자신들이 점령하고 있는 시리아나 이라크 지역에서 소수민족인 야지디족 여성들에게, 때로는 열 살도 안 된 여자아이들에게 어떤 폭력을 저질렀는지 생각해보라. 그들은 여성들을 성적으로 능욕하고 팔아넘기고 죽였다. 그들만이 그러할까. 세계의 역사를 돌아보라. 여성들에 대한 집단적 폭력의 예는 널리고 널렸다. 가장 최근의 예로, 아프리카의 남수단에서 2015년에 무슨 일이 일어났는지 생각해보라. 그 나라의 열 개 주 중 하나인 유니티Unity 주에서만 1300여 명의 여성들이 내전의 소용돌이 속에서 군인들에게 성폭행을 당했다. 유엔 보고서가 전하는 일부 사례들은 너무 잔혹하고 끔찍해서 말로 옮길 수조차 없을 정도다. 군인들은 남자들을 죽이고 어머니가 보는 앞에서 딸을, 아이들이 보는 앞에서 어머니를 집단으로 성폭행했다. 때로는 여자들을 납치해 막사에 가둬놓고 성노예로 삼았다. 남수단 정부는 부인하고 있지만, 그러한 행위가 '전사들에 대한 보상'의 차원에서 허용되고 있다는 소문은 사실처럼 보인다. 문제는 지금도 그러한 일이 계속되고 있다는 것이다. 따라서 『트로이의 여인들』에 나오는 "제비뽑기"가 대변하는, 여성에 대한 폭력은 결코 그리스만의 것이 아니라 세계 공통의 것이다. 그것은 인간이 사는 곳이면 어느 곳에서나 존재하는 폭력이었다. 인간의 역사는 그래서 여성의 몸에 대한 폭력의 역사, 야만의 역사였다.

에우리피데스의 비극은 여성들이 어떻게 "예속의 지붕 밑으로" 들어가 역사와 전쟁의 트라우마를 살아내는 지를 보여준다. 그들에게 몸과 마음의 구분은 사실상 의미가 없었다. 천막 안에서 남성들에게 배분되기를 기다리는 여성들의 몸과 마음을 구분하는 것이 무슨 의미가 있는가. 국가도 잃고 부모 형제도 잃고 자식도 잃은 여성들에게 몸과 마음은 나뉠 수 있는 것이 아니었다. 몸이 마음이었다. 몸의 예속은 마음의 예속이었다. 이런 의미에서 에우리피데스의 비극은, 몸의 상처를 의미하는 그리스어에서 유래했으면서도 마음의 상처만을 의미하는 것으로 더 자주 사용되는 '트라우마'라는 말이 원래의 의미로 돌아가 몸의 상처를 지칭하면서, 동시에 마음의 상처를 지칭하는 것으로 사용되어야 한다는 사실을 우리에게 환기시킨다.

아버지, 제 몸이 타는 것이
안 보이세요?

—『페테르부르크의 대가』와 자식을 잃은 아버지의 트라우마

프로이트의 『꿈의 해석』에는 트라우마에 관련된 꿈 이야기가 나온다. 이 이야기는 비록 짧지만, 트라우마의 본질이 무엇인지 효과적이면서도 감동적으로 전해준다. 사실, 그가 소개하는 꿈 이야기는 꿈을 꾼 당사자로부터 직접 들은 게 아니라 그가 치료하던 여자 환자를 통해 전해 들은 것이다. 어떤 아버지가 그 꿈을 꾸게 된 경위와 정황은 이렇다.

심각한 병에 걸린 아이를 극진히 보살피던 아버지가 있었다. 그러나 극진한 보살핌에도 불구하고 아이는 결국 세상을 떠나고 말았다. 한숨도 자지 못하고 몇 날 며칠을 뜬눈으로 병상을 지키던 아버지는 기진맥진하여 옆방으로 가서 눈을 좀 붙이기로 했다. 그는 아이의 시신이 있는 방이 자기가 누워 있는 곳에서 보이도록 문을 열어놓았다. 아이의 시신 주변에는 촛불을 환히 밝혀놓았다. 또한 만일의 사태를 대비하여 노인을 고용해 아이의 시신을 지키게 했다. 그는 이렇게 만반의 준비를 해놓고야 잠자리에 들었다. 그러다가 이상한 꿈을 꾸게 되었다. 아이가 꿈속에서 그의 팔을 잡고 말했다. "아버지, 제 몸이 타는 것이 안 보이세요?" 그는 꿈을 꾸다가 일어났다. 그런데 아이의 방이 훤한 게 아닌가. 뭔가 크게 잘못된 것 같았다. 정신없이 달려가서 보니 시신의 한쪽 팔에 불이 붙어 있었다. 아이의 시신을 지켰어야 하는 노인이 졸음을 이기지 못하고 고개를 떨어뜨리는 바람에 촛불이 넘어지면서 아이의 한쪽 팔로 불이 번진 것이었다. 프로이트가 전하는 이야기는 여기까지다.

이 이야기가 『꿈의 해석』에서 차지하는 지면은 한 단락에 지나지 않는다. 그런데 프로이트는 몇십 페이지에 걸쳐 그것을 해석하고 또 해석한다. 작은 것 하나도 사소히 넘기지 않고 거기에서 인간 심리의 보편성을 찾아내려 하는 정신분석가답게, 프로이트는 사소하다면 사소할 수 있는 꿈 이야기를 통해 인간이 꾸는 꿈의 본질에 관해, 그리고 궁극적으로는 트라우마의 본질에 관해 탐색한다. 그에게 그 꿈은 사랑하는 대상을 잃었을 때 의식과 무의식이 어떻게 반응하는지를 보여주는 "감동적인 꿈"이다.

일단 프로이트는 그 아버지가 그런 꿈을 꾸게 된 계

기가 무엇일지 추측해보기 시작한다. 꿈속에서 아이가 "아버지, 제 몸이 타는 것이 안 보이세요?"라고 한 말과 아이의 한쪽 팔에 불이 붙어 있는 현실이 공교롭게도 일치한다는 사실에 주목했기 때문이다. 그는 상식적인 선에서 이 꿈에 접근한다. 아버지가 그런 꿈을 꾸게 된 것은 시신이 있는 방에서 나오는 불빛이 갑자기 더 환해진 탓일 수 있다. 즉, 자고 있던 그의 눈에 불빛이 비쳐 그런 꿈을 꾸게 된 것일 수 있다. 또한 그가 아이의 시신을 지키고 있는 노인이 미덥지 못해 그런 꿈을 꿨을 수도 있다. 그리고 아이가 "아버지, 제 몸이 타는 것이 안 보이세요?Father, don't you see I'm burning?"*라고 한 것은 아이가 열이 날 때, "더워 죽겠어요I'm burning"라고 했던 말과, 다른 상황에서 "아버지, 모르시겠어요?Father, don't you see?"라고 했던 말이 교묘하게 결합되어 그랬을 수도 있다. 꼭 그렇다는 것이 아니라 그렇게 추정해볼 수 있다는 말이다. 이렇게 생각하면, 그 꿈은 외부적인 자극에 의해 촉발되고 과거에 있었던 말들이 자기 나름의 논리로 결합하여 그 상황에 반응한 것일 수 있으니 크게 이상할 것은 없다. 그러나 꿈에 의미가 있다고 생"

---

* 프로이트의 텍스트는 독일어로 되어 있으나, 여기에서는 편의를 위해 영어를 사용했다. 원어는 다음과 같다. "Vater, siehst du denn nicht, daß ich verbrenne?"

각하고 그것을 공들여 해석하면 인간 심리의 비밀을 풀 수 있다고 생각하는 프로이트가 이런 추측에 만족할 리 없다.

더더욱 문제인 것은 프로이트가 전하는 꿈 이야기를 잘 살피면 알 수 있듯 아버지가 뭔가 이상한 일이 벌어지고 있음을 감지하고도 바로 깨지 않고 꿈을 꿨다는 사실이다. 뭔가 이상하다는 것을 감지했으면 즉각 깼어야 하는데, 아버지는 아이가 꿈속에서 자기에게 와서 그 말을 할 때까지 깨지 않고 기다린 것이다. 물론 그가 일어나기까지 오랜 시간이 걸렸다는 말은 아니다. 그러나 촛대가 아래로 떨어지는 소리가 들리고 촛불이 아이의 몸에 옮겨붙어 주변이 더 환해졌을 때는 바로 일어났어야 했다. 그런데 그는 아이가 자기에게 말을 할 때까지 일어나지 않았다. 그렇다면 아버지는 왜 일어나지 않고 꿈속에 머물렀던 것일까. 이 질문의 주체를 바꿔서 말하면, 왜 꿈은 아버지를 깨어나지 못하게 했던 것일까. 무엇이 그를 잡고 있었던 것일까.

프로이트는 이러한 질문에 두 가지 답을 제시한다. 첫째, 많은 꿈이 그러한 것처럼 이 아버지는 꿈을 통해 자신의 욕구를 충족시키고 있다. 즉, 아버지는 아이가 다가와서 "아버지, 제 몸이 타는 것이 안 보이세요?"라고 불만스럽게 말하는 꿈을 꿈으로써, 사랑하는 아이를 죽음의 세계에서 불러내고 있다. 그래서 그가 계속 꿈을 꾸는 것은 아이의 죽음이라는 현실을 마주하고 싶지 않아서다. 현실에서는 아이가 살아 있는 게 불가능하니까, 그것이 가능해지는 꿈을 계속 꾸는 것이다. 둘째, 아버지가 계속 꿈을 꾸는 것은 "잠을 자야 할 필요성" 때문이다. 그는 꿈을 꿈으로써 조금 더 잘 수 있게 되고, 그렇게 되면 그의 의식이 힘겨운 현실을 인식해야 하는 상황으로부터 잠시 놓여날 수 있게 된다. 그러니까 프로이트는, 캐시 캐루스가 적절하게 지적한 것처럼, 이 아버지의 꿈을 두 가지 욕망, 즉 아이를 살아 있게 하려는 무의식의 욕망과 현실을 인식하고 판단하고 직시해야 하는 활동을 잠시 유보하고 싶은 의식의 욕망이 결합되어 발생한 것이라고 해석한다.

프로이트가 이 이야기를 소개한 것은 꿈을 해석하는 방식에 대한 고민에서 출발하지만, 캐루스의 말처럼 잘 들여다보면 그것이 꿈에 관한 해석이면서 동시에 트라우마에 관한 성찰이라는 것을 알 수 있다. 이 꿈에서 특히 주목할 것은 죽었던 아이가 기적처럼 나타나 "아버지, 제 몸이 타는 것이 안 보이세요?"라고 말하는 대목이다. 이 꿈속에서 아이는 죽은 게 아니라 살아 있다. 아이를 잃은 상처가 얼마나 크고 아이를 죽음의 세계에서 삶의 세계로 불러오고자 하는 마음이 얼마나 절실했으면 그러한 꿈을 꿨겠는가. 그래서 아이의 시신에 불이 붙은 것을 감지하면서 그것을 살아 있는 아이의 몸에 불이 붙은 것으로 바꿔놓는 아버지의 꿈은 프로이트의 말처럼 "감동적"이다.

이런 입장에서 보면, 아버지의 트라우마는 극복해야 하고 극복될 수 있는 것이 아니라 극복할 필요도 없고 극복될 수도 없는 것이 된다. 여기에서 중요한 건 극복이 아니라 현실을 과거의 어떤 상태로 되돌려놓으려 하는 염원이다. 자식이 살아 있으면 하는 마음이 너무나 지극해서 그 자식이 살아서 돌아오는 기적을, 그것이 꿈속에서만 가능한 것이라 하더라도 자식이 살아나는 기적을 바라는 염원이다. 꿈인들 어떠하랴. 자식이 살아난다면 꿈인들 어떠하랴. 눈앞에 보이는 것만이 현실이 아니라 꿈속의 현실도 현실이 아닌가. 비록 꿈에서 깨고 나면 사랑하는 사람의 부재가 더 견딜 수 없는 것이 된다 해도, 꿈속에서라도 사랑하는 사람을 살아 있게 하려는 몸짓은 아름답고 감동적이다.

프로이트가 전하는 스토리에서 아이가 죽게 된 것은 결코 아버지 때문이 아니다. 한 단락에 불과한 스토리라서 아이의 죽음을 둘러싼 정황에 대해 소상히 알 길은 없지만, 그 죽음이 아버지로 인한 것이 아니라는 것은 확실해 보인다. 아이는 아버지가 소홀해서도, 옆에 없어서도 아니고, 병에 걸려 어쩔 수 없이 죽은 것이다. 그럼에도 불구하고 아버지는 아이의 죽음에 충격을 받고 죄의식을 느낀다. 그는 "아버지, 제 몸이 타는 것이 안 보이세요?"라는 힐난을 아이로부터 받을 필요가 없음에도, 그 말을 기꺼이 수용한다. 그는 자신이 그런 상황에서 잠을 자는 행위 자체만으로도 이미, 아이에게 미안한 일이라 생각한다. 잠을 잔 것은 그간 병 수발을 드느라 몸이 기진맥진해져 어쩔 수 없는 것이었지만, 그럼에도 그는 여전히 아이에게 미안하다. 그래서 "아버지, 제 몸이 타는 것이 안 보이세요?"라는 말은 꿈속에서 아이가 한 말이지만, 실제로는 그런 상황에서 잠을 자는 자신을 힐난하는 아버지, 자신의 목소리이기도 하다. 아이의 목소리를 가장한 아버지의 목소리인 것이다. 아버지는 아이가 자기 때문에 죽은 것이 아님에도 그 죽음에 책임이 있다고 느낀다. 그는 이후로도 "아버지, 제 몸이 타는 것이 안 보이세요?"라는 아이의 목소리를, 비록 똑같은 말이나 형식은 아니더라도 의미상으로는 똑같은 목소리를 수없이 듣게 될지 모른다. 그는 이후로도 아이의 목소리를 듣고 꿈에서 깨는 "반복 강박"을 수없이 경험할지도 모른다. 그것이 그의 가슴을 아리고 또 아리게 만들더라도, 그는 그것으로 여전히 아이와 연결되어 있는 것이다. 이처럼 트라우마는 우리를 타인과 연결시켜주는 슬픔의 다리, 그리고 궁극적으로는 윤리의 다리일 수 있다.

　프로이트가 그의 글에서 어떤 일화를 소개하는 것은 그것이 개인을 넘어 인류의 보편적인 진실과 맞닿아 있다는 점을 강조하기 위해서다. 이것은 심지어 자기 손자와 관련된 일화를 소개할 때도 마찬가지다. 예를 들어, 그는 어린 외손자가 실패를 갖고 노는 모습을 전하면서도 그것을 인간 심리의 보편적인 진실과 연결시키려 한다. 평범한 사람이라면 어린아이가 실패를 던질 때는 "오-오-오" 하는 소리를 내다가 잡아당길 때는 "아-아-아" 하는 소리를 내면서 놀고 있는 모습을 보고 거기에 별다른 의미를 부여하지 않겠지만, 프로이트는 그것을 의미가 있는 행위로 본다. 그는 딸의 도움을 빌어 "오-오-오"를 '갔다'는 의미의 "포르트fort"로, "아-아-아"를 '왔다'는 의미의 "다da"로 해석한다. 그런데 아이의 행동을 유심히 관찰하니, 그가 "포르트-다" 놀이를 하는 것은 자기 옆에 있어야 하는 어머니가 어딘가로 가버렸을 때다. 아이에게 어머니가 어떤 존재인가. 어머니는 세상의 모든 위험으로부터 자기를 지켜주고 자신이 원하는 모든 것을 들어줘야 하는 존재가 아닌가. 그래서 어머니의 부재는 아이에게 트라우마로 작용한다. 프로이트는 실패 놀이를 아이가 일종의 상징적인 행위를 통해 어머니가 자신의 곁을 떠나면서 발생한 트라우마를 극복하는 것으로 해석한다. 아이의 심리 속에서 실패는 어머니를 대체하는 상징이고, 그 상징을 통해 아이는 어머니의 부재라는 현실을 극복한다고 보는 것이다. 결국 인간의 내부에는 어떤 상황을 극복하고 장악하려 하는 자기발생적인 심리가 있다는 말이다. 적어도 이것이 프로이트의 해석이다. 여기에서 중요한 것은 프로이트의 해석이 진실에 부합되는지의 여부가 아니라[**] 그렇게 평범하고 사사로운 사건을 통해서도 인간 심리의 본질과 실체에 근접하고자 하는 프로이트의 의지요 방향성이다. 바로 이것이 『꿈의 해석』에 나오는 아버지의 꿈이 사적인 차원을 넘어 보편적인 인간 심리의 작동 방식에 대한 일종의 알레고리가 되는 이유이기도 하다. 그 꿈은 자식의 죽음이라는 트라우마로 인해 어떤 아버지가 우연히 꾼 개인적인 꿈이지만, 프로이트의 사유 속으로 들어오면서 자식을 잃은 모든 어머니들과 아버지들이 꾸는 보편적인 꿈이 된다. 그래서 "아버지, 제 몸이 타는 것이 안 보이세요?"라는 아이의 절박한 목소리는 자식을 잃은 이 세상의 모든 어머니 아버지들이 듣는

[**] 슬라보예 지젝Slavoj Zizek에 따르면, 아이의 '포르트-다' 놀이는 어머니의 부재로 인한 트라우마를 극복하고자 하는 몸짓이 아니라, 질식할 듯한 어머니의 포옹에서 벗어나 자신의 욕망을 위한 공간을 만들려는 몸짓이다.

슬픔과 상처와 염원의 목소리가 된다.

프로이트는 우리에게 그 꿈을 꾼 아버지에 대해서는 아무 얘기도 하지 않는다. 그가 어떤 사람이며 뭘 하고 살았는지, 또한 이후의 삶을 어떻게 살았는지 말해주지 않는다. 그 사람을 개인적으로 알지 못해서도 그렇지만, 꿈의 본질에 대해서 얘기하는 것이 그의 주된 관심사이기에 그렇다. 그러나 그런 꿈을 꾼 아버지가 어떤 삶을 살았을지 가늠해보는 것은 그리 어려운 일이 아니다. 그의 삶은 아이가 세상을 떠난 것을 기점으로 더 이상 예전 같지 않았을 것이다. 개인의 삶을 앞과 뒤로 나누고 그를 유령처럼 따라다니는 것이 기억 속에 새겨진 트라우마의 본질이기 때문이다. 자식을 잃은 부모들이라면 누구라도 그러하듯 그 아버지는 자신의 잘못이 아님에도 불구하고, 자식의 죽음에 붙들린 채 이후의 삶을 살아갈 것이다.

만약 그 꿈을 꾼 아버지의 직업이 글을 써서 생계를 유지하는 전업작가라면 어떨까. 그 작가가 아들을 잃는다면 어떨까. 그는 이후에 어떤 삶을 살게 될까. 아들의 죽음은 그의 글에 어떤 영향을 미치게 될까. J.M. 쿳시 Coetzee의 『페테르부르크의 대가 The Master of Petersburg』는 글을 쓰는 게 직업인 아버지를 등장시켜 프로이트의 꿈

이야기에 나오는 "아버지, 제 몸이 타는 것이 안 보이세요?"라는 말의 의미를 사유思惟하는 소설이다. 특이하게도 이 소설은 19세기 러시아 작가인 도스토옙스키를 중심인물로 설정하고 있다. 물론 이 소설에 나오는 도스토옙스키는 허구적인 요소들이 많이 가미된 인물이다. 가령, 소설 속에서 도스토옙스키가 잃는 의붓아들(파벨)은 도스토옙스키의 실제 의붓아들과 이름이 같지만, 실제 그의 의붓아들은 소설 속에서처럼 자살인지 타살인지 애매한 상황에서 죽은 게 아니라 도스토옙스키보다도 오래 살았다. 도스토옙스키의 아들 중에서 그보다 앞서 죽은 아들(알료샤)이 있긴 했다. 그런데 그 아들의 죽음은 자살이나 타살과는 관계없는 병 때문이었다. 도스토옙스키는 알료샤가 자기에게서 유전적으로 물려받은 간질병으로 죽었다는 것 때문에 몹시 괴로워했다. 그에 반해, 쿳시의 소설 속에서 도스토옙스키가 슬퍼한 것은 친아들인 알료샤가 아니라 의붓아들인 파벨의 죽음이다. 즉, 쿳시의 소설에 나오는 도스토옙스키는 일정 부분 역사적 사실에 부합되지만, 그와 관련된 대부분의 일화들은 전적으로 쿳시가 꾸며낸 것들이다.

그렇다면 쿳시는 굳이 왜, 이런 구도를 택해서 아버지와 아들의 관계를 형상화했을까. 도스토옙스키를 등장시켜 아버지와 아들의 문제를 형상화할 거라면, 실제로 도스토옙스키가 아들을 잃은 역사적 사실을 기본으로 할 것이지 왜 굳이 사실이 아닌 것을 꾸며내 스토리를 전개했을까. 어째서 쿳시는 실제와 허구를 뒤섞은 포스트모던 소설을 씀으로써 독자를 혼란스럽게 한 것일까. 이러한 질문에 대한 답은 쿳시의 삶을 들여다보면 어느 정도 찾을 수 있게 된다. 쿳시는 1993년, 그러니까 『페테르부르크의 대가』를 발표하기 1년 전에 아들을 잃었다. 불확실하긴 하지만, 당시 스물세 살의 청년이었던 그의 아들은 아파트 발코니에서 떨어져 죽었다고 한다. 아들이 어떠한 상황에서 죽었는지, 그것이 사고였는지 아니면 어떤 절망적인 몸짓이었는지 우리로서는 알 길이 없다. 쿳시는 자신의 사적인 삶에 대해 철저하게 함구하는 내성적인 작가여서 단 한 차례도 아들의 죽음에 대해 언급한 적이 없기에 더욱 알 길이 없다. 확실한 것은 그의 아들이 1993년에 죽었고, 이듬해인 1994년에 아들의 죽음을 모티프로 한 『페테르부르크의 대가』가 발표되었다는 사실뿐이다. 두 가지 사건이 겹친 것은 우연이 아닌 것처럼 보인다. 그리고 이 소설이 지금까지 그가 발표한 작품을 통틀어 가장 우울하고 슬픈 정조를 띠고 있는 것 역시 우연이 아닌 것처럼 보인다. 음악으로 치자면 그의 소설은 단조가 아닌 것이 거의 없지만, 이 소설은 그중에서도 가장 비통한 단조에 속한다. 그가 좋아하는 음악가인 요한 세바스찬 바흐의 음악에 빗대 얘기하자면, 이 소설은 바흐가 자신의 부재중에 세상을 떠난 아내의 죽음을 애도하며 작곡했다는 「바이올린과 쳄발로를 위한 소나타」 제1014번을 닮았다. 바흐처럼 감정을 표출하지 않으려 하는 고전적인 작가도 사랑하는 사람의 죽음 앞에서는 별수 없었다. 쿳시처럼 사적인 감정 표현에 인색한 작가도 사랑하는 자식의 죽음 앞에서는 마찬가지였다.

그러나 쿳시는 자신의 비극적인 경험을 곧이곧대로 소설에 형상화하기에는 너무나 고전적이고 청교도적인 작가다. 그의 소설을 관통하는 미학은 "시는 감정을 풀어놓는 것이 아니고 감정으로부터 탈출하는 것"이라고 했던 T.S. 엘리엇의 미학과 아주 흡사하다. 그러한 미학적 입장에서 소설을 쓰는 그가 아들의 죽음을 정면으로 다룬 자전적 소설을, 그것도 그렇게 가까운 시일 내에 쓴다는 건 개인적으로도 그렇고 미학적으로도 쉽지 않은 일이었을 것이다. 그렇다고 아들의 죽음이라는 트라우마를 경험한 작가가 그것과 전혀 무관한 작품을 쓰는 것도 가능한 일이 아니었을 것이다. 아들의 죽음 앞에서 대체 뭘 할 수 있단 말인가. 그것보다 더 중요하고 절박한 일이 어디 있단 말인가. 그래서 그가 선택한 것이 타협이었다. 그것은 현실과 허구가 절묘하게 뒤섞인 도스토옙스키라는 인물을 소설의 중심에 배치함으로써 자신의 개인적인 경험과 직접적으로 결부되지 않으면서도, 동시에 그것으로부터 유리되지도 않는 지점을 택해 아버지와 아들의 문제를 형상화하는 타협이었다. 그는 자신의 트라우마를 허구도 아니고 실제도 아닌 도스토옙스키라는 인물에 투사함으로써 풀어내고 싶었던 건지도 모른다.

『페테르부르크의 대가』는 쿳시의 소설 중 난해한 소설이라는 평가를 받는다. 도미닉 헤드Dominic Head에 따르면 "가장 어려운 소설"이기도 하다. 그러나 이 소설은 정치적인 이데올로기나 도스토옙스키의 소설이나 삶과 얽혀 있어서 그렇지, 그런 것들을 걷어내면 그다지 어려울 게 없다. 자식을 잃은 아버지의 슬픔과 상처를 표현하는 소설이 어려우면 얼마나 어렵겠는가. 어쩌면 슬픔과 상처 속에 있는 사람은 무슨 얘기를 하더라도, 설령 그 얘기가 자신의 상황과 전혀 관련 없는 것이라도 해도, 자신의 속마음을 자기도 모르게 드러내는 것인지 모른다. 인간은 돌이나 바위가 아니기 때문이다. 그래서 『페테르부르크의 대가』를 읽는 것은 표면적으로는 자식을 잃은 도스토옙스키의 이야기를 따라가는 행위이지만, 본질적으로는 그 이야기를 통해 투사되는 쿳시의 슬픔과 상처의 결을 따라가는 행위가 된다.

소설 속의 도스토옙스키는 드레스덴에 머물다가 페테르부르크로 귀국한다. 의붓아들인 파벨 이사예프가 죽었다는 전보를 받고 그가 왜 죽었는지 알아보고 유품도 챙기려고 귀국한 것이다. 그는 가명을 사용하고 있다. 더 정확히 말하면, 그는 자기 성姓이 아니라 의붓아들의 성을 사용하고 있다. 빚쟁이들을 피해 외국에 가 있었던 상황이었기에 그들이 알지 못하게 귀국해서 돌아다니기 위해서다. 장례는 끝나고, 그의 아들은 이미 공동묘지에 묻혔다. 그는 아들이 생전에 살았던 하숙집을 찾아가 그곳에 묵으며 아들이 죽게 된 경위를 파악하기 시작한다. 물론 파벨이 어떻게 해서 죽음에 이르렀는지 그로서는 알 길이 없다. 혁명주의자들은 아들이 경찰의 손에 죽었다고 하고, 경찰들은 혁명주의자들의 손에 죽었다고 한다. 양쪽 다 일리가 있는 것처럼 보인다. 그의 아들이 어떤 것에 대한 절망감에 스스로 목숨을 버렸을 가능성도 있다. 모든 가능성이 열려 있다. 그러나 아들이 어떤 이유로 죽었든, 도스토옙스키는 죄의식에 시달린다. 아들을 러시아에 버려두고 자기만 외국으로 피신함으로써, 어머니도 없고 아버지도 없는 천애 고아인 그를 결국 죽음에 이르게 했다는 죄의식이다. 그래서 그의 귀에는 끊임없이 파벨의 목소리가 들린다. "아버지, 왜 저를 어두운 숲에 버렸습니까?" 이것은 프로이트가 전하는 꿈 이야기에서 아버지의 귀에 들리는 아이의 목소리("아버지, 제 몸이 타는 것이 안 보이세요?")와 같은 맥락의 것이다. 도스토옙스키의 귀에 들리는 아들의 목소리도 그 자신이 만들어낸 "슬픈 노래"다. 그는 슬픔으로 미칠 것만 같다. 그는 아들이 묻힌 묘지에 가서는 수염과 머리와 눈썹에 흙이 잔뜩 묻을 정도로, 젖은 땅에 얼굴을 문지르며 하염없이 운다. 그는 때로는 광기에 가까운 감정을 표출한다. 가령, 그는 자신을 친절하게 대하는 하숙집 여주인의 딸을 향해서, 아니 살아 있는 사람들의 모든 자식들을 향해서 악의를 품는다. 자기 자식은 죽었는데 다른 사람들의 자식들은 버젓이 살아 있다는 것이 견딜 수 없어서다. "끔찍한 악의가 그에게서 흘러나와 살아 있는 사람, 특히 살아 있는 아이들을 향한다. 만약 이 순간 새로 태어난 아이가 있다면 그는 어미의 품에서 아이를 떼어내 바위에 던져버릴 기세다." 그는 애꿎은 어린아이들을 학살한 신약성서 속의 헤롯 왕처럼, 새로 태어난 모든 아이들에게 살의를 품는다. 이는 대단히 무모하고 비이성적인 반응이지만, 역설적으로 바로 그렇기 때문에 그의 상처와 슬픔이 얼마나 심각한 것인지를 말해준다.

그는 어떻게든 파벨에게 다가가고 싶다. 그러기 위해서라면 수단 방법을 가리지 않는다. 그는 해외에 아내를 두고 왔지만, 파벨의 하숙집 여주인과 관계를 갖는 것도 마다하지 않는다. 그녀와 관계를 갖는 것은 아들에 대해 많은 것을 알았던 그녀를 매개로 아들에게 다가가기 위해서다. 그녀가 그를 "파벨에게 데리고 갈 것"이라고 믿기 때문이다. 그래서 그녀와 사랑을 하는 행위에는 "쾌락이나 감각이라고 부를 만한 게 아무것도 없다". 그것은 "마치 슬픔이라는 너덜너덜해진 회색 시트 속에서 사랑을 하는 것 같다". 그럼에도 그녀와 사랑의 행위를 계속하는 것은 그것이 끝나고 나면 잠 속으로 빠져들어 파벨을 만날 수 있기 때문이다. 그가 꿈속으로 가라앉으면 "파벨이 그를 만나기 위해 떠오른다". 대단히 불순한 이유로 여자에게 접근한 것이긴 하지만, 이것은 그의 트라우마가 그만큼 심각하다는 증거다. 가능하다면, 그는 시간을 되돌려 정지시키고 싶다. 때때로 "그의 마음은 파벨이 죽는 순간으로 달려간다". 그럴 때면, 그는 도스토옙스키가 아니라 파벨이다. 죽어가는 순간의 파벨이다. 그는 그 순간을 정지시키려고 한다. 그렇게 함으로써 "파벨을 추락으로부터 정지시키고 그를 살아 있게" 하려는 것이다. 프로이트의 꿈 이야기에 나오는 아버지가 꿈을 꾸면서 죽은 아이를 '살려내는' 것처럼, 쿳시의 도스토옙스키도 시간을 정지시켜 아들을 살려내고 싶다.

그는 파벨을 살려내기 위해서라면 무엇이든 할 기세다. 죽어서 지하세계로 가버린 에우리디케를 삶의 세계로 데려오려고 했던 오르페우스처럼 지하세계로 가서 파벨을 데려올 수 있으면 그렇게 하고 싶다. 그를 만날 수만 있다면 죽을 수도 있겠다 싶다. "살아 있다는 것은 일종의 역겨움이다. 그는 죽고 싶다. 아니, 그 이상이다. 소멸되고 싶고, 지워지고 싶다." 그는 저세상의 존재를 믿지도 않고 "다른 쪽의 삶에 대한 믿음"도 없지만, 파벨을 위해서라면 그것도 믿고 부활도 믿으려 한다.

그러나 아무리 발버둥을 쳐도 그는 '여기'에 있고 아들은 '저기'에 있다. 아무리 꿈속에서 아들을 만나더라도 잠에서 깨면 아들의 부재가 그를 기다리고 있다. "그는 죽은 아이를 살려낼 수 없다. 만약 그가 죽은 아이를 만나고 싶어 한다면 죽어서 만나는 수밖에 없을 것이다." 결국 아들의 죽음이 아무리 슬프고 비통한 것이라 하더라도 그는 계속 살아가야 한다. 그것도 글을 써서 먹고사는 삶을 살아가야 한다. 여기에 문제가 있다. 그것이 문제인 것은 그가 자식의 죽음에 절망하면서도 그것을 글의 소재로 활용한다는 데 있다. 작가라서 그렇다. 좋은 글을 써내는 게 자신의 할 일이라서 그렇다. 그는 좋은 글을 쓰기 위해서라면 어떤 것이든 '팔' 용의가 있다. 그는 자신의 "인생도 팔고 주변 사람들의 인생도 판다". 그들을 소설에 써먹고 이득을 취하는 것이니, 결국 파는 것이나 마찬가지다. 그러니까 한편에는 아들의 죽음을 슬퍼하는 아버지의 윤리성이, 다른 한편에는 그것마저도 소설화하는 작가의 비윤리성이 있다. 어쩌면 쿳시는 이처럼 윤리와 비윤리의 회색지대를 끊임없이 서성이는 소설을 통해, 아들의 죽음과 그것으로 인한 자신의 트라우마를 소설화하고 있는 '상스러운' 자신을 자책하고 있는 건지도 모른다.

이런 입장에서 보면, 사랑하는 사람의 죽음에 관해 쓰는 이 세상의 모든 작가들, 아니 모든 예술가들은 유죄이다. 그들은 사랑하는 사람들을 기억하고 애도함과 동시에 배반한다. 그들은 좋은 예술작품을 만들기 위해서라면, 소설 속의 도스토옙스키가 그러한 것처럼 "모든 것과 모든 사람이 다른 용도로 바뀌는" 왜곡도 서슴지 않는다. 쿳시의 도스토옙스키가 "나는 진실의 왜곡에 관한 글을 쓰지요. (……) 나는 펜이 춤추는 대로 따라가는 사람이오"라고 말한 것은 바로 이런 맥락에서다. 그에게는 아들이 남긴 일기장도, 아들이 남긴 원고도, 아들의 친구들도 이용의 대상이다. 좋은 작품을 쓰기 위해서라면 악마에게 영혼을 팔거나 스스로 악마가 되는 것도 마다하지 않을 기세다. 이것은 조금 과장된 것이긴 하지만, 도스토옙스키나 쿳시만이 아니라 자신의 사적인 경험을 예술로 형상화하여 대중과 공유함으로써 궁극적으로 그것을 세속화하고 상업화하는 모든 예술가들에게도 적용될 수 있는 말이다.

이렇듯 쿳시는 도스토옙스키를 등장시킴으로써 아들의 죽음으로 트라우마를 입은 아버지가 그 상처를 어떻게 견디는지 묘사함과 동시에, 슬픔에서 비롯된 말과 행위에 허위는 없는지, 거기에 불순한 것이 혹 끼어 있는 것은 아닌지 묻고 또 묻는다. 그래서 이 소설에는 슬픔만이 아니라 그 슬픔이 진실한 것인지, 그것을 스토리로 만드는 것이 옳은 것인지를 묻는 윤리적인 집요함이 있다. 이 소설은 한편으로는 아들을 잃은 아버지의 트라우마를 그리면서, 다른 한편으로는 그 트라우마를 소설화하면서 발생하는 윤리의 문제를 형상화한다. 이것이 쿳시의 소설을 예외적인 소설로 만든다. 이런 상황에서 보통의 작가 같으면 자식의 죽음에 애가 끓는 아버지의 모습에 초점을 맞추겠지만, 쿳시는 그 문제를 도외시하지 않음과 동시에, 자신의 트라우마를 예술로 전환할 때 발생하는 윤리의 문제로 부각시킨다. "배반"이라는 말에 강세가 주어지며, 좋은 작품을 쓰기 위해서 자식도 '배반'하고 자식의 죽음도 '이용'하는 작가의 모습이 소설의 말미를 장식하는 이유가 바로 여기에 있다.

쿳시의 도스토옙스키는 자신의 삶을 "명예가 없는

삶"이고 "제한이 없는 배반"이라고 고백한다. 여기에서 중요한 것은 도스토옙스키가 실제로 그런 삶을 살았는지 여부가 아니다. 어차피 도스토옙스키와 관련된 많은 것들은 쿳시가 꾸며낸 것들이다. 중요한 것은 쿳시가 도스토옙스키의 눈물과 절망 뒤에 자신의 눈물과 절망을 숨기고, 도스토옙스키의 죄의식 뒤에 자신의 죄의식을 숨기고 있다는 사실이다. 그래서 지극히 개인적인 슬픔과 상처와 죄의식마저도 예술에 이용하는 자신의 삶을 "명예가 없는 삶"이자 "제한이 없는 배반"이라고 말하고 자신의 소설을 "끝없는 고백"이라고 말하는 것은 도스토옙스키의 입을 통해서 나오는 과장된 말이긴 하지만, 아들이 죽은 상황에서도 글을 쓸 수밖에 없는 쿳시의 마음이 담긴 자학적인 말이다. 그리고 "이제 그는 그것의 맛을 느끼기 시작한다. 그것은 쓸개 맛이다"라는 마지막 문장도 도스토옙스키의 입을 통해서 나오는 말이긴 하지만, "자신의 영혼을 단념"하고 자식의 죽음을 모티프로 소설을 쓰고 마무리하는 쿳시의 처연한 심경을 대변하는 말이다. 쿳시의 소설 중 이보다 슬픈 소설은 없다. 자식을 잃은 작가의 절망과 상처와 모순이 "쓸개 맛"으로 느껴지는 소설이다.

아니, 내가 원하는 건 내 어머니예요

—『마우스』와 트라우마의 슬픈 대물림

상처는 때때로 대를 이어 계속된다. 그 상처가 한 존재를 들었다 놓았다 할 정도로 깊고 심각한 것이라면 특히 그럴 수 있다. 인간이 혼자가 아니고 관계 속에 사는 존재이기에 그렇다. 상처는 당사자는 말할 것도 없고 주변에 있는 사람들마저도 힘들게 한다. 때로는 부모의 상처가 자식에게 대물림되기도 한다. 물론 자식이 부모의 상처를 곧이곧대로 물려받는 것은 아니다. 그럴 수도 없고 그럴 리도 없다. 부모에게 깊은 상처를 입힌 과거의 사건이나 경험을 자식이 그대로 체험하는 것은 불가능하기 때문이다. 그러나 상처를 극복하지 못해 그것으로부터 휘둘림을 당하는 부모가 자식에게 심각한 영향을 미치게 되고, 그것이 자식의 상처로 이어지는 일은 얼마든지 가능하다. 아무리 성인이라 하더라도 상처에 휘둘리게 되면, 엄마 아빠를 찾는 '아이'가 된다. 존재 그 자체를 휘청거리게 만드는 사건이나 경험 앞에서는 더더욱 아이가 된다. 그 '아이'가 자식에게 온전한 부모 노릇을 할 수 없는 것은 당연하다. 일상적인 삶을 과거의 상처에 지배당하는 마당에, 어떻게 자신의 아이를 제대로 보살필 수 있겠는가. 아이가 악몽을 꾸면 사랑과 배려의 손길을 내미는 게 부모로서 할 일인데, 자신이 거듭되는 악몽에 시달리는 '아이'이니 어떻게 부모 노릇을 할 수 있겠는가. 그렇게 되면 자식은 부모가 입은 상처의 그늘에서 어쩔 수 없이 살게 되고, 그 과정에서 다른 형태의 상처를 입을 수도 있다. 비록 그 상처가 부모의 것과는 다른 성격, 다른 형태의 것이라 하더라도, 부모의 상처로 인해 생긴 것이니 결국 그것을 이어받은 것이나 다름없다. 이래서 상처의 대물림이라는 표현이 가능해진다. 우리가 트라우마를 심각하게 받아들여야 하는 이유 중 하나가 바로 여기에 있다.

아우슈비츠 수용소에서 살아남은 부모 사이에서 태어난 아트 슈피겔만Art Spiegelman의 『마우스Maus』는 상처가 어떻게 대물림되는지를 아주 효과적으로 보여주는 고통스러운 소설이다.* 작가는 부모의 트라우마와 불가

* 우리말 번역본(『MAUS 쥐』, 권희섭·권희종 옮김, 아름드리미디어, 2014)이 나와 있지만, 이후의 인용은 문맥을 세밀하게 살피고 강조하기 위해서 필자가 번역한 것이다.

피하게 얽혀 있는 자신의 트라우마를 스토리의 중심에 놓고, 시각성이 강조되는 만화를 곁들여 아주 특별한 소설로 만들어낸다. 엄밀한 의미에서 보면, 이 작품은 전통적인 의미의 소설이 아니라 쥐나 고양이 같은 동물들이 등장하는 만화집이다. 더 자세히 말하면, 1980년부터 1991년까지 슈피겔만이 언더그라운드 만화잡지인 『로 Raw』에 연재한 것을 묶어낸 두 권의 만화집이다. 1권은 1986년에, 2권은 1991년에, 1·2권 합본판은 1992년에 나왔다. 그런데 슈피겔만의 『마우스』는 내용에서도 그렇고 형식에서도 만화로 분류하기에는 어딘지 난감하다. 영어에서 만화를 지칭하는 용어가 코믹스comics인 것은 그것이 익살스럽고 희극적이고 가벼운 것과 태생적으로 불가분하기 때문인데, 『마우스』는 소재 자체도 그러려니와 스토리를 끌고 가는 방식 또한 가벼운 것과는 거리가 멀다. 그래서 슈피겔만은 코믹스보다는, 만화 co-에 다른 장르적인 요소들이 섞여mix 있는 것을 강조하는 코-믹스co-mix나 그래픽소설이라는 용어를 선호한다. 그가 1992년에 〈퓰리처상〉을 수상한 것은 『마우스』가 코믹스가 아니라 코-믹스 / 그래픽소설이었기 때문에 가능했다.

『마우스』의 스토리를 보면, 슈피겔만의 아버지가 아우슈비츠 수용소에서 어떻게 살았으며 또 어떻게 살아남았는지에 대한 증언에 상당한 지면이 할애되고 있다. 그의 어머니의 증언이 빠져 있는 것은 이 작품을 연재할 당시 이미 고인이 된 상태였기 때문이다. 그가 부모의 과거를 기록으로 남기겠다고 생각한 것은 어머니가 죽고 적지 않은 세월이 흐른 후였으니, 이 소설에서 어머니의 목소리가 부재하고 아버지의 목소리가 두드러지는 것은 당연하다. 그런데 우리가 주목할 것은 그의 아버지가 아우슈비츠에서 경험한 것에 관해서 증언하는 것보다, 부모의 트라우마가 그에게로 넘어오면서 생긴 트라우마가 내러티브의 중심에 있다는 사실이다. 그래서 『마우스』를 나치의 만행에 대한 증언으로 보는 것은 이 그래픽소설을 오독하는 것이다. 물론 증언을 통해 나치에 의한 유대인 대학살의 실상이 생생하게 전해지는 측면을 무시할 수는 없다. 특히 그것이 가족의 증언을 통한 것이어서 더더욱 신빙성을 띠게 되는 측면도 없지 않다. 스토리는 작가의 아버지가 어머니와 더불어 나치 치하에서 얼마나 힘겨운 삶을 살아왔는지 보여준다. 이런 점에서 독자는 자칫, 이 그래픽소설의 중심을 아버지의 경험, 더 나아가 전반적인 유대인들의 시련과 박해라고 오해할 수도 있다. 그러나 우리가 간과하지 말아야 할 것은 서술자가 아버지가 아니라 그의 아들이라는 점이다. 이것을 염두에 두면, 소설의 중심은 급격하

게 아버지가 아니라 그것을 바라보고 해석하는 아들에
게로 옮겨 간다.

　만약 아버지의 트라우마가 『마우스』의 중심이라면,
그 아버지가 전하는 이야기가 만화로 되어 있다는 것만
다를 뿐, 여타의 '홀로코스트 예술'과 조금도 다를 바가
없을 것이다. 게다가 그의 아버지가 고발하는 나치의 야
만성은 우리가 익히 알고 있는 것들이어서 다소 식상하
고 진부한 면이 없지 않다. 제목을 영어 'Mouse'가 아니
라 독일어 'Maus'로 설정함으로써 나치(고양이)와 유대
인(쥐)들의 관계를 알레고리적으로 환기시킨 것도 다
분히 상투적이다. 조금 과장하면, 나치의 만행과 야만성
에 대한 증언은 2차 세계대전이 끝난 후 엄청나게 쏟아
져 나왔다. 문학을 비롯한 여타의 예술 장르는 홀로코스
트를 주제로 한 것들로 넘쳐났고 홀로코스트에 관한 연
구나 기록물 역시 마찬가지였다. 그러다 보니 때로는 유
대인 집단 내에서도 그것이 지나치다는 비판이 일었다.
가령, 노먼 핑켈스타인Norman G. Pinkelstein은 그러한 과
잉 현상을 "홀로코스트 산업holocaust industry"이라고 비판
한다. 홀로코스트와 관련된 많은 것들이 본래의 순수성
을 잃어버리고 팔레스타인인들에 대한 이스라엘 정부
의 폭력을 일방적으로 옹호하는 일종의 "산업"이 됐다
는 논리이다. 이스라엘 정부가 팔레스타인인들에게 하

는 행위가 나치가 유대인들에게 했던 행위와 크게 다를 바 없음에도, 그것을 문제시하지 않고 여전히 홀로코스트만을 거론하고 있으니 그 저의가 의심스럽다는 것이다. 홀로코스트를 주제로 한 예술이나 담론이 의심을 받는 지점이 바로 여기이다. 그것이 아무리 순수해도, 그것의 과잉으로 말미암아 피로도가 쌓이면서 그것의 순수성이 의문시되는 게 현실이다.

그러나 다행스럽게도, 슈피겔만의 그래픽소설은 그러한 "홀로코스트 산업"으로부터 멀찌감치 떨어져 있는 것처럼 보인다. 그것은 두 가지 이유에서다.

첫째, 슈피겔만은 자신의 작품이 일종의 선전물이 되는 것을 경계한다. 이것은 『마우스』 1권이 비평적, 상업적 성공을 거두고 나서 그가 보인 행보에서 잘 알 수 있다. 그는 1권의 성공 이후 자신에게 쏠리는 상업적 관심을 한사코 거부했다. 텔레비전 연속극이나 영화로 만들자는 제안도 거부했다. 그가 원했던 것은 놀랍게도, 자신을 가만히 내버려두라는 것이었다. 『마우스』 2권 초반부를 보면 이 점이 잘 나타나 있다. 어떤 사람이 다가와 수익의 절반을, 아니 그 이상을 주겠다며 『마우스』와 관련된 사업을 제안하지만 그는 거절한다. 자신의 작품이 또 다른 "산업"이 되는 걸 경계한 것이다. 『마우스』와 "홀로코스트 산업"의 거리는 일차적으로 이렇게 해서 생겨났다.

둘째, 『마우스』와 "홀로코스트 산업"의 거리는 홀로코스트를 경험한 피해자가 아니라 피해자의 아들인 작가가 자신에게 발생한 트라우마의 문제를 중심에 놓았기 때문에 가능했다. 달리 말해, 아버지가 하는 이야기는 그것 자체로서 중요한 것이 아니라, 그것을 바라보는 아들의 눈이 있기에 중요하다는 뜻이다. 일반적으로 홀로코스트와 관련된 예술은 그것을 직접적으로 경험한 사람에 의한 것이 대부분이었다. 그런 예술에서 증언은 가장 핵심적인 요소가 된다. 우리가 알고 있는 파울 첼란Paul Celan, 프리모 레비Primo Levi, W. G. 제발트Sebald 등과 같은 유대인 작가들의 작품은 저마다 결이 다르긴 해도 증언의 요소들이 무엇보다 중요하다는 사실을 유감없이 보여준다. 예를 들어, 첼란이 「죽음의 푸가 Todesfuge」에서 "우리는 새벽의 검은 우유를 해 질 녘에 마시고 / 점심에 마시고 아침에 마시고 밤에 마시고 / 마시고 또 마신다"라고 읊을 때, 우리가 듣는 것은 가스실 직전까지 갔다가 살아남은 시인의 증언이다. 새벽녘에 제공되는 신선한 우유 대신, 절망의 검은 우유를 끊임없이 마셔야 했던 유대인들의 실존적인 삶에 관한 처절한 증언이다. 그래서 첼란과 같은 작가들은 독자가 그들의 경험을 '보고 듣고 느끼게' 만드는 것을 목표로 삼는다. 이것은 작가가 피해의 직접적인 당사자들이어서 불가피한 측면이 없지 않다. 그러나 전후 세대인 슈피겔만 (1948-)은 이들과는 보는 눈이 판이하게 다르다. 이것이 나치의 야만성에 대한 증언이나 고발이 아니라, 그 증언이나 고발로부터 한 걸음 떨어져서 그것을 응시하고 바라보는 눈이 『마우스』에서 중요한 이유가 된다.

그렇다. 결국 중요한 것은 부모가 아니라 아들이고, 부모의 트라우마가 아니라 그 트라우마가 드리운 무거운 그림자 밑에서 허우적거리며 힘겨운 삶을 살아야 했던 아들의 트라우마이다. 『마우스』가 시종일관, 작가와 직접적인 관련이 있는 내용으로 이뤄져 있기 때문에 이것을 제대로 이해하기 위해서는 그의 가족사를 먼저 파악할 필요가 있다. 스토리를 조금만 따라가다 보면 그의 가족사에 관한 가닥은 어렵지 않게 잡힌다. 이것은 어떤 것을 꾸며내어 스토리를 전개하는 일반적인 소설과 달리, 『마우스』가 가족의 삶에 대한 보고나 기록을 전제로 한 것이기 때문에 가능하다.

슈피겔만의 부모는 독일에서 그리 멀지 않은 체코슬로바키아의 소도시에 살다가 아우슈비츠 수용소에 수감되었고 이후 기적적으로 살아남았다. 그러나 그들의 아들인 리슈는 살아남지 못했다. 아니, 죽은 게 아니라 수용소에 끌려가기 직전 그들의 친척이 자신의 아이들과 더불어 '친절하게' 죽여주었다. 수용소의 가스실로 끌려가 죽느니 그 길이 낫다고 판단한 탓이다. 전쟁이 끝난 후, 슈피겔만의 부모는 스웨덴으로 이주했고 거기에서 슈피겔만을 낳았다. 그리고 1951년, 슈피겔만이 세 살이었을 때 미국으로 이민을 갔다. 그의 어머니는 그로부터 17년 후인 1968년에 자살했고, 그의 아버지는 1982년에 죽었다.

『마우스』는 슈피겔만이 1972년, 즉 그의 아버지가 죽기 10년 전부터 녹취한 것을 바탕으로, 아버지의 과거와 현재를 병치시키며 스토리를 진행시킨다. 그러니까 『마우스』는 슈피겔만의 가족, 즉 그의 부모가 경험했던 것들을 현재의 시점에서 아우르는 일종의 가족사인 셈이다. 이 가족사가 세상 밖으로 나온 연대를 좀 더 구체적으로 살피면, 『마우스』의 1부 「나의 아버지는 역사의 피를 흘린다My Father Bleeds History」는 1970년대 말, 즉 그의 아버지가 살아 있을 때부터 잡지에 연재되기 시작하여 1986년, 즉 그의 아버지가 죽고 난 후에 책으로 나왔다. 그리고 2부인 「여기서 나의 고난은 시작되었다Here My Troubles Began」는 1987년, 즉 1부가 출간된 직후에 연재되기 시작하여 1991년에 책으로 출간되었다. 그러니까 1권의 일부는 그의 아버지가 살아 있을 때 쓰였고,

2권은 전적으로 그의 아버지 사후에 쓰였다. 물론 두 권 다 아버지의 증언을 바탕으로 하고 있다. 1부와 2부가 완성되기까지 13년 정도의 세월이 소요되었으니, 작가는 두 권의 그래픽소설에 실로 엄청난 시간과 힘을 쏟은 셈이다.

여기에서 우리는 몇 가지 질문을 해볼 수 있다. 어째서 슈피겔만은 행복한 것과는 거리가 먼 가족사에 10년이 넘는 세월을 할애했을까. 홀로코스트에서 살아남은 부모의 힘겨운 삶, 그런 부모를 둔 자식으로 그가 짊어져야 했던 무거운 짐, 그의 삶을 만신창이로 만들어놓은 어머니의 자살, 아버지가 죽을 때까지 계속된 부자간의 갈등과 반목, 부모에 대한 죄의식. 소설에 나오는 대부분의 것들이 이처럼 우울하고 힘들고 고통스러운 것들인데, 슈피겔만은 왜 굳이 그것들을 지면에 옮기려고 했을까. 그것을 외면하거나 침묵하는 것이 자신의 이익에 부합되는데, 슈피겔만은 왜 죽기 살기로 그것을 형상화하는 것에 자신의 예술적 역량을 모두 쏟아부었을까. 이러한 질문들에 대한 답은 쉽게 찾을 수 있는 것이 아니지만, 적어도 한 가지는 분명해 보인다. 그것이 어머니의 자살로 인한 트라우마와 관계가 있다는 것이다.

슈피겔만이 스무 살에 접어들었을 때 어머니가 자살로 생을 마감한 것이 감당할 수 없는 트라우마가 되어 그의 삶을 지배했고, 그것이 이 그래픽소설을 쓰게 된 동기가 되었다. 이것이 『마우스』의 1권 후반부에 있는 「지옥 행성의 죄수Prisoner on the Hell Planet」를 우리가 심각하게 생각해야 하는 이유이다. 전적으로 어머니의 죽음과 관련된 내용이기 때문이다. 사실, 이 짧은 만화는 어머니가 죽고 4년이 지난 후인 1972년에 발표했던 것을 『마우스』에 그대로 옮겨놓은 것이다. 그러니까 『마우스』라는 텍스트 안에 그것과는 별개의 텍스트가 들어앉아 있는 셈이다.

그런데 이 「지옥 행성의 죄수」가 『마우스』 안에 들어앉아 있는 모양새가 심상치 않다. 쥐(유대인), 고양이(독일인), 돼지(폴란드인), 개(미국인) 등의 동물들이 등장하는 『마우스』와 달리, 어머니의 죽음을 다루고 있는 「지옥 행성의 죄수」에는 작가와 그의 아버지와 다른 친척들, 그리고 생전의 어머니가 등장한다. 그래서인지 전자가 아주 단순한 형태의 그림들을 사용하는 것에 비해, 후자는 왜곡과 과장을 통해서 의미를 드러내는 표현주의적인 기법들을 사용한다. "내가 스무 살이었던 1968년, 나의 어머니가 자살했다⋯⋯. 그녀는 아무 말도 남기지 않았다!"로 시작되는 「지옥 행성의 죄수」는 그의 어머니의 자살과 장례식에 관한 이야기다. 당시 그는 스무 살에 지나지 않은 청년이었다. 마약 복용으로 정신병원에 입원해 있다가, 불과 3개월 전에 퇴원해 부모의 요청에 따라 부모와 함께 살고 있었다. 그러던 어느 날 여자친구의 집에서 주말을 보내고 돌아오니, 어머니가 죽어 있었다. 그의 어머니는 유서도 남기지 않은 채 약을 마시고 손목을 그어 스스로 삶을 마무리했다. 스무 살 청년에게 그것은 트라우마라는 말로 단순하게 표현할 수 없을 만큼 엄청난 충격이었다. 사실, 1986년에 발표된 『마우스』 1권에 수록된 「지옥 행성의 죄수」의 첫 문장은 "내가 스무 살이었던"이라는 문구 없이, "1968년, 나의 어머니가 자살하셨다……. 그녀는 아무 말도 남기지 않았다!"라고만 되어 있다. "내가 스무 살이었던"이라는 문구는 『마우스』 1부와 2부가 합본으로 나올 때, 작가가 덧붙인 것이다. 그가 합본에서 굳이 그 말을 덧붙인 것은 어머니의 자살을 감당하기에는 그가 너무 어렸다는 것을 강조하기 위해서인 것처럼 보인다.

스무 살 청년이었던 그는 그로부터 4년이 흐른 후인 1972년, 4페이지짜리 코-믹스를 잡지에 발표했다. 이것이 「지옥 행성의 죄수」다. 이 코-믹스는 슈피겔만이 어머니가 자살했다는 얘기를 듣고 짓는 표정이나 그의 눈에서 흐르는 눈물, 망연자실해하는 부자의 표정, 관 옆에 서 있는 부자의 그로테스크한 모습을 흑백으로 강렬하게 표현하고 있다. 절망의 몸짓이 이토록 강렬하게 표현될 수 있을까 싶을 정도로, 어머니를 잃은 감정이 엄청난 무게로 다가온다. 장면 하나하나가 그의 감정을 찍어낸 것만 같은 느낌마저 든다. 특히 강렬한 것은 어머니를 향한 원망의 감정이 드러나 있는 마지막 장면이다. 여기에서 그는 어머니의 죽음으로 인해 쇠창살, 즉 마음의 감옥에 갇혀 있다. 그가 그 감옥 안에서 어머니를 향해 말을 쏟아낸다. "축하합니다!…… 어머니는 완전범죄를 저지르셨어요……. 저를 여기에 처넣고…… 저의 모든 회로를 줄여버리고…… 신경의 끝을 절단하고…… 선들이 엉키게 만들었어요! ……어머니는 나를 죽이고 내가 여기에서 문을 두드리고 있게 만들었어요!!!" 감정이 극단으로 치닫는 상태를 보여주는 그림에 이러한 말들이 곁들여지는데, 이것은 앞에서 언급한 것처럼 동물들이 등장하여 다소 간단한 형태의 그림들이 제시되는 『마우스』의 구성과는 사뭇 대조적이다. 만약 『마우스』가 「지옥 행성의 죄수」의 기법을 그대로 차용했다면, 독자가 300페이지에 이르는 스토리를 제대로 읽어내는 것은 불가능했을 것이다. 독자는 감정이 과잉된 페이지를 넘기면서 어쩔 수 없이 함께 감정이 과잉되는 경험을 하게 되었을 것이다. 이것은 「지옥 행성의 죄수」가 어머니의 죽음과 관련된 감정을 견디기 힘들 정도로 강렬하게 표현하고 있다는 말이기도 하다. 300페이지

중에서 4페이지에 불과한 만화가 이럴진대, 나머지 페이지가 모두 그러하다면 그것은 독자가 감당할 수 있는 수준을 벗어난다. 그래서 「지옥 행성의 죄수」는 『마우스』안에 자리를 잡고 있지만, 결코 그 안으로 편입되지도 않고 통합될 수도 없는 이질적인 존재, 시간의 흐름을 가로막고 급기야 스토리의 전개를 가로막는 암초이다. 스토리는 그 암초를 만나면서 멈칫거리기 시작한다. 그러나 스토리는 앞으로 나아가야 하는 속성을 갖고 있기에, 그 암초를 뛰어넘거나 우회하여 전진해간다. 문제는 그것이 스스로가 뛰어넘거나 우회한 것을 향해 자기도 모르게 뒷걸음질을 친다는 것이다. 그리고 그 뒷걸음질이 이전과 이후의 스토리를 지배해 「지옥 행성의 죄수」는 단 몇 페이지에 불과하지만 『마우스』전체를 관통하는 강박관념이 된다. 어머니의 부재에 관한 것이어서 더욱 그렇다.

이렇듯 어머니는 그에게 트라우마다. 작가가 아버지에게 입에 담지 못할 욕을 퍼붓는 것으로 1권을 마무리하는 것도 그 트라우마 때문이다. 1권의 마지막 페이지를 보면, 그의 아버지가 어머니가 남긴 기록들을 태웠다고 하는 장면이 나온다. 아버지는 이렇게 말한다. "아냐(슈피겔만의 어머니 이름)가 죽은 후, 나는 모든 걸 정리해야 했단다. ……그 종이들에는 너무 많은 기억들이 있었다. 그래서 태워버렸다." 고통스러운 기억들을 다시 듣추고 싶지 않아 아내가 남긴 기록들을 다 태워버렸다는 말이다. 이것은 충분히 이해할 수 있는 행동이다. 고통스러운 경험을 기록한 것을 읽으며 그것을 다시 떠올리기보다는 그것을 없애버림으로써 그것과 작별하는 것이 보다 손쉬운 일이기 때문이다. 물론 그것을 태운다고 아우슈비츠와 관련된 끔찍한 기억들이 모두 잊히는 것은 아니겠지만, 그것을 태우는 것이 과거의 악몽과 마주하지 않으려는 적극적인 자기보호 몸짓이라는 점에서 이해 못할 것도 없다. 악몽을 정면으로 응시하고 그것을 언어로 표현하는 것이 그 악몽에서 벗어나는 길이라는 정신분석가들의 익숙한 처방은 어떤 면에서 보면 슈피겔만의 아버지 같은 사람에게는 한낱 한가롭고 사치스러운 얘기일 수 있다. 언어로 표현하는 것만이 능사가 아니며, 때로는 침묵도 구원의 한 방식일 수 있다는 말이다. 물론 슈피겔만의 생각은 다르다. 어머니의 손으로 한 자 한 자 적은 그 기록은 어머니의 자살이라는 트라우마를 갖게 된 그가 어머니에게 접근할 수 있는 유일하고 소중한 매개물이었다. 그래서 아버지가 그것을 태워버렸다고 하자, 이성을 잃고 아버지를 향해 소리를 지른다. "염병할 인간! 당신, 당신은 살인자야! 도대체 어떻게 그런 짓을 할 수가 있어!! God damn you! You-

you murderer! How the hell could you do such a thing!!"그가 아버지를 살인자라고 말한 것은 어머니의 글을 태운 행위를 어머니를 태운 것과 동일시했기 때문이다. 그에게 그 글들은 살아 있는 어머니의 몸이다. 그렇지 않다면 그것을 태웠다고 아버지한테 "살인자"라는 막말을 할 수는 없을 것이다. 아버지의 기억에 따르면 그 안에는 "내 아들이 커서 이것에 관심을 가졌으면 좋겠다"라는 말이 적혀 있었다고 한다. 어머니는 자신의 마음을 기록하면서 언젠가 철이 들 아들을 향해 말을 하고 있었던 것이다. 방황을 하고 때로는 마약에까지 손을 댄 정신병원에 갔던 아들이 언젠가 철이 들어 자기에게 관심을 가져줄 것을 대비해 자신의 삶을 기록으로 남겼던 것이다. 결국 어머니의 말은 어머니의 몸이었고, 아버지는 그 몸을 태운 것이다. 그래서 그는 아버지를 살인자라고 몰아쳤다. 물론 그는 "아버지한테 이렇게 소리를 질러도 되는 거냐?"라는 아버지의 말에 잘못했다고 바로 사과하지만 커피를 마시고 가라는 아버지의 제안을 거절하고 집을 나서는 모습을 보면 자신의 마음을 바꿀 생각이 없다는 것이 분명해 보인다. 1권의 마지막 말이 "살인자"인 것은 이러한 연유에서다.

그가 아버지를 살인자라고 한 것은 역설적으로, 이 세상에 없는 어머니에 대한 그리움과 갈망 때문이다. 그가

「지옥 행성의 죄수」에서 어머니를 자신을 '죽인' 살인자라고 했던 것도 자신의 그리움을 역설적으로 표현한 것이다. 그러니까 그는 상대를 미워함으로써 상대를 그리워하는 자기분열적인 심리 속에 들어가 있다. 2권의 초반부는 그것이 얼마나 절박하고 힘겨운 그리움인지를 적나라하게 보여준다. 홀로코스트에 대한 아버지의 증언이 한 편을 차지하고 그 아버지와 자신의 관계가 다른 한 편을 차지하는 『마우스』의 1권이 성공을 거뒀을 때, 앞서 얘기했듯 슈피겔만은 사업가들로부터 많은 제안을 받는다. "수익의 반"을 주겠다는 제안에 그가 대답을 하지 않자, 사업가는 "그래, 원하는 게 뭡니까? 지분을 더 달라는 겁니까? 이봐요. 얘기 좀 합시다"라고 묻는다. "내가 원하는 건 사면이에요. 아니…… 아니…… 내가 원하는 건…… 내가 원하는 건…… 내 어머니예요." 사업 제안에 대한 답변치고는 대단히 뜬금없는 이 대목은, 슈피겔만의 『마우스』를 이해하는 데 있어서 아주 핵심적인 부분이다. 우선 그가 이도저도 다 싫고 자신이 바라는 것은 오직 "사면absolution"이라고 했다가, 바로 그것을 부정하면서 자기가 원하는 것은 자기 어머니라고 수정한 사실을 눈여겨볼 필요가 있다. 사면이라는 언급은 그가 죄의식에 시달린다는 것을 의미한다. 그렇다면 그 죄의식의 근원은 무엇일까. 『마우스』 1권과

2권은 이것에 대해 많은 얘기를 하지 않는다. 하기야 죄의식은 겉으로 드러나면 삭이고 해소될 수 있는 것일지 모른다. 죄의식은 어쩌면 자신이 그것을 알아채지 못할 정도로 무의식에까지 침투된 것이어야, 그래서 자신도 모르는 순간에 불쑥불쑥 드러나는 것이어야 진정한 것일지 모른다. 이런 의미에서 그 단서를 찾는 것은 대단히 어려운 일이다.

「지옥 행성의 죄수」는 슈피겔만의 죄의식이 어디에서 연유하는지, 왜 그것이 "사면"을 받아야 하는 것인지, 그 실마리를 제공한다. 이 그래픽소설에서 슈피겔만은 "어머니를 마지막으로 봤던 때"를 떠올린다. 어느 날 밤, 그가 침대에 누워 있는데 그의 어머니가 들어와 말했다. "아티…… 너…… 아직도…… 날…… 사랑하지…… 그렇지?" 정상적인 모자 관계였으면 아들은 어머니를 바라보며 당연하다 말하고 사랑의 표현을 했겠지만, 슈피겔만은 그렇게 하지 않았다. 그는 "어머니가 탯줄을 죄는 방식이 싫어서 돌아누우며" "그럼요, 어머니"라고 대답했다. 여기에서 "탯줄을 죄다tightened the umbilical cord"라는 다소 낯선 표현은 그와 그의 어머니가 태생적으로 끈끈하게 연결되어 있다는 것을 강조하기 위한 것이다. 그는 "아직도" 자기를 사랑하느냐는 어머니의 말에서 감지되는 그 끈이 싫어서 돌아누웠고, 어머니는 방에서 걸어 나가 "문을 닫았다". 그리고 그것이 마지막이었다. 결과적으로 그의 어머니는 문밖으로 나가면서 영원히 그로부터 자신을 단절시킨 것이었다. 그런 의미에서 그 문은 이승과 저승을 가르는 문이었다. 그러니까 그가 사업을 제안하는 사람의 질문에 "내가 원하는 건 사면이에요"라고 대답한 것은 그의 어머니에 대한 죄의식으로부터 사면받기를 원한다는 말이다. 그 것은 가깝게는 어머니의 사랑 표현을 집착이라고 생각하고 돌아누운 것에 대한 죄의식으로부터의 사면이고, 멀게는 학창 시절 마약에 일탈을 하고 모범생과는 거리가 먼 삶을 살면서 그녀의 속을 끓이고 급기야 그녀가 자살로 삶을 마감하는 데 적어도 부분적으로 기여했다는 죄의식으로부터의 사면이다. 그런데 이러한 사면보다 더 중요한 것은 어머니에 대한 갈망이요 그리움이다. 그가 "내가 원하는 건 내 어머니예요"라고 말하는 장면에서, 발버둥을 치며 울고 있는 어린아이로 자신의 모습을 그린 것은 결코 우연이 아니다.

결국 사이가 좋지 않은 아버지로부터 아우슈비츠에 관한 이야기를 듣는 것도, 그것을 만화로 옮기는 것도, 그리고 만화로 옮기는 과정을 포스트모던 기법으로 만화의 일부가 되게 하는 것도, 어머니의 부재를 향한 슈피겔만의 대응 방식인 셈이다. 결국 『마우스』는 어떤 메시지를 전달하기 위해서가 아니라 자신의 가슴 한복판에 자리잡은 상처를 드러내기 위한 것이다.

여기에서 주목할 것은 그가 아버지를 통해서 전해들은, "내 아들이 커서 이것에 관심을 가졌으면 좋겠다"는 어머니의 말을 실천에 옮기고 있다는 사실이다. 그녀가 말한 "이것"이 그녀의 아우슈비츠 경험과 그것으로 인한 트라우마와 관련이 있음은 물론이다. 그래서 슈피겔만이 『마우스』를 통해 하고자 하는 일은 부재하는 "이것"을 복원시키기 위한 몸부림이라고 해도 과언이 아니다. 그런데 문제는 그 복원이 가능하지 않다는 데 있다. 아무리 아버지가 그때 그 시절에 관해서 그에게 이야기해도, 어머니의 목소리를 듣기 전에는 그녀의 개인적인 경험을 완벽히 재현해내는 것은 불가능하다. 가령, 그는 아우슈비츠 수용소에서 그의 아버지가 어떻게 지냈는지는 알지만, 그곳에 도착하면서 아버지와 다른 곳에 수용된 어머니가 어떻게 지냈는지는 알지 못한다. 그래서 그는 아버지에게 이렇게 말한다. "이 부분에서 어머니의 일기가 '특히' 유용할 거예요……. 그걸 보면 두 분이 떨어져 있을 때 어머니가 어떤 경험을 했는지 알 수 있을 테니까요." 그런데 흥미롭게도 그의 아버지는 이렇게 응수한다. "그건 내가 얘기해줄 수 있다……. 네 어머니도 나와 똑같이 '끔찍한' 경험을 했어!" 그의 아버지는 자신과 다른 곳에 배치되었을 뿐, 그녀도 자신이 했던 것과 "똑같은 경험"을 했다고 호언장담한다. 그 상황을 기록한 노트를 군이 보지 않더라도 그녀가 어떤 경험을 했는지 충분히 알 수 있다는 논리다. 물론 이것은 충분히 상식적이고 수긍할 만한 발언이다. 그녀도 그처럼 고양이 앞의 쥐처럼 살았을 것이 분명하기 때문이다. 그러나 그의 발언은 조금만 다르게 생각해보면, 자신의 아내를 포함한 유대인들의 경험을 일반화하는 것이기에 자칫 위험할 수 있다. 유대인들은 집단이기 전에 개인이다. 고문을 당하는 것도 개인이었고 가스실로 들어가는 것도 개인이었다. 따라서 그의 아버지가 그의 어머니의 경험을 가리켜 "똑같은 경험"이라고 하는 것은 개인성을 무시하는 일종의 월권이자 폭력인 셈이다. 어쩌면 그의 아버지는 자기도 모르게 나치가 유대인들을 바라보던 방식을 차용하고 있는 것인지도 모른다. 나치는 유대인들을 개인이 아니라, 그들이 활동하는 공간에서 제거해야 하는 집단으로 보았고 그들이 제거하려고 한 것은 개개인이 아니라 집단이었다. 슈피겔만의 아버지가 그의 어머니의 경험을 일반화하는 것이 위험한 이유가 바로 여기에 있다. 그 경험이 집단적인 것이 아니라 개인적인 것이었기에, 슈피겔만의 어머니는 자살로 삶을 마감했고 그의 아버지는 오랫동안 극단적인 수전노

노릇을 하며 살았다. 주관적인 경험의 차이가 이토록 서로 다른 삶을 만든 것이다.

관점에 따라서는 슈피겔만의 아버지의 말에서 이처럼 폭력적인 논리를 찾아내는 것이 다소 억지스럽게 보일지 모른다. 그러나 이것은 그의 아버지가 흑인을 대하는 태도를 보면 억지가 아님이 드러난다. 어느 날, 슈피겔만과 그의 아버지, 그의 아내가 집에 돌아오는 길에 한 흑인이 손을 흔들며 차에 태워달라고 한다. 운전대를 잡은 그의 아내가 차를 세우자, 그의 아버지는 "깜둥이"를 태우지 말고 속력을 내라고 한다. 그럼에도 그의 아내가 차를 세우고 흑인을 태우자, 그의 아버지는 흑인이 알아듣지 못하게 폴란드어로 말한다. "믿을 수가 없구나. 이 차에 깜둥이shvartser가 타고 있다니!" 흑인이 내리고 나자, 그의 아버지는 그의 아내에게 "너, 무슨 일이니? 제정신이니, 아니면 뭐니? …… 나는 저 깜둥이가 뒷자리의 식료품을 훔쳐 가지 않는지 내내 지켜보고 있었다!"고 나무란다. 그러자 슈피겔만의 아내는 발끈한다. "말도 안 돼요! 다른 사람이라면 몰라도 아버님이 어떻게 그런 인종차별주의자일 수 있죠? 아버님은 나치가 유대인에게 했던 것처럼 말씀하시네요." 그의 아버지의 눈에 모든 흑인은 "귀중품을 내려놓으면 금세 가져가는" 도둑이어서 차에 태워줘서도 안 되고 가까이해서도 안 되는 존재였다. 슈피겔만의 아내가 지적하듯이, 이것은 나치가 유대인들을 대했던 방식과 다를 바 없다. 나치에게는 모든 유대인들이 해충이었고 마우스였다.

슈피겔만은 그의 아버지가 범하는 일반화의 오류에서 벗어나려 한다. 그가 아버지의 인종차별적인 발언을 스토리의 일부로 삼은 것은 그러한 이유에서이고, 또한 그가 아버지의 증언을 객관적으로 확증할 수 있는 자료를 조사하고 현장 답사를 한 것도 같은 이유에서이다. 그가 폴란드의 여러 지역과 아우슈비츠 수용소를 여러 차례 방문한 것은 잘 알려진 사실이다. 그러나 그는 자료 조사나 현장 검증만으로는 객관성을 담보하기 어렵다는 사실을 깨닫게 된다. 그래서 그는 "현실이 만화로 그리기에는 너무 복잡해서" "모든 것을 그만둬야" 하는 것이 아닐까 고민하고, "자신의 가장 어두운 꿈들보다 더 나빴던 현실을 재구성하려고 하는 것이 적절치 않다"고 토로한다. 그는 이 과정에서 죄의식을 느낀다. 고양이 앞의 쥐 신세였던 아버지나 어머니보다 "쉬운 삶을 살았다"는 죄의식, 자신도 "부모와 같이 아우슈비츠에 있었더라면 싶은" 죄의식이다.

그런데 중요한 것은 이 모든 것이 어머니의 부재를 현존으로 돌려놓기 위한 노력의 일환이라는 것이다. 비록 대부분의 지면이 아버지의 증언으로 채워지면서 어머니는 부재하지만, 작가에게 있어 그녀는 부재하므로 더욱 집착해야 하는 존재가 된다. 그리고 어머니에게 집착하는 것은 아우슈비츠에서 살아남긴 했지만 그로부터 20여 년 후에 스스로 목숨을 버림으로써 결과적으로는 살아남지 못했던 그녀의 트라우마에 집착하는 것이고, 그 집착의 결과가 바로 『마우스』이다. 그는 "내 아들이 커서 이것에 관심을 가졌으면 좋겠다"라는 어머니의 바람을 실천에 옮긴 것이다. 결국 어머니에 대한 그리움이 『마우스』의 동력이자 추진력인 셈이다. 어머니는 눈에 보이지 않는다고 부재하는 게 아니라, 눈에 보이지 않으니까 더 현존하는 존재이다. 그래서 작가가 스무 살이었을 때 그를 두고 가버린 어머니, 그 어머니에 대한 그리움과 더불어, 아니 그리움을 포함한 다른 복잡한 감정들과 더불어, 어머니의 상처는 아들에게로 넘어온다. 상처의 슬픈 대물림이다.

"벌거벗은 생명"으로서의 식민지 여성

—『제스처 라이프』와 타자 재현의 문제

근대 역사와 사상이 우리에게 가르쳐준 것 중 하나는 타인의 상처와 아픔을 얘기할 때, 즉 그들의 삶을 재현할 때, 대단히 신중해야 한다는 것이다. 그래서 타인에 대해 말하는 것은 우리의 편견을 벗어나 그를 알아가는 과정이기도 하다. 그런데 학자에 따라서는 타인의 상처와 아픔을 대변하고 재현하는 것이 아예 불가능하다고 보는 입장도 있다. "아우슈비츠 이후의 시는 야만적이다"라는 아도르노의 유명한 말은 타인에 관해 얘기하고 타인의 고통을 언어로 바꾸는 일이 더 이상 가능하지 않게 되었다는 말이다. 그의 말은 유대인 대학살처럼 언어로 표현될 수 없고, 언어가 감당할 수 없는 경험을 문학의 소재로 삼는 것에 따르는 일종의 비윤리성을 경고한 말이다. 그렇다면 문학은 아우슈비츠처럼 참혹한 사건들과 관련하여 침묵해야 하는 것일까. 언어를 초월하는 것이니 논리적으로는, 침묵하는 게 맞을지 모른다. 그런데 문제는 침묵하게 되면 그것이 영원히 묻혀버린다는 것이다. 그래서 침묵도 역설적인 의미에서 비윤리적인 것이 된다. 그렇다면 타인의 진실에 도달하는 것이 아무리 어렵다 하더라도 그렇게 할 수 있다는 믿음을 갖고 최선을 다하는 것이 결국 윤리적인 태도일 수 있다.

저마다 입장이 조금씩 달라도 타인의 상처, 타자의 아픔이 그것을 경험한 사람의 주관적인 감정의 문제여서 다른 사람의 접근을 좀처럼 허락하지 않는다는 사실에는 누구도 이의를 제기하지 않는다. 예를 들어, 다른 나라의 남성들이 치르는 전쟁에 노예로, 그것도 성노예로 끌려간 여성들이 있다. 그들이 살아내야 했던 야만의 삶을 누가 대변할 수 있는가. 누가 그들을 위해 말할 수 있는가. 누가 그들의 상처와 아픔을 말할 수 있는가. 그들 스스로가 아니라면 누구도 그럴 자격이 없다. 누구도 그들을 대변할 수 없고 그들을 위해 말할 수 없고 그들의 트라우마를 재현할 수 없다. 여기에는 이론의 여지가 있을 수 없다. 그들의 상처와 아픔과 트라우마는 오직 그들만의 것이고 또 그래야 한다. 그런데 문제는 그것이 불가능한 몸짓이긴 하지만 누군가는 그들을 위해, 그들에 관해 말하지 않으면 안 된다는 사실이다. 그들이 말하지 못하니까 그들을 위해 누군가는 그들의 입장에 서서 말을 해줘야 한다는 것이다. 그러지 않으면 그들이 무의미의 블랙홀로 빨려 들어가고 말 것이기 때문이다. 여기에 아포리아가 있다. 그들을 위해 말하자니 불가능하고, 그렇다고 방치하자니 그들의 상처와 아픔과 눈물을 외면하게 된다. 따라서 그들의 삶을 문학으로 형상화하는 작업은 그 아포리아를 끌어안고 윤리의 영역과 비윤리의 영역을 오가는 작업이다. 그것이 윤리의 영역에 속하는 것은 타자를 이해하고 그들의 상처와 아픔을 어루만지려는 이타적인 몸짓이 개입되기 때문이고, 그것이 비윤리의 영역에 속하는 것은 타자의 상처를 스토리로 만드는 과정에서 자기중심적인 몸짓이 개입되기 때문이다.

일본 제국주의자들의 폭력에 무차별적으로 노출되었던 한국 여성들을 다룬, 한국계 미국인 작가 이창래Chang-rae Lee의 『제스처 라이프A Gesture Life』(정영목 옮김, 랜덤하우스코리아, 2005)는 타자의 상처를 다룰 때 어떻게 윤리성과 비윤리성이 동시에 개입되는지를 보여주는 소설이다.

이 소설의 작가는 그들을 "위안부"라 호칭한다. 그들을 그렇게 부르는 것이 이상할 건 없다. 한국에서는 언론도 그렇고 학자들도 그렇고 일반 국민들까지 그 호칭을 사용하는 것을 주저하지 않으니, 미국에 살고 있는 작가가 그들을 그렇게 칭하는 것은 너무나 당연한 일이다. 일본 제국이 자국 군인들의 "위안과 쾌락을 위해 배달된 여자들"을 "위안부"라고 하였으니, 그 용어를 사용하는 것은 역사적 의미에서 정확하기까지 하다. 그런데 문제는 그것이 일본 제국이 그들의 성적 착취를 정당화하기 위해 만들어낸 용어라는 것이고, 그럼에도 우리가 그것을 물려받아 사용하고 있다는 것이다. 우리는 그 용어를 일본인들과 똑같이 사용함으로써 피해 여성들을 타자화한다. 우리는 그들의 입장을 이해하고 동정한다고 하지만, 사실은 그들을 타자의 영역으로 밀어내고 식민주의 역사를 고착화시키고 있는 것인지도 모른다. 바로 이것이 케냐의 작가 응구기 와 티옹오Ngugi wa Thiong'o가 진정한 독립이라는 것은 정신의 독립, 즉 정신의 탈식민화가 되어야 가능하다며 그것의 첫 단계로 식민주의자들이 둘러친 언어의 굴레로부터 벗어나야 한다고 역설한 이유이다. 그가 훨씬 더 세계적인 언어로 통하는 영어를 마다하고 자신의 부족어인 기쿠유어로 글을 쓰기 시작한 것은 정신의 탈식민화를 위해서였다.

제국의 야만성에 휘둘렸던 여성들이 스스로를 "위안부"라고 칭하는 것을 상상할 수 있을까. 그들이 제국의 남자들에게 "위안"을 주는 존재로 자신들을 인식했을까. 그들은 제국의 남성들을 "위안"하는 인간 이하의 존

재가 아니라 누군가의 딸이었고 누군가의 누이였다. 그
들은 우리의 딸이었고 우리의 누이였고, 나중에는 우
리의 어머니였다. 내 딸과 내 누이와 내 어머니를 어찌
"위안부"라 부를 수 있는가. 이렇게 말하면 그 용어를
대체할 수 있는 적절한 말을 내놓아보라고 응수할 사람
들도 있을 것이다. 아쉽게도, 그것을 대체할 다른 말은
없다. 그들의 몸과 마음이 경험한 야만의 상태를 대신할
말이 이 세상 어디에 있으랴. 그들의 경험을 제대로 전
달하기 위해서는 인간의 말이 아니라 인간의 말이 가진
한계를 뛰어넘는 초월자의 말이 필요할지도 모른다. 그
렇다. 제국의 용어를 물려받아 사용함으로써 그 여성들
을 폭력의 테두리에 가둘 거라면, 그들을 지칭할 수 있
는 말이 없는 편이 차라리 낫다. 그러나 불행하게도 이
용어는 한국 사회에서 계속 통용될 것으로 보인다. 그러
나 계속 사용되어야 한다면, 우리가 만든 게 아니라 제
국이 스스로를 정당화하고 포장하기 위해 만든 어휘라
는 것을 분명히 하기 위해 그것을 인용부호 안에 가두
고 사용해야 한다. (모름지기 아시아 국가의 지도자라
면 대만의 마잉주(馬英九) 전 총통처럼 "위안부"라는 말
을 사용하는 것이 부적절하니 불가피하게 사용해야 한
다면 인용부호를 붙여야 한다고 말하는 최소한의 윤
리의식이 있어야 한다.) 이때의 인용부호는 제국의 논

리에 갇히지 않고 우리가 주체가 되어 그들의 제국주의 논리를 가두기 위한 최소한의 자존심이요, 탈식민적 안전장치다. 이창래가 소설의 끝에 붙인 작가의 말에서 "위안부"라는 용어를 인용부호 없이 사용한 것은 그래서 문제가 된다. 물론 엄밀한 의미에서 그가 사용하는 말은 "위안부"가 아니라 "comfort woman"이지만, 그것은 원래의 의미가 훼손되지 않게 직역된 말이어서 제국주의자들의 말을 가져다 그대로 사용한 것이나 다름없다.

이처럼 일본 제국주의에 유린당한 한국인 여성들의 문제는 예민한 부분이다. 어떤 논의가 시작되기도 전에 그 용어에 '붙들려' 그것을 그대로 사용하는 것이 적절한지의 여부부터 논해야 할 만큼 예민한 문제다. 이것은 이후로도 상황이 크게 변하지 않는 한 마찬가지일 것이다. 이창래는 이러한 상황에서 그 여성들의 경험을 자신의 두 번째 소설인 『제스처 라이프』의 모티브로 삼음으로써 문제의 핵심 속으로 뛰어들었다. 이것이 그의 소설이 가진 윤리성을 논해야 하는 이유가 된다.

사실, 그의 소설이 가진 윤리성은 너무나 명백한 것이어서 새삼스럽게 언급할 필요도 없는 것일지 모른다. 한국인이라면 거의 누구나가 그러한 것처럼, 한국에서 태어나 어렸을 때 부모를 따라 미국으로 이민을 간 그도 일본 제국주의자들의 야만적 행위에 대해 뒤늦게나

마 알게 되면서 분노를 느꼈다. 그로 하여금 그 여성들을 형상화한 소설을 쓰겠다고 결심하게 만든 건 바로 그 분노였다. 그는 소설을 구상하는 단계에서 실제로, 한국에 와서 여러 명의 생존자들을 만나 그들을 인터뷰하기까지 했다. 이것은 그가 소설의 말미에서 "생존해 있는 위안부들"과 "인터뷰"를 했다고 밝힌 데서 정확히 알 수 있다. 이렇게 해서 탄생한 작품이 『제스처 라이프』이다. 이 소설에서 일본 제국주의의 무지막지한 폭력에 희생된 여성들에 대한 안쓰러움이 묻어나는 것은 그래서 당연한 일이다. 바로 이것이 그의 소설이 가진 윤리성이다.

그런데 놀라운 것은 작가가 처음에 의도했던 것과 다르게, 프랭클린 하타라는 이름의 일본계 이민자가 소설의 중심에 설정되어 있다는 사실이다. 작가가 그 여성들을 인터뷰하고 집필을 할 때만 해도 스토리의 중심은 피해 여성이었다. 그의 말에 따르면 그는 "처음에는 어느 위안부의 시각에서 서술되는 책을 쓰고 싶었고"실제로 1년 이상을 그 방향으로 글을 썼다. 그는 전쟁이 끝나고 한국에 돌아와 가난하게 살고 있는 피해 여성의 시각을 차용해 소설의 "4분의 3"정도를 완성했다. 문제는 그렇게 공들여 쓴 글이 그가 서울에 가서 여성들의 이야기를 들으면서 "경험했던 것에 그리 부합되지 않는다"

는 느낌을 받았다는 것이다. 그는 그의 소설이 그들의 목소리를 제대로 담아내지 못하고 있다고 느꼈다. 그러면서 자신이 의도했던 "생생한 증언"이 가능하지 않다고 생각했다. 결국 그는 그때까지 써왔던 소설을 과감히 폐기하고 처음부터 다시 쓰기로 한다.

그가 피해 여성의 시각에서 스토리를 전개하다가, 그 여성이 겪은 비극적 경험과 트라우마를 재현하는 일이 만만한 일이 아니라는 것을 깨닫고 스토리의 방향을 달리했다는 사실은 대단히 중요하다. 그는 여성과는 다른 몸을 가진 남성 작가였다. 남성이라고 여성을 형상화하지 말라는 법은 없지만, 그가 대상으로 하는 여성은 보통의 여성이 아니라 일본 제국주의자들에게 성적 유린을 당한 여성이었다. 하루에 수십 명의 일본 병사들을 상대해야 했던 여성이었다. 여성의 시각으로 이야기를 전개하려면 그 여성이 되어야 했다. 현실적으로는 그럴수 없으니 상상력을 동원해서라도 그 여성이 되어야 했다. 그러나 그것은 남성 작가인 그가 해내기에는 버거운 일이었다. 그것은 작가가 여성이라 해도 마찬가지였을 것이다. 그래서 논리적으로만 생각하면, 그가 소설의 초점을 여성에게서 그 여성을 바라볼 수 있는 위치에 있는 남성으로 바꾼 것은 충분히 이해할 수 있는 일이다.

그가 보기에 여성의 시점에서 서술된 스토리가 가진

또 다른 문제는 그것이 너무 "직접적straightforward"이라는 것이었다. 여기에서 "straightforward"라는 말은 모호하지 않고 분명하고 직접적인 것을 일컫는 형용사이다. 예를 들면, 어떤 사람이 "직접적인" 사람이라고 말하는 것은 그가 어떤 행동이나 말을 할 때, 에둘러 말하거나 행동하지 않고 본론으로 곧장 들어간다는 의미다. 그래서 일본 제국주의의 희생자인 여성의 말이 "직접적"이었다는 작가의 말은 그 여성이 경험한 것이 너무 압도적이어서 수식이나 과장이나 극적인 요소가 끼어들 여지가 없었다는 말이다. 소설가인 그에게 그것은 불리한 조건으로 보였다. 소설이라는 것은 드라마를 통해서 독자를 스토리로 끌어들이는 장르인데, 여성이 자신의 고통스러운 경험을 높낮이가 없이 나열하고 있으니 불리한 조건으로 본 것이다. 그는 증언이 아니라 소설을 쓰고 싶었는데 어느새, 자신의 소설이 "끔찍한 범죄"를 고발하고 증언하는 보고문학의 영역으로 접어들고 있다는 것을 깨달은 것이다.

바로 이것이 그가 4분의 3 정도를 쓴 소설을 과감히 폐기하고, 여성의 문제와 어느 정도 관련이 있으면서도 여성의 시점이 아니라 남성의 시점에서, 그것도 가해자인 남성의 시점에서 서술되는 스토리를 쓴 이유다. 프랭클린 하타가 소설의 화자이자 중심인물이 된 것은 바로 이러한 맥락에서였고, 작가는 하타를 중심에 설정함으로써 두 가지 문제를 해결했다. 첫째, 그는 비극이 일어나는 현장에서 한국 여성들이 마주해야 했던 고통스러운 삶을 목격할 수 있는 위치를 확보했다. 그 여성들이 치욕을 당하는 현장에 한국 남성들은 없었다. 한국 남성들은 그들의 누이나 딸이 끌려갈 때도 보고만 있었고, 이후에 일어난 일에 대해서도 그들이 얘기해주기 전에는 아무것도 알지 못했다. 한국 남성들은 식민주의 치하에서는 심리적 거세 상태에 있었다. 이것이 작가가 제국의 일원으로 현장에 있었던 일본 군인을 화자로 설정한 이유였다. 그는 그 여성들의 삶을 목격한 증인이 필요했던 것이다. 둘째, 그는 화자를 어렸을 때 일본인 가정에 입양된 한국인으로 설정함으로써 제국에 봉사하면서도 그 여성들을 동정할 수 있는 위치를 확보했다. 즉, 작가는 한국인이면서 동시에 일본인이라는 혼종적 정체성을 화자이자 중심인물인 하타에게 부여함으로써, 일본 제국주의자들이 저지른 끔찍한 범죄와 무관하지 않으면서도 그들로부터 일정한 거리를 유지하고 한국 여성들을 동정하는 시각을 확보할 수 있었다.

이렇게 해서 『제스처 라이프』는 전쟁 중에는 한국인이면서 동시에 일본인이었고, 전쟁이 끝나고는 미국으로 가서 일본계 이민자로 살아가는 하타의 시각에서 서술되는 소설이 되었다. 이런 의미에서 영국 그랜타Granta 출판사에서 발행된 소설의 표지보다는 미국 리버헤드 Riverhead 출판사에서 발행된 소설의 표지가 소설의 중심이 어디에 있는지를 더 명확히 보여주는 것처럼 보인다. 그랜타 출판사의 것이 검은 머리로 반쯤 얼굴을 가린 동양 여자를 보여주고 있는 데 반해, 리버헤드 출판사의 것은 중절모자에 손을 얹은 남자의 뒷모습을 보여주고 있기 때문이다. 여하튼 우리가 여기에서 주목할 것은 스토리의 중심과 서술 방향이 바뀌면서 성노예였던 여성들의 이야기가 안으로 숨어버리고, 이민자로서의 경험을 술회하면서 이따금 그 여성들에 관한 기억을 들

▲『제스처 라이프』 (그랜타 출판사)

▲『제스처 라이프』 (리버헤드 출판사)

추는 남성의 이야기가 들어섰다는 사실이다. 이런 시각으로 보면 이 소설은 이창래의 전작이자 첫 소설인『네이티브 스피커Native Speaker』와 크게 다를 게 없는 소설이 된다. 첫 소설과 마찬가지로 이 소설도 이민자가 미국에서 살아가면서 정체성을 확립해가는 문제를 다루고 있기 때문이다. 이렇게 되면 이 소설은 에이미 탠Amy Tan의『조이 럭 클럽The Joy Luck Club』이나 하 진Ha Jin의『자유로운 삶A Free Life』과 같은 아시아계 작가들이 쓴 이민소설의 전통에 합류하게 된다. 적어도 장르상으론 그렇다.

작가는 그의 소설을 이민자의 입장에서 서술되는 형식으로 바꿔 쓰면서, 여성의 입장에서 스토리를 전개할 때 생기는 문제점을 해결했다. 그는 작가로서 운신의 폭이 거의 없게 만드는 지나친 "직접성"을 없애고 그 자리에 "드라마"를 집어넣었다. 예를 들면, 그는 전선에 근무하는 일본인/한국인 화자와 "위안소"로 끌려온 여성 사이의 로맨스를 도입하면서 스토리를 더욱 극적인 것으로 만들었다. 그가 서울에 와서 "생존해 있는 위안부들"과 나눈 대화가 그러한 로맨스적인 요소를 도입하는 데 도움이 되었다. 그는 소설이 발표된 직후, 드와이트 가너Dwight Garner와 가진 인터뷰에서 그 여성들이 "그냥 와서 얘기만 하고 갔던 친절한 남자들이 있었다고 말했다"라고 전하며, 그들의 발언이 자신의 소설에 영감이 되었다고 밝힌 바 있다. 그러니까 그는 일본 남자들이 모두 '짐승'이었던 것은 아니라는 피해 여성들의 증언을 듣고, 그것을 토대로 하타라는 화자를 만들고 로맨스를 도입했다는 말이다.* 그러면서 당사자였던 한국 여성은 옆으로 밀려나고 "부차적인 인물"이었던 하타가 중심인물이 되었다. 중심과 주변이 자리를 바꾼 셈이다.

그렇게 해서 『제스처 라이프』는 하타라는 이민자가 자신의 삶을 이야기하는 일인칭 소설이 되었다. 그는 겉으로는 성공한 이민자처럼 보이지만 사실은 미국에 오기 전에 발생한 과거의 트라우마에 붙들린 삶을 살아온 불행한 사람이다. 그런데 그는 스토리의 초반부에서는 과거에 무슨 일이 있었는지 좀처럼 얘기하지 않으려 한

---

* 그러나 그러한 이야기에서 영감을 받았다는 그의 말은 그 자체로 문제가 된다. 그것은 박유하가 『제국의 위안부』에서 언급한 조선 여성들과 일본군 사이의 "동지적 관계"를 환기시킬 수도 있는 말로, 모든 것의 근원이 일본 제국주의에 있다는 것을 도외시한 결과이다. 설령 로맨스가 있었다 하더라도, 그것이 문제의 핵심이 아니기 때문에 그것을 내러티브의 중심에 배치하는 것은 역사 의식의 부재요, 타자에 대한 몰이해에서 기인한 것이라고 볼 수밖에 없다. 이는 모든 것을 선악의 개념에서 보고 모든 일본인들을 악의 화신으로 돌리자는 것이 아니라, 그들과 공모한 한국인들이 있었으며 우리가 생각하는 이상과는 전혀 다르게 행동한 한국인들이 있었다고 하더라도 그것이 문제의 핵심은 아니라는 말이다. 이것은 나치에 희생당한 유대인 문제를 논할 때, 나치에 온정적이었거나 공모했던 소수의 유대인들을 거론해서는 안 되는 것과 마찬가지 이치다. 이창래의 문제는 제국주의에 희생당한 여성들의 아픔에 공감하면서도 그것을 더 큰 시각에서 보는 것에는 실패했다는 데 있다. 이 경우, 공감은 폭력의 또 다른 이름일 수 있다.

다. 그는 어떻게든 자신에 관한 정보를 제공하는 것을 뒤로 미루려 한다. 웨인 부스Wayne C. Booth는 화자를 "믿을 수 있는reliable" 화자와 "믿을 수 없는unreliable" 화자로 분류하는데, 하타는 당연히 후자에 속한다. 그는 자신을 일본인이라고 말하며 살아왔지만, 나중에는 일본인 가정에 입양된 한국인이라는 것이 밝혀진다. 그는 사람들로부터 존경을 받는 모범시민 같다가도, 늘 뭔가에 쫓기는 사람처럼 보이기도 한다. 그렇다고 그가 사용하는 문장이 시원시원해서 그가 하는 이야기에 속도감이 있는 것도 아니다. 굳이 분류하자면 그의 문장은 사색적이다. 그는 과거에 누군가와 했던 대화나 과거의 사건을 흘려버리지 않고 끝없이 반추하는 것처럼 보인다. 그러니 속도가 날 리가 없다. 그렇다면 그는 왜 그렇게 변죽만 울리고 독자를 기다리게 하는 것일까. 그는 왜 본론으로 곧장 들어가지 않고 자꾸 변두리만 돌고 있는 것일까. 그런데 놀랍게도, 바로 이것이 그가 얘기하는 스토리의 본질이자 핵심이다. 그가 본질이나 핵심으로 바로 들어가지 못하는 것은 그것이 그의 접근을 좀처럼 허용하지 않아서다. 그것이 의식의 접근을 좀처럼 허락하지 않는 무의식 속의 트라우마와 관련된 것이기 때문이다. 트라우마가 자신의 모습을 쉽게 드러낸다면, 그것은 더 이상 트라우마가 아니다. 트라우마의 본질은 무의식 속으로 자신을 은폐하는 것이다. 예를 들어, 어떤 환자가 자신의 트라우마를 논리적으로 조목조목 설명할 수 있다면, 그는 더 이상 환자가 아닐 수 있다. 그가 환자이기 위해서는 그것의 본질이 무엇인지 모르고 망설이고 변죽을 울리고 그것의 주변을 기웃거려야 한다. 그럴 경우, 의사가 할 일은 그 환자의 망설임과 변죽울림과 기웃거림을 통해서 그가 가진 트라우마의 본질을 파악하는 것이다. 이런 의미에서 『제스처 라이프』를 읽는 독자는 하타의 트라우마가 모습을 드러낼 때까지 인내심을 갖고 기다려야 하는 일종의 의사인 셈이다.

그래서 『제스처 라이프』를 읽는 것은 인내심을 갖고 화자의 트라우마가 모습을 드러내기를 기다리는 과정에 비유할 수 있다. 화자는 스토리가 중반에 다다를 무렵에서야 비로소, "끝애"라는 이름의 한국 여성을 언급하는데, 이후에 그가 이야기하는 것을 보면 이 여성이 트라우마의 진원지라는 것이 분명해진다.

일본군으로 복무할 당시, 의무사관이었던 하타의 이름은 "검은 깃발"이라는 의미의 구로하타였다. "끝애"는 일본군의 "위안과 쾌락을 위해" 구로하타가 속한 부대에 "배달된" 여러 명의 한국 여성들 중 하나였다. 그런데 그녀는 다른 여성들과 달리 특별한 대우를 받았다. 다른 여성들이 하루에도 군인을 수십 차례씩 받아야 했던 것에 비해, 그녀는 오노 대위의 사적인 '용도'로 남겨졌다. 그리고 그녀를 관리하는 의무가 구로하타 소위에게 맡겨진 일이었다. 그런데 그 과정에서 구로하타와 K(끝애)는 자연스럽게 많은 이야기를 하게 되었다. 그가 태생적으로는 한국인 "갓바치와 넝마주의 사이의 외아들"이어서 한국어를 할 줄 안다는 것이 그들을 더욱 가깝게 만들었다. 그는 그녀의 지적인 태도와 아름다운 모습에 반해 그녀를 사랑하게 되고 그녀와 육체적인 관계를 맺기에 이르렀다. 그는 전쟁이 끝나면 그녀와 결혼해서 살고 싶었다. 그러나 그의 백일몽은 오래가지 못했다. 오노 대위가 자신의 사적인 욕구 충족을 위해 아껴놓았던 K를 범하려고 하는 과정에서 K가 그의 목을 메스로 그어 죽이는 사건이 발생한 것이다. 더 구체적으로 얘기하면, K를 껴안고 있던 오노 대위가 몸을 돌려 자신을 공격하려고 하는 하타를 향해 권총을 겨누자, K가 뒤에서 목을 그어 죽인 것이었다. K는 그 일이 벌어진 직후, 구로하타에게 어차피 자신은 죽게 될 터이니 권총으로 자신을 죽여달라고, 제발 치욕을 당하지 않게 해달라고 애원했다. 일본군한테 능욕을 당하고 죽느니 자기를 사랑한다고 말하는 남자에게 죽여달라고 애원한 것이다. 그러나 구로하타는 그녀를 죽이지 않음으로써, 그녀가 다른 군인들에게 윤간을 당하고 난도질을 당해 죽게 만들었다. 그것이 그에게 평생에 걸친 트라우마가 되었음은 물론이다.

하타는 K의 죽음이 그의 삶에 어떠한 영향을 미쳤는지 얘기하지 않는다. 그것을 얘기할 수 있으면, 그것은 더 이상 트라우마가 아닐 것이다. 의식의 보호막이 작동하지 못하는 상태에서 무의식 속으로 뚫고 들어가 자리를 잡는 것이 트라우마의 속성이어서 그렇다. 그러나 자신의 트라우마를 인식하지 못하는 하타와 달리, 독자는 그가 조금씩 풀어내는 이야기를 통해, 그가 표면적으로는 미국 생활에 잘 동화된 것처럼 보이지만 속으로는 트라우마에 '붙들린' 삶을 살아왔다는 사실을 어렵지 않게 알아차린다. 그를 사랑하는 미국인 여성 메리 번스와의 관계가 어긋난 것도 그렇고, 서니라는 여자아이를 뇌물을 주면서까지 한국에서 입양한 것도 그렇고, 나중에 흑인의 피가 섞인 것으로 드러난 서니와의 관계가 틀어진 것도 모두가 트라우마 때문이었던 것이다. 그래서 그가 살아온 삶은 진정한 것이 아니라 "제스처 라이프" 즉 허위적인 삶이었다. 겉모습에만 충실한 일종의 흉내 내기였다는 말이다. 그는 겉으로는 남들이 부러워하는 저택에서 살고 있는 이상적인 미국 시민으로 보이지만, 그의 삶은 "제스처 라이프"에 지나지 않은 것이다. 그러한 삶을 살다 보니 그는 누구와도 자연스러운 관계를 가질 수 없었다. 모든 것이 허위였던 것이다.

하타가 그러한 허위적인 삶을 극복하는 것은 억누르고 살았던 과거의 기억들을 들추고 과거와 현재를 분리시킴으로써 가능해진다. 17장으로 구성된 이 소설에서 14장이 가장 중요한 이유가 여기에 있다. 하타는 고통스러운 여정을 거쳐 드디어, 과거를 정면으로 응시하고 그 과거로부터 자신을 분리할 수 있게 된다. 그는 처음으로 현재의 시각에서 과거를 평가할 수 있게 된다. 이런 점에서 그의 서술이 과거시제와 현재시제를 오가는 것은 대단히 중요하다. 과거가 더 이상 예전처럼 자신을 짓누르기만 하는 대상이 아니라 평가의 대상이 되었다는 의미이기 때문이다. 예를 들어, 그는 오노 대위가 K의 손에 죽고 나서 자신과 K 사이에 대화가 오갔던 장면을 회상하는데, 이전 같았으면 그 장면을 회상할 때 거기에 개입해 자신의 생각을 말하는 것은 불가능한 일이었을 것이다. 그것은 이후로 일어난 K의 죽음과 더불어 그를 평생 짓누른 트라우마적 사건이었기에 그로서는 개입할 여지가 없는 것이었다. 그런데 스토리의 말미에서 그는 과거를 돌아보고 과거에 대한 성찰을 시작한다. 그는 이렇게 말한다. "이상하게 들리겠지만, 지금 나는 내가 늘 갈망했던 것과 똑같은 것을 K가 원했다고 생각한다." 자기처럼 그녀도 "받아들여지는 질서 속

에 자기 자리를 갖는 것"을 원했을 거라고 생각하는 것
이다. 이것은 사건과 사물과 사람을 보는 객관성을 확보
했기에 가능한 판단력이다. "그녀는 훌륭한 품성을 갖
춘 젊은 여인이 되어, 그녀의 아버지에게 남동생만큼이
나 의미 있는 존재가 되고 싶어 했다. 그녀는 배움과 우
아함에 기초한 독립을 원했다. 그녀는 그녀 나름대로 헌
신할 수 있는 일을 택하고 싶었다. 아이를 낳고 필요한
일을 하고 싶었다. 진정한 소명을 찾고 싶었다. 지금의
나처럼 늙고 싶어 했다." 그는 K가 사실은 자기처럼 평
범하게 일상을 살고 싶어 했을 거라고 생각한다. 그녀가
자신과 다를 바 없는 사람이었다는 것이다. 그의 성찰은
여기에서 끝나지 않고 전쟁과 개인의 역할에 관한 성
찰로 이어진다. 그는 이렇게 덧붙인다. "그러나 나는 사
실, 그 상황의 중요한 한 부분이었다. 지금은 그것이 보
인다. K와 다른 여자들도, 병사들과 나머지 사람들도 마
찬가지였다. 사실 무서운 것은 우리가 중심에 있었다는
것이며, 우리가 정교하든 정교하지 않든 더 큰 과정들을
이루고, 모든 것을 먹어치우는 전쟁 기계에 우리 자신과
서로를 먹이로 내주고 있었다는 것이다." 당시에는 그
것을 볼 수 있는 눈이 없었지만, 지금은 K가 그렇게 죽
은 것도, K의 동료들이 일본 군인들의 야만적 행위에 시
달린 것도 "모든 것을 먹어치우는 전쟁 기계" 때문이었

다는 것을 알게 되었다는 것이다. 그는 결코 자신의 책임을 회피하지 않음과 동시에 자신과 K와 다른 여성들이 처한 실존적 상황이 "전쟁 기계" 때문이었다는 것을 직시한 것이다.

그가 K와 관련된 기억을 낱낱이 떠올리는 것은 바로 이러한 이유에서 중요하다. 그것은 과거의 응시를 통해서 과거를 의미화하고 자연스럽게 과거로부터 풀려나는 치유의 과정이다. 그는 70대에 들어선 지금에서야 과거를 제대로 바라볼 수 있게 된 것이다. 그는 K가 목숨을 버리면서까지 소중하게 생각했던 것이 인간으로서의 존엄성이었다는 것도 이제야 깨닫게 된다.

그래서 정신분석학적으로 얘기하면, 그가 "제스처 라이프"를 벗어나는 것은 무의식 속에 갇혀 있던 과거의 상처와 아픔과 죄의식을 불러내, 그것을 응시하고 성찰함으로써 가능해진다. 그것이 가능해짐과 동시에, 13년간 자신의 곁을 떠나 아들까지 낳아 살고 있는 서니와의 화해도 가능해지고 다른 사람을 배려하는 것도 가능해진다. 자신의 가게를 인수해 막대한 손해를 입은 사람에게 금전적으로 보상해주려고 하는 것도 그가 트라우마를 무의식에서 의식으로 불러냄으로써 '정상적인' 사람이 되었기에 가능한 일이다. 그는 "행복의 물결"이 몰려오는 것을 처음으로 느끼고 "단순한 것에서 오는 작고 순수한 기쁨"을 처음으로 느낀다. 치유가 시작된 것이다. 완전한 치유가 아니라면 적어도 치유의 가능성은 열린 셈이다. 결국 트라우마의 치유라는 것은 무의식의 상태에 있는 것을 의식의 영역으로, 언어라는 상징이 버티고 있는 의식의 영역으로 전환하는 데 있으니, 하타의 치유는 이미 시작된 것이다. 트라우마적 사건과 그것에 대한 기억으로부터 평생 도망치며 살아왔는데, 그리고 그것만이 자신이 살 길이라고 무의식적으로 느끼고 도피하며 살아왔는데, 정작 그것으로부터 치유되는 길은 그것으로 돌아가 그것을 응시하고 그것과 화해하는 것이었다.

이렇게 보면, 『제스처 라이프』는 트라우마에 시달리던 이민자가 노년이 되어서야 그것의 의미를 깨닫고 그것을 극복하는 잘 짜인 소설임이 분명하다. 특히 일본 제국이 그들의 남성들을 "위안"하기 위해 한국 여성들을 동원한 야만의 역사를 이민의 삶과 연계시켜 의미 있는 스토리로 만든 것은 이 소설이 왜 비평가들의 각광을 받는지를 여실히 보여준다.

그러나 그의 소설은 보는 시각에 따라서는 문제의 소지가 없지 않아 보인다. 그중에서도 가장 큰 문제는 작가가 처음에 의도했던 것과 다르게, 일본 제국의 피해자인 여성을 주변으로 내몰며 타자화했을 뿐만 아니라 그 여성을 로맨스의 대상으로까지 삼았다는 점이다. 작가의 윤리성이 문제가 되는 것은 바로 이 지점이다. 그의 출발점은 당연히 윤리적인 것이었다. 그는 제국의 폭력에 노출된 여성들의 삶을 동정하고 이해하고자 했고, 그들의 이야기를 소설로 쓰고자 했다. 그의 진실성은 의심할 여지가 없다. 그런데 아이러니하게도 그는 소설을 쓰는 과정에서 그 여성들의 이야기를 주변으로 내몰고, 그들의 동족이면서도 가해자인 남성의 이야기를 중심에 배치했다. 이 소설에 나오는 로맨스나 드라마가 한국 독자들에게 불편하게 다가오는 이유가 여기에 있다. 어디까지나 추측에 불과하지만, 한국 작가라면 아무리 소설에 필요한 것이라 해도 로맨스적인 요소를 이러한 소설에 도입하는 것을 망설였을 것이다. 혹자는 이러한 생각을 편협한 것이라고 할 수도 있겠지만, 우리가 잊지 말아야 할 것은 이 소설이 영어권 독자들을 위한 이민소설 내지 디아스포라소설이라는 사실이다. 작가가 소설의 말미에서 하는 말은 이런 의미에서 가볍게 넘어갈 말이 아니다. 그는 이렇게 말한다. "생존해 있는 위안부들과 연락하는 일을 도와주고, 서울에서 그들과 인터뷰를 할 때 통역까지 해준 손희주 씨에게도 감사하고 싶다." 이것은 그의 일차적인 언어가 한국어가 아니라 영어이며 모든 것이 영어로 번역되는 과정을 거쳤다는 것을 분명히 한다. 그것은 한국어로 글을 쓰는 작가였다면 거칠 필요가 없었을 과정이다. 여기에 그의 장점과 한계가 있다. 그의 장점은 그러한 여성들의 삶과 애환에 공감하면서 그것을 끌어들여 형식적, 주제적으로 완성도가 높은 영어 소설로 만들었다는 것이고, 그의 한계는 그 여성들의 이야기를 스토리의 전부가 아니라 일부로 만들어 궁극적으로 그들을 재현할 수 없는 타자로 만들었다는 데 있다. 그는 그들의 상처와 아픔과 눈물을 재현할 때 발생하는 어려움 앞에서 뒷걸음질을 치다가 결국에 재현을 포기하고, 그것을 그들의 것이 아니라 자신의 것으로 만들어 스토리의 일부로 삼았다. 스토리에서 "끝애"가 결국에는 K가 되어버리는 것도 이와 무관하지 않다. 그는 "끝애"라는 여성의 이름을 K로 바꿈으로써, 그녀의 정체성을 지워버리고 그녀를 일반화시키고 말았다. "끝애"라는 이름은 발음하기 어려운 이질적인 이름으로 남아 끝까지 이질성과 타자성을 간직했어야 했다. 끝애의 이름은 영어권 독자들에게 카프카의 K를 연상시키는, 발음하기 쉬운 K로 '번역'되지 말았어야 했다. 이것을 데리다 식으로 얘기하면, 작가는 소화의 대상이 아닌 타자의 타자성을 삼켜 자신의 것으로 소화해버림으로써 타자의 타자성을 지워버린 셈이다. 그의 소설이 윤리성과 비윤리성을 동시에 갖고 있는 이유가 여기에 있다. 사이드, 푸코, 스피박, 데리다와 같은 학자들이 타자들을 재현하는 것에 따르는 어려움을 얘기한 것은 재현을 포기하라는 것이 아니라, 재현에 신중을 기하고 그것이 가능하다는 믿음을 포기하지 말라는 것이다. 그래서 재현은 믿음이고 의무이다. 노라 옥자 켈러Nora Okja Keller의 『위안부Comfort Woman』는 그러한 믿음과 의무를 포기하지 않을 때, 타자의 재현이 불가능하지 않다는 것을 생생하게 보여준다. 켈러는 놀라운 힘으로 역사 속의 한국 여성들을 훌륭하게 재현해내고 있다. 적어도 타자 윤리의 측면에서, 그녀의 소설은 이창래의 소설을 압도한다. 그래서 두 작가가 모두 미국 작가임에도 불구하고 한국에서 한 사람은 노라 옥자 켈러로 불리고, 다른 한 사람은 이창래로 불리는 것은 아이러니한 측면이 없지 않다. 혈통의 순수성이나 이질적인 외국 이름이라는 문제만으로 그렇게 한다는 것은 너무 비논리적이다.

창래 리는 하나를 재현하는 것을 포기하고 다른 하나를 재현하는 것을 택했다. 그가 포기한 것은 조르조 아감벤의 용어를 빌려 말하면, 일본 제국주의의 폭력 앞에서 "호모 사케르"이자 "벌거벗은 생명"일 수밖에 없었던 한국 여성들의 삶이었고, 그가 택한 것은 그 여성들과 무관하지 않으면서도 엄연히 분리된 존재인 미국인 이

민자의 삶이었다. 이것은 그가 한국 태생이지만 정서상
으로도 그렇고, 언어적으로도 그렇고, 문화적으로도 미
국 작가라는 사실과 무관하지 않다. 그는 한국인에게 그
토록 예민한 문제를, 예민하다는 표현보다는 강박관념
이라고 해야 맞을 문제를 영어를 사용하는 작가의 시선
으로 번역하고 바라보기를 택했다. 리의 소설이 영어권,
특히 미국에서 화려한 비평적 각광을 받고 있지만, 한국
독자에게 불편하게 다가오는 이유가 여기에 있을지 모
른다. 이러한 불편함이 보는 시각에 따라서는 일종의 강
박감으로 보일 수도 있다. 그러나 애석하게도 이 문제에
관한 한, 강박감은 우리의 권리이고 윤리인지 모른다.
그것이 민족의 트라우마와 관계된 것이기 때문이다.**

** 박유하의 『제국의 위안부』에 대한 평가도 이러한 시각에서 볼 수 있을
것 같다. 결국 사안을 바라보는 시각의 문제이다. 그러나 저자를 법정에
세워 단죄하겠다는 발상은 대단히 위험할 뿐만 아니라 너무 감정적이고
심지어 유치하기까지 하다. 저서에 나타난 저자의 시각은 비판의 대상이
지 단죄의 대상이 아니다. 더욱이 그것이 오랜 기간에 걸친 학문적 연구
의 결실이라면 더더욱 그러하다. 법은 학문에 개입하는 순간, 자신이 갖
고 있는 정당성마저 잃고 폭력이 된다. 그러면서 법이 법 밖에 자신을 위
치시키면서 초법, 탈법이 되고 만다. 바로 이것이 법이 위험한 이유이다.

당신이라면 어떻게 했겠습니까?
— 바다에 떠 있는 콘래드의 배

우리는 살아가면서 늘 뭔가를 잃는다. 사랑하는 사람도 잃고 꿈도 잃고 이상도 잃는다. 그렇게 애도할 것들이 많은 게 우리의 삶이다. 사람과 꿈과 이상을 애도의 대상으로 나란히 놓는 것이 다소 부자연스러워 보일지 모르지만, 눈에 보이는 것과 보이지 않는 것을 포괄하는 것이 삶이니 양자를 나란히 놓는 것을 그리 볼 일만은 아니다. 눈에 보이지 않는 것이 눈에 보이는 것보다 덜 중요한 것도 아닐 것이다. 프로이트도 애도를 "사랑하는 사람을 잃은 것에 대한 반응, 혹은 조국, 자유, 이상 같은 추상적인 것을 잃은 것에 대한 반응"이라고 정의했다. 그는 눈에 보이는 것과 눈에 보이지 않는 추상적인 것을 동등하게 취급함으로써 꿈이나 이상을 잃는 것도 사랑하는 사람을 잃는 것만큼이나 슬픔과 애도의 대상일 수 있음을 직시했다. 여기에서 주목할 것은 상실과 애도의 중간 지점에 상처가 있다는 사실이다. 그러니까 순차적으로 얘기하면 상실이 먼저이고, 그 상실에서 생겨난 상처가 다음이고, 그 상처를 보듬고 치유하는 애도가 맨 마지막이다. 비록 프로이트가 그의 애도 이론을 펼친 기념비적인 논문 「애도와 우울증」에서 트라우마의 개념을 본격적으로 도입한 것은 아니지만, 결국 그가 말하는 것을 유심히 보면 상실에 의한 심리적 상처에 초점을 맞추고 있음을 어렵지 않게 알 수 있다.

결국 상처가 문제의 핵심인 셈인데, 조지프 콘래드Joseph Conrad의 『로드 짐Lord Jim』(이상옥 옮김, 민음사, 2005)은 그 상처에 관한 이야기다. 콘래드가 그것을 다루는 방식은 조금 특이하다. 우선, 꿈이나 이상 같은 추상적인 것을 상실하면서 빚어진 상처를 스토리의 한복판에 놓고 있다는 사실이 그러하다. 소설의 주인공 짐은 자신의 꿈과 이상이 좌절된 것에서 비롯된 트라우마에 붙들려 살다가 결국에는 그것 때문에 죽는다. 이 소설이 특이한 것은 그러한 스토리가 바다를 배경으로 전개되기 때문이기도 하다. 우리가 읽는 대부분의 소설들은 바다가 아니라 육지를 배경으로 한다. 대부분의 작가들이 사는 공간이 육지인 탓이다. 그런데 콘래드는 20년에 가까운 세월을 바다에서 살며 항해사를 거쳐 선장의 지위까지 올랐던 사람이다. 그는 그만의 이러한 경험들을 형상화함으로써 세계문학사에서 유례를 찾기 어려운 독특한 문학작품을 남겼다.

콘래드의 소설에서 바다는 거의 예외 없이, 인간 실존에 대한 메타포이다. 거대한 바다를 상상해보라. 그리고 그 위에서 어딘가로 향해 가고 있는 배 한 척을 상상해보라. 때로는 잔잔하고 평화롭다가도 어느 순간, 무서운 폭풍우가 몰아치는 위험한 곳으로 돌변하는 것이 바다다. 그래서 배가 안전하게 항해하기 위해서는 그 바다에 적응하고 예측 불가능한 속성을 견뎌내야 한다. 누군가는 그 바다 위에 떠 있는 배를 지휘하고 통제해야 하고, 누군가는 그의 지휘와 통제에 따라 자기에게 주어진 일을 해야 한다. 그래야만 원하는 곳에 안전하게 닿을 수가 있다. 그러한 바다 위의 삶보다 인간 실존을 더 적절하게 지칭할 수 있는 메타포는 그리 흔치 않다.

콘래드에게 바다 위의 공간은 인간의 불안한 삶과 실존을 들여다볼 수 있는 소우주였다. 바다는 매혹적이기도 하지만 때로는 분노에 날뛰면서 마치 "악의적 목적과 억제할 수 없는 힘과 가누기 어려운 잔인함"을 가진 것처럼, 인간에게서 "희망과 두려움과 피로의 고통과 안식의 갈망 따위를 모두 앗아 가려고 하는 동시에, 그동안 보고 사랑하고 미워했던 모든 것과 값을 따질 수 없을 정도로 소중하고 필요한 것들, 이를테면 햇빛, 추억, 장래 같은 것들을 모두 강타해서 부수고 말살하려"
하는 무시무시한 존재였다. 그 바다를 상대해야 하는 것
이 인간의 삶이고 실존이었다.

『로드 짐』은 그러한 실존적 삶 속으로 뛰어든 20대 초
반의 청년 짐에 관한 이야기다. 짐은 잘생기고 체격도
건장하고 매너도 좋은 영국 청년이다. 가정환경도 나무
랄 데 없다. 그는 "신앙심이 깊고 화목한 목사 집안"에
서 태어났다. 그런데 그는 청년기로 접어들면서 "로맨
틱한 문학작품들을 탐독한 끝에 선원 생활을 직업으로
삼겠다고 선언"한다. 그가 문학작품들을 읽고 선원이
되겠다고 결심한 것은 배를 타고 돌아다니며 경험하게
될 낭만과 모험과 영웅적 행위를 이상화한 결과이다.
그는 "침몰하는 배에서 승객들을 구조한다든지, 폭풍
우 속에서 돛대를 잘라낸다든지, 높은 파도 속에서 밧
줄을 잡고 헤엄친다든지, 외톨이 표류자가 되어 맨발에
거의 벗은 몸으로 노출된 암초 위를 걸어 다니면서 허
기를 막아줄 조개를 찾고 있는 자신의 모습"을 상상한
다. 또한 "열대의 해변에서 야만인들과 마주친다든지,
공해에서 선상 반란을 진압한다든지, 대양에 떠 있는 작
은 구명보트에서 절망한 사람들에게 용기를 내라고 격
려"하는 자신의 모습을 상상한다. 그는 그렇게 백일몽

을 꾸미면서 "언제나 맡은 임무에 모범적으로 헌신하고 책 속의 주인공처럼 굽힐 줄 모르는 자기 자신의 모습"을 그린다. 그에게 바다는 미지의 낭만과 모험으로 가득한 곳이다.

어쩌면 콘래드도 그랬을 것이다. 그는 부모가 세상을 일찍 떠나고(어머니는 그가 아홉 살 때, 아버지는 열세 살 때 세상을 떠났다) 외삼촌 밑에서 자라다가 배를 타기로 결심했다. 외삼촌은 그의 뜻을 존중해 그가 프랑스로 가서 배를 타도록 허락했다. 그래서 그는 열여섯에 폴란드를 떠나 배를 타기 시작했다. 어쩌면 그는 낭만적인 책들을 읽고 선원이 되기를 꿈꿨던 짐보다 더 낭만적이었을지 모른다. 그의 자전적인 이야기를 담은 『개인적인 기록A Personal Record』을 보면, 그는 아홉 살 무렵에 벌써 아프리카 지도를 가리키며 "내가 크면 저곳에 갈거야"라고 말했다. 그래서 『어둠의 심장Heart of Darkness』에서 말로Marlow라는 인물이 하는 말은 콘래드 자신의 말이다. "나는 어렸을 때, 지도를 엄청 좋아했다네. 나는 남아메리카나 아프리카나 오스트레일리아를 몇 시간 동안 바라보면서 탐험의 영광에 빠지곤 했지. 당시, 지구에는 빈 공간들이 많았어. 나는 지도에서 특별히 나를 끌어당기는 것처럼 보이는 곳을 가리키며 '내가 크면 저곳에 갈 거야'라고 말했어." 이처럼 콘래드가 배를 탄

것은 다분히 낭만적인 동기에서였다. 적어도 시작은 그랬다. 그래서 그가 1900년에 발표한 『로드 짐』에 등장하는 항해사 짐과 선장 말로는 작가와 분리할 수 없는 인물들로 보인다. 일등항해사인 짐이 젊은 시절의 콘래드라면, 선장인 말로는 그 시절의 자신을 바라보는 중년의 콘래드이다.

외삼촌이 콘래드에게 그랬듯이, 짐의 가족들은 선원이 되겠다는 그의 뜻을 존중해 그를 "상선 간부 양성을 위한 훈련선"으로 보내 훈련을 받게 한다. 그는 "두 해 동안 훈련"을 받고 배를 탄다. 그리고 "때가 되자 아직 젊은 나이인데도 좋은 배의 일등항해사" 자리를 꿰차고 승승장구한다. 그러나 항해 중에 넘어지는 돛대에 부딪혀 부상을 당하고 결국에는 동양의 어느 항구에서 내려 입원 치료를 받게 된다. 그는 처음에는, 다쳤던 다리가 낫게 되면 영국으로 돌아가서 영국 선적의 배를 다시 탈 생각이었지만, "근무 조건이 더 힘들고 더 가혹한 임무를 요구하는" 고국 선박을 기피하는 백인 선원들을 따라, 선주가 중국인이고 "아랍인에 용선傭船되어 있는" 파트나호의 일등항해사 자리를 얻게 된다.

취직이 된 것까지는 좋은데, 문제는 파트나호가 "강산만큼 오래되고" "그레이하운드종의 개처럼 야윈 데다 못 쓰게 된 물탱크보다 더 녹슬고 부식된" 기선이라는 것이다. 게다가 선장이라는 자는 자신의 조국 오스트레일리아를 "공공연히 저주"하는 "일종의 배반자"이며 다른 세 명의 백인들, 즉 기관장과 이등기관사와 삼등기관사도 무책임한 인물들이긴 마찬가지다. 특히 선장과 기관장은 "공금 유용"은 말할 것도 없고 그들이 "생각할 수 있는 모든 비행을 함께 저질러"온 사람들이다.

짐까지 합하면 다섯 명의 백인이 "800명 안팎의 순례자들"을 태우고 메카로 향하는 파트나호의 운행을 책임지게 된다. 파트나호에 탄 순례자들은 신앙의 중심지인 메카에 다녀오겠다는 일념만으로 낡은 기선에 탄다. 메카는 이슬람교도들에게는 제1의 성지로, 이슬람교를 창시한 마호메트 예언자가 태어난 곳이다. 그들은 매일 다섯 차례씩 메카를 향해 절을 하고 기도를 하며 일생에 한 번은 그곳을 순례하는 것을 목표로 삼는다. 그러니 메카는 그들의 영혼을 '부르는' 성지다. 파트나호에 승선한 800명 내외의 순례자들은 그 부름에 따라 "자기네가 살던 숲이며 숲속에 터놓은 빈터며 통치자들의 보호며 번영이며 빈곤이며 젊은 시절에 살던 환경이며 조상의 무덤 같은 것들을 두고" 순례의 뱃길에 오른다. 그들이 순례를 마치고 고향으로 돌아가면 이웃들은 그들의 이름 앞에 '하지'라는 칭호를 붙여 예우하며 영광스러운 순례 여행을 기리게 될 것이다. 그런데 선장은 그런 순례자들을 가리켜 "짐승 같은 인간들"이라고 한다. 그들이 어떤 야만적 행위를 해서가 아니라 배에 타고 있는 모습을 본 것만으로 "짐승 같은 인간들"이라고 표현한 것이다. 백인인 그에게 그들은 인간이 아니라 "짐승"이자 "인간 화물"에 지나지 않았다. 그들을 자신의 삶과 역사를 갖고 있는 개개인으로 보는 것이 아니라 야만성이 집약되어 있는 집단으로 본 것이다. 이런 점에서 그는 동양인 전체를 열등한 존재로 보는 전형적인 오리엔탈리스트에 해당한다. 이것은 그들이 이슬람교도들이라는 사실과도 맞물려 있는 것으로 보인다.

선장이 순례자들을 "짐승"으로 인식하는 것에서도 짐작되듯이 파트나호는 처음부터 문제를 안고 있다. 그렇지 않아도 노후한 기선이어서 여정을 제대로 감당해 낼지도 장담할 수 없는 상황인데, 그 배를 지휘하는 선장이 승객을 "짐승"이나 "인간 화물" 정도로 인식한다는 것은 파트나호에, 아니 파트나호로 표방되는 하나의 소우주에 처음부터 균열이 있었음을 의미한다. 선장에게 배를 지휘할 권위가 주어지는 것은 군림하라는 게 아니고 책임과 의무를 다하라는 것인데, 승객들을 하나의 장소에서 다른 장소로 이송되는 짐승이나 짐짝 정도로 인식하다니, 이것은 정말로 심각한 문제가 아닐 수 없다. 순례자들은 그가 보기에 행색이 초라해 짐승처럼 보일지 모르지만, 그가 선장이 되어 급료를 받을 수 있는 것은 여행 경비를 지불하고 승선한 그들이 있기에 가능한 일이다. 그런 이유에서라도 그들은 무시가 아니라 받들어져야 하는 존재들이다. 그러나 선장에게는 타인과 타자에 대한 책임감과 의무감은 결여된 채 '인간 짐짝'을 '운반'해주고 자신에게 주어지는 보수를 챙기겠다는 마음만 있을 뿐이다.

이런 상황을 감안하면 선장이 파트나호가 뭔가에 부딪혀 침몰 위기에 빠졌다고 생각했을 때, 잠들어 있던 순례자들은 방치한 채 백인 선원들만 데리고 탈출한 것이 그리 놀랄 일은 아니다. 그리고 탈출하는 과정에서 그가 다른 백인들과 함께 배의 침몰 경위에 대해 입을 맞추며 나중에 있을 심문에 대비한 것도 짐작 가능한 일이다. 그들이 버리고 떠난 파트나호가 그들의 예상과 달리 침몰하지 않고 그 부근을 지나던 기선에 의해 항구로 예인되자, 재판을 회피하고 도망친 것 역시 당연한 수순이었다.

파트나호의 선장과 선원들이 그랬던 것처럼 배가 침몰 위기에 처했을 때, 승객들을 버리고 달아난 예는 얼마든지 있다. 사실, 콘래드의 소설은 실제로 있었던 사건을 기반으로 한 것이다. 콘래드 전문가인 노먼 셰리Norman Sherry에 따르면, 이 소설의 원형은 1880년 8월

8일에 있었던 선박 사고였다. 그것은 말레이반도의 서쪽, 말라카해협 북쪽 입구에 있는 작은 섬인 페낭에서 메카와 가까운 지점에 있는 사우디아라비아의 제다항까지 992명의 순례자들을 싣고 가던 제다호와 관련된 사고였다. 악천후 때문에 제다호의 선체에 물이 새면서 배가 침몰 위기에 몰렸고 구명정은 승객의 숫자에 비하면 턱없이 부족했다. 클라크 선장을 비롯한 영국 선원들은 공포에 질렸다. 그러자 일등항해사였던 오거스틴 포드모어 윌리엄스가 구명정을 내리라고 지시하고 선장과 그의 부인을 구명정에 태웠다. 승객보다 선장 부부의 안전을 우선시한 조처였다. 순식간에 배는 아수라장이 되었다. 분노한 순례자들은 윌리엄스를 바다에 던져버렸고, 조지프 클라크 선장과 영국 선원들은 그를 구조했다. 표류하던 그들은 지나가는 배에 구조되었는데 육지에 도착해서는 제다호가 폭풍우로 인해 침몰되었고 승객들이 모두 죽었다고 보고했다. 그러나 그다음 날, 제다호는 그들의 생각과 달리 침몰하지 않고 영국 기선에 발견되어 아덴항으로 무사히 예인되었다. 선장과 일등항해사는 재판에 회부되어 선장은 자격정지 3년을, 일등항해사는 질책만을 당했다. 부도덕하고 파렴치한 행동치고는 너무나 가벼운 처벌이었다. 그 사건으로 명예가 실추되긴 했지만, 선장은 싱가포르에 정착해 사업을 하며 부유하게 살았고, 항해사는 선박용품상에 점원으로 취직해 살았다. 이 사건이 일어났을 당시, 콘래드는 스물네 살이었고 『로드 짐』이 발표된 것은 1990년, 그가 마흔네 살 때였다. 그러니까 그 사건이 있고 20년이 흐른 시점에서 그 사건을 원형으로 한 소설을 발표한 것이다.

당연한 얘기지만, 콘래드는 그 사건을 소설로 만드는 과정에서 많은 것들을 변형시켰다. 콘래드는 윌리엄스 선장처럼 파렴치한 사람들에게는 관심이 없었다. 그런 자들은 단죄의 대상이지, 윤리적 통찰과 사유를 위한 매개체가 아니라고 판단한 탓이었다. 그의 관심은 짐처럼 자신의 행동에 죄의식과 치욕감을 느끼고 그것으로부터 상처를 받고 그 상처에 붙잡혀 시달리고, 그 시달림 자체를 윤리적인 것으로 만드는 인물에 있었다. 『로드 짐』이 부도덕하고 비윤리적인 선장과 기관장과 기관사가 아니라, 태생적으로도 기질적으로도 너무 다르지만 결과적으로 함께 탈출했다는 점에서 그들과 다를 바 없는 20대 청년 짐의 고뇌에 초점을 맞추고 있는 것은 이러한 이유에서였다.

다른 백인들과 달리, 짐은 비열하지도 않을 뿐 아니라 난파 위기에 몰린 배를 버리고 도망칠 생각을 했던 것도 아니었다. 오히려 그가 선원이 된 것은 낭만적인 문학작품을 읽고 난파 위기에서 배를 구하고 승객들을 구하는 영웅적인 행위를 꿈꿨기 때문이었다. 그것은 그의 꿈이고 이상이었으며, 배를 타는 목적이었다. 그러나 인간의 삶 중 많은 것들이 그러하듯이, 세상은 결과를 중요시한다. 그는 탈출을 모의한 것도 아니고 거든 것도 아니지만, 마지막 순간에 자기도 모르게 구명정으로 뛰어내림으로써 결국에는 다른 백인들과 함께 800여 명의 순례자들을 배반한 셈이 되었다. 따라서 그가 사람들에게서 세 명의 백인들(한 명의 백인이 긴박한 상황에서 죽어 짐을 제외하면 백인은 세 명이다)과 함께 "인간성에 대한 모욕"이고 "스컹크 같은 놈들"이라고 욕을 먹는 것은 당연한 결과이다. 이것은 짐이 그 배의 일등항해사로서 직무를 제대로 수행하지 못한 것에 대한, 당연히 감수해야 하는 비난이다. 일등항해사가 누구인가. 일등항해사는 서열로 따지면 선장 다음으로 높은 지위의 간부 선원이다. 선장 다음으로 배의 운항을 책임지고 지휘를 해야 하는 사람이 바로 일등항해사이다. 그런데 그는 의도하지는 않았지만, 마지막 순간에 배를 버렸다. 비록 그가 다른 백인들이 자기들만 탈출하려고 몸부림을 치며 구명정을 떼어내면서 도와달라고 했을 때 전혀 협조하지 않았고, "승객은 800명인데 구명정은 일곱 척밖에 없다"는 것을 떠올리며 선장에게 "무슨 조처를 취할 생각이 없습니까?"라고 문제제기를 했지만, 결국 그가 파트나호에서 빠져나왔다는 사실은 달라지지 않는다. 비록 그들이 이미 죽은 삼등기관사를 향해 빨리 뛰어내리라고 다급하게 외치는 소리를 듣고 엉겁결에 아래로 뛰어내렸고 구명정 안에서도 여차하면 자신을 죽이려 드는 그들과 각을 세우며 몇 시간 동안이나 대치 상태에 있었지만, 그럼에도 불구하고 그들과 같이 구명정에 타고 있다가 다른 선박에 의해 구조되었다는 사실은 변하지 않는 것이다.

그는 자신이 낭만적인 문학작품을 읽으면서 꿈꿨던 영웅적 행위를 할 수 있는 순간이 다가오자, "혀가 입천장에 달라붙어" 승객들을 깨우지도 못했고 선장을 비롯한 다른 백인 선원들이 달아나는 것을 제지하지도 못했다. 그가 파트나호와 관련하여 맞은 위기는 그에게는 영웅이 될 수 있는 절호의 기회였다. 그것은 "상상을 먹고 사는" 그에게는 자신의 꿈과 이상을 실현할 수 있는 "엄청난 기회"였다. 그는 "자기 몸을 던질 용의가 있었"으며 "자기 몸을 바칠 용의도 있었"다. 그러나 아쉽게도 마음뿐이었다. 그의 마음은 현실적인 두려움 앞에서 마비가 되었다. 그러면서 그가 선원으로서 구현하려던 꿈과 이상은 사라지고 말았다. 스물네 살이 채 안 된 순박하고 "아침 이슬" 같던 젊은이가 꿈꾸던 것들은 그렇게 사라지고 말았다. 여기가 그의 트라우마가 발생하는 지점이다. 그토록 소중하게 생각했던 모험과 영웅적인 행동에 대한 꿈과 이상이 깨지면서, 그는 엄청난 트라우마를 입게 된다. 그래서 파트나호 이전의 삶이 꿈과 이상으로 점철된 삶이었다면, 파트나호 이후의 삶은 그 꿈과 이상이 냉엄한 현실과 충돌하면서 생긴 상실의 트라우마로 얼룩진 삶이 된다. 그의 삶을 이루는 많은 것들이 그 트라우마를 중심으로 재편된 것은 말할 것도 없다. 그러면서 그의 삶은 겉에서 보면 앞으로 나아가는 것처럼 보이지만, 실제로는 끝없이 뒷걸음질을 하는 삶이 된다. 앞으로 한 걸음 나아갈라치면, 그 상처가 그를 그때 그 사건이 있던 자리로 돌려놓는다. 그에게 시간은 과거에서 현재로, 그리고 다시 미래로 흘러가는 유동적인 시간이 아니라 늘 과거의 한 지점에 고착되어 있는 것이다. 그것은 자연의 시간이 아니라 상처의 시간이고, 앞도 없고 뒤도 없고 가운데도 없게 만드는 트라우마의 시간이다.

그래서 트라우마는 그를 때로는 자학하게 만들고, 때로는 자기변호에 빠지게 만든다. 예를 들어, 그는 선장과 기관장과 기관사가 도망치고 없음에도 불구하고, 그리고 누구도 그를 제지하지 않음에도 불구하고, 자발적으로 법정에 나와 여러 날에 걸쳐 조사를 받고 진술을

한다. 법정에 나온다는 것은 자신이 다른 백인 선원들과
달리 고의적으로 배를 버린 것이 아니라는 것을 변명하
기 위한 것이기도 하지만, 방청객들의 시선과 욕설을 감
당하고 공개적으로 망신을 당하기 위한 것이기도 했다.
재판의 결과는 이미 나와 있는 것이나 마찬가지다. 짐을
포함해 모든 백인 선원들은 난파 위기에 처한 파트나호
를 버리고 도망쳤다는 죄목으로 자격증을 몰수당할 것이
고, 이후로 어떤 배에도 간부 선원으로 취업하지 못하
게 될 것이다. 따라서 짐이 그 상황에서 취할 수 있는 방
법 중 하나는 재판에 참석하지 않고 그것의 결과를 묵
묵히 받아들이는 일이었다. 그러나 짐은 선고가 내려지
는 날까지 재판에 꼬박꼬박 참석하면서 사람들로부터
온갖 야유를 당한다. 재판이라는 형식을 통해 자신에게
내려지는 "처형이라는 의식"을 고집스럽게 거치는 것이
다. 그를 동정하는 사람들이 그에게 도망치라고 말하
지만, 그는 그렇게 하지 않으려 한다. 심지어 세 명의 재
판관 중 하나인 브라이얼리 선장은 재판이 진행되는 동
안, 재판 과정에 관심을 갖고 짐을 이해하고 돌봐주는
말로 선장을 찾아가서 짐을 도망가게 하라고 통사정을
하기까지 한다. 브라이얼리 선장은 짐이 도망치는 데 필
요한 돈을 대겠다고 하며, 사람들이 "그를 수치심으로
불태워 재가 되게 하고도 남을 정도의 증거들을 들이대

고" 있어서 구제받을 길이 전혀 없으니 몰래 떠나게 하라고 말한다. 그러나 짐은 "도망쳐도 뒤쫓을 사람이 없을 것임을 잘 알면서도 모욕을 당하고" 사람들이 "자기를 괴롭히도록" "허용"한다.

그는 그렇게 모욕을 자초하고 스스로를 학대하면서, 동시에 자기변명을 한다. 말로는 짐이 결정적인 순간에 대해 변명을 하는 모습을 이렇게 전한다. "저는 뛰어내렸습니다…… 그런 것 같아요." 이것은 짐이 다른 백인 선원들이 구명정에서 삼등기관사인 조지를 급박하게 부르는 소리("뛰어내려, 조지! 우리가 붙잡아줄게! 뛰어내리라고!" "조오오지! 오, 뛰어내리라니까!")를 들으며 자기도 모르게 뛰어내린 상황을 설명한 것인데, 그의 말은 사실에 대한 인정이라기보다 듣기에 따라서는 궁색한 변명으로 들린다. 그가 "저는 뛰어내렸습니다I had jumped"라는 말을 하고 나서 잠시 멈칫거린 다음, 그의 말을 유심히 듣고 있는 말로로부터 "시선을 돌리고" "그런 것 같아요It seems"라는 말을 덧붙였기 때문이다. 뛰어내렸으면 뛰어내린 것이고 다른 백인들과 같이 빠져나왔으면 빠져나온 것이지, "뛰어내렸습니다"라는 말 뒤에 "그런 것 같아요"를 붙인 저의는 무엇인가. 그것은 파트나호에서 구명정으로 뛰어내린 몸과 자신의 자아를 분리시켜, 자신을 변호하고자 하는 무의식에서 비롯된 것이다. 물론 그를 이해할 수는 있다. 당시, 스콜이 "출렁이는 바다처럼 기선을 휩쓸"고 있었고 그의 "발밑에서 기선이 뱃머리를 숙이며 아래로 가라앉고" 있는 것 같은 상황이었다. 그러니 그가 뛰어내린 것은 자기도 모르게 보호본능이 발동해서 그런 것이었을 수도 있다. 그러나 그것이 그가 뛰어내렸다는 사실을 정당화시켜주지는 않는다. 그가 그때 자신이 구명정으로 뛰어내렸다는 사실을 자각하고 제아무리 "죽고 싶은 심경이었습니다…… 되돌아갈 길이 없었습니다. 마치 우물 속으로 뛰어든 것 같은 기분이었습니다. 깊이가 한량없는 구멍 속으로 뛰어든 것 같았습니다"라고 말을 해도, 그렇게 뛰어내림으로써 자신이 경멸하는 백인 선원들과 외형적으로 한패가 되었다는 사실은 변하지 않는다. 따라서 "그런 것 같아요"라는 말은 스스로를 생각하는 자아와 행동하는 자아로 분열시켜 자신을 변호하려는 무의식의 발로로밖에 해석될 수 없다. "무의식은 언어와 같은 구조를 갖고 있다"는 라캉의 말은 짐의 경우를 보면 딱 들어맞는 말이 아닐 수 없다. 짐의 입을 통해서 나오는 모순적인 말, 즉 행동의 주체임을 인정하는 말과 그것을 부정하는 말이, 하나로 정리되지 않고 모순성에 휘둘리고 있는 무의식을 반영하는 것이기 때문이다.

그런데 놀랍게도 그의 자학과 자기변호가 우리의 마

음을 흔들어놓는다. 그리고 그것이 그의 문제를 우리의 것으로 바꿔놓는 묘한 힘을 발휘한다. 그가 누구인가. 아직 스물네 살도 채 되지 않은, "아침 이슬"처럼 순박한 청년이다. 우리가 그 나이에 그 상황에 처했다면 어떻게 했을까. 승객의 숫자에 비해 구명정은 턱없이 부족한 상황이었다. "저 혼자로는 구조할 수 없었고, 또 그 무엇으로도 구조하지 못했을 모든 승객들을 겁에 질려 미치게 한다고 해서 무슨 소용이 있었겠습니까." 충분히 일리가 있는 설명이고 변명이다. 그런 상황이라면 우리도 그처럼 행동하지 않았을까. 아무리 선한 마음을 갖고 있다 하더라도 배가 가라앉고 있는 상황이라면 우리도 구명정으로 뛰어내리지 않았을까. 그리고 뛰어내리고 나서 짐처럼 이렇게 변명하지 않았을까. "제가 달리 행동했다고 생각해볼까요? 가령, 제가 그 기선에 계속 남기로 했다고 생각해볼까요? 그랬다면 얼마나 버텼을까요? 1분? 아니면 30초 동안이라고 할까요. 확실한 것은, 30초 후에는 제가 기선에서 뛰어내렸으리라는 것이죠. 그러고는 손에 잡히는 것이면 무엇이건 잡지 않았을까요? 노라든지, 구명부표라든지 구명정의 깔개 같은 물체 말입니다. 그렇게 생각하시지 않나요?"

결국 우리는 그의 나약함을 비난하면서도 말로가 반복하여 되뇌는 말처럼 그를 "우리 중의 하나"라고 생각하고 그를 동정하지 않을 수 없게 된다. 재판관이었던 브라이얼리 선장이 짐과 다른 백인 선원들에 대한 선고가 끝나고 일주일도 지나지 않아 자살을 한 것은 결국 그를 자신과 동일시해서였을지 모른다. 브라이얼리 선장은 선원으로서 부끄럽지 않은 삶을 살아왔기 때문에 존경을 한 몸에 받는 사람이었다. 그가 세 명의 재판관 중 하나인 것은 그러한 이유에서였다. 그러나 그는 짐이 재판을 받는 모습을 지켜보면서, 자신이 모범적인 선원 생활을 한 사람이었지만 자신의 그런 평탄한 삶이 우연에 의한 것이었을 뿐, 자신도 짐과 같이 젊은 나이에 그러한 위기 상황에 직면했더라면 똑같이 행동했을지 모른다고 생각한 것처럼 보인다. 브라이얼리 선장도 그렇고, 짐을 도와주고 그의 말을 들어주는 말로도 그렇고, 말로와 제1화자의 입을 통해서 짐의 이야기를 듣는 우리 독자들도 어쩌면 "1파운드짜리 새 금화처럼 진짜로 보이지만" 사실은 그 "순금 속에 모종의 무서운 합금이 들어 있"는 존재일지 모른다. 우리도 외면적으로는 비겁한 행위를 전혀 하지 않을 것처럼 보이지만, 결정적인 순간에는 저버리지 말아야 할 것을 저버리는 존재일지 모른다. 그래서 우리는 "고통스러워요. 지옥 같다고요"라고 말하는 짐을 "우리 중의 하나"로 받아들이고, 그 사건 이후로 고향에 돌아가지도 못하고 세상을 떠도는 그를 동정하게 되는 것인지도 모른다.

꿈과 이상을 잃고 세상을 떠도는 짐의 삶은 고달플 수밖에 없다. 자신에게 많은 기대를 걸었던 아버지와 가족을 생각하면 고향으로 돌아갈 수도 없었다. 파트나호 사건은 영국 신문에도 실려 그의 아버지도 사건의 전모를 알고 있을 것이 분명하다. 영웅적 행위를 꿈꾸면서 배를 탔던 그가 세상에 알려진 치욕스러운 사건의 중심에 서게 됐는데, 어찌 고향으로 돌아갈 수 있으랴. 게다가 선원 자격증을 잃어서 변변한 일을 찾기도 어려웠다. 그래서 그는 그를 가엾게 생각하는 말로의 도움으로 자격증을 필요로 하지 않는 선박용품상에 고용되어 "입항선 담당 점원 노릇을 하며" 살아간다. 그는 성실하고 능력이 있어서 가는 곳마다 인기가 있다. 그러나 과거의 망령은 그를 놓아주지 않는다. 직장이 안정된다 싶으면 누군가가 그를 알아보고 소곤거린다. 그는 사람들이 자신을 두고 소곤거릴 때마다 자신이 일하던 직장을 서둘러 그만두고 다른 곳으로 말없이 사라진다. 그렇게 그는 동양의 항구를 전전하며 도망자의 삶을, 과거로부터 끝없이 달아나는 탈주자의 삶을 살아간다. 그러나 브라이얼리 선장의 말처럼 "땅속으로 20피트쯤 기어 들어가서" 살지 않는 한, 이 세상 어디에도 그가 완벽하게 숨을 곳은 없는 것처럼 보인다.

그러한 그에게 돌파구를 마련해주는 사람이 말로이다. 말로는 자신이 잘 아는 사업가이자 나비 수집가인 스타인의 충고를 받아들여, 원주민들만 사는 파투산으로 가서 스타인 상사의 대리인으로 살아보는 게 어떻겠냐고 짐에게 권한다. 과거의 상처가 그렇게도 고통스러우면 모든 것을 뒤로하고, 문명과는 거리를 두고 고립된 삶을 살아가는 이민족들에게 가 다시 삶을 시작해보라고 권한 것이다. 그리고 짐은 그 권고를 수용한다. 그렇게 함으로써 깨끗하게 새 출발을 하고 싶어 했던 그는 모든 것을 원점에서 다시 시작할 수 있는 기회를 갖게 된다. 놀랍게도 짐은 원주민 마을로 들어가서는 자신이 그토록 꿈꿔왔던 것들을 이루게 된다. 그는 영웅적인 행위와 전투를 통해 원주민들의 지도자가 되고, 투안 짐이라는 칭호까지 얻게 된다. 이전에는 영웅이기는커녕 실패자였고 배반자였고 겁쟁이였던 그가 "투안 짐"(영어로 번역하면 투안은 로드Lord에 해당한다)으로 불리며 추앙받게 된 것이다. 그는 원주민 지도자의 신망도 얻고 원주민들의 존경도 얻고 아름다운 아내도 얻게 된다.

그러한 성취로 말미암아 과거의 상처도 어느 정도 아문 것처럼 보인다. 그가 "자신감"과 "명성을 되찾게 되었다"고 생각하는 것도 무리는 아니다. 그러나 그것은 파투산에서나 통용되고 성립될 수 있는 말이었다. 짐 자신도 그것을 의식해 파투산 밖으로 나가지 않으려 한다. 달리 말하면, 그는 자신이 파투산에서 이룬 모든 성취에도 불구하고 여전히 과거에 붙잡혀 살고 있다. 여전히 그를 지배하는 것은 파트나호 사건이다. 이것이 그의 한계이다.

정상적인 상황이라면, 그는 해적이나 다를 바 없는 브라운 일당이 파투산 안으로 들어왔을 때, 그들을 제거함으로써 원주민 공동체를 위험으로부터 보호해야 했다. 그런데 겉으로는 그렇게 보이지 않지만 내면적으로는 과거의 트라우마에 여전히 붙들려 브라운이 던지는 말에 포로가 된다. "나는 양식을 얻으러 이곳에 들어왔소. 알겠소? 우리의 배를 채울 양식 말이오. 하지만 당신은 무엇 때문에 이곳에 들어왔소? 이곳에 와서 무엇을 구하고 있었소?" 브라운의 말은 짐이 지금까지 살아오면서 가장 예민하게 생각했던 것을 건드리는 데 성공한다. 짐이 파투산에 온 것은 과거로부터 달아나 새 출발을 하기 위한 것이었다. 브라운은 그에 대해 알지 못하면서도 그 상처를 건드린 것이다. "자기 희생자들에게서 최대의 장점과 최대의 약점을 간파해내는 악마 같은 능력"을 갖고 있는 브라운은 한술 더 떠, "어둠 속에서 자기 목숨을 구하고자 하는 사람이라면 (······) 그 사람들의 수가 세 명이든 서른 명이든 3백 명이든 문제 삼지

않을 것"이라고 말하며 짐을 더욱 몰아친다. 짐이 움찔
하고 놀라는 것은 당연하다. 브라운의 말은 짐에게 파트
나호에 타고 있던 8백 여 명의 승객들을 버리고 구명정
으로 뛰어내린 과거를 연상시키기에 충분했다. 브라운
은 짐을 점점 더 물고 늘어진다. 그는 자신이 "덫에 갇
힌 쥐"의 신세여서 짐이 마음만 먹으면 자기 일행을 죽
일 수 있다는 것을 알고 "당신은 일생 동안 어수룩한 짓
을 한 적이 없느냐, 그래서 손에 잡히는 것이면 무슨 수
단을 써서라도 절망의 구렁에서 빠져나가려고 애쓰는
사람에게 이렇게 잔인하게 구느냐"라고 따진다. 브라운
은 악마 같은 능력으로 짐에게, 침몰 위기에 있던 파트
나호를 탈출한 절망적인 상황과 그 사건 이후로 "무슨
수단을 써서라도 절망의 구렁"에서 벗어나려고 했던 과
거를 떠올리게 함으로써, 파투산에서 무사히 나가게 해
주겠다는 약속을 기어코 받아낸다.

그러나 브라운은 그의 일당을 데리고 빠져나가기 직
전 총을 난사해 족장의 아들 다인 와리스와 다른 원주
민들을 살해한다. 짐의 잘못된 판단 때문에 그런 일이
벌어진 것이다. 더 정확히 말하면, 자신의 트라우마를
환기시키는 브라운의 말에 판단력이 흐려진 짐이 그런
비극적 사건이 일어나게 만든 것이다. 그러나 결과로만
보면 엄청난 비극이지만, 그가 브라운에게 퇴로를 열어

준 것은 인간적인 행위일 수 있다. 음식이 떨어져서 자기 선원들에게 줄 양식을 확보하려고 파투산 안으로 들어왔다는 브라운의 말이 사실이라면, 브라운과 그의 일행은 적대가 아니라 환대의 대상이다. 소급하여 생각하자면, "덫에 갇힌 쥐"의 신세가 된 브라운과 그의 일당을 몰살시켰다면 이후에 벌어진 참사를 방지할 수는 있었겠지만, 짐은 인간적인 동정심에서 그들에게 퇴로를 열어준 셈이었다.

짐이 브라운을 인간적으로 대한 대가는 너무 크다. 이제 그는 두 가지 중 하나를 선택해야 한다. 그중 하나는 그의 아내 주얼과 호위무사 탐 이탐이 말한 것처럼, 다인 와리스와 일부 원주민들이 죽은 것이 그가 의도한 바가 아니라 은혜를 원수로 갚은 브라운 일당 때문이었으니, 필요하다면 싸워서라도 목숨을 보전하는 것이다. 다인 와리스의 아버지 도라민이 복수를 하려고 하면 그에 맞서 싸우면 된다. 원주민들이 그에 대해 갖고 있는 두려움과 그가 지금까지 쌓아온 위엄을 생각하면, 그가 싸움에서 이길 가능성은 얼마든지 있다. 그렇게 되면 아내를 지키고 수하들을 지켜내게 될 것이다. 다른 하나는 도라민을 찾아가 용서를 빌고 자신의 잘못에 합당한 벌을 받는 것이다. 과정이야 어떻든 다인 와리스가 죽게 된 것은 그의 잘못된 판단 때문이었다. 따라서 자신의 잘못을 깨끗이 인정하고 자신의 목숨을 내어놓는 것은 당연한 것이다. 두 개의 선택 중 하나는 현실을 선택하는 것이고, 다른 하나는 이상을 선택하는 것이다. 어느 것도 쉬운 길은 아니다. 앞엣것을 택하자니 자신의 말과 행동에 대해 떳떳이 책임을 지는 영웅의 길을 배반하는 것이고, 뒤엣것을 택하자니 어떠한 경우에도 곁을 떠나지 않겠다고 했던 아내와의 약속을 배반하는 것이 된다. 어느 쪽을 선택하든 그의 삶은 배반에 열려 있다. 기가 막힌 운명이 아닐 수 없다.

결국 그가 택한 것은 현실이 아니라 이상이다. 영웅주의라는 이상이다. 그래서 그는 아내에게 자신을 용서해 달라고 말하고("날 용서하시오"), 죽을 줄 알면서도 도라민에게 간다. 그리고 모든 것이 자신의 책임이라고 인정한다. "내 책임입니다. (……) 슬픔에 잠긴 제가 왔습니다. 저는 마음의 준비를 하고 무장은 하지 않은 채 왔습니다." 결국 그는 도라민의 총에 맞아 죽는다. 자살이나 마찬가지인 죽음이다. 이것을 두고 말로는 "허깨비 같은 이상적 행위와 무자비한 혼례를 올리기 위해서 살아 있는 여자를 버리고" 떠난 것이라고 말하는데, 틀린 말은 아니다. 실제로 그가 도라민의 총에 맞아 죽기로 한 것은 영웅으로서 마땅히 그래야 한다는 이상주의 때문이다. 그는 전처럼 위기에 직면해서 비겁하게 도망치고 싶지 않았던 것이다. 비록 과거에는 침몰 위기에 몰린 파트나호에서 뛰어내려 구명정을 타고 다른 백인 선원들과 함께 빠져나오면서 스스로 품었던 이상을 배반했지만, 마지막 순간에는 자신의 삶을 포기하면서까지 이상을 실천하려고 한 것이다. 이상이 무엇인가. 필요하다면 목숨과 맞바꿀 수도 있는 것이 이상이고, 죽음을 두려워하지 않고 목숨을 내어놓는 자가 진정한 영웅이다. 말로는 그의 마지막 모습을 이렇게 전한다. "그들이 전하는 바에 의하면 그 백인은 좌우로 모든 사람들의 얼굴을 향해 당당하고 단호한 눈길을 보냈다고 한다. 그러고 난 후에 그는 손을 입술에 대고 앞으로 쓰러져 죽었다." 그가 도라민의 총에 맞은 후 "당당하고 단호한 눈길"로 사람들을 쳐다본 것은 결과에 대한 책임을 회피하지 않고 떳떳하게 받아들이며 죽겠다는 자의식 때문이었을 것이다.

다른 백인들과 더불어 파트나호를 빠져나오고 그로 인한 트라우마에 시달리던 시절의 짐이 그랬던 것처럼, 파투산에서 이뤘던 모든 것을 한순간의 잘못된 판단으로 잃고 친구 아버지의 손에 죽는 짐의 모습은 우리의 마음을 다시 한 번 흔들어놓는다. 만약 우리가 짐과 같은 상황에 처했다면 어떻게 했을까. 비록 자신의 잘못된 판단 때문에 다른 사람들이 죽었지만, 자신이 죽게 되면 사랑하는 사람을 배반하게 되는 역설적인 상황에서 자기방어를 했을까. 아니면 짐처럼 자신의 행위에 대한 책임을 순순히 지려고 했을까. 모를 일이다. 그 상황에 처하기까지는 모를 일이다. 단지, 우리가 알 수 있는 것은 트라우마로 인한 그의 몸부림이 윤리적인 몸부림이었으며, 그 몸부림이 그를 "우리 중 하나"로 만든다는 것이다. 우리도 그처럼 위기 상황에 처하면 본능적으로 '뛰어내릴' 수도 있고, 인간적인 것에 휘둘리고 자신의 상처에 휘둘려 판단력이 흐려지면서 공동체를 위기에 빠뜨릴 수도 있을 것이다. 우리도 그처럼 "꿈을 먹고 사는" 존재여서 그 꿈을 잃으면 상처를 받고 평생을 아프게 살아갈 수도 있을 것이다. 말로가 주문을 걸듯 "우리 중 하나"라는 말을 자주 반복하는 것은 이러한 이유에서이다. 이런 입장에서 보면, 『로드 짐』은 짐의 이야기라기보다 짐이라는 인물을 바라보는 말로의 이야기요, 궁극적으로는 말로와 다른 화자의 눈을 통해 보여지는 짐을 바라보는 우리 독자의 이야기가 된다. 이 소설이 겉이야기에서 시작하여 속이야기로 들어갔다가 다시 겉이야기로 돌아 나오는 일종의 액자소설의 형식을 취하고 있는 것은 이러한 이유에서다. 액자소설에서 중요한 것은 액자, 즉 스토리를 포괄하는 시각이다. 이 소설로 따지자면, 짐에 관한 스토리를 전하는 말로의 시각이 중요하고, 그리고 말로의 스토리를 전하는 화자의 시각이 중요하고, 궁극적으로는 그것을 종합적으로 바라보는 우리의 시각이 중요하다는 것이다. 그러니까 짐의 이야기는 말로의 이야기요, 그것은 다시 화자의 이야기요, 그것은 다시 독자의 이야기라는 말이 된다. 그래서 짐에 관해 얘기하는 것은 우리 자신에 관해서 얘기하는 것이 된다. 짐의 비겁함과 영웅주의에 대해 얘기하는 것은 우리 자신의 비겁함과 영웅주의에 대해 얘기하는 것이다. 짐에 대해 관대한 것은 우리 자신에 대해 관대한 것이고, 그의 이기적인 면을 비판하는 것은 우리 자신의 이기적인 면을 비판하는 것이다. 그리고 그의 배반을 이야기하는 것은 우리 스스로의 배반을 이야기하는 것이다.

　짐의 경우가 그러하듯, 꿈과 이상을 잃는 것은 사랑하는 사람을 잃는 것만큼 큰, 아니 어쩌면 그보다 더 큰 트라우마를 우리에게 남길 수 있다. 『로드 짐』의 위대한 점은 그 트라우마를 바다를 배경으로 형상화함으로써, 그것을 인간 실존에 대한 심오한 탐구가 되게 했다는 데 있다. 콘래드에게 바다는, 그리고 그 바다 위에 떠 있는 배는, 거의 예외 없이, 인간 사회에 대한 메타포였다. 맞다. 그가 생각했던 것처럼 우리가 사는 사회는 그 단위가 크든 작든 모두가, 선원들도 있고 승객들도 있는 하나의 배다. 우리는 그 배에서 때로는 승객이고 때로는 선원이다.

콘래드의 소설을 읽으면서 어쩔 수 없이 세월호의 트라우마를 떠올린다. 아니, 이것은 맞는 말이 아니다. 세월호의 트라우마에 콘래드의 소설을 떠올렸다는 말이 더 맞겠다. 상처의 자리가 아직도 선연하고 고통이 물러나기는커녕 오히려 배가되는 세월호 사고를 생각하면, 콘래드의 소설이 집요하게 탐구하는 트라우마와 그것의 윤리적 속성을 거론하는 것마저 사치로 느껴질 정도다. 사랑하는 사람들을 잃은 분들의 상처와 아픔을 생각한다. 특히, 사랑하는 사람의 몸을 찾아 그의 죽음을 확인하고 그를 묻고 나서야 비로소 시작되는 것이 애도의 속성인 탓에, 이것을 데리다의 말로 옮기면, "고정된 곳 없이는, 확정할 수 있는 장소 없이는, 허용되지 않는" 것이 애도의 속성인 탓에, 사랑하는 사람의 몸을 지금껏 찾지 못해 제대로 된 울음 한 번 울지 못하고 애도를 시작하지도 못하고 있는 분들의 상처와 아픔을 생각한다. 팽목항에 나부끼는 슬픔의 노란 꽃들을 생각한다.

프란체스코 교황은 2014년, 한국을 찾았을 때 "고통 앞에 중립은 없다"고 했다. 그렇다. 타자의 상처와 고통은 중립이 아니라 편파의 대상이다. 공감의 편파, 환대의 편파, 같이 느끼고 같이 울어주는 편파, 이웃이 되어주는 편파. 그런데 같은 공간에 사는 동족이라고, 모두가 이웃이 되어주는 것은 아니다. 다친 사람을 외면하고 지나친 동족이 아니라 그를 외면하지 않고 따뜻하게 보살핀 이방인이 이웃이라고 예수는 정의하지 않았던가. 그래서 타인의 고통, 타자의 트라우마는 이웃에 대한 공감과 환대의 문제가 된다.

트라우마와 문학,
    그 침묵의 소리들

초판 1쇄 펴낸날 2017년 5월 29일
초판 2쇄 펴낸날 2022년 6월 3일

지은이 왕은철
펴낸이 김영정

펴낸곳 (주)현대문학
등록번호 제1-452호
주소 06532 서울시 서초구 신반포로 321 (잠원동, 미래엔)
전화 02-2017-0280
팩스 02-516-5433
홈페이지 www.hdmh.co.kr

ISBN 978-89-7275-818-1 03810

* 책값은 뒤표지에 있습니다.
* 파본은 구입처에서 교환해 드립니다.